Sweet like Candy

Liebesroman

Allie Kinsley

Cover Foto: bigstockphoto, George Mayer

Buchcover: © Cover Art by jdesign.at

Lektorat: Brunhilde Witthaut

Printversion:

ISBN: 1500135798

ISBN-13: 978-1500135799

In Erinnerung an meinen geliebten Papa.

"Die Erinnerung ist ein Fenster, durch das ich dich sehen kann, wann immer ich will."

Ich liebe dich.

Und für dich, A., für alles, was du für ihn getan hast.

1 NEW LIFE

CANDY

"Hi, ich bin Candy Jones. Ich bin 22 Jahre alt und studiere im ersten Semester Wirtschaft", sprudelte sie mit klopfendem Herzen ihren Text heraus. Sie hasste diese Vorstellungsrunden! Vollkommen überflüssig. Weder der Professor noch die 35 Studenten in seinem Kurs konnten sich so viele Namen merken. Aufzustehen und sich von allen begaffen zu lassen, setzte dem Ganzen noch die Krone auf.

Sie war wirklich alles andere als ein scheues Mäuschen, trotzdem beschleunigte sich in solchen Momenten ihr Herz auf maximale Leistung. Das Ganze würde sich wieder ein wenig legen, wenn sie ihre Kommilitonen ein bisschen kennengelernt hatte. Aber im Moment waren sie einfach alle fremd.

Nicht nur die anderen Studenten. Auch der Professor. Die Universität. Ihre neue WG. Ihr Mitbewohner. Und schließlich sogar die Stadt. Sie war von New York nach Boston gezogen. Weit weg von zuhause.

"Wow, Candy ist ein cooler Name. So würde ich auch gern heißen", sagte ein Mädchen mit kinnlangen braunen Haaren neben ihr. Sie selbst hätte auch gerne solch einen Bob, aber ihre blonden Locken standen in alle Richtungen, sobald sie sie kürzer als schulterlang trug.

"Äh, hi, sorry, ich hab deinen Namen nicht mitbekommen, war irgendwie in Gedanken", antwortete sie leicht verspätet.

"Kein Problem, war bestimmt was Wichtiges", antwortete ihre Banknachbarin gut gelaunt. Eigentlich war es überhaupt nichts Wichtiges, aber sie wollte der guten Seele neben sich nicht ihre rosaroten Illusionen über die Menschheit nehmen. Also lächelte sie einfach und Bobby schien es so hinzunehmen.

"Mein Name ist Sarah", plapperte Bobby weiter.

"Freut mich, Sarah. Und ja, wir können gern Namen tauschen. Glaub mir, es ist nicht so toll, so einen Namen zu haben."

"Warum?"

"Weil man deswegen ständig blöd angequatscht wird."

Candy erkannte erst, was genau sie da gerade gesagt hatte, als Sarah zusammenzuckte. Scheiße! Warum zum Teufel musste ihr Mund auch immer schneller sein als ihr Kopf?

"Hey, das war jetzt nicht auf dich bezogen oder so. Also, ähm, ich meinte damit eigentlich, von Typen doof angemacht zu werden."

Ganz toll gemacht, Candy! Wieder eine rosa Welt mit deinen riesigen Fettnapftretern zerstört!

Sarah versuchte zwar noch zu lächeln, aber Candy wusste, dass Sarah sie jetzt für ziemlich schräg hielt. Ganz leicht war es für Candy nicht, neue Menschen kennenzulernen.

Die meisten Leute verstanden ihre Art Humor einfach nicht. Ihre Blicke sagten dann immerzu: "So süß sie auch aussieht, irgendwie ist dieses Mädchen seltsam."

Und dass sie süß aussah, war Candy nur allzu bewusst. Sie hatte lange blonde Locken und strahlend blaue Augen. Groß und ausdrucksstark, mit dichten schwarzen Wimpern. Eine kleine Stupsnase und volle, rosa Lippen. Mit 1,60 m Körpergröße war sie zwar bei weitem kein Modeltyp, aber ihre Figur kam bei den Männer immer gut an. Außen Hui, innen Pfui, aber das brauchte ja niemand zu wissen.

Da sie neu in der Stadt war und dringend eine Freundin gebrauchen konnte, versuchte sie, Sarah doch noch für sich zu gewinnen.

"Hey, sag mal, Lust auf einen Kaffee, nach der Vorlesung?"

"Sorry, keine Zeit. Vielleicht ein andermal, okay?", antwortete Sarah, aber Candy war sich da nicht so sicher. Prinzipiell hätte sie das nicht ganz so schlimm gefunden, aber irgendwie fühlte sie sich im Moment doch einsam.

Ihr Mitbewohner, den sie zwar erst seit zwei Wochen kannte und dennoch bereits vermisste, war am Wochenende für sechs Wochen zu seinem Auslandspraktikum aufgebrochen.

Julien und sie hatten sich von Anfang an gut verstanden. Er besaß definitiv die gleiche Art Humor wie sie. Er hatte auch nicht einen doofen Spruch über ihren Namen gebracht. Schade, aber diese sechs Wochen würde sie einfach mit Lernen und Arbeiten überbrücken. Die Stadt unsicher machen konnte sie auch noch, wenn Julien wieder da war.

Sie brauchte überhaupt keine neue Freundin. *Was sind schon sechs Wochen!* Deutlich besser gelaunt ging sie aus dem Klassenraum.

Die dritte und letzte Vorlesungsrunde für den heutigen Tag also auch geschafft. Puh.

Gut, dass der Montag immer so kurz sein würde, denn er zählte eindeutig nicht zu ihren Lieblingstagen in der

Woche. Montag war gleichbedeutend mit: 'Dein Wochenende ist vorbei' oder 'Es sind noch fünf ganze Tage, bis dein Leben wieder beginnt'.

Schule und Studium waren die Hölle für Candy. Warum sie sich das dann antat? Ganz einfach, sie würde alles tun, um nicht so zu enden wie ihre Mutter. Aber das ... Themawechsel! Das hier war Boston, nicht New York!

Also fand sie es nur passend, dass der schlimmste Tag der Woche auch der kürzeste sein sollte. Als sie das Universitätsgebäude verließ, schüttete es in Strömen. *Schöne Scheiße! Okay, also Bücher unter die Jacke und los!*

Candy rannte so schnell sie konnte quer über den Campus. Sie war mehr als froh darüber, heute früh Chucks anstatt Highheels gewählt zu haben. In Highheels über einen Kopfsteinpflasterplatz zu rennen, hätte mindestens einen gebrochenen Knochen zur Folge gehabt!

Klatschnass und durchgefroren kam sie schließlich in ihrer neuen Bleibe an. Hier konnte nur noch eine heiße Dusche helfen. Schnell streifte sie sich sämtliche Klamotten ab und warf sie in den Wäschekorb neben der Dusche.

Candy mochte ihr neues Bad. Es war zwar klein und sie musste es mit Julien teilen, aber es war sauber und hatte alles, was man benötigte. Gegenüber dem Waschbecken in dem länglichen, weiß gefliesten Raum standen sowohl Badewanne als auch Dusche.

Das warme Wasser fühlte sich unglaublich gut auf ihrer Haut an. In ihren Augen leider nicht. Eine ihrer Kontaktlinsen suchte im Wasserstrom das Weite und verschwand auf Nimmerwiedersehen im Abfluss.

Scheiße!

Sie trocknete sich ab, entsorgte auch die zweite Linse und band sich dann die Haare zu einem unordentlichen Knoten. Das Gefühl von nassen Haaren, die in ihrem Nacken klebten, konnte sie absolut nicht ausstehen! Die große schwarze Brille auf der kleinen Nase, lief sie in ihr Schlafzimmer, das gleich nebenan lag.

Vom ersten Tag an, an dem sie die Wohnung betreten hatte, stand unwiderruflich fest, dass dieses Zimmer renoviert werden musste! Es war kalt, steril. Weiße Wände ohne ein einziges Bild. Rechts von der Tür stand ein etwas breiteres Bett mit schlichtem Metallrahmen. Ein kleiner Nachttisch direkt daneben.

Unter dem großen Fenster mit Blick auf den Campus stand ein weißer Schreibtisch, an dem sie ihre Studienarbeiten erledigen konnte. Die gesamte linke Seite des Raumes nahm ein ziemlich großer Kleiderschrank mit weißen Schiebetüren ein, der mehr als genug Platz für ihre Kleidung bot, obwohl sogar noch einiges von Julien darin hing.

Candy war einfach nur froh gewesen, eine günstige möblierte Wohnung zu bekommen. Diese hier war noch nicht einmal ausgeschrieben gewesen. Sie hatte die Angebote am Schwarzen Brett der Uni studiert, als Julien sie ansprach.

Julien war in mehr als einer Hinsicht ein Glückstreffer. Sie verstanden sich hervorragend. Er machte sich nicht an sie heran. Die Wohnung war der Hammer! Ihr neuer Mitbewohner war sogar sehr erpicht darauf, dass alles immer pikobello war. Das waren dann klassische 5 Sterne für den besten Mitbewohner, den man sich wünschen konnte!

In ihrem rosa Nickischlafanzug gehüllt, machte sie es sich schließlich auf dem Sofa gemütlich.

JUSTIN

Endlich zuhause!

Nach einem Auslandssemester in Spanien mit anschließendem Kurzpraktikum freute sich Justin darauf, endlich wieder in seine Wohnung zu kommen. Es war nicht das erste Mal, dass er für längere Zeit im Ausland war, aber es hatte ihn in diesem Jahr besonders zurück gezogen.

Er hatte seinen Aufenthalt nicht mal für einen kleinen Urlaub im Anschluss verlängert, wie er es sonst gern tat. Das war gut, so konnte er direkt mit dem nächsten Semester weiter machen, ohne allzu viel verpasst zu haben.

In dem kleinen Flur seiner Wohnung ließ er seine Reisetasche auf den Boden fallen. Zog sich die Schuhe aus und stiefelte dann endlich in sein Wohnzimmer ... in dem eine ihm unbekannte Frau saß.

Eine sehr schöne Frau, wenn auch äußerst seltsam gekleidet. Welche Frau trug schon am frühen Nachmittag einen Schlafanzug auf einem Sofa, das ihr nicht gehörte? Und das in einer Wohnung, in der sie nur vorübergehend verweilen konnte. So war nun mal die Regel: Keine Frau durfte sich länger als 24 Stunden am Stück in seinen vier Wänden aufhalten.

"Hey", sagte er also, was ihrerseits mit einem trommelfellzerstörenden Schrei quittiert wurde. Sie sprang hektisch auf und verteilte den Inhalt ihrer Tasse auf seinem Echtholzparkett.

Schöne Scheiße! Weiber!

Zu guter Letzt warf sie alle in ihrer Reichweite stehenden Gegenstände auf ihn, während sie immerfort hysterisch kreischte.

Das Buch, das seinen Kopf nur knapp verfehlte, gab ihm schließlich die Motivation zu handeln.

In zwei langen Sätzen war er bei ihr, packte die wild um sich schlagenden Arme und drehte sie auf ihren Rücken. Blondie taumelte und prallte gegen seine Brust.

Sie war klein. Ging ihm gerade mal bis zur Schulter. Ihr Puls raste, das spürte er an ihren Handgelenken nur allzu deutlich. Das Kreischen war zwar verstummt, in dem Moment, als sie gegen ihn geprallt war, dafür zitterte sie heftig. Ihr kleiner, wohlgeformter Körper bebte in seinen Armen.

"Schsch", machte er und murmelte dann: "Wo zum Teufel bleibt eigentlich Julien, wenn man ihn mal braucht?"

"Dddduuu keennnnsssst ihhhnn?", stotterte sie leise und ihre Stimme klang sogar sehr angenehm, wenn sie nicht gerade einen Anschlag auf sein Hörvermögen verübte. Weich, harmonisch, einfach schön.

"Ja, wir teilen uns diese Wohnung", antwortete er, wenn auch etwas zeitverzögert. Zu sehr hatte er sich von ihrem Duft ablenken lassen. Sie roch sehr gut, irgendwie zitronig.

"Nein, Julien und ich teilen uns diese Wohnung", sagte sie und klang, als hätte sie sich langsam wieder erholt. Loslassen würde er sie aber noch nicht. Sie fühlte sich in seinen Armen ziemlich gut an.

"Das glaube ich nicht. Das ist meine Wohnung", antwortete er ruhig. Langsam begann sie, sich in seinem Griff zu winden, wollte freikommen. Durch die Bewegung rieb sich ihr Körper an seinem und erzeugte ein ziemlich realistisches Kopfkino über eine sich windende Blondie in seinem Bett.

"Nein. Er hat mir das Zimmer angeboten und gesagt, dass es seine Wohnung sei. Könntest du ... kannst du mich bitte loslassen."

"Nein, zu gefährlich. Und nein, das ist meine Wohnung. Ich kann dir gern die Eigentümerurkunde zeigen", antwortete er schlicht, nicht gewillt, dieses süße Ding schon gehen zu lassen. Vielleicht konnte er seine Ankunft gleich mit ihr feiern.

"Lass mich los! Ich rufe ihn an!", sagte sie und jetzt musste er sie ziehen lassen. Wenn er sie noch fester hielte, würde sie zum Schluss noch blaue Flecken bekommen.

"Lass mal, ich mach das selbst", antwortete er und ließ sich auf das Sofa fallen, damit dieses süße Ding nicht gleich spitz bekam, was für eine Wirkung sie auf ihn hatte.

Mann oh Mann, verdammt heiß, die Kleine!

Er zog sein iPhone aus seiner Jackentasche und wählte Juliens Nummer.

"Meister, was gibt's", meldete dieser sich fröhlich nach dreimaligem Läuten.

"Da steht ein echt süßes Mädchen in meinem Wohnzimmer", sagte er ohne Begrüßung. Besagtes Mädchen verzog irgendwie angewidert ihr hübsches Gesicht. Warum, konnte Justin sich nicht erklären, er hatte schließlich wirklich freundlich von ihr gesprochen. Blondie sah aber eher drein, als hätte er ihr Schimpfworte an den Kopf geworfen.

Während er auf Juliens Antwort wartete, beobachtete er sie weiter.

"Was machst du daheim?", fragte dieser jetzt mit deutlich weniger lockerem Ton.

"Studieren?", fragte Justin zurück. Was war nur los mit diesem Spinner?

"Warum?", dabei klang er langsam panisch.

"Julien, was soll der Scheiß? Beantworte endlich meine Frage!", herrschte er ihn an. Langsam hatte er wirklich die Schnauze voll von diesem Gespräch und irgendwie roch er, dass hier gerade echt etwas schief lief.

"Normalerweise meldest du dich immer, bevor du zurück kommst!", sagte Julien vorwurfsvoll.

"Das ist meine Wohnung, Julien, ich muss mich nicht ankündigen, wenn ich nach Hause komme. Rück endlich mit der Sprache raus!"

"Hör mal, sieh sie dir doch an! Sie stand da so verloren vor dem Schwarzen Brett. Da dachte ich, ich nehm' sie mit zu mir. Hab ein bisschen Spaß mit ihr und spätestens, wenn ein paar andere Weiber ein und ausgehen, würde sie dann von selber verschwinden", stammelte er.

Ja, süß war sie, da musste er seinem besten Freund recht geben. Und mit nach Hause hätte er sie auch genommen. Aber niemals, wirklich niemals, hätte er sie hier einziehen lassen!

"Sie ist noch da", informierte er ihn knapp.

"Ja, ich hatte sie auch noch nicht. Ist nicht ganz so leicht, wie es scheint."

"Und wie stellst du dir das jetzt vor?"

"Kannst du nicht einfach eine Zeitlang in meinem

Zimmer schlafen? Ich überleg mir was!"

"Warte, willst du mir damit sagen, sie bewohnt mein Zimmer?", fragte er und als er aufsah, bemerkte er, dass die Kleine irgendwie beunruhigt wirkte. Sie sah fast noch süßer aus, wie sie so ihre Finger knetete und ihr spärliches Gewicht von einem Fuß auf den anderen verlagerte.

"Ja, ich werd' sie wieder los, versprochen! In sieben Wochen ist sie weg!"

"SIEBEN??"

"Ja, ich komm ja erst in sechs wieder und ich will sie unbedingt noch vögeln!", jammerte Julien.

"Versteh ich", brummte er und ließ seinen Blick über sie schweifen.

"Nein! Nein, nein! NEIN! Bitte Justin. Lass sie mir! Reiß dich ein verdammtes Mal zusammen, Mann! Bitte! Ich will sie! Und ich hab auch schon zwei Wochen investiert!"

"Hält dich doch keiner davon ab", murmelte Justin, während sich ein träges Lächeln auf sein Gesicht schlich.

"Komm schon, Alter! Du weißt ganz genau, dass ich niemals etwas ficken würde, das du schon hattest!", antwortete Julien und klang ein wenig verzweifelt.

"Für mich bleiben also nur Nachteile."

"Ich leih dir mein Bike. Vier Wochen!"

Vier Wochen Yamaha fahren? "Deal!", sagte er schnell, bevor Julien feststellte, dass er sein Baby gerade gegen ein bisschen Sex eingetauscht hatte.

"Danke Mann! Ich bring das alles wieder in Ordnung, okay?"

"Passt", antwortete Justin und legte auf. Dann wandte er sich an die Frau, mit der er jetzt sieben Wochen verbringen sollte. OHNE sie zu vögeln.

Ich könnte es ja als Forschungsprojekt betrachten ... , sinnierte er, während er sie betrachtete. Dafür war Julien ihm definitiv was schuldig!

Du bist also Platz eins auf der Darf-Mann-Nicht-Ficken-Liste.

Verdammte Scheiße! Sieben lange Wochen!

CANDY

Der Fremde telefonierte mit Julien, während Candy versuchte, sich langsam wieder zu beruhigen. Ihr Herz raste noch immer, auch wenn sie ihre Panik zumindest äußerlich wieder verbergen konnte.

Sie konzentrierte sich auf das Ein- und Ausatmen, um sich zu beruhigen, während sie den Fremden musterte.

Er sah sehr gut aus. Mindestens 1,85 groß, muskulös mit breiten Schultern. Er hatte raspelkurze schwarze Haare. Sehr dunkle Augen, die dicht von schwarzen Wimpern umrahmt wurden, stachen ebenso hervor, wie die schönen, sehr weich aussehenden Lippen. Ein Bartschatten lag auf seinen Wangen, was ihn irgendwie wild und verwegen aussehen ließ. Würde sie sich mehr aus Männern machen, so würde dieser definitiv ins Beuteschema passen.

Rein äußerlich natürlich. Denn er wirkte nicht sonderlich glücklich darüber, dass sie hier wohnte, und die Art, wie er sie immer wieder musterte, ließ es ihr kalt den Rücken hinab laufen. Abschätzend, lüstern, wie bei einer Fleischbeschau.

Irgendwie waren die beiden sich wohl einig geworden, denn Juliens Freund legte grinsend auf.

"So, und du bist jetzt also meine neue Mitbewohnerin", sagte der Mann auf dem Sofa. Sein Blick hatte sich irgendwie verändert. Weniger Begierde, mehr Neugier. Sie entspannte sich ein wenig.

"Ähm ... ja, sieht dann wohl so aus."

"Ich heiße Justin", sagte er.

Der Name passte. Definitiv! Eng sitzende, leicht abgewetzte Blue-Jeans. Ein weißes Shirt und eine ältere Lederjacke. Zusammen mit seinem Gesicht und seiner muskulösen Figur so ziemlich genau das, was Candy sich unter diesem Namen vorstellte.

Unter dem weißen engen T-Shirt konnte man seine ausgeprägte Brust- und Bauchmuskulatur erahnen. Und sie ertappte sich bei dem Gedanken, wie sie sich wohl unter ihren Händen anfühlen würde.

Ein seltsames Lächeln erschien auf seinem Gesicht. Seltsam ... und doch ... heiß!

"Verrätst du mir deinen auch?", fragte er, lehnte sich in die Polster zurück, die Arme auf die Rückenlehne des Sofas platziert. Innerlich wappnete sie sich vor jedem dummen Spruch, der gleich folgen würde.

"Candy", sagte sie schließlich leise.

Er lachte. Volltönend und tief. Es war wie Musik in ihren Ohren, auch wenn er sich über sie lustig machte.

Breit grinsend sagte er schließlich: "Sweet like Candy!"

Mit größtmöglicher Zielsicherheit hatte er sich den schlimmsten Spruch von allen ausgesucht. Sie drehte sich um und floh in die Küche.

Die Küche war genauso steril wie ihr Schlafzimmer ... oder seines, wie sich herausgestellt hatte. Weiße Fliesen, weiße Fronten und eine schwarze Arbeitsplatte. Was nicht schwarz oder weiß war, war aus Edelstahl.

Sie bückte sich, um einen Eimer und Putztücher unter der Spüle hervorzuholen. Der vergossene Tee musste dringend vom Parkett entfernt werden, bevor dieser Schaden nahm. Geld für Reparaturen hatte sie definitiv nicht übrig!

Dank ihres iPods hatte sie den Eindringling nicht kommen hören und sich schließlich so erschreckt, dass sie ihren Tee im hohen Bogen im Wohnzimmer und über sich selbst verteilt hatte.

Scheiße!

Verdammt heiß war der Tee auch noch gewesen. Ihre Hand brannte immer noch wie die Hölle!

Als sie sich wieder aufrichtete, spürte sie jemanden in ihrem Rücken und erschrak fast zu Tode. Sie kreischte, drehte sich blitzschnell um und knallte den Eimer gegen den Störenfried.

Justin. Puh ... klar, wer sonst. Ihr Nervenkostüm hatte sich von dem letzten Adrenalinkick eindeutig noch nicht erholt!

"Musst du immer so kreischen?", sagte er mit vor Schmerz verzogenem Gesicht.

"Musst du dich immer so anschleichen?", gab sie spitz zurück.

Er ging ihr unter die Haut. Stieß sie ab und zog sie zugleich an. Seine Lederjacke hatte er abgelegt. Nur zu gern hätte sie ihre Hände einmal über die muskulösen Oberarme gleiten lassen.

Wie bitte?, fragte sie sich selbst und schüttelte den Gedanken schnell wieder ab. Es musste an den Tätowierungen liegen, die seine gesamten Arme bedeckten. Dank Joey hatte sie ein Faible für die Bilder der Ewigkeit entwickelt!

"Ich schleiche nicht und werde wegen dir auch nicht zu trampeln beginnen. Mann, bist du schreckhaft!", riss Justin sie aus ihren Gedanken.

Ohne ein weiteres Wort drehte sie sich wieder um und ließ Wasser in den Eimer laufen.

Sie würde sich einfach schnellstmöglich eine andere Wohnung suchen. So schön diese auch war und so gut ihr Julien als Mitbewohner auch gefiel. Diesen Ochsen glich nichts aus.

"Bist ziemlich empfindlich, hm?", fragte er so dicht an ihrem Ohr, dass sie zusammen zuckte.

"Lass mich einfach in Ruhe", sagte sie und beschäftigte sich weiter mit dem Putzwasser.

"Du solltest das kühlen", sagte er und griff nach ihrer verbrühten Hand. Wieder kribbelte ihre Haut, als reagierte sie auf den Hautkontakt.

Er stand jetzt direkt hinter ihr, hielt ihre linke Hand am Handgelenk fest und hob mit der anderen den Eimer aus der Spüle. Dann drehte er das Wasser auf kalt und hielt ihre Hand unter den Strahl.

Zuerst tat es weh, doch schon bald nahm die Kälte jedes Gefühl von ihrer Haut.

In dem Maß, in dem der Schmerz nachließ, spürte sie mehr von seiner Gegenwart in ihrem Rücken. Spürte seinen warmen Atem in ihrem Nacken. Seinen festen Griff um ihr Handgelenk.

"Ich sollte den Tee aufwischen", sagte sie irgendwann, nur um einen Grund zu haben, von ihm fort zu kommen. Er war zu nah und es fühlte sich zu gut an.

Langsam löste er sich von ihr, trat einen Schritt zurück, sodass sie sich den Eimer schnappen konnte. Ohne zu ihm aufzusehen, drückte sie sich an ihm vorbei und reinigte den Boden.

"Ich geh dann mal auspacken", sagte ihr neuer Mitbewohner und verschwand nach einem kurzen Abstecher im Flur in Juliens Zimmer.

JUSTIN

Das werden die längsten sieben Wochen meines Lebens!

Candy war der Hammer. Und ganz eindeutig sein Geschmack. Gut, dass er nicht ganz so wählerisch war wie Julien und sein Bruder Mat. Ihm war es herzlich egal, ob Julien eine Frau bereits gevögelt hatte oder nicht.

Das einzige Problem an der ganze Sache war, dass er noch sieben Wochen würde warten müssen. Sieben Wochen, in denen sie ihn mögen musste, aber nicht zu sehr, damit sein bester Freund noch zum Zug kam.

Zum Arsch durfte er aber auch nicht werden, sonst hätte er nach dieser Zeit bestimmt keine Chancen mehr bei ihr.

Als wäre es nicht sowieso schon schwer genug, überhaupt mit einer Frau unter einem Dach zu wohnen.

Diverse Horrorszenarien spielten sich bereits in seinem Kopf ab. Handtücher mit Make-up-Flecken. Lange, blonde Haare im Waschbecken. Kichernder, nicht fickbarer Weiberhaufen im Wohnzimmer. Die Liste ließe sich beliebig fortsetzen. Aber andere Dinge hatten Vorrang!

Einen Plan für die kommenden Wochen erstellen!

Um ein geeignetes Vorgehen festzulegen, musste er sie kennenlernen. Nach dem Duschen würde er ihnen beiden etwas zu Essen kochen. Dann konnten sie sich in aller Ruhe unterhalten.

"Möchtest du auch etwas essen, Candy?", fragte er schließlich durch die Tür seines Zimmers und freute sich wieder diebisch über diesen Namen.

Er erinnerte ihn dauernd an Süßigkeiten – insbesondere an Lollys – was ein ziemlich heftiges Bild von seiner Zunge auf ihrem Körper hervorrief.

Und ihre Zunge auf seinem ... Sieben verdammte Wochen! Reiß dich zusammen!

"Nein danke", antwortete sie. Wie bitte?

"Komm schon, ich koch uns was!"

"Lass nur!"

Hey, sie könnte doch zumindest die Tür öffnen, wenn sie mit mir spricht!

"Dann leiste mir Gesellschaft! Wir werden zusammen leben, da möchte ich schon mehr von dir wissen als deinen Namen. Vielleicht bist du ein Serienkiller und ich wache morgen tot auf!"

Da öffnete sich langsam ihre Tür und Candy lugte durch den Spalt.

"Man kann nicht aufwachen, wenn man tot ist, Justin", sagte sie. Die Art wie sie seinen Namen aussprach, machte ihn unglaublich an.

Eine Hand in der Hosentasche seiner Jeans vergraben, stützte er sich mit dem anderen Unterarm an den Türrahmen und lehnte seine Stirn dagegen. Sein Lächeln kam ganz automatisch.

"Essen?", fragte er. Sie nickte und ging an ihm vorbei in die Küche. Ihr süßer kleiner Po schwang bei jedem Schritt von links nach rechts. Es war nicht ihre Absicht, das sah man genau. Vielleicht gerade deswegen wirkte es noch heißer, als jeder gut geprobte Hüftschwung es jemals konnte.

Da es schnell gehen sollte, beschränkte er sich auf Spagetti mit Tomatensoße. Seine neue Mitbewohnerin saß im Schneidersitz auf einem der Stühle und beobachtete ihn.

"Ich such mir so schnell wie möglich eine andere Wohnung", sagte sie, während er Salz in das Nudelwasser gab.

"Kein Stress. Julien hat diesen ganzen Scheiß verbockt und er wird auch eine Lösung finden. Die nächsten Wochen ist er sowieso nicht da, also kannst du getrost hier wohnen bleiben", antwortete er, während er konzentriert die letzten Reste aus der Tomatenmarktube drückte.

"Danke."

Wieder knete sie nervös ihre kleinen Finger, ihre Haltung war angespannt. Was dachte sie? Dass er ein Monster war und sie jetzt sofort auf die Straße setzte?

Der beste Plan war, sie mit ein wenig Small-Talk aufzulockern. Sie musste zunächst einmal begreifen, dass er kein menschenfressendes Ungetüm war und sie auch nicht beißen würde. Okay, beißen schon, aber jetzt noch nicht, erst wenn sie unter ihm lag und sich in Ekstase wand.

"Passt. Du studierst?"

"Ja, erstes Semester. Wirtschaft. Du auch?"

"Ja, bin aber schon im sechsten."

"Wie alt bist du?", fragte sie. Gut, immerhin fragte sie. Das zeigte doch zumindest, dass sie nicht völlig desinteressiert an ihm war.

"24. Woher kommst du?"

"New York."

"Warum dann Boston?"

"Mal was anderes."

Alles sehr knapp!

Sie unterhielten sich, bis das Essen fertig war. Candy antwortete ihm auf all seine Fragen, aber alles in allem sehr eintönig und ohne ein Wort zu viel. Es kam ihm so vor, als gäbe sie ihm immer die kürzeste Antwort oder wich ihm komplett aus.

"Und deine Familie?", fragte er, als sie die Teller bereits abgeräumt hatten.

"Lebt in New York. Hör mal, ich bin müde und muss morgen früh raus. Danke fürs Essen und Gute Nacht!", sagte sie und verschwand schnell durch die Tür.

"Gute Nacht!", rief er ihr noch hinterher.

Seltsames Mädchen ...

2 FAMOUS

CANDY

Eigentlich ... also wenn sie ganz ehrlich zu sich selbst war, war Justin gar kein so übler Typ. Er war genauso ordentlich wie Julien und baggerte sie dabei so gut wie überhaupt nicht an. Er konnte wirklich gut kochen und hatte sie mit Tee zum Frühstück versorgt. Er war kein Morgenmuffel und erstaunlicherweise verstand er sogar ihren Humor.

Alles in allem, einfach schade, dass die Wohnung nicht drei Schlafzimmer hatte! Mit diesen Zweien ließe es sich durchaus aushalten.

Sie gingen gerade Seite an Seite zum Universitätsgelände. Sie war sehr froh, dass Justin langsam ging.

Er hatte schon vor dem Frühstück wieder so unverschämt gut ausgesehen, dass sie sich dazu entschlossen hatte, sich heute auch ein wenig besser anzuziehen. Sie wollte bei Gott nicht das hässliche Entlein neben dem Rockstar sein, wenn sie schon gemeinsam zur

Uni gingen.

Ergebnis: dunkelblaue Röhrenjeans, ein weißes Longsleeve, weiße Highheels und eine Jeansjacke, weil es für Anfang Oktober doch recht frisch war. Leichtes Make-up und ihre langen, blonden Locken fielen offen über ihren Rücken.

Sie war zufrieden mit sich. Gut, das war sie auch in Hoody und Chucks, aber es gab einfach Tage, da sah man in den Spiegel und mochte, was man sah ... Ach ja, und es gab 'Spiegel-du-böser-Feind' Tage. Nicht so an diesem. Im Vergleich zu Justin würde sie zwar nicht herausstechen, aber das war ja auch nicht das Ziel.

Justin kannte Unmengen an Menschen. Ungefähr jeder Zweite, der ihnen begegnete, grüßte ihn fröhlich. Jungs, mit denen er sich auf die Schultern klopfte, und kichernde Mädchen, die ihm winkten. Einige versuchten sogar, ihn in den Arm zu nehmen oder ihm ein Küsschen auf die Wange zu drücken, doch er wich stets so gekonnt aus, dass es einem nur auffiel, wenn man das Spektakel gefühlte 300 Mal am Stück beobachten konnte.

Vorgestellt hatte er sie nicht. Maximal ihren Namen verraten, wenn jemand danach gefragt hatte. Wenn sie die Blicke der Frauen richtig deutete, würde sie auch keine Freundinnen unter ihnen finden. Der Platz an Justins Seite schien sehr begehrt zu sein. Auch wenn Candy ihn nur als Wegbegleiter hatte.

"Wo hast du deinen ersten Kurs?", fragte er, als sie die Mensa passierten.

Wortlos reichte sie ihm ihren Stundenplan.

"Okay. Komm, ich bring dich hin."

Obwohl sie ablehnte, tat er es trotzdem. Nicht nur bis zu dem Raum, nein, bis zu ihrem Platz. Zeitweise fühlte sie sich, wie sich Tiere im Zoo fühlen mussten. Beinahe jeder starrte sie an.

Als sie endlich saß und Justin verschwunden war, atmete sie tief durch. Wenn das so weiter ginge, würde sie eine Packung Baldrian benötigen, um einen Tag an Justins

Seite zu überstehen. Dieses Gegaffe war nervenaufreibend.

Der Kurs war nicht allzu gut besucht, und da die Plätze in den vorderen Reihen nicht sehr beliebt waren, blieb sie für sich.

Nach der Vorlesung wartete Justin vor der Tür. Er begleitete sie auch zu ihrem nächsten Kurs und ihrem nächsten Platz. Als wäre das nicht genug, holte er sie auch dort wieder ab und steuerte mit ihr zusammen die Mensa an. Was genau sollte das werden?

"Und alles gut gelaufen?", fragte er, nachdem sie einige Minuten stillschweigend nebeneinander her gelaufen waren. Sie nickte nur, woraufhin sie schweigend weiter gingen.

Dieses Mal war sie sogar froh, einen Begleiter zu haben. Das imposante Gebäude hatte große Glastüren. Die Mensa war riesig und sehr überfüllt. Sich als Fremdling hier zurecht zu finden, nahezu unmöglich. In dem Getümmel konnte sie noch nicht einmal die Schlange zum Buffet ausmachen.

Hunderte Menschen liefen planlos durch den Raum. Es war absolut kein System zu erkennen und Candy fühlte sich restlos überfordert. Am liebsten hätte sie sich irgendwo an die Seite gestellt und das ganze Spektakel ein paar Tage beobachtet.

"Hast du einen Chip?", riss Justin sie aus ihren Gedanken. Auf ihren fragenden Blick hin winkte er ab und lotste sie in die Schlange zur Essensausgabe.

Diese ganze Maschinerie erinnerte sie irgendwie an ein Gefängnis. Und Candy war einer der Sträflinge, die abgefertigt wurden. Tablett, Teller, Kelle, Essen - *platsch*, Besteck, Serviette, Getränk.

Die Hand, die sie permanent an ihrem unteren Rücken vorwärts schob, machte die Situation auch nicht besser. Im Gegenteil. Ihre Haut brannte und ihre Bauch kribbelte ... oder noch tiefer.

Schneller zu laufen war leider auch keine Alternative, um seiner Hand zu entgehen, da die Schlange vor ihnen einfach nicht schneller vor rückte.

Endlich bei der Kasse angekommen, nahm er seine Hand weg, um nach seiner Geldbörse zu angeln. Sie tat es ihm gleich und streckte der Kassiererin eine 5$ Note entgegen.

"Kein Bargeld, Schätzchen", knurrte die Kaugummi kauende, sehr ungepflegt wirkende Frau an der Kasse.

"Ich zahl das mit", sagte Justin und hielt ihr einen roten, runden Chip entgegen.

Piep, Chip zurück, Hand auf Candys Rücken und wieder wurde sie weiter geschoben.

"Danke. Ich gebe es dir gleich zurück."

"Passt schon. Wir besorgen dir die Tage einen."

Heute!, dachte Candy, weil sie nicht vorhatte, sich von irgendjemandem aushalten zu lassen.

Er schob sie an einen Tisch in der Mitte des Raumes. Es sah ganz danach aus, als säße dort das Football Team der Uni und deren Cheerleader gleich mit.

Und wieder war sie froh um ihren Begleiter. Nicht nur, dass sie überhaupt nichts zu essen bekommen hätte. Auch einen Sitzplatz hätte sie in diesem Getümmel niemals ergattern können.

"Hey!", sagte Justin in die Runde und ließ sich lässig auf einen Stuhl fallen, zog dann den Stuhl neben sich hervor und bedeutete ihr, Platz zu nehmen. Unter den kritischen Blicken der anderen setzte sie sich. Was auch sonst? Zwar ließ sie sich ungern etwas vorschlagen, aber in dieser Situation war ihr jede Hilfe recht.

Die Gespräche drehten sich wie erwartet um Football und wurden nur von dem hysterischen Gekicher einiger Cheerleader unterbrochen. Sie war bereits fertig mit Essen und stocherte nur noch in ihrem Gemüse herum, um nicht an der Unterhaltung teilnehmen zu müssen.

"Wie heißt du eigentlich?", fragte einer der Jungs. Leider war sie sich sicher, dass er sie meinte.

Seufzend und sich innerlich wappnend, richtete sie sich langsam auf.

Ehe sie aber auch nur ein Wort sagen konnte, spürte sie Justins Arm auf der Rückenlehne ihres Stuhls und er antwortete: "Candy."

21 ... 22 ... 23 ... wie jetzt, kein blöder Spruch?

Candy sah sehr wohl, dass all die Sprüche auf ihren Lippen hingen, aber irgendwie traute sich keiner, einen davon loszulassen. Mit jeder Sekunde, die verstrich, entspannte sie sich ein klein wenig mehr.

Dankbar lächelnd sah sie zu Justin auf. Er wirkte zufrieden, genau wie sie.

Sie lehnte sich zurück. Der Arm auf ihrer Rückenlehne, der sie im Normalfall ziemlich gestört hätte, kam ihr in diesem Moment wie ein schützender Umhang vor.

Justin begleitete sie auch zu ihrer Vorlesung am Nachmittag und ging mit ihr zusammen nach Hause. Sie wärmten die Reste vom Vorabend auf und aßen gemeinsam zu Abend.

Glücklich darüber, dass ihr neuer Mitbewohner mindestens genauso gut war wie der alte, fiel sie schließlich in einen traumlosen Schlaf.

3 SCHWERER ALS GEDACHT!

JUSTIN

Er war sich von der ersten Sekunde an klar darüber gewesen, dass diese Frau verdammt sexy war. Dass sie aber außerhalb ihres Schlafanzugs, ohne Brille und ein wenig zurecht gemacht einfach nur der Hammer war, darauf war er nicht vorbereitet gewesen.

Es war jeden Tag aufs Neue äußerst anstrengend, sie nicht einfach über seine Schulter zu werfen und zurück in sein Schlafzimmer zu befördern. Zurück in das Bett, in dem sie schlief. In sein Bett, in dem er mit ihr schlafen wollte.

Gott, dieses Kopfkino raubte ihm noch den letzten Nerv! Jeden gottverdammten Tag, wenn sie aus diesem Raum kam und einfach nur zum Anbeißen aussah, hieß es wieder Good-Justin vs. Bad-Justin. Oder Julien+Bike vs. Libido. Mann, Mann, Mann!

Auf dem Campus hatten sich vom ersten Tag an seine schlimmsten Befürchtungen bestätigt. Jedes zweite männliche Wesen lag bereits auf der Lauer.

Es blieb ihm gar nichts anderes übrig, als sofort sein Revier abzustecken. Wenn er sie in sieben Wochen in seinem Bett haben wollte, durfte sie bei Gott keinen anderen Mann kennenlernen und zu guter Letzt noch irgendwie in eine dieser verflixten festen Beziehungen schlittern!

Sie war es, was er wollte. Sie war hübsch, süß, sexy und schien sogar Charakter zu haben. Justin liebte ihre Art zu denken und ihren Sarkasmus schon jetzt! Obwohl sie sich gerade einmal fünf Tage kannten.

Candy war unkompliziert. Mit ihr zusammen zu leben war unkompliziert. Es war fast so, als wäre sie Julien in weiblich. Nur dass er auf Candy ziemlich scharf war und auf Julien bei Gott nicht!

So scharf, dass HD Bilder von einer nackten Candy unter ihm als Dauerschleife in seinem Kopf liefen. Und das, obwohl er in einer sehr trockenen Vorlesung über Finanzmanagement saß. Umringt von nicht minder hübschen weiblichen Wesen.

Er brauchte eindeutig ganz dringend Sex! Er würde Candy nach Hause bringen, mit ihr essen, sie ins Bett schicken und dann in seinen Lieblingsclub gehen. Sich irgendein Mädchen aufreißen und danach das Wochenende mit dem weiblichen Julien in seiner Wohnung verbringen. Perfekter Plan!

Wie in den letzten Tagen üblich, verließ er unter den bösen Blicken seines Professors die Vorlesung fünf Minuten früher. Im Laufschritt durchquerte er die Flure und fand sich pünktlich zum Schlussläuten vor ihrem Vorlesungssaal ein.

"Hey Justin", grüßte Candy lächelnd. Sie hatte ein atemberaubendes Lächeln. Ein Lächeln, das ihn sogar bei schlechtester Laune zurück lächeln ließ.

"Hey Kleines, bereit nach Hause zu gehen?", fragte er und ignorierte die fragenden Blicke seiner und ihrer Kommilitonen, da er nicht vorhatte, die an seinem Großen Plan teilhaben zu lassen.

"Mhm", sagte sie lächelnd und schwang sich die Tasche über die Schulter, ehe sie Seite an Seite zu ihrem Wohngebäude gingen.

Sie war ziemlich aufgedreht und berichtete begeistert von irgendeiner Sarah, die nun doch wieder mit ihr sprach, und dass alle sehr nett zu ihr wären. Warum auch nicht? Bei einem so tollen Mädchen.

Auch die Jungs hier wären ganz anders, als sie sie aus New York kannte. Alle wären super freundlich und aufgeschlossen, aber nicht so aufdringlich wie bei ihr zuhause. ... *wenn die wüsste* ...

Denn Justin wusste es besser. Er hatte sie lediglich noch nicht angemacht, weil er Julien ein guter Freund sein wollte. Der Rest der Studenten nur nicht, weil es sich keiner mit ihm verscherzen wollte.

Sie plapperte fröhlich weiter irgendwelches belangloses Zeug, während er versuchte, sein Kopfkino in den Griff zu bekommen. Gut, dass er heute Abend ausgehen würde, dieser halbe Dauerständer war wirklich mehr als nur nervenaufreibend.

"... nächsten Samstag. Ich denke, ich werde hingehen", schloss sie gerade irgendeine Ansprache.

"Wo hingehen?", hakte er dann doch nach, weil es sich irgendwie wichtig angehört hatte.

"Auf diese Semesterparty, die hier stattfindet und zu der Cole mich eingeladen hat!"

"Welcher Cole?", fragte er, obwohl er schon so eine Befürchtung hatte.

"Na, du weißt schon. Braune Haare, sitzt dir mittags immer schräg gegenüber."

Volltreffer. Dieses Arschloch!

Er war sich durchaus darüber im Klaren, dass ihm nicht jeder diese MEINS-Nummer abkaufte. Dass die ersten aber nach nicht einmal einer Woche bereits ihre Finger nach ihr ausstreckten, hätte er nicht gedacht. Cole ließ selten etwas anbrennen.

Scheiße! Komm schon, Kumpel, neuer Plan, denk nach!

"Wann?"

Ihr Lächeln war ein klein wenig in sich zusammen gefallen. Sie sah ihn forschend, mit schräg gelegten Kopf an, während er die Tür zu ihrer Wohnung aufschloss. Er verfluchte sich, ihr nicht besser zugehört zu haben!

"Nächste Woche Samstag. Sagte ich bereits."

"Klar. Cool. Sollen wir zusammen hingehen?", fragte er so unverbindlich wie möglich und hielt ihr die Tür auf. Bingo. Ihr Lächeln kehrte zurück.

"Super! Das wird klasse!" Und schon war sie wieder im Gute-Laune-Modus. Sehr schön!

Sie bereiteten sich Salat mit Putenstreifen vor und aßen gemeinsam vor dem Fernseher. Big Bang Theory. Two and a half Men und die Simpsons.

10 Uhr. Die Zeit, zu der Candy für gewöhnlich in ihrem Bett verschwand. Nur an diesem Tag nicht. Warum?

"Hey, du gehst sicher gleich schlafen, stimmt's?", fragte er betont beiläufig und sah extra nicht vom Fernseher auf. Dann doch, da keine Antwort von ihr kam.

Wieder hatte sie ihr hübsches Köpfchen schräg gelegt und musterte ihn eingehend.

"Nein, warum?", fragte sie schließlich und schob sich noch ein Stückchen Schokolade in den Mund.

"Na, weil du immer so früh schlafen gehst."

"Nein, nur wenn ich am nächsten Tag früh aufstehen muss", antwortete sie und ließ ihn nicht aus den Augen.

"Oh. Okay." *Scheiße!*

"Warum fragst du?"

"Ich hatte noch etwas vor?", gab er fragend zurück. Wenn sie ihn so ansah, war sie ihm ein kleines bisschen unheimlich.

"Und zwar?"

"In einen Club gehen ... oder so", antwortete er ausweichend und suchte dringend nach einem Ausweg für diese prekäre Situation.

"Cool, ich komm mit!", sagte sie begeistert.

Nicht gut ...

"Aber wenn du auch noch aufbleibst, können wir doch auch zusammen einen Film sehen, was meinst du?"

Wieder zog sie dieses Kopf-schräg-muster-Ding ab, bei dem er sich stets so vorkam, als würde sie mit ihrem Röntgenblick seine Gedanken durchforsten. Gruselig!

Kurz darauf erschien dieses süße Lächeln und sie nickte. Sie einigten sich auf *Ted* und Justin genoss ihre Gegenwart sehr. Sie lachten an den gleichen Stellen und ihre Kommentare waren zum Brüllen.

Er hatte sich in die Ecke des kleinen, weißen L-förmigen Sofas gesetzt und Candy dicht neben ihn, damit sie beide in die Chipsschüssel greifen konnten.

Weil sie nach dem Film immer noch nicht den Anschein machte, als würde sie schlafen gehen, legte er die erste Staffel *Burn Notice* ein.

Gegen viertel nach zwölf wurden ihre Augen immer schwerer und fielen ein ums andere Mal zu. Lange würde es nicht mehr dauern, ehe sie kapitulieren und ins Bett gehen würde.

Weitere fünf Minuten später waren ihre Augen endgültig zu. Sein Arm lag auf der Rückenlehne des Sofas. Ihr Kopf war so zur Seite gekippt, dass ihre Stirn ganz leicht seinen Oberarm berührte.

Sie war untertags schön, heiß, süß und sexy. Schlafend verstärkte sich all das noch um Welten. Sie war ein Engel. Weicher. Unschuldiger. Ihre blonden Locken, die sie immer wieder über die Rückenlehne geworfen hatte, kitzelten ihn leicht am Unterarm.

Ihre vollen, rosa Lippen standen ein klein wenig auf und sahen, so entspannt, wie sie im Moment war, noch weicher aus. So gern würde er jetzt mit seinem Daumen darüber fahren. Sie mit seinen Lippen berühren, wie er es sich schon hunderttausend Mal vorgestellt hatte.

Das Rätsel, wie sie sich anfühlen würde, wie ihre Lippen und ihre Haut schmecken würden, trieb ihn schier in den Wahnsinn. Und doch konnte er diesen Moment, in dem er sie ungeniert mustern konnte, einfach nur genießen.

Dieser Moment war so schön und reine Folter zugleich. Zerrte nur weiter an dem spärlichen Rest Selbstbeherrschung, der ihm nach fünf gemeinsamen Tagen verblieben war.

Selbst in grauem Longsleeve und passender Jogginghose sah sie einfach nur umwerfend aus.

Er schüttelte über sich selbst den Kopf. Er musste dringend hier raus. Ein wenig Druck abbauen! Bevor all seine Gedanken von dem Verlangen nach ihr verseucht wurden. Wenn sie nur nicht so verdammt heiß wäre!

Gerade, als er vorsichtig aufstehen wollte, brummelte sie irgendetwas und drehte sich ganz zur Seite. Ihr Kopf rutschte und landete an seiner Schulter. Ihre linke Hand krallte sie in sein weißes T-Shirt und dann schlief sie einfach weiter, selig an seine Brust gekuschelt.

Er war wie erstarrt. Reglos saß er da und überlegte, was er nun tun sollte. Es fühlte sich komisch an.

Komisch-Gut ... Irgendwie ... eigentlich war er nicht der Kuschel-Typ.

Aber eigentlich verbrachte er auch seine Zeit nicht mit Frauen, sofern er sie nicht flachlegte.

Eigentlich begleitete er auch keine Frauen irgendwo hin. Ja, nicht mal zum Taxi, das sie von ihm fortbrachten, sobald sich ihr Atem beruhigt hatte.

Tja, mit Candy war alles irgendwie anders. *Irgendwie, eigentlich ... blablabla.* Seine Gedanken drehten sich im Kreis und Justin war sich nicht sicher, ob ihm wirklich gefiel, was hier vor sich ging.

Nun zog sie ihre Knie an und lehnte sie über seine Oberschenkel. Damit hatte er genau zwei Möglichkeiten. Sie zu wecken oder einfach so sitzen zu bleiben und sie schlafen zu lassen, wo sie doch so gut zu schlafen schien.

Auch wenn er es sich nicht wirklich gern eingestand, fühlte es sich gut an, dass sie sich so an ihn kuschelte. Sie war warm und anschmiegsam. Passte genau an seine Seite. Ihre Hand auf seiner Brust beruhigte ihn auf skurrile Art und Weise und ihr Duft hüllte ihn ein.

Also beschloss er, nicht weiter darüber nachzudenken und konzentrierte sich stattdessen wieder auf *Burn Notice.*

Irgendwann schlief er schließlich darüber ein.

CANDY

Ganz langsam erwachte sie aus einem seltsamen Traum: Justin und sie, kuschelnd auf dem Sofa.

Blinzelnd öffnete sie ihre klebrigen Augen. *Scheiße! Kontaktlinsen vergessen!*

Ihre Hand hatte sie in etwas Weißes verkrallt. Weiß und warm. Und sie wurde im Arm gehalten. Ein Blick genügte. *Jup, Justins Arm.*

Er hielt sie mit einem Arm um ihre Schultern, fest an seine Brust gedrückt. Seine andere Hand lag ziemlich weit oben auf ihrem Oberschenkel, fast schon auf ihrem Hintern, und presste sie so fest an sich, dass sie beinahe auf seinen Schoß rutschte.

Sie blinzelte ein paar Mal, aber diese seltsame Situation änderte sich nicht. Wie es soweit gekommen war, konnte sie sich nicht erinnern. Aber noch seltsamer, als die Situation an sich, war, dass sie es gar nicht als abstoßend empfand.

Sie war kein besonders körperbetonter Mensch. Berührungen, vor allem von fremden Menschen, waren ihr unangenehm.

De facto war Justin für sie ein Fremder. Ja, sie hatten die letzte Woche miteinander verbracht. Und ja, sie hatte selten mehr Spaß mit einem Mitmenschen gehabt. Justin gab ihr ein ganzes Meer voller Kleinigkeiten und Gesten, die es ihr unglaublich leicht machten, ihn gern bei sich zu haben.

Vor allem hatte sie in den letzten Tagen das Gefühl gehabt, dass alle anderen ihr fern blieben, solange er da war.

Eigentlich nicht das, was sie wollen sollte. Sie war hier,

um neu anzufangen, und dazu gehörte eben auch, neue Freunde zu finden und neue Menschen kennenzulernen. Nicht aber, sich darüber zu freuen, dass kaum jemand mit ihr sprach.

Alles in allem fand sie ihre Bilanz ganz gut. Drei Wochen, zwei Freunde. In ihrem ganzen bisherigen Leben hatte sie es nur auf vier Freunde geschafft.

Natürlich waren die Freundschaften zu Julien und Justin nicht sonderlich tief und doch fühlte sie sich einfach wohl.

Diese Umarmung hier war also deutlich mehr, als sie mögen sollte. Ihr bester Freund und versuchsweise große Liebe Joey war der einzige, der sie bislang so im Arm gehalten hatte.

Wirklich wohl hatte sie sich dabei zwar nicht gefühlt, aber alles, was die beiden körperlich geteilt hatten, war für Candy eher ein Pflichtprogramm gewesen.

Und genau an dieser Haltung war ihre Beziehung schließlich auch zerbrochen. Joey wollte eine Hingabe, die sie nicht leisten konnte. Sie hatte sich bemüht, aber es war nicht genug. Nicht genug für Joey und wenn sie ehrlich war, auch nicht genug für sie selbst.

War es besser, mit dem Falschen zusammen zu sein, als allein zu bleiben? Lange Zeit hatte sie diese Frage mit Ja beantwortet. Vor allem, weil sie Joey so vieles schuldete. Irgendwann, hatte sie sich aber doch eingestehen müssen, dass der einfachste Weg nicht immer der beste war. Weder für sie noch für Joey.

Warum zum Teufel hatte sie dann nicht das Bedürfnis, so schnell und so weit wie möglich zu laufen? Ratlos blieb sie einfach liegen, während ihr Magen Achterbahn fuhr und ihre Gedanken sich fürs Riesenrad entschieden.

Irgendwann entspannte sich sein Griff, wurde dann schlagartig fester, ehe er wieder langsam nachließ.

Candy rührte sich keinen Millimeter und hielt sogar den Atem an im Versuch, ihn nicht zu wecken.

Logik hin oder her, sie genoss diese Umarmung.

"Bist du wach?", fragte er einige Zeit später und sie überlegte tatsächlich, sich einfach schlafend zu stellen.

Nein, nein! Das kannst du nicht machen!

Also nickte sie an seiner Brust. Seine Hände bewegten sich nicht. Die eine blieb einfach beinahe selbstverständlich auf ihrem Fast-Po liegen. Als würde sie genau dort hingehören. Wenn sie ganz ehrlich zu sich selbst war, fühlte es sich auch genau so an.

Es vergingen bestimmt noch einmal fünf Minuten, in denen sich keiner von ihnen bewegte. Wahrscheinlich wären sie sogar noch länger so sitzen geblieben, hätte es nicht an der Tür geläutet.

Das erste Mal ignorierten sie beide. Was an und für sich schon seltsam genug war. Da das, was sie hier taten, für zwei Fremde und vor allem auch für zwei WG-Partner absolut nicht normal war. Und doch ... zu schön, um einfach darauf zu verzichten.

Beim zweiten Klingeln lösten sie sich beinahe zeitgleich von einander. Candy stand auf, ohne ihn anzusehen. Zu peinlich war ihr diese ganze Situation. Allein der Gedanke daran, er könnte mehr hinein interpretieren, als es war ... wenn sie nur wüsste, was es war ...

Nichts natürlich! Dumme Kuh! Was denkst du dir eigentlich!

Gott, die ganze Situation war einfach nur seltsam und grauenhaft.

"Ich ... ähm ... geh dann mal an die Tür", stammelte Justin. Oh, er stand wohl noch neben ihr ... *ups! Kommt davon, wenn man in seiner eigenen Gedankenwelt gefangen ist!*

"Okay, ich ... äh ... geh dann mal ins Bad", stammelte sie, nicht besser als er, und strich sich dabei die widerspenstigen Locken aus dem Gesicht.

Dann drehte sie sich schnellstens um und lief eilig ins Badezimmer.

SCHEIßE!!

JUSTIN

Irgendwas lief hier im Moment verdammt falsch. Er schämte sich schon fast vor sich selbst, dass er über eine halbe Stunde so getan hatte, als würde er noch schlafen, nur um sie noch ein Weilchen im Arm zu halten.

Ich bin doch keine Pussy, verdammt!

Über sich selbst den Kopf schüttelnd öffnete er schließlich die Tür.

"Bereit?", fragte sein Freund Will ohne Einleitung, als er die Tür auf zog.

"Wozu?", gab er verwirrt zurück.

"Cart fahren!", rief Will aus, als hätte Justin soeben eine Todsünde begangen.

Ach ja ... stimmt. Darüber hatten sie erst vorgestern während der Politikvorlesung gesprochen.

"Klar!", sagte er deshalb und schlüpfte schon in seine Schuhe.

Mit gerunzelter Stirn sah Will ihn an, als er durch die Tür gehen wollte.

"Was ist?", fragte Justin daher.

"Candy?"

Was zum Teufel will dieser Kerl von ihr?, dachte Justin düster und musterte ihn.

"Oh, wow! Hey, wollte doch nur wissen, ob du sie nicht mitnehmen willst!", sagte Will und ging mit erhobenen Händen zwei Schritte zurück.

Oh, klar, sollte sie vielleicht fragen. Oder ihr zumindest Bescheid geben.

"Candy? Kommst du mit zum Cart fahren?", rief er in die Wohnung, weil er sie eigentlich gerade lieber nicht sehen wollte. Das war ihm leider nicht gegönnt. Frisch gestylt kam sie ins Wohnzimmer.

"Wie bitte? Oh, hi Will!", sagte sie und lächelte freundlich.

Zu freundlich! *Nein, nein, du bildest dir da was ein!* Normal freundlich. Genau so!

"Ob du mit zum Cart fahren willst?", fragte er abwesend, weil seine Gedanken ihm schon wieder eine hübsche Szene präsentierten, in der er sie zurück in ihr Zimmer bugsierte und sich nahm, was er so gern haben wollte.

"Nein, danke!", antwortete sie und wühlte in ihrer Handtasche, die sie auf der Couch abgestellt hatte. Ihr süßer Po in den sehr engen Jeans flehte ihn dabei quasi an, betatscht zu werden. An ihre Hüften zu greifen und sich von hinten an sie zu pressen ... *STOPP!*

"Was hast du vor?", fragte er, als er seine Gedanken wieder sortiert hatte.

"Arbeiten."

"Was?"

"Du weißt schon, Leistung erbringen und dafür Geld bekommen", sagte sie und lächelte ihn über die Schulter hinweg an.

"Was für Leistung?", fragte er schroff, da sein Kopfkino gerade eindrucksvoll bewies, auch ganz andere HD Aufnahmen von Candy produzieren zu können.

Kopf-schief-muster-Ding. Arme vor der Brust überkreuzen ... uiii, das ist neu. Gut? Eher nicht ... so wie sich ihre Augenbrauen zusammen ziehen.

"Du hast gerade nicht das gemeint, nach dem es geklungen hat", sagte sie scharf.

"Nein, nein!", beteuerte er, im Unschuldslamm-Ton und versuchte es mit einem Hundeblick.

Bingo! Ein Lächeln und dann: "Ich arbeite Samstags jetzt immer in *Netti's Diner.*"

"Oh, okay. Warum?"

"Als ich das letzte Mal nachgesehen hatte, wuchs das Geld noch nicht auf Bäumen."

"Bei mir auch nicht."

"Und wo kommt es dann her, wenn dir Arbeit so völlig fremd zu schein scheint? Daddy?", fragte sie und der gehässige Ton in ihrer Stimme gefiel ihm nicht.

"Aktienmarkt", gab er nicht minder spitz zurück.

"Kinder Kinder, müsst ihr eure Beziehungsprobleme vor Dritten austragen?", ging Will dazwischen.

"Warum sprichst du von dir im Plural, Will? Du und deine multiplen Persönlichkeiten?", fauchte sie weiter.

Okay, wohl eindeutig nicht zu freundlich und wow ... Candy ist in Fahrt gekommen.

"Ähm ... nein ... der Rest der Clique wartet vor der Tür. Kommst du, J?", antwortete Will und wirkte ein wenig verunsichert.

"Eine Sekunde", gab Justin zurück und ging zu Candy, da ihr Gesicht gerade einen äußerst entzückenden Rotton angenommen hatte.

Als er vor sie trat, wusste er allerdings nicht ganz genau, was er tun wollte. Doch, was er tun wollte schon. Er wollte sie packen und in sein Bett zerren. Was er tatsächlich tun sollte, war eine ganz andere Frage.

Schließlich schob er die Hände vorne in die Taschen seiner Jeans und fragte: "Wann hast du Feierabend?"

"Um neun", murmelte sie und nestelte an den Trägern ihrer Handtasche herum.

"Ich hol dich ab."

"Brauchst du nicht."

"Du solltest nachts nicht allein durch Boston laufen. Ich hol dich ab. Keine Widerrede!"

Sie nickte und sah dabei so süß aus, dass er plötzlich die Kontrolle über seine Arme verlor und sie an seine Brust zog. Für einen winzigen Moment schmiegte sie sich an ihn, ehe sie sich wieder von einander lösten und er mit einer gemurmelten Verabschiedung zu seinen Freunden verschwand.

"Ärger im Paradies?", fragte Will, nachdem er die Tür hinter sich zu gezogen hatte.

Da er absolut keine Lust hatte, ein Thema, das er selbst nicht verstand, vor seinen Freunden auszubreiten, beschränkte er sich auf ein unverbindliches 'Hmpf', was gleichbedeutend war mit 'Klappe halten'.

"Wenn sie dir zu wartungsintensiv wird, kann ich sie dir gerne abnehmen", frotzelte Cole, woraufhin ihm endgültig der Geduldsfaden riss.

Hart stieß er ihn mit beiden Händen vor die Brust, sodass er zurück und gegen die Flurwand taumelte.

"Halt deine verdammte Fresse, Cole und wenn ich auch nur noch einmal höre, dass du sie zu irgendeiner deiner beschissenen Partys eingeladen hast, prügle ich sie dir aus dem Schädel, verstanden?", knurrte er, während er ihm am Kragen seines T-Shirts gepackt hielt.

"Mach mal langsam, J, was ist denn los mit dir?", ging Ben dazwischen und zog ihn von Cole weg. Widerwillig ließ Justin es geschehen, ohne jedoch seinen warnenden Blick von Cole zu lösen.

Erst, als die Wohnungstür wieder aufging, wechselte seine Aufmerksamkeit zu ihr.

"Oh, ihr seid noch da?", fragte Candy und sah ein wenig verwirrt in die Runde.

Mit größter Not bekam Justin ein Lächeln zusammen. "Ja, aber gerade am Gehen. Komm. Ich bring dich zum Bus. Du fährst doch mit dem Bus?", fragte er und streckte seinen Arm nach ihr aus. Mit gerunzelter Stirn trat sie auf ihn zu. Ehe sie aber irgendetwas sagen konnte, legte er seinen Arm um ihre Schultern und zog sie an seine Seite.

So schnell wie möglich manövrierte er sie durch die geifernde Menge. Nun gut, sie waren nicht anders als sonst, und doch hatte Justin das Gefühl, sie allesamt wie wilde Tiere mit einem Stock fernhalten zu müssen.

Vor der Eingangstür des Wohnhauses entspannte er sich ein wenig. Frische Luft, mehr Raum, weniger Testosteron ... wer wusste schon so genau warum. Lächelnd wandte er sich an Candy, die ihn schon wieder so seltsam musterte.

"Was ist?", fragte er vorsichtig.

"Das müsste ich dich fragen."

"Alles gut."

"Sieht nicht so aus."

Er spürte die Blicke der anderen in seinem Rücken.

"Später", sagte er deshalb nur und war froh darüber, noch ein wenig Aufschub zu erhalten.

Die Bushaltestellte war leider nur zwei Minuten entfernt.

Gerne hätte er sie noch länger in seinen Armen gehalten. Und je öfter er sie berührte, desto klarer wurde ihm, wie gern er genau das tat. Sie einfach nur zu berühren, ganz ohne an Sex zu denken.

Wahrscheinlich nur ein Umweg meines Gehirns, um den fehlenden Sex zu kompensieren. Ja, das muss es sein. Berührung als eine Art Ersatzdroge.

"Okay, jetzt aber, bis später", sagte er lächelnd und strich ihr einmal mit dem Daumen über die Wange. Eine sehr weiche Wange. Leicht rosig von der Kälte und unglaublich zart.

Schnell drehte er sich zu seinen Freunden um. Er konnte nicht erklären, was da gerade passierte, also schien ihm die Flucht der beste Weg. Flucht und dann unverbindlichen Sex mit irgendeinem leichten Mädchen. Genau. Die perfekte Behandlung für sein momentanes Leiden.

CANDY

So ganz konnte sie nicht verstehen, was hier vor sich ging. 95 Prozent ihrer gemeinsamen Zeit behandelte Justin sie, als wäre sie einfach nur irgendeine Freundin.

Die 5 Prozent, in denen er das eben nicht tat, waren zu 4 Prozent relativ erklärbar und in einem Prozent absolut rätselhaft.

Die 4 Prozent fanden immer dann statt, wenn einer seiner Kumpels zugegen war. Für Candy verständlich. Justin hatte ihr gesagt, dass er nicht wollte, dass einer von ihnen sie anbaggerte.

Es wäre einfach mehr als nur seltsam, wenn sie sich wieder trennen würden und sich bei ihm trotzdem Non-

Stop über den Weg laufen würden.

Theoretisch hätte sie seine Erklärung in Grund und Boden diskutiert. Da sie aber sowieso nicht das Bedürfnis hatte, von einem dieser riesigen, Football spielenden Schrankmenschen angemacht zu werden, hatte sie einfach genickt und so getan, als sei sie absolut seiner Meinung.

Tja, und dann war da noch das eine verbleibende Prozentchen ... leider unerklärbar. Warum? Es waren komische kleine Momente, wie an diesem Morgen. Momente, in denen sie sich in seinen Armen fallen lassen wollte. Was allein eigentlich schon eine gar unmögliche Vorstellung war.

Dass Justin ihr dazu noch das Gefühl gab, das Gleiche zu wollen, stellte ihre Welt komplett auf den Kopf.

Er berührte sie, hielt sie, streichelte sie. Kleinigkeiten, die nicht zu ihm passten. Dinge, die sie ihn in den vergangenen Tagen bei niemandem sonst hatte tun sehen. Im Gegenteil. Candy hatte eher das Gefühl, dass er Berührungen genauso aus dem Weg ging wie sie selbst.

Konzentriert zu arbeiten, war beinahe unmöglich. Sie gab ihr Bestes, schließlich war es erst ihr zweiter Arbeitstag in dem kleinen Diner im 50-er Jahre Stil. Es war charmant und unverwechselbar und vor allem das Frühstück schien sehr beliebt zu sein.

Viele Geschäftsleute kamen vorbei, die gegen Abend mehr und mehr durch Studenten abgelöst wurden.

Obwohl Candy Chucks trug und nicht Schuhe mit Absatz, schmerzten ihre Füße gegen acht Uhr abends schon beinahe unerträglich.

Um halb neun ging die Eingangstür abermals auf und ein unverschämt gut aussehender Justin betrat das Lokal. In Denim und einem schwarzen, eng anliegendem T-Shirt, das er unter seiner Lederjacke trug. Wieder so eng, dass sie die ausgeprägte Muskulatur seines Oberkörpers sehen konnte.

"Hey Kleines", grüßte er sie breit lächelnd und setzte

sich mit der ihm eigenen Lässigkeit auf einen der Hocker am Tresen.

"Hey, hab noch 'ne halbe Stunde. Magst du noch was trinken?", fragte sie und versuchte, sich auf die Gläser zu konzentrieren, die sie gerade befüllte. Sie durfte sich nicht von ihm in den Bann ziehen lassen. Das hier konnte schlicht weg nicht funktionieren.

"Cola bitte", sagte er und Candy spürte seinen Blick auf sich ruhen, während sie sein Getränk herrichtete. Sie reichte es ihm wortlos, nahm dann ihr Tablett, um die Runde an Tisch sechs zu bedienen.

Immer noch ohne jeglichen Blick in seine Richtung, verschwand sie wieder hinter dem Tresen.

Auch sein Räuspern ignorierte sie gekonnt. Irgendwie war es ihr peinlich, dass er sie bei der Arbeit sah. Vor allem vor dem Hintergrund, dass sie den ganzen Tag nur an ihn gedacht hatte.

"Irgendwie passt dein Outfit nicht ganz hier rein, oder?", sagte er schließlich, nachdem er es offensichtlich satt hatte, ignoriert zu werden.

"Uniform", antwortete sie und spürte bereits, wie sie rot wurde.

"Passt trotzdem nicht zum Laden. Was kommt als nächstes? Lollies und Rollschuhe?", grummelte er und seine Stimme sagte, dass es noch viel mehr war, als nur nicht zum Laden zu passen.

"Jap", gab sie ihm recht. Aber was sollte sie schon tun. Netti war fest der Überzeugung, es wäre gut, einmal etwas Neues auszuprobieren, wie sie es immer im Fernsehen sah. Dass sie ausgerechnet dann damit anfing, wenn Candy arbeitete, schob sie auf ihr immer anhaltendes Glück, in solche Situationen zu rutschen.

So kam es also, dass sie an ihrem zweiten Arbeitstag in ziemlich kurzen pinken Shorts und einem pinken Poloshirt arbeitete. Immerhin hatte sie Netti davon überzeugen können, dass sie ihr langes weißes Longsleeve darunter anbehalten konnte.

Ein Pfiff aus der rechten hinteren Ecke riss sie zurück in die Realität.

"Candy! Wir wollen noch was bestellen!", rief einer der Jungs an Tisch 13, die sich schon seit geraumer Zeit einen Spaß daraus machten, sie immer wieder wegen einer einzelnen Bestellung zu sich zu rufen.

Seufzend schlüpfte sie wieder hinter dem Tresen hervor. Bevor sie jedoch ihre Richtung einschlagen konnte, hatte Justin sie bereits um die Taille gepackt und an sich gezogen.

Fest presste er sie an sich, während sie mit aufgerissenen Augen zu ihm aufschaute.

"Wenn du nicht wenigstens so tust, als lägest du gern in meinem Armen, werden sie mir diese kleine Show nicht abkaufen", flüsterte er.

Sie lag nur allzu gern in seinen Armen. Genau das war ja das Problem, das sie bereits seit Stunden, nein, wenn sie ehrlich zu sich selbst war, bereits seit Tagen hin und her wälzte.

Da sie dieses eine Mal aber einen Grund hatte, ohne sich danach eine Ausrede einfallen lassen zu müssen, ließ sie los. Entspannte sich. Ließ sich noch tiefer in seine Umarmung ziehen. Vergrub ihre Nase an seiner Brust und zog tief den frischen, herben, männlichen Geruch ein.

Sein Geruch hatte sich von der ersten Sekunde an, in der sie ihn eingeatmet hatte, in ihrem Gedächtnis festgesetzt. Allein ihn zu riechen, erregte sie mehr, als Sex mit Joey es jemals getan hatte.

Er presste sie noch fester an sich. Candy ließ es zu und schmiegte sich vollkommen an seinen Körper. Ganz langsam wanderte seine Hand zu ihrem Po. Zentimeter für Zentimeter, während ihr Puls immer schneller schlug und sich ein nahezu unbekanntes Ziehen in ihrem Unterleib ausbreitete.

Er griff zu und Candy unterdrückte ein Seufzen an seiner Brust. Nichts hatte sich je besser angefühlt.

Mit schneller Atmung löste sie sich langsam von ihm

und sah, dass auch sein Brustkorb sich ziemlich schnell hob und senkte.

Mit heißen Wangen sah sie sich nach dem Tisch um, den sie soeben bedienen wollte. Natürlich starrte die Runde zu ihnen herüber.

Beschämt ging sie zu den Gästen, nahm die Bestellungen auf und machte sie ihnen dann fertig. Dieses Mal gab es keine kleinen Anzüglichkeiten. Nichts. Nur Neugier und Interesse.

Auch nicht besser!

"Du kennst sie, stimmt's?", fragte sie, als sie ein letztes Mal den Tresen sauber machte.

"Mhm, bei uns an der Uni", antwortete er, beobachtete dabei die Gruppe und ließ die Eiswürfel in seinem Glas klirren.

"Gib mir das Glas. Meinst du nicht, es war ein wenig dick aufgetragen?", fragte sie und reinigte Justins Cola Glas.

"Du wolltest deine Ruhe, jetzt hast du sie", antwortete er und klang dabei irgendwie zickig.

"Ich geh mich umziehen. Zwei Minuten", sagte sie deshalb nur und hob zur Verdeutlichung zwei Finger in die Luft. Sein Gesichtsausdruck wurde wieder ein wenig weicher, als er nickte.

In ihrer Wohnung angekommen, wollte Justin sich noch einen Film ansehen. Der lange Tag hing ihr aber noch so sehr in den Knochen, dass sie nur noch eine Dusche und anschließend ihr Bett wollte.

In ihren dicken weißen Bademantel gehüllt, tapste sie vom Bad aus eine Tür weiter in ihr Schlafzimmer. Jedenfalls hatte sie das vor. Ein Räuspern ließ sie innehalten.

"Ich geh noch aus", sagte Justin, als ihre Blicke sich trafen. Seine Hände hatte er zu Fäusten geballt in den vorderen Taschen seiner Jeans begraben. Die obligatorische Lederjacke hatte er bereits angezogen, ebenso seine Schuhe.

"Klar. Ich bin hundemüde. Bis Morgen."

JUSTIN

"Bis Morgen", sagte er und sah diesem ziemlich spärlich bekleideten Mädchen nach, wie es in ihrem Zimmer verschwand.

Er stand kurz vor einem Herzinfarkt, da sein Kopfkino dafür sorgte, dass sein Herz die gesamten 20 Minuten, die sie für die Dusche benötigte, auf maximaler Drehzahl lief.

Er musste hier raus. Dringend!

Um seine Hände davon abzuhalten, nach ihr zu greifen, ballte er seine Hände zu Fäusten und steckte sie tief in seine Hosentaschen. Positiver Nebeneffekt, man sah seine Latte nicht mehr.

Eiligen Schrittes lief er in seinen Stammclub. C's Chase Club. Meisten ging er zusammen mit Julien dort hin. Mat, Juliens Bruder, war mit dem Besitzer des Clubs befreundet. Dadurch gelangten sie des Öfteren in den VIP Bereich des Clubs.

Dieser Club bot sich an, da er vom Campus aus zu Fuß zu erreichen war. An der langen Schlange ging er zielstrebig vorbei. An der Absperrung angekommen, begrüßte er die beiden Türsteher, die er von den unzähligen Besuchen im Club bereits kannte.

Wie jeden Samstag war es brechend voll und ohne die Goldcard, die Julien ihm besorgt hatte, wäre er überhaupt nicht mehr in den Club gekommen.

An diesem Tag setzte er sich einfach an die Bar und beobachtete die Menge. Immer wieder lächelte oder sprach eine der Frauen ihn an. Doch keine von ihnen fesselte ihn genug, um die Zeit zu investieren, die die Ausarbeitung eines One-Night-Stands nun einmal benötigte.

Drei Stunden und etliche Drinks später taumelte er schließlich hinaus. Allein. Weil kein einziges dieser verdammten Weiber dem Vergleich mit Candy standhalten konnte.

Wie auch. Candy war perfekt. Perfekt, außer der Tatsache, dass er sie nicht haben konnte. Er hatte es Julien versprochen und sein bester Freund war ihm immer noch mehr wert als jede verdammte Frau auf der Welt!

Stöhnend und voll bekleidet ließ er sich schließlich auf sein Bett fallen.

Was für ein beschissener Tag!

4 HOW TO LIVE WITH?

JUSTIN

Presslufthammer. Gigantischer Presslufthammer. In der Hand eines extrem sadistischen Männchens, das sich über Nacht in seinem Kopf eingenistet hatte.

Stöhnend drehte Justin sich auf den Bauch und zog sich sein Kissen über den Kopf. Die plötzliche Drehung ließ auch seinen Magen drehen. Es fühlte sich an, als würde dieser nachschwappen, wie der Kopf eines Wackeldackels.

Grausame Welt!

Mehr als eine Viertelstunde war nötig, um ohne weitere Verluste aufzustehen und zur Tür zu schwanken. Als er sie schließlich öffnete, stieg der Geräuschpegel beinahe ins Unerträgliche.

"Mann, siehst du scheiße aus!", sagte der momentane Mittelpunkt jeglichen Kopfkinos. Na ja, wenn er es genau nahm, der momentane Mittelpunkt seines Lebens.

95 Prozent seiner Freizeit verbrachte er mit dieser Frau.

Irgendwie unheimlich ...

Kein Wunder, dass sie in sämtlicher seiner Fantasien den Mittelpunkt spielte. Wenn man nichts anderes mehr zu Gesicht bekam, konnte man sich auch nichts anders mehr vorstellen!

Hier allein lag also der Hund begraben. Haha! Leicht zu lösendes Problem! Er musste nur einfach in einen Club gehen und sich ein anderes Objekt der Begierde aussuchen. Dann konnte er sich Candy quasi einfach aus dem Kopf vögeln.

Moment ... habe ich nicht genau das gestern versucht?

Frustriert über die Bilder vom Vorabend, die nach und nach zurück in sein Gedächtnis kamen, schlurfte er zum Esstisch.

Fuck! Wenn er sich nicht einmal mit anderen Frauen ablenken konnte, hatte er langsam ein richtig großes Problem.

Stöhnend ließ er sich auf einen Stuhl gleiten und legte dann seinen Kopf auf die kühle Platte des Tisches.

Leise klickte etwas neben seinem Kopf, doch schon dieser kleine Ton hallte durch seinen Schädel wie der Bass des HipHops am Vorabend.

Blinzelnd öffnete er die Augen.

"Kaffee und Suppe, Katerkind. Und dann solltest du duschen. Du stinkst!", sagte die kleine Göttin, deren Hintern aus dieser Perspektive noch viel besser aussah. Dann wackelte sie davon und ließ ihn mit seinem Elend allein.

Grausame Frau!

CANDY

Ein leidender Justin war kaum zu ertragen und Candy machte drei Kreuzzeichen, als der Sonntag sich endlich dem Ende neigte.

So richtig fit sah Justin am Montag auch noch nicht aus. Er hatte sich nicht rasiert, sodass auf seinen Wangen ein Dreitagebart stand.

Seine Augen wurden von einer Pilotensonnenbrille verdeckt und die Kapuze seines Hoodys hatte er tief in sein Gesicht gezogen.

Zumindest vor sich selbst musste sie zugeben, dass er verdammt sexy aussah. Verrucht und wild. Einfach hmmm …

Im Versuch, sich nichts anmerken zu lassen, stiefelte sie zielstrebig an ihm vorbei. Leicht gequält stöhnte er auf. Was genau sie getan hatte, wusste sie nicht, aber es schien ihm nicht zu passen. Gott, verkatert war Justin eindeutig eine ziemliche Memme!

Eigentlich hatte sie montags früher Schluss als er, dennoch ging er bereits am Mittag mit ihr nach Hause. Wortlos schmiss er sich aufs Sofa und schlief bereits nach wenigen Minuten ein.

Irgendwann musste er wohl aufgewacht sein, denn als Candy am Dienstagmorgen aufstand, lief bereits die Dusche.

Frisch rasiert und deutlich besserer Laune kam er schließlich zum Frühstück. Sie hatten sich schon recht gut auf einander eingespielt und die alltäglichen Dinge funktionierten wort- und reibungslos.

Der Rest der Woche verlief im immer gleichen Rhythmus. Er begleitete sie von Vorlesung zu Vorlesung, zur Uni und zurück. Auch die Pausen verbrachten sie gemeinsam.

Wenn ihr irgendjemand nach Justins empfinden zu nah auf die Pelle rückte, legte er einfach einen Arm um sie und zog sie enger an sich.

Jedes Mal war sie aufs Neue überrascht, wie schön sich seine Berührungen anfühlten.

Es war einfach perfekt! Es war wie früher mit ihrem besten und dann festen Freund Joey, nur ohne all die Unannehmlichkeiten, die eine richtige Beziehung mit sich brachte.

Ihre gemeinsame Nacht auf dem Sofa am vergangenen Freitag hatte das Verhältnis zwischen ihnen irgendwie entspannt. Was sich am Anfang noch seltsam angefühlt hatte, war jetzt vollkommen normal. Er fragte auch gar nicht oder zögerte. Justin berührte und packte sie immer gerade so, wie es ihm gefiel. Vielleicht war es genau dieses Fehlen jeglicher Zurückhaltung oder Vorsicht, das es ihr so einfach machte, all das zuzulassen.

Oder aber, es war dieses Kribbeln in ihrem Bauch, das seine Berührungen auslösten. Unbekannt und doch so schön.

Freitagabend wollte Justin wieder einen Film ansehen, vorsichtshalber entschied Candy sich aber dafür, früh schlafen zu gehen. Am darauf folgenden Tag hatte sie sowieso Frühschicht in *Netti's Diner*. Sich mal so richtig auszuschlafen war also keine schlechte Idee.

Justin hatte wieder diesen seltsamen Gesichtsausdruck, den sie schon so oft bei ihm gesehen hatte, aber nie erklären konnte, was er denn zu bedeuten hatte.

"Schlaf gut", sagte sie noch, drehte sich um und ging zu ihrem Schlafzimmer.

"Du auch", hörte sie ihm murmeln oder glaubte es zumindest, denn ihre Tür fiel genau in diesem Moment ins Schloss.

JUSTIN

Jap, damit war es offiziell. Er steckte in mächtigen Schwierigkeiten! In den nicht ganz zwei Wochen hatte sie sich so tief in seine Gedanken, in sein Leben und in sein ... nein, quatsch. Da kam niemand hin.

Auf jeden Fall steckte er bereits so tief in der Scheiße, dass er enttäuscht darüber war, dass sie nicht einfach nur mit ihm auf dem Sofa sitzen wollte, um einen fucking Film anzusehen.

Nicht diese Art von enttäuscht, wenn der Barkeeper 'Letzte Runde' schrie.

Nicht einmal die Art von enttäuscht, wenn man einen ganzen Abend in ein Mädchen investiert hatte und der Fick es dann definitiv nicht wert gewesen war.

Nein, so fucking enttäuscht, dass er jetzt 15 Minuten nach ihrem Verschwinden immer noch hier saß und sich überlegte, wie zum Teufel er sie dazu überreden konnte, wieder heraus zu kommen, um die Nacht mit ihm auf dem Sofa zu verbringen.

Unglaublicherweise ging es dabei nicht mal um Sex. Er wollte sie bei sich haben. An seiner Seite. Er war die ganze verdammte Woche nicht so gut aufgewacht wie an diesem einen Samstagmorgen.

Korrigiere, mein ganzes Leben bin ich nicht so gut aufgewacht!

Oh, natürlich wollte er Sex mit Candy. All die hübschen Bildchen in seinem Kopf wollte er nachspielen. All das, was ihn seit Tagen quälte.

Stöhnend schloss er die Augen. Sie brachte ihn um den Verstand. Juliens scheiß Bike war das definitiv nicht wert. Aber Juliens Freundschaft? Konnte er diese aufs Spiel setzten, nur weil er Candy nicht mehr aus seinem Kopf bekam?

FUCK!

5 NO WAY!

JUSTIN

"Bereit?", fragte Candy ihn. Er wollte ja sagen, doch als er sich umdrehte, stockte ihm der Atem. Sie sah bezaubernd aus. Auf ihre ganz eigene Art sexy.

Nicht zu aufgemotzt oder halb nackt. Und doch so heiß, dass er sie am liebsten zurück in ihr Schlafzimmer geschleift hätte. Gut, eigentlich wollte er das fast die ganze Zeit, doch in Momenten wie diesem verstärkte sich dieser Drang um ein Vielfaches.

Sie trug schwarze Leggins und darüber eines dieser Strickminikleider, das ihre Kurven perfekt umspielte. Ihre langen Locken sahen feucht aus, als wären sie an den Spitzen nicht ganz trocken. Wie kurz nach dem Duschen. *Candy ... Dusche ... STOPP!*

"Du siehst toll aus", sagte er rau und wäre beinahe auf die Knie gegangen, als sie ihn daraufhin strahlend anlächelte.

Es war eines dieser Lächeln, das nicht allzu oft auf ihren Lippen lag.

Eines von denen, bei dem ihre Augen zu funkeln begannen und für das Justin jederzeit seine Seele verkaufen würde.

Auch deinen besten Freund?, fragte die gehässige Stimme in seinem Inneren. Schnell schüttelte er den Gedanken ab.

"Willst du die Haare nicht ganz trocken machen?", fragte er dann, nicht etwa um ihre Gesundheit besorgt, sondern eher, weil sonst dieses Candy-duscht-Kopfkino kein Ende finden würde.

"Das ist nur Haarschaum, sie sind nicht nass, J", antwortete sie und zog sich eine leichte Jacke über.

Tja, nur machte es leider für seinen Schwanz keinen Unterschied, ob sie nass waren oder nur so aussahen. *Schöne Scheiße!*

Sie schlüpfte in ihre Ballerinas und ging dann zur Tür hinaus. Justin folgte ihr in grausiger Erwartung eines absolut furchtbaren, hart an Folter grenzenden Abends.

CANDY

In New York war sie viel auf Partys gegangen. Um abzuschalten. Joey, Britney, Moe und Lisa, das war ihr Partytrupp gewesen, mit garantiert viel Spaß. Bis diese riesige Seifenblase platzte.

Lisa starb an einer Überdosis H. Kurz darauf war Britney weggezogen. Damit waren sie nur noch zu dritt gewesen. Einige Jahre später hatten Joey und Candy sich getrennt, woraufhin Joey eine Zeitlang allein mit Moe unterwegs gewesen war.

Und danach? Sie hatten sich zwar immer mal wieder gesehen, aber es wurde einfach nicht mehr so, wie es zur Anfangszeit gewesen war.

Auch wenn sie problemlos allein um die Häuser ziehen konnte, so war Candy doch froh darüber, dass sie jetzt Justin an ihrer Seite hatte. Justin war ihr neuer Joey. Zumindest eine Hälfte von Joey.

Das Verbindungshaus, in dem die Party stattfand, war groß und mit roten Ziegeln gebaut. Große, weiße Fenster, die alle hell erleuchtet waren.

Schon von weitem erkannte man, dass die Party in vollem Gange war.

Bevor sie das Haus betreten konnten, wurden sie von allen Seiten begrüßt. Ja, mittlerweile hatte der ein oder andere das seltsame Mädchen an Mr. Superstars Seite zur Kenntnis genommen.

Zumindest einige von Justins männlichen Freunden. Seine Groupies straften sie allesamt mit Nichtachtung. Vereinzelt auch Verachtung, aber beides war Candy mehr als nur egal!

Sie war mit der momentanen Größe ihres Freundeskreises mehr als zufrieden. Julien, Justin ... ähm ja, das war's. Für mehr hätte sie neben Studium und Arbeit sowieso keine Zeit gehabt.

Langsam wurde sie ungeduldig. Justin schien es nicht eilig zu haben, aber sie spürte bereits den Bass unter ihren Füßen vibrieren. Seit sie nach Boston gezogen war, war sie nicht mehr Tanzen gewesen und konnte es kaum noch erwarten.

Ungeduldig zupfte sie immer wieder an Justins Jacke.

"Was denn, Kleines?", fragte er irgendwann mit gerunzelter Stirn und wandte sich von seinem Gesprächspartner, Bill oder Tom oder Steven, ab.

"Ich will rein gehen", drängelte sie und wäre am liebsten auf der Stelle gesprungen.

"Dann geh doch", fauchte Camilla, die es, aller Wahrscheinlichkeit nach wegen Justin, vom ersten Tag an auf sie abgesehen hatte.

"Einen Moment noch", sagte er und begann, wieder mit Bill oder Tom oder Steven zu reden.

Weitere fünf Minuten später hatte sie das Warten endgültig satt. Camilla hatte ausnahmsweise recht. Sie sollte einfach gehen. Sie war schließlich alt genug, allein auf eine Party zu gehen. Es war eine Uni Party, also würde sie so oder so den Großteil der Gäste bereits kennen.

Sie brauchte Justin nicht. Sie brauchte niemanden. Nur sich selbst. Wie immer!

Schulterzuckend wandte sie sich schließlich ab und ging auf das Haus zu. Justin würde kommen, wenn er soweit war und bis dato konnte sie schon ein wenig tanzen!

Musik war ihre Leidenschaft. Sich einem Rhythmus hinzugeben. Mitzugehen. Unbezahlbar!

Genau aus diesem Grund hatte sie auf hohe Absätze verzichtet. Keine Blase der Welt würde sie an diesem Abend aufhalten können!

Die Musik war bereits im Eingangsbereich ohrenbetäubend laut. Jeder Bassschlag kribbelte auf Candys Haut und ihre Hüften begannen ganz automatisch, sich im Takt zu wiegen, während sie weiter ins Haus hinein ging.

Die Gänge waren voll und an manchen Stellen musste sie sich sogar seitlich an den Grüppchen vorbeidrücken. Sie hatte Recht behalten. Jedes zweite Gesicht hatte sie auf dem Campus bereits einmal gesehen und viele von ihnen sprachen regelmäßig mit Justin.

Warum sie aber so komisch von ihnen angesehen wurde, verstand sie nicht. Sie verzichtete darauf, bei einem der Gaffer stehen zu bleiben, und schob sich weiter lächelnd durch die Menge.

Ein fester Griff um ihr Handgelenk ließ sie herum fahren.

Cole. Candy war sich noch nicht allzu sicher, ob sie ihn wirklich mochte, konnte aber nicht erklären warum. Er war stets freundlich und hilfsbereit.

"Hey Candy, schön, dass du es geschafft hast!", rief er über die dröhnende Musik hinweg.

Stimmt ja, Cole hatte sie eingeladen.

"Ähm ... ja, klar, muss man doch mal gesehen haben", gab sie lächelnd zurück.

"Super, echt. War mir nicht sicher, ob dein Wachhund dich vor die Tür lässt", sagte er lachend.

Sie zog ihre Augenbrauen zusammen, doch bevor sie etwas darauf antworten konnte, zog Cole sie schon hinter sich her. "Komm, wir gehen was trinken!"

Seiner imposanten Footballergestalt machten die Menschen in dem schmalen Flur sofort Platz, sodass sie ohne Probleme zur Küche kamen.

Sein Griff um ihr Handgelenk war nicht zu fest oder sonst irgendwie unpassend. Er wollte sie lediglich nicht im Getümmel verlieren. Und doch war es Candy unangenehm. Es war einfach nicht Justins Griff, in dem sie sich immer beschützt fühlte. Und auch das Kribbeln in ihrem Bauch fehlte, das Justins Berührungen immer so angenehm machte.

Kurzum, es war der falsche Mann, der sie berührte. Noch bevor sie ihre Meinung kundtun konnte, hielt Cole inne und löste, als hätte er ihr Unbehagen gespürt, sofort seinen Griff um ihr Handgelenk.

"Hey Leute, seht mal, wer gekommen ist!", rief er in die Runde aus Footballern und Cheerleadern.

Viele von ihnen kannte sie bereits und die meisten begrüßten sie freundlich. Nur wenige Augenblicke später hatte sie bereits einen Becher in der Hand.

"Was ist das?", fragte sie misstrauisch.

"Wodka-Bull", sagte Cole breit grinsend. Candy sah misstrauisch in den Becher. Sie trank nicht gern Drinks, die nicht aus geschlossenen Flaschen kamen. Zu oft hatte sie schon gesehen, wie Drogen in solche Becher gemischt wurden.

"Ich hab ihn gemacht, Candy. Du kannst ihn trinken. Wirklich", sagte Will und sie glaubte ihm. Er war eine gute Seele und auch Justin vertraute ihm.

Also nickte sie dankbar lächelnd und probierte einen Schluck. Der Drink war stark, aber wenn sie ihn langsam trank, würde er ihr nicht die Schuhe ausziehen.

Sie unterhielt sich mit Cole und Will, als es plötzlich krachte und klirrte. Ehe sie erkannt hatte, was passiert war, wurde sie bereits angehoben. Sie versteifte sich und wollte sich gerade gegen den Griff wehren, als sie auf der Arbeitsplatte abgesetzt wurde.

"Scheiße, Candy, ist dir was passiert?" Cole war ganz aufgeregt und wischte mit einem Tuch an ihren nackten Knöcheln herum.

"Nein, warum? Was ist denn passiert?" Alles ging so unglaublich schnell. Sie schob Cole an seiner Schulter weg und endlich ließ er auch von ihren Füßen ab.

"So ein Idiot hat einen ganzen Sixer Bier fallen lassen. Die Scherben sind auf den Fliesen ziemlich weit gespritzt", sagte er. Erst jetzt sah sie, dass er am Arm leicht blutete. Die wild durcheinander wuselnden Menschen lichteten sich ein wenig und das ganze Ausmaß der Sauerei kam erst richtig zur Geltung.

Sie war froh, hier oben zu sitzen und nicht in ihren dünnen Ballerinas in der Mischung aus Blut, Bier und Scherben zu stehen.

"Danke Cole!", sagte sie und entspannte sich.

"Kein Thema! Justin hätte mich umgebracht, wenn diesen kleinen Füßen etwas zugestoßen wäre!", sagte er lachend und steckte sie damit an.

JUSTIN

Irgendwann während seines Gesprächs mit Tom war es auffallend still neben ihm geworden. Er sah sich um, doch statt Candy stand Camilla neben ihm.

Brr ... die wurde er leider auch nicht mehr los. Manche dieser Weiber verstanden einfach nicht, dass er keine Beziehung, sondern lediglich einen One-Night-Stand suchte.

"Wo ist Candy?", fragte er schließlich in die Runde und sah sich dabei weiter um. Als er sie nicht sah, wurde er unruhig.

"Candy, Candy, Candy. Geht es bei dir denn um nichts anderes mehr?", zischte Camilla.

"Halt die Klappe, Cami. Wo ist sie?", knurrte er, weil

ihm diese Hexe schon viel zu lang auf den Zeiger ging.

"Du bist ihr nicht sofort wie ein Hündchen gefolgt, also ist sie allein davon gelaufen", antwortete sie schnippisch, aber Justin ignorierte den Kommentar einfach und stiefelte sofort los.

"Hey, du kannst uns doch nicht einfach so mitten im Gespräch stehen lassen!", quiekte sie noch.

"Mit dir hab ich mich überhaupt nicht unterhalten, Cami. Bye Tom, muss mein Mädchen suchen!", rief er über die Schulter und lief zielstrebig zum Eingang.

Mein Mädchen ... Gott, Candy steigt mir echt zu Kopf!!

Das Haus war hoffnungslos überfüllt. Er quetschte sich zwischen all den Menschen durch die engen Flure. Immer wieder blieb er stehen und sah sich um. Nichts zu machen. Es waren einfach zu viele.

Von weitem hörte er bereits das Lachen seiner Freunde. Sie hatten sich, wie so oft bei diesen Unipartys, in der Küche versammelt. Immer in der Nähe des Alkoholnachschubs.

Und dann sah er sie. Sie saß auf dem Küchentresen und lachte gerade über etwas, das Cole gesagt hatte. Ihre Beine baumelten vom Tresen und Cole hatte seinen Unterarm neben ihrem Oberschenkel aufgestützt.

Viel zu nah, nach Justins Empfinden!

Er war sich nicht ganz sicher, wie lange sie schon bei seinen Freunden war, aber eines war definitiv. Sie versuchten, sie abzufüllen.

Stinksauer stiefelte er zu ihnen. Schob Will und Greg zur Seite und blieb direkt vor Candy stehen. Sofort wurde aus ihrem Lachen ein warmes Lächeln. Seine Wut verrauchte beinahe augenblicklich.

Er stützte seine Hände links und rechts von ihren Oberschenkeln auf die Arbeitsplatte und lächelte zurück. Auch Cole verstand den Wink und nahm seinen Arm weg.

"Hey, du warst auf einmal weg", sagte er und irgendwie schien die Party um sie herum wie ausgeblendet.

"Du warst zu langsam. Ich warte nicht gern", sagte sie

lachend und legte ihre Hand auf seine.

Das war jetzt irgendwie zweideutig ..., sinnierte er und sein Blick ging wie von selbst von ihren Händen zu ihren leicht gespreizten Oberschenkeln. Gott, wie gern er genau dort liegen würde.

Er trat noch einen kleinen Schritt näher, sodass ihre Knie an seinen Hüftknochen stießen.

"Candy ...", murmelte er und kam ihr immer näher. Sie roch so verführerisch. War so warm und wunderschön. In diesem Moment wünschte er sich nichts mehr, als sie zu küssen. Einfach diese Lippen zu schmecken und mit seiner Zunge ihre Konturen nachzufahren.

Jemand rief nach ihr. Woraufhin sie kicherte. Dann legte sie ihm ihre Hände auf die Schultern. Diese Berührung breitete sich wie ein Lauffeuer in seinem Körper aus.

In Justins Kopfkino würde sie jetzt die Beine um seine Hüften schlingen und er würde sie hier und jetzt nehmen. Sein Atem ging bereits ein wenig schwerer. Blut wurde mit Hochdruck in seinen Schwanz gepumpt und all seine Gedankengänge waren voll und ganz auf sie fixiert.

Scheiß auf Julien!

In dem Moment, in dem er sich vorbeugen wollte, glitt sie von der Arbeitsplatte. Ihr Körper rutschte direkt an ihm entlang und sie kam eingekeilt zwischen seinem Körper und der Arbeitsplatte zum Stehen.

Er wollte sie küssen. Jetzt! Sofort!

Doch entweder wollte sie es nicht merken oder sie merkte es tatsächlich nicht. Sie kicherte nur und sagte: "Komm schon, J, lass uns jetzt endlich tanzen!"

Dann drückte sie sich an seiner steinharten Latte entlang an ihm vorbei, was ihn beinahe in die Knie gezwungen hätte.

Als er die Augen wieder öffnete, bemerkte er, dass seine Freunde ihn beobachteten.

"Was?", blaffte er.

"Die hat's dir wirklich angetan, stimmt's?", fragte Will

lächelnd.

"Du machst dir keinen Begriff", knurrte er und folgte der unglaublich gut gelaunten Candy.

Kurz vor der Treppe schnappte sie sich seine Hand.

"Komm schon!", sagte sie und zog ihn weiter.

"Wie viel hast du schon getrunken, Candy?", fragte er, weil diese aufgedrehte Art sonst so gar nicht ihre war.

"Nicht viel. Das ist eine Party, J, mach dich locker!", rief sie über die lauter werdende Musik hinweg.

Die Treppe war steil, eng und überfüllt. Vorsichtshalber legte er ihr einen Arm um die Taille und zog sie an sich, bevor sie sich noch verletzte.

Zumindest redete er sich das ein, denn es hatte natürlich überhaupt nichts damit zu tun, dass er sie gern nah bei sich spürte. Und ihr kleiner Po an seinem Schwanz sich einfach himmlisch anfühlte.

Sie kicherte und wand sich in seinem Griff. Immer wieder rieb sich ihr perfekter Hintern an seinem Schwanz.

"Gott, bitte Candy, halt still", flüsterte er ihr erschöpft ins Ohr, nachdem sie gerade einmal die Hälfte der Treppe hinter sich hatten. So gut es sich auch anfühlen mochte, irgendwann würde auch seine Geduld und Selbstdisziplin ein Ende haben.

Ihr Kichern verstummte abrupt und sie wandte ihr hübsches Köpfchen zu ihm um.

"Was ist los?", fragte sie mit gerunzelter Stirn und schien tatsächlich nicht gemerkt zu haben, dass sie diesen kleinen Knackarsch non-stop an seinem harten Schwanz rieb.

"Nichts, Süße", sagte er deshalb und versuchte zu lächeln, ehe er ihr einen kleinen Kuss auf die Schläfe drückte. Es schien ihr zu genügen, denn sie ließ ihren Kopf zurück an seine Schulter fallen und wurde noch nachgiebiger in seiner Umarmung.

Nie hatte es sich besser angefühlt, jemandem im Arm zu halten!

Mitten auf der Treppe hielt er an und ließ seine Stirn

schwer atmend an ihren Hals sinken.

"Du bringst mich um", murmelte er, seine Lippen nur noch Millimeter von ihrer samtweichen und unglaublich gut duftenden Haut entfernt.

"Ich will ja still halten, aber du läufst nicht weiter und ich will tanzen!", sagte sie kichernd und zog dabei ihre Schulter so, dass er seinen Kopf weg nehmen musste.

"Na dann", sagte er rau, weil er im Moment eine ganz andere Art von körperlicher Bewegung im Sinn hatte.

Vorsichtig schob er sie weiter, bis sie am Fuß der Treppe angelangt waren. Die Musik war hier unten noch lauter und der Boden des Kellers vibrierte unter ihren Füßen. Es war dunkel und bunte Lichter zuckten zum Rhythmus der Musik über die Tanzfläche.

Candy drückte an seinem Arm, der immer noch um ihre Taille lag, doch er ließ sie nicht frei, bis er am anderen Ende der Tanzfläche ankam. Hier war es nicht weniger eng und voll, aber er konnte sie ein wenig gegen die Wand abschirmen.

Sobald er seinen Griff lockerte, drehte sie sich lachend aus seinem Arm. Augenblicklich nahmen ihre Hüften den Takt der Musik auf und bewegten sich unglaublich sexy.

Das Lächeln, das dabei ihre Lippen zierte, war verrucht und ihre Augen funkelten herausfordernd. Er begann sich ebenfalls zu bewegen. Trat näher an sie heran. Lächelnd legte er eine Hand auf ihre Hüfte.

Sie drehte sich abermals in seinen Armen, sodass ihr Rücken an seiner Brust lehnte. Bei jeder Bewegung ihrer Hüften rieb ihr göttlicher Hintern über seinen knallharten Schwanz.

Sie drehte sich aus seinem Griff. Tanzte und lachte so unbeschwert, wie er es selten gesehen hatte. Sie sah atemberaubend aus. Sexy und wunderschön.

Wieder drehte sie sich mit ihrem Rücken zu seiner Brust und ließ ihren Prachtarsch in seinem Schoß tanzen.

Bereits nach kurzer Zeit ging sein Atem schwerer und seine Hände krallten sich in ihre Hüften. Er presste sich an sie, ließ sie deutlich spüren, wie sehr sie ihn erregte.

Ihr abgehacktes Keuchen war zu viel für ihn. Blitzschnell drehte er sie in seinen Armen und presste sie dann gegen die Wand. Fordernd schob er ein Knie zwischen ihre Beine und drückt sich dann der Länge nach an sie.

"Du machst mich verrückt", raunte er, legte seine Hände an ihre Wangen, damit sie ihm nicht mehr entwischen konnte. Er wollte sie. Konnte nicht mehr warten, beinahe wahnsinnig vor lauter Candy in seinem Kopf.

Dann beugte er sich zu ihr und küsste sie. Hart, fordernd, leidenschaftlich. Ihre Fingernägel gruben sich in seine Brust und nach kurzem Zögern erwiderte sie den Kuss. Er presste seinen Oberschenkel gegen ihre Mitte und Candy stöhnte abermals auf.

Blitzschnell schob er seine Zunge zwischen ihre weichen, nachgiebigen Lippen.

Sie schmeckte atemberaubend. Süß und nach dem Wodka-Bull, den sie vorhin getrunken hatte. Ihre Zunge war weich und forschend und brachte ihn beinahe gänzlich um den Verstand.

Seine Hände wanderten über ihre Seite zu diesem herrlichen Po.

Er drückte sie auffordernd nach oben, aber Candy schlang ihre Beine einfach nicht um seine Hüften. Sie musste aber! Er wollte ihr näher sein, näher an ihrer heißen Mitte. Nein, noch besser in ihr. Energisch presste er sich gegen sie. Wollte sie. Brauchte sie. Jetzt, hier.

Doch dann entriss sie ihm ihre Lippen. Schwer atmend küsste er sich ihren Kiefer entlang zu ihrem Ohr.

"Hör auf, J, hör auf", murmelte sie, aber gleichzeitig presste sie ihre heiße Mitte auf seinen Oberschenkel.

Sie schob ihr Becken nach vorn und trieb ihn noch weiter in den Wahnsinn.

"Nein", murmelte er und drückte seine Hände fester in das weiche Fleisch ihres Hinterns.

"J, bitte, sie gaffen uns schon an. Lass uns gehen", sagte sie eindringlich in sein Ohr.

"Gehen. Hervorragende Idee", gab er schwer atmend zurück.

Ganz langsam lockerte er seinen Griff. Als er sich umsah, erkannte er, dass Candy recht hatte. Einige der Gäste hatten sie beobachtet. Manche sahen belustigt aus, andere so, als würden sie nur darauf warten, dass er Candy frei gab. Aber das würde nicht passieren. Sie gehörte ihm!

Nein, nicht dir ... Julien, flüsterte sein Unterbewusstsein. Schnell schob er den Gedanken beiseite. Es ging erstaunlich leicht, so scharf wie er auf Candy war.

Wieder schob er sie vor sich her durch die Menge. Konnte es kaum erwarten, endlich nach Hause zu kommen. Endlich mit ihr zu schlafen.

Dieses Mal lagen seine Hände deutlich tiefer. Vorne auf ihren Hüftknochen. Bei jedem Schritt presste er sich fest gegen ihren kleinen Prachtarsch. Hin und her gerissen, zwischen, Erleichterung und Begehren.

Alles in allem genau so, wie es immer mit Candy war. Der schmale Grad zwischen Paradies und Folter. Himmel und Hölle.

CANDY

Noch nicht ein einziger Kuss in ihrem bisherigen Leben hatte sich jemals so gut angefühlt. Ihr gesamter Körper kribbelte. Bis in die Zehenspitzen. Sein Körper an ihrem, seine Hände auf ihrem Po. Seine Erektion an ihrer Hüfte. Viel hätte nicht mehr gefehlt und Candy hätte ihren ersten not-selfmade-Orgasmus direkt hier in der Menge bekommen.

Als sie in die kühle Nachtluft hinaus traten, nahm Justin ihre Hand und lief vor ihr her. Beinahe im Laufschritt überquerte er den großen Platz und ignorierte dieses Mal alle, die ihn begrüßen oder mit ihm quatschen wollten.

Er sagte kein Wort mehr, hielt ihre Hand aber fest umklammert, als hätte er Angst, sie würde davon laufen, wenn er sie losließe.

Von wegen! Das erste Mal, dass sie wirklich scharf auf jemanden war, würde sie sich bestimmt nicht entgehen lassen.

Justin schob sie durch die Wohnungstür ins Innere und presste sie sofort an die Wand neben der Tür. Stürmisch küsste er sie und nagelte sie mit seinem Körper an die Wand. Candy stöhnte auf, was er gleich nutzte, um seine Zunge tief in ihren Mund zu schieben.

Ihre Hände klammerten sich wie von selbst in seinem Nacken fest und als er diesmal seine Hände in ihren Po krallte, schlang sie ihre Beine sofort um seine Hüften.

Sie wollte ihn näher spüren, mehr von ihm haben. Als sein harter Schwanz dann schließlich ihre Mitte traf, stöhnten sie beide auf, ohne den Kuss zu unterbrechen.

Justin umschlang ihren Körper noch fester und ging mit ihr im Arm ins Schlafzimmer. Die Tür trat er mit dem Fuß zu und schaltete das Licht mit dem Ellenbogen an.

Oh nein! Bestimmt nicht!

Schnell streckte sie ihren Fuß aus und knipste das Licht wieder aus.

"Was ...?", begann er, doch Candy unterbrach ihn sofort.

"Findest du den Weg im Dunkeln nicht?", fragte sie lächelnd und presste sich noch fester an ihn. Die Ablenkung funktionierte und wurde lediglich mit einem Stöhnen und einem weiteren Kuss quittiert, während er zum Bett lief.

Sie ließen sich darauf fallen, ohne seine Lippen auch nur eine Sekunde von ihren zu nehmen.

Candys Körper summte vor Erregung. Es prickelte und brannte in ihrem Schoß.

Sie wollte mehr davon. Mehr von diesen neuen Empfindungen. Mehr Justin. Mehr Haut. Ungeduldig zog sie an seinem T-Shirt.

Er tat ihr den Gefallen und zog es sich über den Kopf. Endlich konnte sie berühren, was sie seit zwei Wochen sah. Die harte breite Brust und die ausgeprägten Bauchmuskeln. Gott, so oft hatte sie sich vorgestellt, ihn so zu streicheln, die Linien und Konturen nachzufahren.

Er küsste sich ihren Hals entlang, während er sich auf seinen Armen abstützte, um etwas Platz für ihre forschenden Hände zu lassen. Seine Lippen auf ihrer Haut fühlten sich so unglaublich gut an, dass sich die feinen Härchen auf ihrem Körper allesamt aufrichteten.

Immer tiefer wanderten ihre Hände, bis sie schließlich am Bund seiner Jeans ankamen.

Sie öffnete seine Hose und konnte es kaum erwarten, seinen Schwanz endlich zu berühren. Das erste Mal, dass sie das tatsächlich wollte und nicht nur wollen sollte.

Langsam ließ sie ihre Finger unter den Bund seiner Shorts gleiten. Sein schwerer keuchender Atem an ihrem Ohr ermutigte sie dazu, weiter zu machen. Ihre Finger umschlossen seine samtige Härte und er unterbrach sein Zungenspiel an ihrem Ohrläppchen für ein lang gezogenes Stöhnen.

"Wenn du mich weiter so berührst, werde ich kommen, bevor wir überhaupt angefangen haben. Ich bin so unglaublich scharf auf dich, Kleines", keuchte er und zog dann seine Hüften zurück, sodass sie ihn nicht mehr berühren konnte.

Er drückte sich ab, stand auf und zog sich in Windeseile Schuhe, Socken, Jeans und Shorts aus.

Candy hörte es mehr, als dass sie es im spärlichen Mondlicht sah, und in diesem Moment wünschte sie sich beinahe, das Licht angelassen zu haben.

Diesen Gedanken verwarf sie aber sogleich wieder.

Er kniete sich mit einem Bein auf die Bettkante und griff nach ihrem Kleid. Langsam schob er es höher. Candy atmete einmal tief durch und hob dann erst ihre Hüfte, dann ihren Oberkörper, um ihm das Ausziehen zu erleichtern.

"Gott, ich brauche mehr Licht, ich will diesen Wahnsinnskörper sehen", knurrte er, als er ihr den BH ausgezogen hatte, und schon wollte er sich von ihr entfernen.

Schnell griff sie nach seinen Hüften und zog ihn an sich. Sein Schwanz streifte ihre Wange und Candy konnte der Versuchung nicht widerstehen. Sie drehte ihren Kopf und ließ ihre Zunge über die Spitze seines Schwanzes gleiten.

"Fuck!", stöhnte er und griff ihr im nächsten Moment in die Haare.

Seine Bewegung war fahrig, als könnte er sich nicht entscheiden, ob er sie weg oder zu sich hin ziehen sollte.

Dann beugte er sich über sie und küsste sie hart. Besitzergreifend.

Der Gedanke, dass er seinen eigenen salzigen Geschmack auf ihrer Zunge schmecken würde, trieb ihre Erregung beinahe ins Unendliche.

Sie zog ihn auf sich und er kam halb auf, halb neben ihr zum Liegen. Seine Finger spielten sofort mit ihren Brustwarzen und jede einzelne Berührung schoss beinahe ohne Umwege in ihre Klit.

Sie konnte, sie wollte nicht mehr warten. Sie wollte ihn in sich spüren, wollte, dass er sie in diese Höhen vögelte, die sie bislang nur allein erreicht hatte.

Wieder ließ sie ihre Hand über seinen Bauch gleiten und umfasste seine Erektion mit festem Griff.

Er stöhnte und stieß zweimal kräftig in ihre Hand.

"Ich ... fuck ...", stöhnte er und griff dann sofort nach ihrer Leggins inklusive Slip und zog sie hinab.

Das letzte Stück half sie ihm, indem sie sich die Leggins selbst von den Beinen strich.

Seine Hand fuhr ihre Beine entlang zwischen ihre Oberschenkel. Jeden Zentimeter, mit dem er ihrer Mitte näher kam, wurde ihre Atmung heftiger. Als seine Finger schließlich an ihrer Spalte ankamen, stöhnten sie beide unisono auf.

"Fuck ... so nass ... so heiß ... so eng", keuchte er, während er seinen Finger in sie gleiten ließ.

Candy bebte vor Erregung und ihre Becken begann, wie von selbst auf seiner Hand zu reiten.

"Ich kann nicht mehr", stöhnte er und vergrub seinen Kopf an ihrer Halsbeuge. Sie spürte seinen schnellen, heißen Atem auf seiner Haut und war nur noch zu einem einzigen Wort fähig.

"Bitte", keuchte sie und krallte ihre Hände in seine Schultern. Er entzog ihr seine Hand, was ihr ein protestierendes Wimmern entlockte.

Doch dann rollte er sich auf sie. Sie spürte seinen steinharten Schwanz an ihrer Mitte, doch er machte keine Anstalten in sie einzudringen.

Er wühlte nach etwas in seinem Nachtkästchen und Candy erkannte erst, als sie das vertraute Geräusch des reißenden Plastiks hörte, dass er sich gerade ein Kondom überstreifte.

Sie selbst war so sehr in ihrer Erregung gefangen gewesen, dass sie daran gar nicht mehr gedacht hatte. Der Gedanke war aber auch schon wieder so gut wie weggeblasen, als sie spürte, wie er seinen Schwanz an ihrer Öffnung positionierte.

Auf einen Unterarm abgestützt, waren seine Lippen nur wenige Zentimeter von ihren entfernt. Er atmete schwer durch seinen halb geöffneten Mund.

"Candy ...", murmelte er und schob sich ganz langsam immer tiefer in sie. Er war groß und dehnte sie stark. Dann zog er sich ein winziges Stück zurück, nur um erneut tief in sie vorzudringen.

Als er schließlich ganz in ihr war, schloss er stöhnend die Augen. Wieder legte er seinen Kopf an ihren Hals und atmete keuchend.

"Du bist so verdammt eng, Baby", flüsterte er und allein der verzweifelte Klang seiner Stimme brachte sie ihrem Orgasmus näher, als jede Berührung eines anderen Mannes es jemals getan hatte.

Sie wollte noch so viel mehr von ihm. Wollte ihn noch so viel tiefer in sich spüren. Enger bei sich haben. Mehr fühlen. Mehr erleben. Mehr spüren. Mehr Justin.

Ohne weiter nachzudenken, hob sie ihre Beine an, umschlang seine Hüften und presste ihn vollkommen in sich.

"Verdammte Scheiße", keuchte er, warf seinen Kopf in den Nacken und stöhnte laut. Dann begann er, sich zu bewegen. Schnell. Kräftig. Stoß um Stoß wurde ihre Atmung abgehackter und sie spürte das altbekannte Ziehen in ihrem Unterleib, bereits nach wenigen Minuten.

"Candy ... ich ... fuck ... du ...", dann brach er ab. Was auch immer er sagen wollte, es spielte für sie keine Rolle. Sie wollte ihn. Wollte den Orgasmus, den jeder einzelne seiner perfekten Stöße versprach.

Er küsste sie grob und durch den veränderten Winkel traf jeder einzelne seiner Stöße auf ihre Klit. Sie stöhnte in seinen Mund und empfing sein Keuchen ebenso. Leicht biss er ihr auf die Lippe und der Schmerz, verbunden mit dem harten Rhythmus seiner Hüften, katapultierte sie über die Kante zu ihrem Orgasmus.

Sie schrie ihn hinaus, warf ihren Kopf in den Nacken und wölbte sich ihm entgegen. Das war mit Abstand das Beste, was ihr je passiert war. Sie spürte das prickeln ihrer Haut bis zu ihren Füßen und war nicht fähig dazu, ihren Blick zu fokussieren.

"Fuck", hörte sie Justin fluchen und spürte Sekunden später das Zucken seines Schwanzes in sich.

Er brach auf ihr zusammen, keuchend und völlig ausgelaugt, genauso wie sie sich fühlte.

Minuten später rollte er sich auf den Rücken und zog Candy mit sich, sodass sie halb auf ihm zum liegen kam.

"Das war ... das war einfach unglaublich", murmelte er schließlich die Lippen dicht an ihren Haaren.

Sprechen konnte sie nicht aber sie nickte an seiner Brust. Nie hatte sie so etwas erlebt und ein klein wenig verstand sie nun auch, warum alle Welt vom Sex so begeistert war. Candy war es ab sofort definitiv! Zumindest vom Sex mit Justin.

Seine Atmung wurde immer langsamer, bis Candy sich schließlich aufzurichten versuchte.

"Was hast du vor?", murmelte er und zog sie wieder an seine Brust.

"Mir was anziehen", sagte sie.

"Besser nicht."

"Doch!", gab sie entrüstet zurück. Morgen früh würde es hell sein in ihrem Zimmer und dass er sie so vollkommen nackt sah, kam überhaupt nicht in Frage.

"Du bist verdammt heiß, Baby. Lass es einfach. Vielleicht kommen wir später zu Runde zwei", murmelte er und Candy konnte sein Lächeln hören.

"Nur einen Pulli", gab sie lächelnd zurück und versuchte, die Situation locker zu halten, bevor zu viele Fragen aufkämen.

"Brauchst du nicht, ich wärme dich!", sagte er und machte keine Anstalten sie los zu lassen.

"J ... bitte", sagte sie schließlich ernst. Sie spürte, wie er sich versteifte und alle Gelöstheit von gerade eben verflog.

Er lockerte seinen Griff und Candy richtete sich unbehaglich auf. Schnell angelte sie nach dem Hoody, das sie gern zum Schlafen trug und zog es sich an.

Unsicher, was er jetzt von ihr erwartete, blieb sie auf der Kante des Bettes sitzen.

"Kommst du nicht zurück?", fragte er leise.

Nichts wollte sie lieber, als sich einfach wieder in seine Arme zu schmiegen. Also legte sie sich vorsichtig wieder neben ihn.

Er schlang seinen Arm sofort um sie und zog sie an seine Brust. Warm, breit und unglaublich bequem.

"Alles okay, Babe?", fragte er leise, Minuten später.

"Ja. Bei dir?"

Sie spürte das Rumpeln seines Lachens an ihrer Wange, ehe es aus ihm herausbrach.

"Gott, ich hab mich nie besser gefühlt!", sagte er immer noch lachend.

"Schön. Weißt du, das hat Spaß gemacht. Wir könnten das mal wieder tun", antwortete sie, als sein Lachen langsam nachließ.

Und ja, sie konnte sich tatsächlich vorstellen, wieder einmal Sex mit Justin zu haben. Nicht als Pflichtprogramm, sondern einfach nur, weil es fantastisch war!

Sein Lachen verstummte schlagartig. Schneller als sie schauen konnte, hatte er sie auf den Rücken gedreht und legte sich zwischen ihre Beine.

Seine Hand umschloss ihr Kinn und drückte ihren Kopf so nach oben, dass sie ihm in die Augen sehen musste.

"Das war jetzt hoffentlich ein Scherz", sagte er und klang ziemlich ernst.

Scheiße! Sie hatte gedacht, es hätte ihm genauso viel Spaß bereitet wie ihr. ... *tja, Fettnäpfchentreter...*

"Ähm ... ja, klar. Dachte nur ... wäre ja vielleicht praktisch ... und so", stammelte sie in seinem Griff.

Wieder vibrierte seine Brust leicht. Dann senkte er seinen Kopf und strich federleicht mit seinen Lippen über ihre. Sie verstand ihn nicht. Wusste nicht, was er meinte, was in ihm vorging.

"Ich habe absolut nicht vor, das hier vielleicht irgendwann einmal zu wiederholen!", sagte er ernst, nachdem er seine Lippen von ihren gelöst hatte.

"Äh ... okay. Ähm ... gut", sagte sie enttäuscht. Und vielleicht auch ein wenig verletzt.

Wieder lachte er und in diesem Moment fand sie das mehr als unpassend. Sie fühlte sich vor den Kopf gestoßen und irgendwie beraubt. Justin machte diesen für sie ziemlich schönen und absolut einmaligen Moment gerade ziemlich kaputt.

"Nein, Babe, ich habe nicht vor, das hier vielleicht irgendwann einmal zu wiederholen", sagte er schließlich noch einmal. Als hätte sie es beim ersten Mal nicht bereits verstanden.

Sie stemmte ihre Arme gegen seine Brust und versuchte, ihn von sich zu schieben. Justin packte daraufhin einfach ihre Handgelenke und drückte sie über ihrem Kopf auf die Matratze.

Sie fühlte sich einfach nur gedemütigt. Nicht gut genug für einen so perfekten Mann wie ihn.

"Lass mich ausreden", sagte er und gab ihr wieder einen federleichten Kuss auf ihre Lippen.

"Ich habe nicht vor, das hier vielleicht irgendwann zu wiederholen, weil ich es sicher spätestens morgen wiederholen möchte. Seit dem Moment, in dem du mich mit deinem Buch beworfen hast, dreht sich mein gesamtes Leben nur noch um dich", sagte er leise und eindringlich, sodass sie ihre Gegenwehr ganz langsam aufgab.

"Ich weiß nicht, was das hier ist oder wie das funktioniert, Candy, aber ich will dich. Mehr von dir. Mehr von uns. Mehr von dem hier", sagte er und presste zur Verdeutlichung seine Lenden gegen ihre.

"Ich weiß es auch nicht", flüsterte sie, weil sie langsam ahnte, dass das, was Joey und sie geteilt hatten, absolut falsch gewesen war.

"Lass es uns herausfinden", flüsterte er.

Candy nickte, zu mehr wäre sie nicht fähig gewesen.

Sie küssten sich. Zärtlich, sanft. Dann ließ er sich wieder neben sie aufs Bett sinken und zog sie erneut an seine Brust.

Seine Atmung wurde wieder ruhiger und nach einiger Zeit murmelte er: "Du bist der Hammer, Candy."

Sie war sich da nicht so sicher, aber sie würde das hier genießen. Ihn genießen. Die Gefühle, die er ihr schenkte, genießen. Solange, wie es eben funktionieren würde.

Also schmiegte sie sich noch enger in seine Arme, kuschelte sich an ihn und schlief mit diesem herrlichen Gefühl der Geborgenheit ein.

6 ONLY YOU

JUSTIN

Okay. Das ist mit Abstand beste Gefühl, das er je gehabt hatte, war eindeutig, mit dem Mädchen seiner Träume, zumindest der letzten Wochen, im Arm aufzuwachen.

Sie lag mit dem Rücken zu ihm, die Knie angewinkelt. Er hatte sich an sie geschmiegt.

Sein rechter Arm lag unter ihrem Kopf und sein linker umschlang ihre Mitte.

Seine Nase hatte er tief in ihren weichen Haaren vergraben und atmete mit jedem Atemzug ihren köstlichen Duft ein.

Kein Wunder, dass er so gut geschlafen hatte!

Ihr nackter Po schmiegte sich an seinen ebenfalls nackten Schwanz, der bereits völlig erholt schien, so steif wie er war.

Am liebsten würde er ihn sofort in ihr versenken, doch dazu müsste er sie erst frei geben, um ein Kondom aus seinem Nachttisch zu fischen. Also beschränkte er sich darauf, sich einfach an sie zu pressen.

Ganze zwei Minuten lang, dann wanderte seine Hand wie von selbst zu ihrer heißen Mitte. Als seine Finger über ihre Schamlippen wanderten, zuckte sie leicht zusammen und regte sich dann in seinen Armen.

"Guten Morgen", flüsterte er in ihr Ohr und küsste dann die zarte Haut ihres Halses.

"Morgen", murmelte sie und zuckte erneut zurück, als er seine Finger auf Wanderschaft schickte.

"Wund?", fragte er deshalb verblüfft.

Sie drehte ihren Kopf in ihr Kissen und schien nicht gewillt, ihm zu antworten.

Gut, dann geh ich eben selbst nachsehen, dachte er mit einem dreckigen Grinsen im Gesicht.

Die Frage, wie sie wohl schmecken würde, ging ihm schon seit mehreren Tagen nicht mehr aus dem Kopf, das wäre also die ideale Gelegenheit.

Er schob sich ihren Körper entlang nach unten und begann dann, an ihrer Hüfte zu knabbern. Als er über ihren Bauch zu ihrer Mitte wandern wollte, riss sie sich abrupt aus seinem Griff los und sprang aus dem Bett.

"Nein!", sagte sie und sah ihn dabei an, als sei er der größte Perversling aller Zeiten.

Sie sah irgendwie süß aus. Dieser absolut schockierte Gesichtsausdruck, den er das letzte Mal bei einem Mädchen gesehen hatte, als er noch 14 war. Kombiniert mit diesem viel zu großen Hoody, auf dem das Logo einer New Yorker Uni prangte.

Ihre schmalen nackten Beine lugten ab der Hälfte ihrer wunderschönen Oberschenkel daraus hervor und auch von ihren Händen waren lediglich die Fingernägel zu sehen. Ihr Haar war verstrubbelt und ihr Gesicht sah, neben schockiert, eindeutig verschlafen aus.

"Hey, was ist los?", fragte er, bemüht darum, nicht zu lachen, so süß wie sie aussah.

"Ich will das nicht!", sagte sie ernst, drehte sich dann von ihm weg und lief zum Kleiderschrank.

Candy warf ihre lange, blonde, so herrlich postkoitiale Mähne vornüber und sogleich wieder zurück. Dann band sie sie zu einem unordentlichen Knoten, ohne ihn dabei auch nur eines Blickes zu würdigen.

Wieder beugte sie sich in den Schrank und suchte nach etwas.

Justin stand nun ebenfalls auf, trat dicht hinter sie und zog dann ihren Oberkörper an seine Brust.

"Was ist los?", murmelte er eindringlich an ihrem Ohr, doch Candy schüttelte nur den Kopf.

"Nicht jetzt?", fragte er, da er zwar nicht nachgeben, sie aber auch nicht zu stark bedrängen wollte.

Belohnt wurde er damit, dass sie sich leicht in seinen Armen entspannte und ein klitzekleines, vorsichtiges Nicken sehen ließ.

"Frühstück?", fragte er weiter und wiegte sie ein wenig, um sie noch weiter zu lösen. Sie seufzte, legte ihren Kopf zurück an seine Schulter und hauchte: "Mhm. Aber ich will erst duschen."

"Ich komme mit", flüsterte er lächelnd und stellte sich bereits vor, wie er die nächste seiner Fantasien in die Tat umsetzte ... zumindest so lange, bis er bemerkte, wie sie sich in seinen Armen versteifte.

Sekunden später kam auch schon das befürchtete Wort: "Nein!"

"Warum?", fragte er, weil er nicht so schnell nachgeben wollte. Als sie sich aber ohne ein weiteres Wort aus seinen Armen freimachte, gab er doch nach.

"Schsch. Okay, okay. Ich mache Frühstück, du gehst alleine duschen, alles in Ordnung, okay?", fragte er mit zusammengezogenen Augenbrauen. Auch wenn er keine Ahnung hatte, was genau ihr Problem war. Immerhin hatten sie doch bereits miteinander geschlafen. Wobei das eigentlich ein zu kleines Wort war für diese atemberaubende Zeit mit ihr.

Sie nickte und er küsste sie auf ihren Nacken, ehe er sich langsam von ihr löste.

Auf der Bettkante sitzend, zog er sich seine Boxershort über und beobachtete genau, wie Candy sich ihre Unterwäsche und einen Jogginganzug aus dem Kleiderschrank kramte.

Ohne ihn anzusehen, huschte sie, in ihrem übergroßen Hoody hinaus und nur Sekunden später hörte er bereits die Tür zum Badezimmer ins Schloss fallen.

Seufzend erhob er sich ebenfalls, lief in sein ... Juliens Zimmer und schlüpfte ebenfalls in eine Jogginghose.

Julien. Wie er das alles seinem besten Freund erklären sollte, lag noch weit jenseits seiner Vorstellungskraft. Er hatte ja für sich selbst keine Erklärung. Wie zum Teufel sollte er da Julien erklären, warum er seine Finger nicht von Candy lassen konnte.

SCHEIßE!

Ihn beschlich eindeutig das ungute Gefühl, dass ihm noch eine ganze Menge an Ärger bevorstand. Nicht nur durch Julien. Auch Candy schien mehr zu verbergen, als er bisher geahnt hatte.

Irgendwas lief hier verdammt schief und er hatte den Weg zur Lösung noch nicht erspähen können!

CANDY

OH.MEIN.GOTT. Oh mein Gott. Oh mein Gott!!!

Was auch immer hier gerade vor sich ging. Candy kam sowas von überhaupt nicht klar damit!

Sie stand unter der heißen Dusche und schrubbte sich ihren Schweiß von letzter Nacht vom Körper.

Ja, sie mochte Justin und ja, er hatte ihr Gefühle und Empfindungen gezeigt, von denen sie bisher nicht gedacht hatte, dass sie sie jemals würde empfinden können.

Zumindest nicht, wenn ein anderer Mensch sie dabei berührte.

Das Kribbeln, das seine Hände und seine Lippen bei ihr auslösen konnten, war unbeschreiblich schön.

Aber eine Achterbahn war einen Scheißdreck gegen

das, was ihre Gefühle und Gedanken gerade taten. Ihr selbst wurde davon bereits so schwindlig, dass sie sich am liebsten einfach nur auf den Boden der Dusche gesetzt und zu weinen begonnen hätte.

Eigentlich völlig ohne Grund. Justin hatte nichts getan, was sie nicht wollte. Im Gegenteil. Er war auf all ihre Wünsche eingegangen. Er war perfekt gewesen. Vielleicht zu perfekt? War das das Problem?

Candy wusste es einfach nicht. Sie war verwirrt. Mehr als das. Total durch den Wind! Vollkommen überfordert. Sie hatte noch versucht, sich irgendwie aus dieser ganzen Nummer heraus zu manövrieren. Herunterzuspielen, was in der letzten Nacht geschehen war.

Doch Justin hatte all ihre Hoffnungen mit wenigen Worten zunichte gemacht. Dabei wollte sie doch gar keine Beziehung. In Beziehungen musste man offen sein. Man musste sich einander anvertrauen. Sich alles erzählen. Sich alles geben. Nichts für sich behalten. Sich selbst mit allen Schattenseiten offenbaren. Hingeben. Vertrauen.

Sich selbst zum Wohle der Beziehung aufgeben.

So hatte Joey es ihr erklärt. Aber aufgeben und loslassen waren Wörter, die in ihrem Wortschatz nicht vorkamen.

Wie Justin es geschafft hatte, sie zum Loslassen zu bewegen und damit diesen unbeschreiblichen Orgasmus zuzulassen, war für sie nicht erklärbar.

Und schon wieder begann ihr Gedankenkarussell zu laufen. Schnell drehte sie das Wasser ab, rieb sich trocken und schlüpfte in den dunkelblauen Jogginganzug.

Leisen Schrittes schlich sie in die Küche, in der Justin bereits das Frühstück vorbereitete.

Er sah atemberaubend aus. Die schwarze Hose hing so tief auf seinen schmalen Hüften, dass sie die Grübchen am Ende seines Rückens sehen konnte.

Die Muskeln auf dem breiten Rücken spielten bei jeder Bewegung, die er machte. Seine Haut war braun gebrannt vom Sommer in Spanien und seine schwarzen, immer noch sehr kurzen Haare standen in alle Richtungen ab.

Als hätte er ihren Blick gespürt, sah er sich auf einmal über die Schulter zu ihr um. Ein atemberaubendes Lächeln legte sich auf sein Gesicht.

"Willst du mir noch länger zusehen, oder hilfst du mir auch?", fragte er schließlich.

Seine lockere Art brachte sie nun doch zum Lächeln, ehe sie sich zu ihm gesellte.

Er deutete auf die Kaffeemaschine und Candy begann, einige Löffel hineinzuwerfen. Sie wusste nicht, wie viel sie hinein geben sollte, da sie selber keinen Kaffee trank.

"Tsss", sagte er auf einmal, trat hinter sie und nahm ihre Hand, in der der Löffel lag. Dann schüttete er das Pulver aus dem Filter zurück in die Dose, ohne dabei ihre Hand loszulassen.

"Wenn du nicht immer den gleichen Kaffee in der gleichen Dosierung benutzt, weißt du nie, wie gut er wird", murmelte er dicht an ihrem Ohr und streifte genau vier Mal den Löffel grade am Rand des Behälters ab.

"Setz dich, Babe", flüsterte er schließlich und schob sie sanft zum Tisch.

Schließlich hatte er alles fertig hergerichtet und setzte sich zu ihr. Nach kleineren Anlaufschwierigkeiten war es beinahe wie immer. Sie redeten viel, lachten, aßen und tranken. Nur berührte er sie deutlich öfter, als er es gewöhnlich tat. Kleine Gesten, die sie zwar oft freuten, aber noch mehr verwirrten.

Er strich ihr eine Strähne aus dem Gesicht, ehe sie in die Marmelade auf ihrem Toast fallen konnte. Er streichelte ihre Hand, während ihre andere die Tasse zu ihrem Mund führte.

Er küsste ihre Fingerknöchel und ihre Stirn, als hätte er nie etwas anderes getan.

Nach dem Abräumen zog er sie an sich, sodass ihr Rücken an seiner Brust lehnte, ehe er sie ganz zärtlich in den Nacken küsste.

Ohne sie zu fragen, schob er sie dann zum Sofa. Er schaltete irgendeinen Sonntagnachmittag-Film ein und legte sich seitlich auf die Couch. Wieder zog er sie an sich und sie lagen aneinander gekuschelt da.

Es war einfach unglaublich, wie gut sich seine Berührungen und seine Umarmungen anfühlten. Wie wohl sie sich dabei fühlen konnte.

Irgendwann wurde sie erneut müde, zog sich die Kapuze ihres Hoodys weit ins Gesicht und drehte sich in seine Arme. Die Nase an seiner Brust vergraben und seinen Duft einatmend, schlief sie schließlich ein.

JUSTIN

Wenn sie schlief, ließ sie los. Wenn sie los ließ, sah sie aus wie ein Engel. Sein Engel. Mehr, als er sich jemals erträumt hatte.

Es war beinahe unglaublich, aber er war zum ersten Mal in seinem Leben richtig heftig verknallt.

Sie war wunderschön. Witzig. Spontan. Unkompliziert. Sexy. Süß. Heiß ... einfach Candy. Und Justin war sich absolut sicher, solange sie an seiner Seite war, würde er niemanden sonst mehr brauchen.

Wie auch, wo sie doch sogar die weibliche Reinkarnation seines besten Freundes war!

Julien ... wie zur Hölle sollte er das nur hinbekommen?

Wieder wanderte sein Blick zu ihr. Lediglich ein paar wenige blonde Locken und ihre süße Nasenspitze lugten aus dem viel zu großen Hoody hervor.

Ein Männerhoody. Warum sie sich so etwas kaufte, war ihm schleierhaft.

Für das nächste Mal würde er ihr einfach eines seiner Hoodys geben. Der Gedanke gefiel ihm. Sie würde nach ihm riechen. Es war beinahe, als würde sie ihn tragen.

Wirklich bequem lag er nicht. Aber er würde einen Teufel tun und den Engel in seinen Armen aufwecken, nur um selbst ein paar Stunden Schlaf zu finden.

In Zeitlupe streichelte er ihren Rücken. Keine hektischen Bewegungen, um sie nur ja nicht aufzuwecken. Sie sollte schlafen. Entspannt sein, sich an ihn schmiegen.

Irgendwann schlief er über diese Gedanken ein und träumte von einer Zukunft, die er und der kleine Engel in seinen Armen zusammen erleben würden.

7 COULD IT BE?

CANDY

"Guten Morgen, mein Engel", hörte sie Justin flüstern.

Shit ... doch nicht nur ein Traum.

Ihre Nase immer noch an seiner Brust, atmete sie noch einmal tief seinen Geruch ein und drehte sich dann von ihm weg, um aufzustehen.

Sich an etwas zu gewöhnen, was nicht so bleiben würde, war nie ratsam. Ergebnis des Ganzen war lediglich, dass man es später vermisste.

"Hey, hey, wo willst du hin?", fragte er und zog sie zurück an seine Brust. Seinen Körper in ihrem Rücken zu spüren, fühlte sich herrlich an. Zu gut. Warum nur? Warum waren seine Arme so anders als die von jedem anderen Menschen?

"Duschen, anziehen, Uni", murmelte sie knapp und schon wieder vollkommen in ihren Gedanken gefangen. Justin ging ihr einfach wahnsinnig unter die Haut. Er bestimmte momentan ihr gesamtes Denken.

"Nicht so schnell", antwortete er und legte sein Bein

um ihre, sodass er sie nun vollkommen umschlungen hielt.

"Alles in Ordnung, Süße?", fragte er dann leise, die Nase in ihrem Haaren vergraben.

"Mhm", machte sie nur. Sie hatte keine Ahnung, wie sie ihm erklären sollte, dass diese ganze Beziehungssache nichts für sie war.

"Ich glaube dir nicht", sagte er und klang dabei weder verwundert noch enttäuscht. Eine bloße Feststellung. Er hielt sie noch einige Momente fest, dann löste er seine Umklammerung und sagte: "Duschen?"

"Allein."

"Candy ...", sagte er und hatte doch tatsächlich den Nerv, ein wenig verärgert zu klingen.

"Nein. Niemals!", sagte sie, machte sich von ihm los und stapfte ohne einen weiteren Blick ins Bad. Sicherheitshalber drehte sie den Schlüssel im Schloss. Nur für den Fall, dass er entschied, machen zu können, was er wollte und doch zu ihr ins Bad kam. Wie Joey es so oft getan hatte. Ihre Theorie war, dass Männer im allgemeinen der Meinung waren, besser zu wissen, was Frau wollte/brauchte und Joey sich deshalb all diese Dinge herausgenommen hatte, die nichts anderes als eine Verletzung ihrer Privatsphäre war.

Er lag auf dem Sofa, die Füße über die Armstütze baumelnd, als Candy schließlich aus ihrem Zimmer kam. Er drehte seinen Kopf, doch er hatte den undefinierbaren Blick, den er sonst immer zur Schau trug, abgelegt und musterte sie jetzt nachdenklich.

Er trug dunkle, tief sitzende Jeans und ein eng anliegendes Longsleeve. Sein Bauch war nackt, da er seine Hände hinter seinem Kopf verschränkt hatte und sein Oberteil nach oben gerutscht war. Zum Anbeißen. Wie so oft. Wiederum ein Gedanke, der eigentlich so überhaupt nicht in ihre Welt passte.

"Wollen wir?", fragte sie ein wenig unsicher.

"Nein. Komm her", sagte er und streckte ihr eine Hand

entgegen. Was wollte er? Da er aber keinerlei Anstalten machte, aufzustehen, ging sie zu ihm.

Er griff nach ihrer Hand, zog sie den letzten halben Meter zu sich. Dann packte er mit der anderen Hand ihre Kniekehle und zog sie auf sich.

Aus dem Gleichgewicht gebracht, landete sie schließlich über seinem Schoß kniend. Ihre Hände stützte sie auf seiner Brust ab, um nicht komplett auf ihn zu fallen. Er griff nach ihren Handgelenken und hielt sie fest.

"Was zum Teufel ist los mit dir?", fragte er und seine Augen scannten ihr Gesicht, als stünde die Lösung dort irgendwo geschrieben.

"Nichts, J, lass uns zur Uni gehen."

"Candy, ich bin der Meister im 'Alles bestens' oder 'Nichts ist los' sagen, obwohl ich genau dann gern einen Weltkrieg beginnen würde. Bei mir kommst du damit also nicht durch. Ich frage dich jetzt ein letztes Mal. Was. Ist. Verdammt. Nochmal. Los. Mit. Dir?"

Sein Griff war beinahe schmerzhaft und seine Worte waren der Wahrheit so nah, dass sich ihr Hals zu schnürte. Ihr ganzes Leben lang hatte sie Floskeln wie 'alles in Ordnung', 'mir geht's gut' oder 'alles bestens' verwendet und kein einziges Mal hatte es gestimmt.

Und kein einziges Mal hatte es jemand hinterfragt, bis Justin kam. Bis dieser eine Mann kam, der nicht nur ihren Körper, sondern auch ihren Geist wollte.

"Ich kann das nicht", flüsterte sie schließlich und hatte dabei bereits Tränen in den Augen. Angst, Wut, Verzweiflung und ein klitzekleines bisschen Hoffnung wechselten sich sekündlich ab.

"Was kannst du nicht?", fragte er leise und seine Daumen begannen, ihre Handgelenke zu streicheln, was ihr Gefühlswirrwarr nur noch schlimmer machte. Ihre Kehle schnürte sich zu und ihre Augen brannten unter all den ungeweinten Tränen. Sie blinzelte heftig und versuchte, sie irgendwie im Zaum zu halten.

"Das hier, J. Ich bin einfach nicht der Typ für so was.

Verstehst du das nicht?", sagte sie und die ersten Tränen traten über.

Warum konnte er sie nicht einfach gehen lassen? Die Angst vor dem, was unweigerlich kommen würde, machte es ihr unmöglich zu atmen und sorgte dafür, dass ständig neue Tränen über ihre Wangen rannen und auf sein Shirt tropften.

Er zog ihr die Hände weg. Nicht darauf vorbereitet, krachte sie ungebremst mit ihrer Wange auf seine Brust. Bevor sie sich wieder aufrichten konnte, schlang er bereits seine Arme um sie und hielt sie auf seiner Brust gefangen. Eine Hand auf ihrem Rücken und eine auf ihrem Hinterkopf. Als würde er sie festhalten und zugleich beschützen.

Konnte er denn nicht verstehen, dass er es war, vor dem sie beschützt werden musste. Beziehungsweise, weniger er als die Zeit nach ihm. Wenn die bereits feststehende Trennung kam.

"Du willst es. Und ganz ehrlich, Süße, ich weiß am allerwenigsten, wie man eine Beziehung führt. Du bist verdammt nochmal die erste Frau, bei der ich das überhaupt in Erwägung ziehe. Lass es uns einfach versuchen. Was soll schon schief gehen?", murmelte er leise in ihr Ohr.

"Ich hab es versucht, J. Ich kann das nicht. Ich kann mich nicht aufgeben", gab sie verzweifelt zurück.

"Musst du auch nicht. Wie kommst du denn darauf? Eigentlich bleibt doch alles genauso wie bis jetzt, nur dass wir zusätzlich noch fantastischen Sex haben können!", sagte er eindringlich und hob mit einem Finger ihren Kopf nach oben, sodass er genau vor seinem schwebte.

"Nur einen Versuch", murmelte sie. Ihre Augen waren bereits auf diese unglaublich weich aussehenden Lippen fixiert. Dass sie nicht nur so aussahen, sondern auch genau so weich waren, wusste sie nur allzu gut.

Der Gedanke daran, diese Lippen jederzeit küssen zu dürfen, ließ ihr Herz auf Höchstgeschwindigkeit arbeiten und in ihrem Bauch einen ganzen Schwarm Schmetterlinge fliegen.

Ein träges Lächeln zeichnete sich auf seinem Gesicht ab.

"Genau. Nur ein Versuch, Babe", flüsterte er, schob seine Hand dann in ihren Nacken und zog sie zu sich.

Sehr sinnlich und langsam küsste er sie. Kostete sie, als wäre sie ein ganz besonderer Wein. Seine Finger liebkosten die weiche Haut an ihrem Hals und seine andere Hand streichelte ihren Rücken. Erst hauchzart, dann ein klein wenig drängender.

Langsam spürte sie, wie sich auch sein Schwanz zu regen begann.

Uni, Uni!!, ermahnte sie sich selbst.

Sich von seinen Lippen zu lösen, war nicht allzu leicht, da er den Druck seiner langen, kräftigen Finger einfach verstärkte. Und so ihren sowieso schon schwachen Geist noch mehr beeinflusste.

"J", murmelte sie schließlich an seinen Lippen, die sich daraufhin zu einem wunderschönen Lächeln verzogen.

"Ich kann dich wohl nicht überreden, Blau zu machen, oder?", seufzte er und ließ seine Hand von ihrem Nacken zu ihrem Po wandern. Er hielt sie fest und als hätte sie nicht verstanden, warum er nicht zur Uni wollte, presste er seine Lenden gegen ihre Mitte.

Ganz kurz nur, erlaubte sie sich die Empfindungen zu genießen, dann öffnete sie ihre Augen und setzte sich aufrecht auf ihn.

"Nein, Justin, ich hab ein Stipendium, das kann ich mir nicht leisten", sagte sie ernst und versuchte damit, auch sich selbst noch einmal ins Gewissen zu reden.

Abermals seufzend nickte er und richtete sich ebenfalls in eine sitzende Position auf. Er hauchte einen kleinen Kuss auf ihre Lippe und gab ihr dann einen Klaps auf den Po.

"Also dann. Auf in den Kampf."

Sie waren kaum zur Tür heraus, da hatte er ihr bereits

seinen Arm um die Schultern gelegt. Er wirkte irgendwie ausgelassen und zufrieden, wo Candy sich einfach nur unsicher fühlte.

Warum genau ihm daran lag, eine Beziehung mit ihr zu haben, verstand sie einfach nicht.

Auch an diesem Tag begrüßte er jeden, der ihren Weg kreuzte, ließ dabei aber kein einziges Mal den Arm von ihrer Schulter fallen. Die Blicke derer, denen sie begegneten, reichten von neugierig zu abschätzend, manche eifersüchtig und andere nahezu feindselig.

Die Kommilitonen, die ebenfalls auf der Party gewesen waren, waren besonders schlimm. Manche von ihnen sahen sie dabei so lüstern an, dass ihr davon beinahe schlecht wurde.

Candy wurde es nach und nach unangenehm. Meine Güte, sie waren doch keine Zirkusattraktion.

Um dem Ganzen zu entgehen, versuchte sie, sich von seinem Arm loszumachen. Er verstärkte lediglich seinen Griff und quittierte ihre Bemühungen mit einer hochgezogenen Augenbraue.

"Was soll das?", fragte er und unterbrach seinen Gesprächspartner damit mitten im Satz.

Unhöflich! Candy hielt still, verdrehte aber die Augen und deutete mit ihrem Blick auf ihren Gegenüber.

"Brad, wir müssen los", sagte Justin dann prompt, klopfte Brad einmal auf die Schulter und zog sie weiter.

"Sag doch gleich, wenn du ihn nicht magst."

"J, du hast ihn gerade mitten im Satz unterbrochen."

"Ich wollte wissen, was mit dir los ist. Es interessiert mich nicht sonderlich, was er zu sagen hat. Zumindest nicht, wenn man seine Worte auf einer Skala mit deinen vergleicht. Du hast gewonnen, Brad verloren. Mein Prioritätenranking", sagte er, blieb stehen und sah sie mit gerunzelter Stirn an.

Das ist komisch ... aber ziemlich süß, dachte sie und ein kleines Lächeln stahl sich auf ihr Gesicht.

"Ahh, gefällt mir schon viel besser", sagte er und lächelte ebenfalls. Dann beugte er sich zu ihr und strich ganz leicht mit seinen Lippen über ihre. Federleicht. Weich und er schmeckte nach mehr!

Doch schon versuchte er, sich ihr zu entziehen. Sie folgte seinen Lippen. Stellte sich sogar in ihren Chucks auf die Zehenspitzen, um seine Lippen noch einen Moment länger zu spüren. Erbarmungslos richtete er sich ganz auf, sodass sie keine Chance hatte, an seinen Mund heran zukommen. Unwillig brummend zog sie am Ärmel seiner allgegenwärtigen Lederjacke.

"Wenn du nicht willst, dass ich dich einfach über meine Schulter werfe und zurück in unsere Wohnung trage, sollte ich dich jetzt besser nicht weiter küssen", murmelte er sanft und lächelte dabei dieses unwiderstehliche Lächeln.

JUSTIN

"Oh", sagte sie und ihre schönen Augen weiteten sich leicht. Sie trieb ihn in den Wahnsinn. Er raste mit Schallgeschwindigkeit auf den Abgrund zu und konnte absolut nichts dagegen tun.

Wollte er das überhaupt? NEIN! Candy war einfach perfekt. Und mit jeder Minute, die sie zusammen verbrachten, festigte sich diese Meinung noch.

In Momenten, in denen sie so herrlich unschuldig aussah wie in diesem, wollte er sie einfach nur in den Armen halten. Dass sie aber auch ganz anders konnte und statt der Unschuld die Wildkatze war, wusste er nur allzu gut.

Sex mit Candy war heiß. Unglaublich heiß. Er konnte sich nicht daran erinnern, jemals eine Frau unter sich gehabt zu haben, die sich besser angefühlt hatte.

Allein der Gedanke daran ließ vermehrt Blut in südlichere Regionen seines Körpers strömen.

Und dann war da noch dieser Teil von ihr, den sie ganz sicher und unauffindbar vor ihm und dem Rest der Welt verborgen hielt. Zwischendurch blitzte er kurz auf. Immer dann, wenn er sie unvorbereitet auf etwas ansprach, was ihr überhaupt nicht passte. Sie einfach überrumpelte.

Kurzum, Candy war alles, was er brauchte. Geheimnisvoll, unschuldig, heiß, wild, anschmiegsam - zumindest in seltenen Momenten - sexy und süß zugleich.

Wie an all den anderen Tagen auch, begleitete er sie zu ihrem Sitzplatz. Dieses Mal musste er sich nicht dazu überreden, gleich wieder abzuhauen, er durfte offiziell noch ein paar Minuten bei ihr bleiben.

Andere Paare machten das genauso. Er hatte es bei einigen seiner Freunde bereits gesehen. Zwar hatte er die damals für verrückt gehalten, aber mit seinem neuen Kenntnisstand machte ihr Verhalten durchaus Sinn.

Es war, als würde man seiner Angebeteten ein riesiges 'Gehört Mir' Schild in die Hand drücken. Genau das war es, was er wollte. Jeder sollte wissen, dass sie ihm gehörte. Dass er dieses herrliche Geschöpf erobert hatte und nicht geneigt war, sie wieder herzugeben.

Sie ließ sich wie jeden Tag sofort und ohne ihn eines weiteren Blickes zu würdigen, auf ihren Stuhl fallen und begann dann sogleich, in ihrer Tasche zu wühlen.

Justin setzte sich einfach auf ihren Tisch. Seine Beine baumelten links und rechts von ihren Oberschenkeln herunter, während er die Hände auf seinen Knien abstützte.

Er beobachtete sie, wie sie völlig abwesend in ihrer eigenen kleinen Welt versank. Irgendwann schien sie ihn dann doch zu bemerken. Ganz langsam hob sie ihren Blick.

"Was machst du da?", fragte sie verwirrt und zog ihre hübschen Augenbrauen zusammen.

"Auf einen Kuss von dir warten", sagte er lächelnd.

"Warum?", fragte sie und schien ehrlich verwirrt.

Sehr süß, dachte er und ein Grinsen breitete sich auf seinem Gesicht aus.

Er nahm ihr Kinn zwischen Daumen und Zeigefinger und zog sie ein Stückchen zu sich. Dann küsste er sie ganz leicht auf ihre schönen, vollen Lippen.

Ihre Augen waren geschlossen, als er sich wieder von ihr löste.

"Grund genug?", flüsterte er.

"Mhm", machte sie und ihre Lider flatterten leicht. Er legte seine Hände an ihre Wangen und küsste sie noch einmal. Fester und inniger diesmal. Nur mit sehr viel Mühe konnte er sich wieder von ihren Lippen trennen. Bei ihr vergaß er immer die Zeit und die komplette Welt um sie herum.

Sie sahen sich tief in die Augen. Purer Unglaube stand in ihren. Über was, konnte er sich nicht erklären. Was genau war für sie so unfassbar? Dass er sie begehrte? Konnte wohl kaum sein, sie musste doch wissen, wie schön sie war. Nicht umsonst kam er sich ziemlich oft sehr gehetzt vor in dem Versuch, alle männlichen Wesen in ihrem Umfeld auf Abstand zu halten.

Die letzten zwei Wochen waren definitiv die anstrengendsten seines Lebens gewesen.

Dass er mit ihr zusammen sein wollte? Ja, schon eher. Schließlich war auf der gesamten Uni nur allzu bekannt, dass er nur One-Night-Stands und keine Beziehungen hatte. Und doch hatte er ihr mehr als deutlich gesagt, wie sehr er sie wollte.

Dass er sie ständig küssen wollte, sollte sie nun mittlerweile auch bemerkt haben. Er bekam einfach nicht genug von ihr.

"Ich freue mich natürlich darüber, dass Sie sich so viel Mühe geben, unsere neuen Studentinnen zu integrieren, Mr. Adams, aber ich würde dann doch gern mit meiner Vorlesung beginnen."

Diese Worte brachten ihn ziemlich unsanft zurück in die Realität.

Er tupfte seiner Traumfrau noch einen letzten unschuldigen Kuss auf die Lippen und sprang dann von ihrem Tisch.

"Bis nachher, Baby", sagte er, schwang sich seinen Rucksack auf die Schultern und lief dann, dem Professor freundlich zunickend, aus dem Vorlesungssaal.

Aus dem Augenwinkel sah er noch, wie der Prof leicht grinsend den Kopf schüttelte, ehe der Unterricht begann und die Tür hinter Justin ins Schloss fiel.

Die Zeit verging zäh wie Kaugummi. Wie immer, wenn Candy nicht in seiner Nähe war. Leider hatte sein Professor beschlossen, zum Ende der Stunde noch einige prüfungsrelevante Themen anzusprechen, sodass er nicht früher abhauen konnte.

Justin versuchte, sich zu konzentrieren, obwohl er eigentlich schon auf dem Weg zu Candy sein wollte. Sekunden vor dem Klingeln wurden sie entlassen und er eilte sofort los.

Sie stand bereits vor dem Saal und unterhielt sich mit einem Mädchen, das er bereits kannte. Ihr Name wollte ihm allerdings nicht mehr einfallen. Unwichtig.

"Hey Babe", sagte er, nachdem er bei Candy angekommen war. Er drückte ihr einen Kuss auf die Stirn und schlang ihr einen Arm um die Taille.

"Hey Justin", flötete die Frau ohne Namen.

Er nickte ihr kurz zu und wandte sich dann wieder an seine Freundin.

"Nächster Kurs?", fragte er lächelnd und überlegte, was nun wohl wieder in diesem hübschen Köpfchen vorging, da sie schon wieder so aussah, als versuche sie, seine Gedanken zu lesen.

Wieder war ihm dieses Kopf-schief-muster-Ding einfach unheimlich. Als würde sie ihn durchleuchten und jede noch so kleine Schwachstelle in seinem System finden.

Schließlich nickte sie aber und wurde etwas weicher in seinem Griff.

Mann, Mann, Mann. Dass er sich über solche Kleinigkeiten freute, war eigentlich unglaublich.

Normalerweise hingen die Frauen, ob er nun wollte oder nicht, eher an seinem Hals, als dass er sie an sich ziehen musste. Nun gut, aber Candy war es definitiv wert.

Er begleitete sie zu ihrem nächsten Kurs und diesmal streckte sie sich ihm sogar freiwillig entgegen. Er gab ihr einen kleinen Kuss, woraufhin sie sich sofort zu ihrem Platz umdrehte.

Grinsend gab er ihr einen Klaps auf ihren Po, was ihr ein herrliches Quieken entlockte. Bei Candy brauchte er sich auf jeden Fall keine Sorgen zu machen, dass sie ihn zu stark einengen würde oder klammerte. Grinsend verließ er den Vorlesungssaal.

"Hübsches Grinsen. Steht dir", sagte eine Stimme hinter ihm, als er den Flur entlang ging. Er drehte sich nicht um. Brauchte er auch nicht, weil er sich sicher war, dass die Besitzerin der Stimme gleich neben ihm auftauchte.

Und so war es auch. Camilla. Sie hakte sich auch gleich bei ihm ein.

"Hast du an mich gedacht?", fragte sie frech und blinzelte dabei. Am liebsten hätte er sie gefragt, ob sie etwas im Auge hatte, so wild, wie sie mit ihren künstlichen Wimpern klimperte.

Na, na!, schimpfte seine Mum sofort in seinem Hinterkopf. Also beschränkte er sich auf die Wahrheit.

"Nein, an Candy."

Ihr Lächeln verrutschte ein wenig, sie hatte sich aber schnell wieder gefangen.

"Hmm ... die hat dir gerade ziemlich den Kopf verdreht, was?", kicherte sie dann.

"Ähm, ja, so kann man es auch nennen", antwortete er und freute sich bereits, seinen Hörsaal am anderen Ende des Flures zu sehen.

Kopf verdreht.

Er war dermaßen verknallt in Candy, dass er sich immer wieder über sich selbst wunderte. Eigentlich ...

verknallt war vielleicht sogar zu wenig. Wenn er ganz ehrlich zu sich selbst war, hatte er sich bereits ziemlich heftig in Candy verliebt.

"Nun gut, kannst dich ja wieder bei mir melden, wenn du dann genug von ihr hast und sie abservierst", gurrte sie weiter und streichelte seinen Arm.

"Ja, klar", sagte er ironisch, weil er von Camilla schon seit einem Jahr die Schnauze voll hatte, er sie aber immer noch nicht los geworden war.

Seinen Sarkasmus schien sie nicht zu verstehen, denn sie kicherte nur und drückte sich noch fester an ihn, ehe sie sich abwandte und in einen der Nebenflure verschwand. Gut, dass Candy seinen Humor so gut verstand.

"Pudelhohl und sowas von abgedreht", murmelte er und betrat kopfschüttelnd seinen Kurs.

"Hey, Adams, wir gehen heute Abend ins *Meets*, einen trinken, kommst du mit?", fragte Cole, nachdem er sich auf einen Platz fallen gelassen hatte.

"Nein, nächstes Mal wieder", antwortete er, während er in seinem Rucksack nach dem Block angelte.

"Warum?", fragte Will. Und weil dieser ihm ein ziemlich guter Freund war, bekam er sogar eine Antwort.

"Candy", sagte er knapp.

"Die ist auch noch da, wenn du wieder zurück kommst", sagte Cole.

"Ich verlass mich lieber nicht darauf", sagte Justin grinsend und meinte es nur halb im Spaß. Wer wusste schon so genau, was in Candys Köpfchen vorging?

"Du hast recht, Kumpel. Wenn ich ein Mädchen finden würde, die es wert ist, würde ich auch lieber bei ihr bleiben, als mit Idioten wie uns um die Häuser zu ziehen. Wer weiß schon, wann jemand vorbei kommt und sie einem wegnehmen will", antwortete Will und bescherte Justin einen klitzekleinen Knoten im Magen.

"Willst du auf was bestimmtes raus, Will?", fragte er schärfer als nötig und fixierte ihn mit seinem Blick.

"Whow, whow, nur die Ruhe, J. Ich lass meine Finger von deinem Mädchen!", antwortete er und hatte die Hände erhoben.

"Ich hoffe, das gilt auch für den Rest von euch", knurrte er und lehnte sich mit vor der Brust verschränkten Armen zurück.

Die Runde nickte, doch ein wirklich gutes Gefühl blieb nicht zurück.

Er war mehr als froh, dass Candy nach dieser Vorlesung bereits Schluss hatte und er sie in seine halbwegs sicheren vier Wände bringen konnte.

Von dem Stoff kam überhaupt nichts bei ihm an und er sah im 15 Sekunden Rhythmus auf seine Uhr.

Als es endlich klingelte, drängte er sich an den anderen vorbei, raus aus dem Saal und ohne Umwege auf den Weg zu ihr. Sie stand bereits vor der Tür und wühlte geschäftig in ihrer Tasche.

"Endlich!", begrüßte sie ihn und klang ziemlich genervt. Sie packte ihn bei der Hand und zog ihn hinter sich her aus dem Gebäude. *Ganz was Neues* ... nur ihre Stimmung passte nicht ganz dazu.

"Alles in Ordnung?", fragte er, als sie bereits die Hälfte des Campus überquert hatten.

"Alles Bestens!", fauchte sie.

Ähm, ja, bestimmt. Kurzerhand blieb er stehen und zog Candy mit einem Ruck zurück.

Sie taumelte gegen seine Brust und keuchte überrascht auf.

"Was ... ?", begann sie, doch er unterbrach sie sogleich.

"Lüg nicht, Candy. Wenn ich dich frage, was los ist, rück einfach mit der Sprache raus."

Ihre eben noch aufgebracht funkelnden Augen mieden auf einmal seinen Blick.

"Komm schon, rück raus mit der Sprache, Babe", sagte er versöhnlich.

"Sie nerven mich. Ich will hier weg", murmelte sie schließlich und ihr Körper verlor ziemlich viel von seiner

Anspannung.

"Klar, kein Problem. Wollte sowieso schnellstmöglich nach Hause", antwortete er lächelnd. Wieder sah sie ihn so herrlich verwirrt an. Er nahm ihr die große Notebooktasche ab und hängte sie sich über die Schulter. Dann ging er los und zog sie, seinen Arm um ihre Taille geschlungen, sacht mit sich.

"Und wer genau nervt dich?", fragte er, als sie vor der Wohnungstür ankamen.

"Deine Groupies, die auf einmal alle meine beste Freundin sein wollen. Bäh! Das ist sowas von widerlich!", maulte sie und schob sich an ihm vorbei, nachdem er die Tür aufgeschlossen hatte.

"Warum zum Teufel sollen das meine Groupies sein?", fragte er, nun selbst ein wenig genervt, weil sie ihn schon wieder stehen ließ. Einer Frau ständig hinterher zu laufen, war eigentlich nicht seine Art. Eigentlich ... Candy stellte sein komplettes Leben auf den Kopf!

"Oh, warte ... Ohhhh, er ist ja soooooo süß", quiekte sie und hob dabei ihre Stimme um so viele Oktaven, dass es ihm gleich in den Ohren schmerzte.

"Jaaaa, lasst uns doch alle zusammen in den Chase Club gehen. Das ist Justins Lieblings-Club", quiekte sie weiter. Justin hielt es keine weitere Sekunde mehr aus. Mit zwei großen Schritten war er hinter ihr, zog sie an sich und hielt ihr den Mund zu.

"Gott, hör auf, von der Tonlage platzt mir noch das Trommelfell. Du hättest Opernsängerin werden sollen!", beklagte er sich.

"Hmhamamba", sagte sie hinter seiner Hand.

"Was?", fragte er verwirrt. Dann zog sie an seiner Hand.

"Oh, klar. Wenn du nicht weiter quiekst!", sagte er und ließ, nachdem Candy genickt hatte, seine Hand auf ihren Bauch sinken.

"Genau das meine ich! Ich schwöre dir, zehn weitere Minuten Justin-Adams-Lobeshymnen in dieser Tonlage und es hätte Tote gegeben", maulte sie, ließ ihren Körper aber gegen seinen sinken.

Definitiv ein Sieg!

"Warst du etwa eifersüchtig?", stichelte er. Und küsste die weiche Haut knapp unter ihrem kleinen Ohr.

"Soll ich dir das Ende der Justin-Opernarie vorsingen?", fragte sie zuckersüß zurück.

"Ähm ... nein danke! Geistloses Nachmittags-Fernsehprogramm?"

"Ich muss lernen!"

"Komm schon, nur ein Stündchen gemeinsam aufs Sofa, dann kannst du dich in deine Bücher vergraben", flüsterte er in ihr Ohr, wiegte sie dabei sanft und platzierte immer wieder kleine Küsse auf ihrem Hals.

"Nur eine Stunde", sagte sie, doch Justin hörte das Lächeln in ihrer Stimme.

Sie kuschelten sich zusammen aufs Sofa, lagen seitlich, ihr Rücken an seiner Brust. Er genoss es, sie einfach nur in seinen Armen zu halten.

Das stumpfsinnige Fernsehprogramm lief, doch er bekam kein einziges Wort mit, so sehr drehten sich all seine Gedanken um die Frau in seinen Armen.

CANDY

Natürlich blieb es nicht bei einer Stunde. Aber sie konnte sich einfach nicht dazu aufraffen, ihn von sich zu schieben und aufzustehen.

So unglaublich, wie es für sie selbst auch war, sie genoss seine Berührungen. Sie genoss es, in seinen Armen zu liegen. Nach und nach entspannte sie sich und irgendwann musste sie schließlich eingeschlafen sein, denn sie erwachte erst wieder, als sie angehoben wurde.

"Hm?", machte sie verschlafen und rieb sich mit den Handballen über die Augen.

"Schsch. Schlaf einfach weiter. Wir siedeln nur schnell ins Bett um."

Sie drehte ihren Kopf und presste ihre Wange an seine Brust, während er sie ins Schlafzimmer trug. Er legte sie auf dem Bett ab und zog ihr dann die Jeans aus. Als er nach ihrem Pullover griff, schob sie seine Hände schlaftrunken beiseite.

"Nein", murmelte sie, drehte sich dann auf die Seite und zog ihre Beine an ihren Oberkörper. Sie hörte ihn noch seufzten, ehe er zum Lichtschalter tappte.

Als er endlich wieder bei ihr lag, kuschelte sie sich eng an ihn und schlief innerhalb von Sekunden wieder ein.

8 TWO HEARTS

CANDY

Er berührte sie. Ständig. Und sie mochte es. Immer. Warum? Diese Antwort fehlte ihr noch.

Es war wie verhext. Und Candy hatte auch keine Lust mehr, sich den Kopf über etwas zu zerbrechen, was ihr gefiel. Das Warum war im Grunde genommen völlig egal. Also ließ sie es zu, dass er sie immer wieder berührte, umarmte und küsste. Mehr noch, immer wieder tat sie es von sich aus.

Einfach nur, weil sie Lust dazu hatte oder es für sie einfacher war.

Auf dem Weg zur Uni hatte sie herausgefunden, dass es bereits genügte, sich etwas fester an ihn zu drücken oder ihren Kopf an seine Schulter zu lehnen, und schon hatte sie seine volle Aufmerksamkeit.

Endlos lange Diskussionen über Football oder ähnlich interessante Themen konnten so ganz hervorragend verkürzt werden.

Sie versuchte, sich auch gar nicht vor seinen Küssen zu drücken. Und Küssen, das wollte er oft.

Wenn er kam, wenn er ging und zwischendurch. Kleine unschuldige Küsse, die manchmal auch ein wenig ausarteten. In solchen Momenten ging sein Atem schwerer und seine Augen funkelten vor Begierde. Nicht einmal dieses Versprechen in seinem Blick ließ sie zurückschrecken.

Auch zur Mittagpause stand er bereits wieder vor der Tür ihres Hörsaals.

"Hey Babe", sagte er, zog sie an seine Seite und küsste sie auf die Schläfe.

Ein Grinsen konnte sie sich nicht verkneifen. Sie mochte es einfach, wenn er sie mit irgendwelchen Spitznamen ansprach. So musste sie nicht andauernd ihren eigenen bescheuerten Namen hören.

"Können wir heute meinen Chip besorgen?", fragte sie, weil es ihr mehr als unangenehm war, dass Justin immer noch ihr Mittagessen bezahlte.

"Nein, warum?"

"Justin", sagte sie in ihrem besten Jammerton.

"Candy-y-y-y", jammerte er zurück, ignorierte ihr Anliegen aber vollkommen.

Sie holten sich das Mittagsgericht von der Ausgabe und gingen dann zu dem Tisch, an dem sie nun bereits die dritte Woche aß. Nachdem sie sich alle zum vierten Mal umsetzen mussten, damit Justin neben ihr sitzen konnte, hatte es sich jeder gemerkt und es waren immer zwei Plätze nebeneinander frei.

Sie hätte sich ohne weiteres auch neben jemand anderen gesetzt, aber Justin bestand darauf und auf seltsame Weise schien er auch immer zu bekommen, was er wollte.

An diesem Tag saß Cole an ihrer anderen Seite. Er war ihr gegenüber immer sehr freundlich und zuvorkommend. Und doch fand Candy ihn irgendwie schleimig ... schmierig, oder sowas in der Art. Ganz genau konnte sie ihren Finger nicht darauf legen.

Wie so oft, war die Stimmung am Tisch sehr gelöst. Candy mochte Justins Freunde und wenige der Mädchen, die sich um sie scharten, waren auch okay. Glaubte sie zumindest, denn sonderlich viel Kontakt hatte sie mit keinem. Pauschal hatte Candy all die, die sie nicht mit ihren Blicken erdolchten, als ganz nett eingestuft.

Man soll ja an das Gute im Menschen glauben ... oder so ...

Sonderlich lang blieben die Mädchen nie. Ein paar Tage, manche waren sogar eine ganze Woche da. Andere wechselten nur die Männer, an denen sie hingen oder auf deren Schoß sie saßen. Innerlich schüttelte Candy sich. Sich durch eine ganze Clique zu vögeln, war sowas von widerlich!

Wenn die Gespräche lauter wurden oder hitzigere Diskussionen entstanden, wie es an diesem Mittag geschah, schloss Candy, auch ohne dem Gespräch zu folgen, mit 95% Wahrscheinlichkeit auf Football. Da sie dieses Thema so gut wie überhaupt nicht interessierte, versuchte sie, sich weiter dem Problem Mensa-Chip zu widmen.

"Könnte ich dich um einen Gefallen bitten, Cole?", fragte Candy ihren Sitznachbarn.

"Klar, schieß los!", gab dieser zurück, legte sein Besteck aus der Hand und lehnte sich auf seinem Stuhl zurück.

"Würdest du mir zeigen, wo ich einen Chip für die Mensa besorgen kann?" Er runzelte die Stirn, dann schweifte sein Blick über ihre Schulter, bevor er sie wieder ansah.

"Jetzt?", fragte er. Candy zuckte mit ihren Schultern.

"Klar, warum nicht?", antwortete sie und stand auf.

Weiter kam sie nicht, da Justin sie am Handgelenk festhielt.

"Wo willst du hin?", fragte er und seine Augen wurden schmal, als er Cole anvisierte.

"Einen Chip besorgen, habe ich dir vorhin schon gesagt", gab sie zurück. Diese Diskussion war einfach zu lächerlich.

Sie brauchte doch nur jemanden, der ihr zeigte, wo man diese verdammten Dinger bekam.

Wenn das hier allerdings so weiter ging, würde sie sich einfach selbst auf die Suche begeben.

"Ich gehe später mit dir", lenkte er ein, sah dabei aber immer noch über ihre Schulter hinweg Cole an.

"Was ist los, Adams? Angst, dass sie sich für mich entscheiden könnte?", sagte dieser lachend.

Krachend flog Justins Stuhl zurück, als er abrupt aufstand. Er zog sie an ihrem Arm zurück, sodass sie ins Straucheln geriet. Sein Griff um ihr Handgelenk wurde langsam schmerzhaft.

"Justin, du tust mir weh", zischte sie, doch er ignorierte sie komplett. Es war seltsam still geworden an ihrem Tisch und alle verfolgten das Geschehen.

"Ein paar Klicks und dieses Lachen rutscht dir ganz schnell aus dem Gesicht, Arschloch. Pass auf, ich warne dich nur einmal, Cole. Vergreif dich besser an nichts, was mir gehört."

Mit der flachen Hand schlug sie ihm auf die Brust.

"Lass los!", zischte sie, als er ihr endlich den Blick zuwandte. Er runzelte die Stirn, löste seinen Griff aber langsam. Ihr Handgelenk brannte und sie rieb sich darüber, während sie leise vor sich hin fluchte.

Sie hängte sich ihre Tasche über die Schulter und murmelte: "Ich muss zum Kurs."

"Candy", stammelte Justin, doch sie ignorierte ihn. Sie hatte in diesem Moment absolut keine Lust, mit ihm zu sprechen.

Sie war noch keine 20 Meter von der Mensa entfernt, da hatte er sie bereits wieder eingeholt.

"Komm schon, Candy. Cole ist ein Arsch. Ich will einfach nicht, dass er in deiner Nähe ist."

"Das geht dich nichts an, Justin", sagte sie, ohne stehen zu bleiben.

"Was soll das bitte heißen? Du bist meine Freundin,

natürlich geht es mich etwas an."

Candy lachte hart auf.

"Hey, sag mal, was ist aus *nichts ändert sich* geworden?", fragte sie mit vor Sarkasmus triefender Stimme.

"Cole will sich nur an dich ran machen!"

"Zum einen, ich habe ihn um Hilfe gebeten, weil du mich ignoriert hast. Und zweitens gehören da immer noch zwei dazu und er kann sich an mich ran machen, wie er will. Ich will ihn nicht!"

Leise vor sich hin murmelnd fügte sie hinzu: "Ich wunder mich ja selbst, dass ich dich überhaupt will."

Er packte sie hart am Ellenbogen und zwang sie, stehen zu bleiben. "Was soll das bitte heißen?", fragte er scharf.

"Was soll das, J, noch mehr blaue Flecken?"

"Was für blaue Flecken?", fragte er und seine Miene wechselte von zornig zu verwirrt.

"Die, die mein Handgelenk zieren werden. Lass mich los, ich komm zu spät zum Kurs!", sagte sie wütend und zog ihren Arm zurück.

"Nein, wir werden uns jetzt erst fertig aussprechen."

Sie hielt vollkommen still. Atmete tief durch und sagte dann ganz leise: "Wenn du willst, dass ich jemals wieder mit dir spreche, lässt du mich auf der Stelle los!"

Er stockte. Sie spürte seinen prüfenden Blick auf sich ruhen. Ihren Blick hielt sie aber weiter auf die Türen des Universitätsgebäudes gerichtet. Dann wurde sein Griff leichter, bis er seinen Arm schließlich fallen ließ.

Candy drehte sich um und ging ohne ein weiteres Wort zu ihrem Kurs.

JUSTIN

Das hier lief gerade so was von schief.

Scheiße!

Und was sollte das überhaupt heißen, sie wundert sich, dass sie ihn wollte? Warum auch nicht?

Die Gebäudetür fiel hinter ihr ins Schloss und das Klicken hatte etwas Endgültiges.

Fuck! Schnell lief er ihr hinterher. Dass er das jemals tun würde, hätte er auch nicht gedacht. Aber bei Candy war nun mal vieles anders. Candy war anders. Besser als jede Frau, die er bislang kennengelernt hatte.

Wenn er das Theater in der Mensa objektiv betrachtete, hatte sie auch recht. Da war nichts. Aber er hatte Cole einfach einmal zu oft in die Beziehungen seiner Freunde pfuschen sehen.

Beziehung ... wie verdammt nochmal war er da eigentlich rein geraten? All das passierte nur aus dem einen Grund, dass Candy einfach verdammt perfekt war.

Die Tür zum Vorlesungssaal stand noch offen. Schnell schlüpfte er hinein, lief direkt zu ihrem Platz und rutschte neben ihr auf die Bank.

"Geh in deine Vorlesung, J", sagte sie, ohne von ihrer Tasche aufzusehen.

"Nein, ich wollte mir diese mal ansehen, vielleicht belege ich den Kurs nächstes Semester", sagte er lächelnd. Sie sah selbst zornig ziemlich süß aus.

"Dann setz dich zu deinen Groupies", sagte sie und blätterte in ihrem Buch.

"Ich würd's gut finden, wenn du mein Groupie wärst", sagte er dreist grinsend. Es funktionierte, sie sah ihn mit einer hochgezogenen Augenbraue an.

"Komm schon, die Tonlage hast du drauf!", sagte er und legte sein charmantestes Lächeln auf. Ganz leicht zuckten ihre Mundwinkel.

"Sei gnädig mit mir, Babe. Ich kann das noch nicht sehr gut", flüsterte er und deutete dabei mit seinem Finger zwischen ihnen beiden hin und her.

"Nein, kannst du nicht", sagte sie und ihre Mundwinkel gingen noch weiter nach oben.

"Aber weil du so unglaublich verrückt nach mir bist, wirst du mir verzeihen", gab er verschwörerisch zurück.

"Bin ich das?"

Wieder zuckte ihre Augenbraue. Statt ihr zu antworten, küsste er sie. Langsam, zärtlich, lockend.

Erst ließ sie es nur geschehen, aber bereits nach wenigen Sekunden erwiderte sie den Kuss.

Sie kam ihm näher und stütze sich dabei auf seinem Oberschenkel ab. Das war leider ein wenig zu viel für ihn. Wenige Zentimeter löste er sich von ihr.

"Ich würde dieses Thema gern zu Hause vertiefen", wisperte er.

"Uni", flüsterte sie zurück. *Verdammtes Stipendium!*

"Danach?", fragte er hoffnungsvoll.

"Arbeiten", sagte sie lächelnd und richtete sich auf.

"Nicht dein Ernst!", sagte er lauter als geplant, sodass einige ihrer Kommilitonen sich nach ihnen umdrehten. *Scheiße!* Langsam bekam er wirklich Entzugserscheinungen.

"Doch, J", lachte sie auf und amüsierte sich scheinbar prächtig.

Dann wurde ihr Lächeln weicher und sie griff nach seiner Hand. Sie suchte selten von sich aus seine Nähe, sodass er solche Momente um so mehr schätzte.

"Kommst du mit zur Arbeit?", fragte sie ihn, was er nickend bestätigte.

Noch ein Sieg.

In diesem Moment kam der Professor in den Raum und die Vorlesung begann.

Vom Stoff bekam er überhaupt nichts mit. Er streichelte Candys unteren Rücken unter ihrem Pullover und genoss dabei die Wärme, die sie ausstrahlte, ebenso, wie ihre weiche Haut unter seinen Fingern zu spüren.

Auch Candy schien es zu genießen, denn ihre Augenlider flatterten immer wieder und sie bewegte sich unruhig auf ihrem Stuhl, wenn er für kurze Zeit in seinen Bewegungen inne hielt.

Ja, sie genoss ihr Beisammensein genauso wie er, auch wenn sie es nicht allzu sehr zeigte.

Es waren die kleinen Dinge, auf die man bei Candy achtgeben musste.

Kleine Gesten, kleine Berührungen und immer, wenn sie besonders leise sprach, teilte sie etwas besonders Wichtiges mit.

Meine Candy, dachte er lächelnd, während er auf das Ende der Stunde wartete.

9 ONE LIFE?

CANDY

Den Rest ihrer ersten offiziellen gemeinsamen Studienwoche verbrachten sie ohne weitere Komplikationen.

Murrend besorgte Justin mit ihr den Chip. Was sein Problem damit war, wusste sie nicht, aber für Candy war es einfach ein klein bisschen Unabhängigkeit.

Viel zu lang war sie von Joey abhängig gewesen und auch heute noch hatte sie das Gefühl, ihm etwas schuldig zu sein.

Wenn sie in Gesellschaft seiner Freunde unterwegs waren, beobachtete er Cole genau und platzierte sich selbst immer so, dass Cole ihr nicht zu nah kam.

Mehr als ein Augenrollen hatte sie dafür nicht übrig. Wenn einer seiner Freunde das mitbekam, sah sie bei jedem einzelnen die Mundwinkel zucken. Um des lieben Friedens willen, hielt sie sich ein wenig von Cole fern.

Mrs. Campel, Managerin von *Netti's Diner*, hatte ihr

angeboten, noch zwei weitere Abende die Woche zu arbeiten, was Candy dankend annahm. Die Lebenshaltungskosten in Boston waren extrem hoch, sodass sie froh darüber war, noch etwas dazu zu verdienen.

Justin weniger. Erst hatte er gegrummelt, dann hatte er versucht, es ihr auszureden und schließlich sogar angeboten, ihr das Geld zu bezahlen, wenn sie die Zeit stattdessen mit ihm verbrachte. Für was hielt er sie? Ein Callgirl oder nur eine geldgeile Schlampe?

Stinksauer war sie daraufhin am Dienstagabend zu Bett gegangen. Sie hatte die Tür abgeschlossen und sich schließlich die Kopfhörer ihres iPods in die Ohren gesteckt, um das Gehämmer an der Tür zu übertönen.

Lang hielt ihr Streit natürlich nicht an. Bereits beim Frühstück versöhnten sie sich.

Sie konnte ihm einfach nicht böse sein! Er entschuldigte sich wortreich und sah sie mit diesen wunderschönen, großen, braunen Augen an. Damit war es bereits um ihre Standfestigkeit geschehen.

Es war ziemlich anstrengend, nach der Uni noch so viele Stunden zu arbeiten. Jeden Abend schlief sie sofort wie eine Tote ein.

Freitag war der erste Tag, an dem sie wieder einmal einen Abend frei hatte. Dazu waren ihre Freitage an der Uni sehr kurz, sodass sie bereits um ein Uhr nach Hause gehen konnte.

Justin schien ebenfalls beste Laune zu haben, denn er lief pfeifend neben ihr her. Sein Arm lag wie so oft um ihre Schultern. Er sprühte geradezu vor Energie und schien richtiggehend aufgedreht.

"Wir könnten ins Kino gehen!", sagte er auf einmal begeistert.

"Warum?", fragte Candy.

"Weil Pärchen sowas machen."

"Und das weißt du woher so genau?", fragte sie

sarkastisch.

"Hab ich bei anderen gesehen!", äffte er sie nach, worauf sie beide in Lachen ausbrachen.

"Ich bin müde, J. Lass uns lieber zuhause einen Film sehen", sagte sie sanft lächelnd, als sie sich wieder beruhigt hatte.

"Okay, aber du bist mir ein Date schuldig!", sagte er grinsend und küsste sie auf die Schläfe. Dann ließ er sie los und öffnete die Wohnungstür.

"Warum?", fragte sie abermals.

"Weil Pärchen so was machen!", gab er grinsend zurück.

Candy lachte und ließ sich aufs Sofa fallen. Justin setzte sich neben ihren Kopf, hob ihn dann an und legte ihn auf seinem Oberschenkel ab. Er streichelte ihre Haare, während er eine Sportsendung im Fernseher an sah.

"Das ist total seltsam, Justin", sagte sie irgendwann leise.

"Was meinst du?", fragte er, ohne in seinen Streicheleinheiten inne zu halten.

"Was wir hier tun."

"Warum? Ist doch normal, oder?"

"Ich bin mir nicht sicher."

"Magst du es nicht?", fragte er und musterte sie eindringlich. Candy dachte einem Moment über seine Frage nach.

"Doch", gestand sie schließlich, woraufhin er zufrieden nickte.

Ja, eigentlich mochte sie all das. Sehr gern sogar. Warum sollte sie sich also weiter den Kopf darüber zerbrechen, warum es so war?

Zufrieden mit dieser Erkenntnis, entspannte sie sich noch ein wenig mehr. Sie schloss ihre Augen und genoss einfach das Beisammensein mit Justin.

"Ich mag mein Leben gerade ziemlich gern", sagte Justin irgendwann in die Stille hinein.

Wenn er so ernst wurde, machte er ihr Angst. Sie

mochte den ausgelassenen fröhlichen Justin viel lieber.

"Freitags mögen wir alle unser Leben, J. Jetzt möchte ich auch nicht sterben. Frag mich Montag Früh nochmal", gab sie lächelnd zurück und freute sich über sein belustigtes Schnauben.

JUSTIN

Candy hatte recht. Es war komisch, solch alltägliche Dinge zu tun. Einfach mit ihrem Kopf im Schoß auf dem Sofa zu sitzen. Und doch war es so ein unglaublich schönes Gefühl. Als hätte er seine Bestimmung gefunden.

Völlig entspannt könnte er stundenlang so sitzen, während ihm sonst allein in seiner Wohnung meist nach 15 Minuten stinklangweilig wurde und er irgendeinen seiner Freunde dazu überredete, etwas mit ihm zu unternehmen.

Ihr gefiel es nicht weniger gut, wenn sie es dann endlich zuließ. Sie brauchte immer ziemlich lang, um sich auf eine solche Situation einzulassen. Tat sie es dann, entspannte sie sich meist so sehr, dass sie einschlief.

An diesem Tag nicht. Gegen sechs Uhr abends rappelte sie sich schließlich auf.

"Ich gehe duschen", sagte sie.

"Jep", antwortete er nur, obwohl er viel lieber gesagt hätte, dass er sie gern begleiten würde. Aber dieses Thema war wie ein rotes Tuch. Und weil sie diese Woche schon mehr als einmal aneinander geraten waren, ließ er es lieber auf einem 'Ja' beruhen.

45 Minuten später tippelte die kleine Göttin vom Bad ins Schlafzimmer und um Justins Geduld war es endgültig geschehen.

Er hatte seit beinahe einer Woche keinen Sex mehr gehabt, weil sie entweder total erledigt gewesen war oder sie sich über irgendetwas gestritten hatten. Wahlweise auch beides.

Eigentlich hatte er immer gedacht, dass der einzige Vorteil einer Beziehung sei, zu jeder Zeit Sex haben zu können, ohne vorher noch jemanden aufzureißen.

Fehlanzeige!

Er konnte sich nicht daran erinnern, dass er jemals eine ganze Woche ohne jegliche Form von Sex hatte auskommen müssen.

Bevor er den Gedanken beendet hatte, setzten sich seine Füße bereits in Bewegung. Er hatte genau vor Augen, wie er ihr den weißen, knielangen Bademantel von den Schultern streifte. Dann würde er sie aufs Bett legen und diesen herrlichen Körper Zentimeter für Zentimeter auskosten. Von ihren Zehen bis zu ihrem Mund.

Gott, er hatte einfach viel zu wenig von ihr bekommen! Sie hatte ihm zu wenig gegeben!

Ohne anzuklopfen trat er ins Zimmer, und sein Herz setzte einige Schläge aus. Sie sah atemberaubend aus. Sie stand in der Nähe des Fensters, gegen das abendliche Licht, sodass die Sonne einen Rahmen für ihren göttlichen Körper schuf.

Den Rücken ihm zugewandt und den Bademantel bereits bis zu den Ellenbogen herabgelassen, zeichnete sich ihre Silhouette gegen das Licht ab.

Ihre Haut war noch vom Sommer gebräunt und der Bademantel hing so tief unterhalb ihres schönen Rückens und der schmalen Taille, dass er sogar den Ansatz ihres herrlichen Pos sehen konnte.

Mit einem ohrenbetäubenden Quieken endete die Slowmotion dieses wunderbaren Augenblicks.

Candy zog ihren Bademantel nach oben und fauchte: "Sag mal, bist du wahnsinnig? Du kannst doch hier nicht einfach so rein spazieren!"

Seine gesamten Gedanken waren damit beschäftigt, ein Bild von dem zu erstellen, was der Bademantel noch verdeckt hatte. Er musste diesen Hintern einfach sehen.

Wie ferngesteuert lief er zu ihr. Sie fauchte noch immer, doch der Sinn ihrer Worte kam nicht bei ihm an. Er trat hinter sie und zog sie mit einem Ruck an sich. Dann schob er seine linke Hand durch den Schlitz ihres

Bademantels und umschloss ihre rechte Brust.

Sie passte perfekt in seine Hand. Sie fühlte sich weich, voll und schwer an. Besser als alles, was er je berührt hatte. Ihre Schimpftirade endete abrupt und sie stöhnte leise auf, als er ihre Brustwarze leicht zwischen Daumen und Zeigefinger drehte.

Unmengen an Blut wurden in seinen Schwanz gepumpt und das Gefühl, ihren herrlichen Hintern so nah an seinen Lenden zu spüren, brachte ihn völlig zur Raserei.

Er küsste ihr Ohrläppchen und knabberte an ihrem Hals, bis sie weicher und nachgiebiger in seinen Armen wurde.

Schließlich konnte er sich nicht mehr beherrschen. Er musste sehen, was sich so atemberaubend in seiner Hand anfühlte. Er verstärkte den Griff seines rechten Arms um ihre Taille und schob dann mit der Linken den Bademantel soweit zur Seite, dass er ihre rechte Brust sehen konnte. Wieder kniff er sie leicht in die rosige Spitze. Candy bäumte sich in seinem Griff auf und drückte sich seiner Berührung entgegen.

"Sie ist perfekt", murmelte er in ihr Ohr, ehe er ihre Brust erneut mit der ganzen Hand umschloss.

"Perfekt", wiederholte er und sie stöhnte leise auf. Er spielte weiter mit ihrer Brust und beobachtete dabei jeder seiner Bewegungen.

Ihrer beider Atem ging immer schwerer und seine rechte Hand glitt wie von selbst zwischen ihre Beine. Langsam fuhr er ihren Oberschenkel entlang und Candy stellte sich ein wenig breitbeiniger hin, um ihm den Zugang zu erleichtern.

"Fuck!", murmelte er, als er an ihrer nassen Spalte ankam. Schwer atmend ließ er eine Stirn auf ihre Schulter sinken und krallte sich nahezu in ihrer Brust fest.

Auch Candys Atem ging schnell und abgehackt. Als er zwei Finger in sie gleiten ließ, stöhnte sie laut auf.

"Ich kann nicht mehr, Babe. Ich brauche dich!", stöhnte er und presste seinen knallharten Schwanz an ihre

Pospalte.

"Ja!", stöhnte sie, ließ ihren Oberkörper vornüber sinken und stützte sich mit den Händen am Schreibtisch ab.

"Heilige Scheiße!", raunte Justin und ließ seine Hände ganz langsam von ihren Kniekehlen nach oben wandern.

Auf diesen Augenblick hatte er verdammt lang warten müssen.

Seine Hände schoben den Bademantel immer höher und streiften ihn schließlich über ihre Hüften.

"Jesus, Candy", keuchte er und legte seine Hände auf diesen perfekten Hintern. Er konnte sich nicht entscheiden, ob er hier einfach wie erstarrt stehen bleiben sollte, um diesen Prachtarsch weiter anzuglotzen. Oder ob er lieber auf die Knie gehen sollte, um sie mit seinen Lippen und seiner Zunge zu verwöhnen.

Die dritte Option, sie einfach hier und jetzt zu nehmen, gewann schließlich, nachdem Candy stöhnte: "Fick mich endlich, J."

In Sekundenschnelle schob er sich die Hose über die Hüften und streifte sich ein Kondom aus der Schreibtischschublade über. Schwer atmend stellte er sich hinter sie.

Mit seinem ersten kräftigen Stoß versenkte er sich bis zur Hälfte in ihrer Enge. Candy schrie auf und bog ihren Rücken zu einem Hohlkreuz. Er wusste noch, wie eng sie war und dass er sich Zeit lassen sollte ... aber es ging nicht.

"Fuck!", keuchte Justin und konnte sich einfach nicht zurückhalten. Er musste in ihr sein. Komplett. Schnell zog er sich ein Stück zurück und stieß abermals hart zu.

"Heiß", murmelte er in ihr Wimmern hinein. Erneut stieß er zu und musste sie an ihrer Hüfte festhalten, damit sie nicht nach vorn auswich. Er brauchte in diesem Moment einfach mehr von ihr.

"Verdammt nass", fluchte er abgehackt, ehe er wieder zustieß und sich diesmal bis zur Wurzel in ihr vergrub.

"Und so verdammt eng. Scheiße, Candy. Du machst

mich verrückt!", stöhnte er und verkrallte sich in ihre Hüften.

Sie wimmerte und atmete heftig. Er versuchte, ihr noch ein wenig Zeit zu geben, sich an seine Größe zu gewöhnen, doch schon nach wenigen Momenten hielt er es nicht mehr aus.

Er begann, sich wieder in ihr zu bewegen. Sie fühlte sich atemberaubend gut an und zuzusehen, wie sein Körper gegen ihren prallte, trieb ihn nahezu in die Raserei.

Justin bewegte sich immer schneller und konnte seinen Blick nicht von dem Schauspiel, das sich ihm bot lösen. Auch Candys Wimmern wurde schnell zu einem Keuchen. Schließlich warf sie den Kopf in den Nacken und stöhnte laut auf.

Ohne das Tempo seiner Stöße zu drosseln, griff er um sie herum und stimulierte sie zusätzlich mit seiner Hand. Beinahe augenblicklich setzten die ersten Kontraktionen ein.

"Justin ...", stöhnte sie und kam so gewaltig, dass sie ihn mit sich über die Klippe zum Orgasmus riss. Die Zuckungen ihrer Muskulatur zusammen mit dem Stöhnen seines Namens waren einfach zu viel für ihn.

Er versenkte sich ein letztes Mal tief in ihr, warf seinen Kopf in den Nacken und stöhnte laut auf.

Nur langsam beruhigten sie sich und noch bevor Justin sich vollständig erholt hatte, richtete Candy sich auf und entzog sich ihm.

Schneller, als er schauen konnte, saß der Bademantel wieder an Ort und Stelle. Schade, er hätte gern noch mehr von diesem wundervollen Körper gesehen. Sie war einfach perfekt!

"Hey, wohin so schnell?", fragte er, entledigte sich des Kondoms und richtete seine Kleidung mit fahrigen Bewegungen.

Ihre Augen waren noch leicht getrübt und ihr Lächeln weich, als sie sich ihm zuwandte. Das beruhigte ihn ein wenig, weil er sich schon Sorgen gemacht hatte, dass sie sich nun von ihm zurückzog.

"Nochmal kurz ins Bad", sagte sie, stellte sich auf die Zehenspitzen und gab ihm einen Kuss auf die Wange, ehe sie barfuß aus dem Raum tappte.

Er lächelte in sich hinein, ja, Candy war ganz eindeutig perfekt für ihn! Justin tauschte seine Kleidung gegen eine tief sitzende, dunkelblaue Jogginghose und warf sich anschließend aufs Sofa.

CANDY

Das war mit Abstand der beste Sex, den sie jemals gehabt hatte. Und dabei war sie doch fest davon ausgegangen, dass der letzte Samstag nicht mehr zu toppen sei!

Im ersten Moment hatte sie ihn erwürgen wollen, als er einfach so in ihr ... beziehungsweise sein Zimmer gekommen war.

Dass das Ganze dann so eine unglaubliche Wendung nehmen würde, hatte sie nicht für möglich gehalten.

Sie hatte sich zwingen müssen, sich von ihm los zu machen, anstatt sich einfach an ihn zu schmiegen.

Deshalb beeilte sie sich auch sehr im Bad. Sie wollte zurück in seine Arme. Schnell schlüpfte sie in eine Leggins und einen ihrer Hoodys, die sie so gern mochte. Einen Moment lang überlegte sie noch, ob sie die Kontaktlinsen lieber einbehalten sollte, entschied sich dann aber doch für ihre Brille, falls sie wieder auf dem Sofa einschlafen sollte.

Justin hatte sie schon oft genug mit Brille gesehen und schien sich nicht daran zu stören. Auch wenn sie selbst fand, dass ihr die Brille überhaupt nicht stand.

Ihre Hände in die Ärmel des viel zu großen Hoodys vergraben, so wie sie es am liebsten mochte, lief sie ins Wohnzimmer.

Adonis persönlich lag halbnackt auf ihrem Sofa. Er sah einfach göttlich aus.

Einen Arm hatte er hinter seinen Kopf gelegt, was

seinen großen Bizeps nur zusätzlich betonte. Die andere Hand lag inklusive Fernbedienung auf diesem perfekten Sixpack.

Eine schmale Spur schwarzer Härchen lief unter den Bund seiner extrem tief sitzenden Jogginghose.

"Schön, wenn dir gefällt, was du siehst", sagte er grinsend und bevor sie etwas erwidern konnte, fuhr er bereits fort: "Aber ich würde es trotzdem bevorzugen, wenn du endlich zu mir kommen würdest. Ich fühle mich um mein Nach-Sex-Kuscheln betrogen."

Sie lachte auf und kniete sich dann an das Fußende der Couch. Auf allen Vieren krabbelte sie über ihn und legte sich auf seine Brust.

"Du bist nicht der Kuscheltyp, J."

Er schlang seine Arme um sie und drückte sie fest an sich.

"Ich bin, was immer du willst, Babe", flüsterte er dann in ihre Haare und schaffte es so, das sie vollkommen sprachlos war.

Er war so viel mehr, als sie verdiente. Er gab ihr so viel, was sie ihm nie zurück geben konnte. Wäre sie nicht fest davon überzeugt, innerlich bereits vor Jahren gestorben zu sein, könnte sie sich in ihn verlieben. Er schaffte es, dass sie wieder träumen wollte. Nach vorne sehen wollte und sich gestattete, sich ein klein wenig auf die Zukunft zu freuen.

Ihre Wange lag auf seiner nackten Brust und sie malte mit einem Finger die kleinen Muster der Tätowierungen auf seiner Haut nach. Er hatte eine Hand unter ihren Hoody geschoben und streichelte träge ihren Rücken.

Vage bekam sie mit, wie er irgendwann aufstand und mit ihr auf den Armen ins Schlafzimmer lief, dann schlief sie erneut in seinen Armen ein.

JUSTIN

Er konnte sein Glück kaum fassen. Sollte er tatsächlich der Eine unter Tausenden sein, der sein perfektes Gegenstück fand?

Natürlich kannten sie sich erst seit drei Wochen und das Ende der Geschichte war noch lange nicht geschrieben. Und doch fühlte er sich besser als jemals zuvor in seinem Leben. Er war sogar zufrieden damit, an dem dämlichen Tresen in *Netti's Diner* zu sitzen und seiner Traumfrau beim Kellnern zuzusehen.

Eigentlich wäre es ihm lieber, wenn sie diesen Job und diese viel zu kurzen Shorts an den Nagel hängen würde, aber irgendwie war das wohl ein sensibles Thema, also hielt er lieber seine Klappe.

Vorteile hatte es für ihn auch. Um die Zeit im Diner tot zu schlagen, widmete er sich wieder mehr seinen Finanzgeschäften und konnte in der vergangen Woche ein ziemlichen Batzen Geld für sich und seine Freunde erwirtschaften.

Die Zeit mit Candy rann ihm regelrecht durch die Finger und ihm graute vor dem Tag, an dem er all das seinem besten Freund erklären musste. Diesen Gedanken verdrängte er aber weitestgehend und konzentrierte sich lieber darauf, Candy an sich zu binden. Er musste einfach sicher gehen, dass er diese perfekte Frau nicht wieder verlieren würde.

Ja, sie wurde von Tag zu Tag anschmiegsamer und doch zog sie einfach eine ganze Reihe an Grenzen, die für Justin völlig willkürlich wirkten.

Mittwochnachmittag gingen sie gemeinsam zurück zu ihrer Wohnung. Es gefiel ihm, sie als ihre gemeinsame Wohnung und nicht als die seine zu bezeichnen. Das machte ihr Bild als Paar irgendwie noch realer und fester, auch wenn alles eigentlich als WG begonnen hatte.

Zuhause angekommen warf sie sich aufs Sofa und las das Buch für ihren Literaturkurs, wie sie es seit einigen

Tagen bereits tat.

An diesem Tag jedoch nicht. Justin war bereits auf Entzug und er benötigte dringend seine Dosis Candy!

Er kniete sich breitbeinig über ihre Oberschenkel und schob dann mit seinen Händen ihren Pullover nach oben, sodass ihr schöner flacher Bauch mit der schmalen Taille zum Vorschein kam.

Auch bei ihrem Körper zog Candy Grenzen, die für ihn alles andere als nachvollziehbar waren. Sie mochte ihre Figur und schämte sich nicht für irgendetwas, soweit war er beim Lösen des Candy-Rätsels bereits gekommen.

Und der Rest? Nun ja ... war einfach weiterhin ein Rätsel.

Er küsste ihren Bauch und knabberte an ihrer makellosen Haut. Wie so oft, wenn er das tat, quiekte sie und krümmte sich vor Lachen.

"Hör auf, hör auf", flehte sie und ließ schlussendlich das doofe Buch fallen.

Ziel erreicht!

CANDY

Sie liebte es, wenn er in so einer verspielten Stimmung war wie in diesem Moment. Er war so herrlich unbeschwert, dass er sie immerzu mitriss und sie einfach einmal losließ. Ihre Seele baumeln lassen und nur den Moment genießen konnte.

Als er anfing, an ihrer Haut zu saugen, griff sie kichernd in sein Haar, um ihn von sich weg zu ziehen. Der Griff seiner Hände war gerade so fest, dass sie ihm nicht entkam.

"Gott, nein, kein Knutschfleck!", quiekte sie.

"Doch, ich muss mehr von dir schmecken", gab er lachend zurück und dann zog er ihr auch schon die Hose aus.

Er schob sich an ihr entlang wieder nach oben und Candy wartete darauf, dass er zwischen ihren Schenkeln zum Liegen kam.

Genau das tat er an diesem Tag nicht. Völlig unvorbereitet spürte sie auf einmal seinen Kopf zwischen ihren Schenkel.

Scheiße!

Schnell versuchte sie, sich von ihm zu lösen, doch er hielt sie erbarmungslos fest.

"J, lass das, ich will das nicht!", sagte sie und versuchte, ihn von sich zuschieben. Sie hörte ihn tief einatmen und spürte anschließend die Vibration seiner rauen Stimme an ihrer Mitte.

"Du riechst göttlich, Babe. Lass mich dich kosten."

"Nein!", sagte sie mit fester Stimme, obwohl es sie sogar erregt hatte, seinen heißen Atem zu spüren.

Aber nein, definitiv würde sie sich das nicht mehr antun. Zu gut konnte sie sich noch an diesen grauenvollen Versuch mit Joey erinnern, der, im Nachhinein betrachtet, der Anfang vom Ende ihrer mehr als seltsamen Beziehung gewesen war.

Als hätte er sie überhaupt nicht gehört oder als wollte er sie schlichtweg nicht hören, legte er seine Lippen auf ihre Mitte und hauchte seinen heißen Atem gegen sie.

Okay, zugegeben, das fühlte sich ziemlich gut an.

"Es wird dir gefallen, Baby", murmelte er und sie spürte seine Zähne am Rand ihres Slips.

"Ja, das hab ich schon mal gehört", sagte sie, obwohl sich das, was Justin tat, so ganz anders anfühlte als Joeys missglückte Versuche.

Justin erstarrte kurz, dann schob er eine seiner Hände unter ihren Slip und streichelte sie mit seinen geschickten Fingern.

Bereits leicht erregt, sprang sie auf seine Berührungen noch schneller an als sonst. Innerhalb weniger Minuten stand sie kurz vor ihrem Höhepunkt.

"Hab ich dir jemals was versprochen, was ich nicht gehalten habe, Candy?", fragte er leise und knabberte dann an der Innenseite ihres Oberschenkels.

"J ...", wimmerte sie, weil sie ihn lieber in sich spüren wollte, als irgendwelche Diskussionen mit ihm zu führen.

"Antwortet mir, Baby", sagte er rau und zog ihr den Slip nach unten.

Endlich!, dachte sie und spreizte ihre Beine, damit er sich zwischen sie legen konnte.

"Yeah, Baby", knurrte er beinahe und streichelte ihre Beine hoch bis zu ihrer Mitte.

"Nein, hast du nicht", flüsterte sie und hoffte, ihn so endlich zu sich bewegen zu können. Sie war so kurz davor und wollte endlich Erlösung finden.

Und wieder legte er sich nicht über sie, sondern senkte seinen Kopf zwischen ihre Beine und wollte sie mit seiner Zunge verwöhnen. Seine starken Arme hielten ihre Schenkel gespreizt, sodass sie keine Chance hatte, sich ihm zu entziehen.

In dem Moment, in dem seine weichen Lippen zielsicher ihre Klit berührten, wollte sie das auch überhaupt nicht mehr.

Statt ihn mit ihren Händen weg zu drücken, packte sie seine Haare und zog ihn fester an sich.

"Gott, ja ...", stöhnte sie und ihr Becken schnellte nach vorn, als er mit seiner Zunge über ihre Klit strich. Seine Hände fuhren ihre Oberschenkel entlang bis unter ihren Po und hoben sie schließlich ein Stückchen an, damit er sein Gesicht noch tiefer in ihrer Mitte vergraben konnte. Wieder und wieder schnellte seine spitze Zunge über ihre empfindlichste Stelle. Trieb sie immer weiter auf ihren Orgasmus zu.

Candy war außer sich. Die Haut auf ihrem gesamten Körper fühlte sich an, als würden unter ihr Millionen von Ameisen krabbeln. Sie bäumte sich auf, hielt ihn mit ihren Oberschenkeln und Händen fest.

Alles, nur aufhören durfte er jetzt nicht mehr. Als er schließlich an ihrer Klit zu saugen begann, brach die Welle ihres Orgasmus wie ein gewaltiger Tsunami über ihr zusammen.

Ihr Körper bog sich durch, klammerte sich an ihn und brach schließlich zitternd in sich zusammen. Nur ganz langsam entkrampften sich ihre Muskeln nach diesem unglaublichen Höhepunkt.

Irgendwann nahm sie Justins Hand wahr, die weich und gleichmäßig ihren bebenden Unterbauch streichelte. Er lag noch immer zwischen ihren Beinen, hatte seine Wange an ihren Oberschenkel gelehnt und sah lächelnd zu ihr hoch.

"Du siehst atemberaubend aus, wenn du kommst, Baby", flüsterte er und küsste ihren Oberschenkel.

Candy schloss ihre Augen, vollkommen erledigt von diesem Erlebnis. Er legte sich neben sie, zog sie an seine Brust.

"Und, hat sich gelohnt, mir zu vertrauen, oder?", flüsterte er nach einiger Zeit. Sie wäre bereits beinahe eingeschlafen.

"Mhm ... hat sich gelohnt", murmelte sie. Das hatte es, aber sie wusste auch, dass er mit dieser Aussage mehr meinte als nur seine Zungenfertigkeit. Er wollte, dass sie ihm alles gab. Sich ihm hingab ... und schlussendlich sich selbst aufgab.

Ein Kloß bildete sich in ihrem Hals und ihre Augen begannen zu brennen.

Sie hatte gewusst, dass dieser Moment kommen würde, und doch hatte sie den Gedanken immer wieder von sich geschoben.

Mit schmerzendem Herzen drehte sie sich auf die andere Seite. Ließ es zu, dass er sich von hinten an sie schmiegte.

Würde sie sich jetzt von ihm losmachen wollen, würde sie nur eine Konfrontation heraufbeschwören, der sie sich in diesem Moment einfach nicht gewachsen fühlte.

Ob sie es sich eingestehen wollte oder nicht, so war sie trotzdem noch nicht gewillt, ihn gehen zu lassen. Seine Nähe, seine Berührungen und letztlich seine Freundschaft aufzugeben, denn genau darauf lief alles hinaus. Sie würde alleine zurück bleiben und müsste versuchen, anderswo ein neues Leben zu beginnen.

Fuck!

10 OR NOT?

JUSTIN

"Ich muss noch eine halbe Stunde arbeiten, magst du hier etwas essen?", fragte Candy und beugte sich dabei über den Tresen in *Netti's Diner.*

"Gern, machst du mir einen Burger?", fragte er lächelnd.

Ob sie es nun hören wollte oder nicht, sie sah unglaublich süß aus in diesem rosa Rock-Kleid-Uniform-Ding, das Mrs. Campel sich als nächstes zum Testen ausgesucht hatte. Krönender Abschluss war die große rosa Schleife in ihren Haaren.

Candy wäre ihm beinahe an die Gurgel gegangen, nachdem er sie lachend als 'zuckersüß' bezeichnet hatte.

Donnerstagfrüh hatte er noch gedacht, irgendetwas würde nicht mit ihr stimmen, aber nach ihrer ersten Vorlesung war sie bereits wieder ganz normal. Hatte geflucht und geschimpft über seine Groupies, wie sie sie nannte.

Schlussendlich hatten sie sich köstlich amüsiert und waren in ihren normalen Trott verfallen.

Trotz allem war er ein wenig vorsichtiger. Versuchte, ihr Raum zu geben. Denn eines hatte er ziemlich schnell begriffen. Je mehr Druck er ausübte, desto mehr machte sie dicht. Er musste sie immer weitestgehend in Ruhe lassen und sie dann gezielt und blitzschnell überrumpeln.

Diese Taktik hatte sich bewährt. Das hatte auch der Mittwochabend gezeigt.

Als sie ihm schließlich den Burger brachte, zog er sie quer auf seinen Schoß und knabberte an ihrem Hals.

"Kannst du diese Uniform mit nach Hause nehmen und meine Stripperin spielen?", fragte er und schob seine Finger einige Zentimeter unter ihrem Rocksaum.

"Blödmann!", lachte sie, schlug seine Hand beiseite und sprang von seinem Schoß.

Leider nahm sie die Uniform schließlich nicht mit. *Schade eigentlich,* dachte er grinsend und zog Candy an ihrer Hand durch die Wohnungstür.

"Gott, ich bin total erledigt", schnaufte sie.

"Duschen?", fragte er sie.

"Ja. Dusche, dann Bett. Bin game over!", sagte sie und tapste bereits ins Schlafzimmer.

Seit er sie beim Umziehen überrascht hatte, zog sie sich immer direkt im Badezimmer um. Blöderweise, denn er hatte ihren Anblick wirklich genossen. Während sie duschte, wechselte er seine Klamotten in Shorts und legte sich ins Bett.

Nur zu gern hätte er sie begleitet, aber diesen Kampf würde er heute definitiv verlieren.

Eine halbe Stunde später kam sie zurück und sah wieder einmal zum Anbeißen aus. Zu dem riesigen Hoody, denn sie zuhause so gern trug, hatte sie eine seiner Boxershorts an.

So war ihr Kompromiss gewesen. Justin wollte mehr von ihrer Haut fühlen, und da sie partout nicht auf dieses

Ungetüm an Pullover verzichten wollte, musste ihre Hose dran glauben.

So konnte er ihre nackten Beine ineinander verschlingen und seine Hände in die Shorts schieben, um diesen herrlichen Hintern unter seinen Fingern zu fühlen.

Hätte er früher gewusst, wie toll es war, eine Freundin zu haben, hätte er sich nicht allzu sehr geweigert. Wobei er sich fast sicher war, dass es mit jeder andern Frau nicht annähernd so perfekt sein würde wie mit seiner Candy.

Über diesen Gedanken schlief er schließlich ein.

"Guten Morgen, Babe", flüsterte er in ihr Ohr.

"Nein", murmelte sie und legte noch im Halbschlaf ihre Hände auf die Augen.

In solchen Momenten war sie besonders süß, fand Justin. Und doch konnte er sie jetzt einfach nicht mehr schlafen lassen. Er war unglaublich heiß auf sie.

Er ließ eine Hand vorn in ihre Shorts wandern und streichelte ihre heiße Mitte. Sie brummte irgendetwas in die Ärmel ihres Pullovers. Sie lag auf dem Rücken und ihr Kopf war auf seinen rechten Oberarm gebettet.

"Komm schon, wach auf", raunte er ihr zu, weil er es kaum erwarten konnte, in ihr zu sein. Mit seiner rechten Hand zog er langsam ihren Pullover nach oben, während seine Linke sie weiter streichelte. Er wollte ihre Brust sehen. Mit ihr spielen, sie schmecken.

Als die weichen Hügel schließlich ans Licht kamen, seufzte er zufrieden auf. Er zog seinen Arm unter ihr hervor, was ihr einen protestierenden Laut entlockte.

"Ich schlafe noch, J", murmelte sie.

"Dann wach endlich auf", gab er zurück, ehe er seine Lippen um die wunderschönen rosa Spitzen ihrer Brust schloss.

Sie stöhnte leicht auf, als er sacht daran zu saugen begann.

Seine Finger tauchten jetzt tiefer in ihrer Spalte ab und sie wurde zusehends feuchter und bereit für ihn.

Sie sah atemberaubend aus. Ihr Körper wand sich unter seinen Berührungen. Sie war nun mindestens genauso heiß wie er und Justins Geduld war mehr als am Ende.

Schnell zog er ihnen beiden die Shorts aus und streifte sich ein Kondom über. Mit einem Arm stütze er sich neben ihrem Kopf ab, mit der anderen Hand positionierte er seinen Schwanz an ihrer Öffnung.

Langsam und genüsslich schob er sich in sie.

"Du fühlst dich so verdammt gut an, Baby", flüsterte er und griff dann nach einer ihrer Brüste.

Das war das erste Mal, dass er sie beim Sex sehen konnte, und sie sahen herrlich aus. Er bewegte sich langsam in ihr und spielte immerzu mit ihren Brustwarzen, bis diese vollkommen hart abstanden.

Candy schien es vollkommen verrückt zu machen. Sie wand sich und immer wieder bockte ihr Unterleib auf. Ihre Hände krallten sich in seine Schultern und schließlich schlang sie ihre Beine um seine Taille.

Sie presste ihre Fersen in seinen Po und drückte ihn vollständig in sich. Justin keuchte auf, auch er stieß langsam an seine Grenzen.

Seine Bewegungen wurden schneller. Gnadenlos trieb auch Candy auf ihren Orgasmus zu. Bei jedem Stoß bog sie ihm ihren Körper mehr entgegen. Ihre Augen waren geschlossen und sie stöhnte durch ihre leicht geöffneten Lippen.

Ihr Orgasmus riss ihn mit und auch er kam laut stöhnend. Schließlich brach er auf ihr zusammen.

Sobald es ihm möglich war, drehte er sich zur Seite und zog Candy mit sich.

"So lässt sich ein Sonntagmorgen beginnen, findest du nicht?", fragte er mehr als zufrieden und befriedigt.

"Mhm, hat was", murmelte sie an seiner Brust. Justin lachte auf.

"Wie, bist du etwa endlich wach?"

"Du hast mir ja keine Wahl gelassen", gab sie kichernd

zurück.

"Vielleicht sollte ich dir jeden Morgen keine Wahl lassen", sagte er grinsend, während er ihren nackten Rücken streichelte.

"Gott, nein, wenn du mich jeden Tag vor der Uni eine Stunde früher weckst, werde ich spätestens am Ende der Woche vollkommen übermüdet sein", lachte sie.

"So oder so, ich wache sehr gern mit dir in den Armen auf, Candy", sagte er, jetzt ernster.

"Mhm, schöner als ich es mir vorgestellt habe", gab sie leise zurück. Leise bedeutete ernst. Stellte sich nur noch die Frage, ob gut oder schlecht ernst.

Er nahm seine Hand von ihrem Rücken und drückte ihr Kinn nach oben, sodass sie seinem Blick begegnen musste.

"Weißt du, Candy, ich mag dich und all das hier ist so viel mehr, als ich mir je hätte vorstellen können. Ich... ", weiter kam er nicht, da Candy ihm vier Finger auf die Lippen legte und ihn mit großen, ängstlich wirkenden Augen ansah.

"Lass es, bitte", sagte sie, wieder sehr leise. Dann drehte sie sich von ihm weg und stand auf.

Der Pullover rutschte an ihrer schlanken Figur hinab und bedeckte sie wieder bis zur Hälfte ihrer Oberschenkel. Auch Justin stand auf und folgte ihr, nachdem er sich eine Boxershort übergestreift hatte, auf dem Weg ins Badezimmer.

"Was hast du vor?", fragt sie skeptisch, ehe sie das Bad betrat.

"Duschen?"

"Willst du zuerst?"

"Was soll das, Candy? Ich habe jeden Zentimeter von dir gesehen. Also was ist dein Problem?", fragte er, leicht verärgert. Dieser Morgen hatte so verdammt gut begonnen. Wie konnten sie nur so schnell wieder an diesen Punkt kommen?

Erst wurde sie ein klein wenig blass. Ja, vielleicht war es

genau der richtige Moment. Sie überrumpeln, gezielt zuschlagen und ihr dann wieder Raum geben, wie es schon so oft funktioniert hatte.

Doch dann wurde ihr Gesichtsausruck kalt.

"Du hast gesehen, was ich dich habe sehen lassen, Justin. Die Fassade des Hauses, mehr nicht. Und wenn du den Mund nicht voll bekommst, war das auch das letzte Mal!", fauchte sie mit zu Schlitzen verengten Augen. Das konnte doch wohl nicht wahr sein! Was zum Geier ging in dieser Frau vor! Nein, dieses Mal nicht!

"Was soll der Scheiß, Candy? Findest du nicht, dass du mir auch mal ein wenig entgegen kommen könntest? Ich reiß mir verdammt nochmal den Arsch auf, um dir alles recht zu machen. Da könntest du mir doch auch mal ein wenig vertrauen, oder nicht? Was genau ist dein Problem?", fragte er mit schon deutlich lauterer Stimme.

"Ich hab's gewusst! Ich hab's von Anfang an gewusst, du heuchlerisches Arschloch! Stück für Stück willst du mehr von mir. All das, von dem ich dir gesagt habe, dass du es nicht bekommen wirst!", schrie sie. Ihr kleiner Körper bebte regelrecht vor Anspannung, aber auch Justin war außer sich und absolut nicht in der Lage, um des lieben Friedens willen nachzugeben.

"Was will ich denn schon? Ich hab eine wunderschöne Freundin, die ich ansehen möchte, das ist verdammt nochmal alles und bei weitem nicht zu viel verlangt!", schrie er nun auch, weil ihr wirres Verhalten und ihre willkürlichen Grenzen ihn allmählich in den Wahnsinn trieben.

"Das ist nicht deine Entscheidung", sagte sie. Ohne Geschrei, einfach tonlos, ehe sie sich umwandte und die Tür hinter sich versperrte.

Fuck!

CANDY

Mit zittrigen Fingern sperrte sie die Badezimmertür zu und ließ sich dann mit dem Rücken daran hinunter gleiten.

Scheiße!

Sie hatte es von Anfang an gewusst. Sie hätte niemals zulassen dürfen, dass er ihr näher kommt, als ein normaler Mitbewohner das tat. Hätte niemals zulassen dürfen, dass er sich so sehr in ihr Herz schlich.

Und genau das hatte er getan. Sonst würde es sich nicht so anfühlen, als würde ihre Welt gerade in 1000 Scherben zerbrechen.

Ihr Herz krampfte sich zusammen und der Druck auf ihrer Brust wurde so groß, dass sie das Gefühl hatte, nicht mehr atmen zu können. Ihre Augen brannten und ihre Atemzüge wurden immer kürzer und hektischer.

Scheiße, Scheiße, Scheiße!!

Als sie die Wohnungstür ins Schloss krachen hörte, brach schließlich der erste Schluchzer aus ihr hervor. Sie presste die Handballen auf ihre brennenden Augen, als könnte sie so die Tränen am Austreten hindern.

Es gab kein Vor und kein Zurück. Keinen Ausweg aus dieser furchtbaren Situation. Sie ließ sich zur Seite sinken, rollte sich zusammen, suchte nach einer Lösung und verstrickte sich nur immer tiefer im Chaos ihrer Gefühle.

Hier war sie nun. An jenem Ort der Abhängigkeit, an dem sie nie wieder sein wollte. Zum dritten Mal in ihrem Leben war sie bereit, beinahe alles zu geben, nur um zu halten, was nicht sein sollte.

Und dieses kleine bisschen in ihr, das sich dagegen stemmte, mehr wollte. Leben wollte. Sie selbst sein wollte. Dieser kleine Teil stemmte sich mit aller verbleibenden Kraft gegen das Aufgeben.

Ihr Puls raste. Ihre Atmung war kurz und hart. In ihrem Kopf entwickelte sich ein hämmernder Kopfschmerz und ihr Körper zitterte unter dem kalten

Schweiß, der sich langsam auf ihm bildete.

Genau die Situation, in der es nur noch eine einzige Lösung gab. Diesen einen Weg, den sie nicht mehr gehen wollte. Diesen einen Weg, den sie verachtete. Diesen einen Weg, der ihr zumindest zeitweilig immer Erleichterung verschafft hatte.

Mit bebenden Gliedern richtete sie sich auf und krabbelte zum Waschtisch. Mit routinierten Griffen zerlegte sie einen der Einwegrasierer, schob den Ärmel ihres Pullovers bis zum Ellenbogen zurück und setzte den ersten Schnitt auf der Oberseite ihres Unterarms.

Die Klinge glitt leicht durch die oberen Hautschichten. Das leichte Brennen nahm sie kaum wahr. Blut quoll aus der Wunde und lief langsam ihren Arm hinab.

Zweiter Schnitt. Ein wenig unterhalb. Sie konzentrierte sich vollkommen auf die vertrauten Empfindungen.

Noch ein Schnitt. Dieses Mal an der Innenseite ihres Arms, wo die Haut weicher war. Direkt daneben noch einen. Die Haut klaffte leicht auf und aus klitzekleinen Blutpunkten wurden kleine Flüsse, bis das Blut schließlich ihren Arm hinab lief.

Die vertraute Handlung beruhigte sie, der Schmerz war willkommen, denn er lenkte sie ab. Ihr Atem ging langsamer, gleichmäßiger, während sie zusah, wie das Blut in dünnen Bächen über ihren Unterarm floss. Sie starrte auf ihren Arm, bis sie schließlich wieder befreit und tief einatmen konnte.

Dann ließ sie die Klinge fallen.

Als das Blut bereits zu gerinnen begann, rappelte sie sich langsam auf.

Das nächste ihr nur allzu bekannte Gefühl folgte sofort. Ekel.

Vor sich selbst. Davor, dass sie nicht in der Lage war, ihr Leben und ihre Emotionen wie *normale* Menschen auf die Reihe zu bekommen.

Sie sammelte die Überreste des Einwegrasierers

inklusive der blutverschmierten Klinge ein und wickelte sie großzügig in Toilettenpapier, ehe sie alles im Badezimmermülleimer verschwinden ließ.

Dann nahm sie ein dunkles Handtuch und beseitigte das Blut, das sie auf den weißen Fliesen hinterlassen hatte.

Sie war nicht vorsichtig genug gewesen. Ein wenig von ihrem Blut war in die Fugen geraten, wo es sich nicht mehr restlos entfernen ließ.

Ein hässlicher dunkler Fleck würde in der dunkelgrauen Fuge zurück bleiben und sie Tag für Tag daran erinnern, dass sie wieder einmal den Kampf gegen sich selbst verloren hatte.

Gut, dass sie nicht mehr allzu lang hier bleiben würde.

Das nächste Mal würde sie sich einfach in die Badewanne setzen.

Nein, nein, NEIN! Es wird verdammt nochmal kein nächstes Mal geben!

Mit zittrigen Knien stieg sie in die Dusche und drehte das Wasser so heiß wie möglich. Energisch schruppte sie ihren Arm unter dem laufenden Wasser. Zu energisch, denn die sich gerade schließenden Wunden begannen erneut zu bluten, sodass sich das Wasser rosa färbte.

Fluchend widmete sie sich dem Rest ihres Körpers.

Nach und nach klärte das heiße Wasser ihre Gedanken. Glättete die Wogen.

Dann drehte sie es auf kalt, bis ihre Haut taub wurde, und sich nach und nach ihrer Gefühlswelt anpasste. Sie hieß die Leere willkommen, war sie doch der einzige Zustand, der auf Dauer funktionierte.

Emotional erschöpft ging sie gegen Mittag zurück in ihr Zimmer. Lüftete gut und bezog ihr Bett von neuem. Ein paar Handgriffe und das Zimmer sah genauso steril aus wie am Tag ihrer Ankunft. Genau so, wie sie es in diesem Moment brauchte.

Dann sperrte sie die Tür ab und legte sich schlafen.

JUSTIN

Selten hatte man ihn angeekelter angeschaut als bei seiner Wodka Bestellung um 11 Uhr am Sonntagmorgen.

Gut, das *Meets* war vielleicht nicht die richtige Kneipe, um sich um diese Uhrzeit zu betrinken, aber sie war die, die er am schnellsten hatte erreichen können.

Er saß am Fenster, beobachtete die glücklich wirkenden Passanten. Vorwiegend Pärchen und Familien.

Was auch sonst, dachte er sarkastisch. Aber in diesem Moment war er einfach furchtbar genervt von all dem Friede-Freude-Eierkuchen um ihn herum.

Candy brachte ihn einfach an den Rand der Verzweiflung! Was zur Hölle war das denn bitte gewesen?

Sein zweiter Wodka brachte ihn ein wenig zur Ruhe. Seine Gedanken liefen viel zu schnell. Sogar, wenn es eine Lösung gäbe, könnte er sie in seinem momentanen Zustand bestimmt nicht erkennen.

Er musste sich beruhigen. Im Normalfall hätte er jetzt Julien angerufen. Aber ... tja ... Julien. Eben noch ein ungelöstes Problem.

Der Morgen hatte so perfekt angefangen. Warum hatte er sich so auf dieses Thema versteift? Warum konnte er nicht einfach fünf gerade sein lassen und ihr ihren Willen geben.

Aus einem ihm absolut nicht verständlichen Grund, wollte sie sich nicht nackt vor ihm zeigen.

Na und? Natürlich wäre eine Beziehung ohne Tabus schöner, aber eigentlich konnte er sich doch nicht beschweren.

Dieses Gedankenwirrwarr machte ihn verrückt. Sie machte ihn verrückt. Seine Gefühle für sie machten ihn verrückt.

Er rieb sich über seine schmerzende Brust. Er wollte sie nicht aufgeben. Wollte sie nicht wegen so einer Kleinigkeit verlieren.

Sie ging ihm einfach unter die Haut. Hatte sich

irgendwie in sein Herz geschummelt.

Er liebte sie. So einfach war das. Und wenn man liebt, akzeptierte man sein Gegenüber so, wie er war.

Also hatte sie recht, entschied er nach mehreren Stunden und ebenso vielen Drinks.

Leicht angetrunken und mit dem Vorsatz, ihr ein wenig mehr Raum zu geben, sie mehr sein zu lassen, wie sie war, lief er zurück zu ihrer Wohnung.

Im dritten Anlauf bekam er den Schlüssel ins Schloss und stolperte hinein. *Wohl doch ein bisschen mehr als leicht angetrunken,* grinste er in sich hinein.

Kein Ton war zu hören. Sein Zuhause wirkte kalt, wie ausgestorben. Sofort begann sein Herz zu rasen und Panik stieg in ihm auf.

War sie weg? Würde sie ihn tatsächlich wegen so einer Lappalie verlassen?

Schnell lief er zu ihrem Schlafzimmer. Er drückte die Klinke.

Zugesperrt. Scheiße! Und doch besser, als wenn sie ganz verschwunden wäre.

Er hatte bereits die Hand erhoben, um an ihre Tür zu klopfen, besann sich dann aber doch eines Besseren.

Ihr jetzt betrunken gegenüber zu treten, war vielleicht nicht die beste Idee. Also ließ er seine Hand wieder sinken und lehnte seine Stirn für einen kurzen Augenblick an der Tür an.

Dann atmete er einmal tief durch und wandte sich Juliens Zimmer zu. Eine Nacht über alles zu schlafen und dann in Ruhe mit ihr zu reden, war vielleicht die beste Idee. Er legte sich in das leere Bett und fiel nach einer gefühlten Ewigkeit in einen unruhigen Schlaf.

11 *THAT'S MY WAY*

CANDY

Bereits lange vor dem Morgengrauen war sie wieder wach. Unruhig wälzte sie sich hin und her.

Von der ersten wachen Sekunde an kreisten ihre Gedanken um Justin. Wahrscheinlich hatten sich auch ihre Träume darum gedreht, erinnern konnte sie sich Gott sei Dank nicht.

Sie entschied sich, früher zur Uni zu gehen. Ihm erst einmal aus dem Weg zu gehen, war vielleicht nicht die schlechteste Idee.

Die Schnitte an ihrem Arm brannten ein wenig, als sie sich das schwarze Longsleeve überzog. Sofort frischte die Erinnerung an den vergangenen Tag wieder auf und auch ihre Augen begannen erneut zu brennen.

Nein! Jetzt nicht!

Sie zog schwarze Röhrenjeans und Chucks an, versuchte, mit Makeup die größten Verräter ihrer Gemütsverfassung zu überdecken und setzte sich zusätzlich eine übergroße Sonnenbrille auf die kleine Nase.

Ihre Haar ließ sie offen. Sie konnten notfalls als Versteck für ihr Gesicht dienen.

Im Vorlesungssaal angekommen, nutzte sie die ihr verbliebene Zeit, um ihre Fingernägel passend zu ihrer Kleidung und ihrer Stimmung zu lackieren. Schwarz.

Stück für Stück sortierte sie ihre Gedanken. Mistete aus. Räumte auf. Gefühle, die nie an die Oberfläche hätten kommen dürfen, verstaute sie wieder tief in ihrem Herzen.

Das jahrelange Training im Verdrängen unerwünschter Gefühle half ihr in diesem Moment sehr und machte es ihr möglich, aufrecht auf ihrem Stuhl zu sitzen, statt sich gebrochen zusammen zu rollen.

Bis die Vorlesung begann, fühlte sie sich bereits ein wenig besser. Kälter, rationaler. Aufgeräumter eben.

Justin wartete nicht wie befürchtet nach ihrem Kurs auf sie, sodass sie noch ein wenig mehr Zeit gewann, sich für eine Begegnung mit ihm zu wappnen.

Denn dass es einfach werden würde, glaubte sie keine Sekunde lang!

JUSTIN

Er hatte verschlafen. Bei dem Versuch sich aufzurichten, wäre, zumindest gefühlsmäßig, sein Kopf beinahe in eine Million Teile zersplittert. Stöhnend hatte er sich wieder in seinem Kissen vergraben. Schnelle Bewegungen drehten seinen Magen um und Justin schluckte krampfhaft gegen die Übelkeit an.

Bis zum Mittag hatte er es dank Aspirin und Unmengen an Wasser geschafft, sich zu duschen und halbwegs passabel aussehend im Wohnzimmer auf Candy zu warten.

Seinen Plan hatte er sich genauestens zurecht gelegt. Sie würde nach Hause kommen, er würde sich entschuldigen und beteuern, so etwas nie wieder zu machen. Notfalls würde er sogar auf Knien um Vergebung bitten.

Sie würde ihm natürlich verzeihen und sie konnten da weiter machen, wo sie gestern die falsche Abzweigung genommen hatten.

Sie kam zur gewohnten Zeit, sah zwar ein wenig blass aus gegen all die schwarze Kleidung, sonst aber nicht viel anders.

"Hey", sagte er leise und rappelte sich vom Sofa auf.

"Hi", sagte sie, ohne ihn wirklich anzusehen oder die Sonnenbrille abzunehmen.

Sie streifte sich die Schuhe von den Füßen und lief sofort zu ihrem Schlafzimmer.

"Können wir uns unterhalten, Babe? Ich ... ich möchte mich entschuldigen", sagte er und ging ihr wieder einmal hinterher.

"Es gibt nichts zu sagen", sagte sie. Eiskalt. Endgültig. Justins Magen zog sich leicht zusammen.

"Ich habe etwas zu sagen. Komm schon, Kleines", sagte er und konnte das Flehen aus seiner Stimme nicht ganz heraus halten.

"Wir haben es versucht, es hat nicht geklappt. Was ich dir von Anfang an gesagt habe. Es gibt nichts mehr zu besprechen. Lass mich jetzt bitte, ich muss noch lernen, bevor ich zu meiner Schicht fahre." Wieder eiskalt und völlig emotionslos.

Wie zum Teufel konnte es sein, dass sich ihm gerade der Magen umdrehte und sie rein gar nichts fühlte?

Das Klicken ihrer Zimmertür riss ihn aus seinen Gedanken. Ungläubig taumelte er ein paar Schritte zurück und ließ sich dann auf das Sofa fallen.

Shit! Was zur Hölle ist hier gerade los?

Auch eine Stunde später, als sie zu ihrer Schicht in *Netti's Diner* aufbrach, saß er noch genauso da. Sie würdigte ihn nicht einmal eines Blickes.

Mit durchgedrücktem Rücken ging sie an ihm vorbei, als existiere er überhaupt nicht.

Bei ihrer Rückkehr hatte sie für seine unveränderte Sitzposition lediglich eine hochgezogene Augenbraue übrig.

"Candy", sagte er flehend in der Hoffnung, dass sie ihm doch noch fünf Minuten ihrer Zeit widmete. Doch sie zog einfach die Tür hinter sich zu. Sie drehte sogar den Schlüssel im Schloss, als würde er einfach in ihr Zimmer kommen und über sie herfallen.

Zorn wallte in ihm auf.

Dass sie ihn einfach so abfertigte, als wäre er nicht besser als die Scheiße unter ihren Stiefeln, machte ihn unglaublich wütend.

Ohne mit der Wimper zu zucken, hatte sie ihn abserviert. Kein Blick zurück. Kein Bedauern. Nichts. Er hatte ihr sein verfluchtes Herz geschenkt und sie trampelte mit ihren kleinen Füßen darauf herum.

Von Sekunde zu Sekunde wurde er wütender. Wütender auf sie und ihre kaltschnäuzige Art. Wütender auf sich selbst, weil er es zugelassen hatte, dass eine Frau ihm dermaßen unter die Haut ging.

Er hätte es besser wissen müssen. Von Anfang an hätte er es besser wissen müssen. Sie hätte gar nicht hier sein dürfen! Mit ihrer Anwesenheit hatte sie alles kaputt gemacht! Seine Wohnung mit Erinnerungen an sie verseucht. Seine Gedanken- und Gefühlswelt unterwandert. Sogar sein verdammtes Herz hatte sie ihm mit Leichtigkeit geraubt und gebrochen.

Ja, und seine Freundschaft mit Julien, die würde auch einen Knacks bekommen, weil er nicht wie versprochen seine Finger von ihr lassen konnte.

Sie musste hier raus. Sie musste gehen. Keine verdammte Sekunde wollte er mehr mit ihr unter einem Dach leben.

Sie täglich zu sehen, würde bestimmt nicht dazu beitragen, dass er sich bald besser fühlte.

Er war nun mal nicht so emotionslos wie sie und konnte die vergangenen Wochen einfach vergessen!

Nein, nein, nein! Du brauchst sie nicht! Überhaupt niemanden und schon gar keine Frau!

Okay, sie interessierte sich einen Scheiß für ihn. Verstanden. Konnte sie haben. Er brauchte sie nicht. Er hatte nie irgendein Mädchen gebraucht. Wozu auch, da draußen waren seine Groupies, wie Candy sie so schön nannte.

Ein, zwei hübsche Worte und er hatte die Wohnung voller williger Frauen. Er brauchte sie genauso wenig, wie sie ihn zu brauchen schien.

Also ernte, was du säst, Süße, dachte er grimmig und machte sich auf den Weg ins Bett.

12 SPLITERED

JUSTIN

Warum zum Teufel schaltete niemand diesen verdammten Wecker aus?

Murrend drehte er sich zur Seite und schlug nach dem Wecker. Falsche Seite. Stimmt ja, er lag nicht in seinem eigenen Zimmer, sondern in Juliens. Weil sein Bett von der Eiskönigin besetzt wurde.

Wieder wallte Zorn in ihm auf. Wie zur Hölle konnte das alles nur einfach so an ihr vorbei gehen? Wie konnte es sein, dass er sich dermaßen in sie verliebt hatte und er ihr scheißegal war?

Er war noch keine Minute wach und sie fehlte ihm schon! Wie konnte einem jemand fehlen, auf den man so unglaublich wütend war? Fluchend warf er die Decke von sich und stapfte ins Bad. Oder wollte es zumindest. Abgesperrt. Was auch sonst.

"Mach voran, Candy. Ich muss duschen!", maulte er und schlug zwei Mal gegen die Tür, ehe er in die Küche ging, um Kaffee aufzusetzen.

Vor wenigen Tagen fand er es noch genial, dass sie bei ihm wohnte. Jetzt war es nur noch furchtbar, weil er sie so auch noch täglich würde sehen müssen. Wenigstens hatte sich sein Problem mit Julien gelöst ... oder nicht wirklich, denn mit ihr geschlafen hatte er schließlich.

Er bereute es! Diese Frau war verflucht! Ein einziges Mal, dass er seine Gefühle für eine Frau zuließ, dass er überhaupt Gefühle für eine Frau entwickelte, und er musste ausgerechtet diese gefühlskalte Bitch auswählen.

Fuck!

Er schaltete die Maschine an und stiefelte dann zurück zum Bad. Die Tür stand offen. Gut. Wenigstens versuchte sie, ihm nicht noch absichtlich das Leben schwer zu machen.

Das warme Wasser, das über seine Haut floss, beruhigte den Zorn ein wenig. Nahm die Wut weg und deckte den Schmerz ein Stück weit auf. Schnell begrub er ihn wieder. Das Brennen seiner Augen kündigte etwas an, das er absolut nicht zulassen wollte. Er würde verdammt nochmal nicht wegen einem Mädchen heulen!

Reiß dich zusammen, Adams. Du bist doch keine Pussy!

Er schüttelte seine sich immer weiter um Candy drehenden Gedanken ab. Stieg aus der Dusche und machte sich für einen Tag an der Uni fertig. Einen Tag, für den er absolut nicht bereit war.

Der Weg über das Unigelände glich einem Spießrutenlauf. Es war die Hölle!

Warum zum Teufel fragte ihn jeder Zweite nach Candy? Waren sie alle so verdammt scharf auf sie, dass sie es gar nicht erwarten konnten, dass sie ihn fallen ließ? Und jedes verdammte Mal spürte er diesen unangenehmen Stich in der Herzgegend. *Fuck!*

Bis er bei seinem Vorlesungssaal angekommen war, hatte sich die Neuigkeit bereits herumgesprochen. Die ersten Weiber hingen bereits wieder an ihm, doch Justin konnte es nicht genießen.

Den einzigen Gedankengang, den ihr Verhalten bei ihm auslöste war, das jedes verdammte männliche Wesen an dieser Uni jetzt seinem Mädchen hinterher schnüffelte!

Und verdammt nochmal, ja, sie war immer noch sein Mädchen! Und so schnell würde sein Herz dazu auch keine andere Meinung einnehmen.

Allein der Gedanke daran, sie mit einem anderen Kerl zu sehen, ließ seine Sicherungen beinahe durchbrennen. Wenn sie das tat, hatte er sich wirklich in ihr getäuscht. Dann war sie keinen Deut besser als die Schlampen, die in diesem Moment an ihm hingen. Dann war sie keine verdammte Träne wert, die er seit beinahe 48 Stunden im Schach zu halten versuchte.

Kurz vor der Mensa legte er seinen Arm um Lindas Schultern. Nur zur Sicherheit. Er wollte nicht als der sitzen gelassene Versager dastehen, sollte sie bereits mit einem anderen Typen aufkreuzen. No Way! Er war nicht der Verlierertyp!

Widerlich kichernd ließ Linda sich das Mittagessen von ihm bezahlen. Gott, diese Frau nervte ihn schon nach wenigen Minuten. Aber genau das taten sie alle, außerhalb seines Bettes. Ja, alle außer Candy.

Er dirigierte Linda zu seinem Platz und die zwei leeren Stühle nebeneinander ließen einen Knoten in seinem Bauch entstehen. Er wollte nicht, dass Linda neben ihm saß. Nur eine einzige Frau hatte er jemals so dringend an seiner Seite haben wollen. Und es kam ihm einfach absolut falsch vor, dass Linda sich auf diesen Stuhl neben ihn setzte.

Will, der Verräter, kam an Candys Seite zu ihrem Tisch. Als sie ihn erblickte, meinte er kurz so etwas wie Schmerz über ihr hübsches, kaltes Gesicht blitzen zu sehen, bevor sie wieder ihre emotionslose Maske trug.

Hatte er das wirklich gesehen, oder war es nur Wunschdenken gewesen? Sie setzte sich auf einen freien Platz und, welch Wunder, Cole platzierte sich sofort neben sie.

Aasgeier!

Die Blicke der anderen schwenken immer wieder zwischen Candy und ihm hin und her. Um sich keine Blöße zu geben, lehnte er sich betont lässig zurück und legte seinen Arm auf die Rückenlehne von Lindas Stuhl.

Sie kicherte und klimperte mit ihren unecht aussehenden Wimpern. Sie schien sich sichtlich wohl zu fühlen. Im Gegensatz zu Candy.

Ihre Miene hatte sich zwar nicht verändert, aber ihre Körpersprache dafür umso deutlicher. Sie war bis zum Zerreißen angespannt. Hob ihren Blick kaum von ihrem Teller. Wobei sie ihr Essen genauso wenig aß wie er selbst. Auch sie schob es nur von links nach rechts.

Und sie wich Cole aus. Immer wieder, wenn dieser Arsch seine Hand nach ihr ausstreckte, um sie ihr auf die Schulter zu legen, lehnte sie sich vor oder zurück. Wenn er ihre Hand anvisierte, zog sie sie unter den Tisch.

Nach nicht einmal der halben Pause erhob sie sich schließlich, verabschiedete sich mit einem gefakten Lächeln von der Runde und ging.

Wenige Minuten später erhob sich auch Justin. Ohne sich weiter um Linda zu kümmern, verließ er die Mensa.

Die folgenden Tage waren reine Folter!

Er sah sie nur, wenn sie die Wohnung verließ oder betrat. Den Rest der Zeit verschanzte sie sich in seinem/ihrem Zimmer. Es kam ihm sogar so vor, als würde sie ihre Toilettengänge auf seinen Aufenthaltsort in der Wohnung abstimmen.

Dabei wünschte er sich nichts sehnlicher, als sie zu sehen. Krank. Masochistisch. Das war ihm durchaus klar. Weil es ihm jedes Mal aufs Neue das Herz brach, sie zu sehen und sie nicht berühren zu können.

Er redete sich ein, dass er sie nicht sehen wollte, weil er sie vermisste, sondern lediglich, um zu prüfen, ob es ihr wirklich überhaupt nichts ausmachte und er sich ihren Blick in der Mensa nur eingebildet hatte.

Er vermisste sie nicht! Er brauchte sie nicht!

Mittwoch in der Mittagspause wurde er von Clara und Bibi flankiert. Ihm bot sich dasselbe Schauspiel wie am Vortag.

Candy trug ihre Eismaske und wich gekonnt und unauffällig den Berührungen seiner sogenannten Freunde aus. Es lag also nicht nur an Cole. Was war es dann? War er ihr doch nicht so egal?

"Heute DVD-Abend bei mir", sagte er einer Eingebung folgend in die Runde, während er immer noch Candy nach sah.

Mal sehen, ob ich ihr nicht irgendeine Reaktion entlocken kann.

"Meinst du wirklich, dass das eine gute Idee ist, J?", fragte Will von der anderen Seite des Tisches aus.

"Jup, sogar eine meiner besten!", sagte er grinsend, tätschelte die Oberschenkel der Frauen neben ihm und erhob sich dann ebenfalls, um zu seinem nächsten Kurs zu gehen.

Kicher und Gacker alias Clara und Bibi hatten noch ein paar ihrer immer willigen Freundinnen mitgebracht. Und auch ein paar seiner Kumpel waren in Begleitung gekommen.

Candy war bereits bei ihrer Schicht in *Netti's Diner* und würde große Augen machen, wenn sie zurück käme.

Wie immer bei solchen DVD-Abenden, wurde ein Horrorfilm eingelegt, was den Frauen Gelegenheit gab, sich ängstlich an einen starken Beschützer zu schmiegen. Absolut klischeehaft, aber es funktionierte doch jedes Mal aufs Neue.

Auch seine beiden Begleiterinnen taten genau das, wobei er bereits nach einer Viertelstunde ziemlich genervt war. Das Parfüm der beiden war viel zu aufdringlich und die Kombination beider kaum zu ertragen.

Er hatte bereits ein Fenster geöffnet in der Hoffnung auf ein wenig Frischluft.

Claras Haare waren elektrisch aufgeladen und kitzelten ihn ständig an Hals und Wange. Was ihn bereits nach wenigen Minuten in den Wahnsinn trieb.

Candys Haare waren immer butterweich gewesen und hatten stets nach ihrem Shampoo geduftet anstatt nach irgendeinem billigen Parfüm.

Gegen neun Uhr abends öffnete sich die Haustür. Er hatte seinen Sitzplatz extra so gewählt, dass er direkte Sicht auf sie haben würde, sobald sie die Wohnung betrat.

Sie erstarrte in der geöffneten Tür. Als sie ihn erspähte, meinte er wieder, für eine Sekunde Schmerz in ihrem Gesicht aufflackern zu sehen. Nein. Dieses Mal hatte er es sich nicht eingebildet! Dieses Mal war es da gewesen.

Auch wenn er ihr nicht absichtlich weh tun wollte, so brauchte er doch Gewissheit.

"Hey Süße, zieh dir was Bequemes an und setz dich zu uns", sagte er und drückte dabei Dumm und Dümmer an sich.

Candy zuckte minimal zusammen, rückte ihre Eismaske gerade und schüttelte den Kopf. Aber es war da gewesen. Da war er sich nun sicher!

Einige seiner Freunde sahen ihn an, als hätte er nicht mehr alle Tassen im Schrank. Aber keiner von ihnen hatte auch nur ansatzweise eine Vorstellung davon, durch was für eine Hölle er in diesem Moment ging. Wie beschissen er sich fühlte und dass er alles tun würde, um sein Leben wieder auf die Reihe zu bekommen.

Und Candy war nun einmal Mittelpunkt all seiner Gedanken, sodass sie der Anfang seiner Aufräumaktion sein musste. Wenn er ihr nicht so egal war, wie sie vorgab, hatte er eine Chance, sie zurück zu bekommen. Und genau daran arbeitete er.

Was er in seinem genialen Plan leider nicht mit einberechnet hatte, wie er die ganze Bande wieder los wurde, nach dem das Ziel des Ganzen erreicht war.

Zuerst schälte er sich aus dem Klammergriff der Frauen. Er werkelte eine Weile in der Küche, dann ging er zurück ins Wohnzimmer.

"Es wird langsam spät, Leute. Morgen ist Uni", sagte er und versuchte, die Aufforderung zum Gehen galant zu verpacken.

Die Reaktion war lediglich ein allgemeines Stirnrunzeln, weil er ja sonst auch nicht gerade ein Moralapostel war.

Scheiße!

Gut, ein wenig konnten sie ja noch bleiben. Er ließ sie einfach sitzen und ging unter die Dusche. Er musste diesen grauenhaften Parfümcocktail loswerden. Vielleicht verstand ja auch jemand den Wink mit dem Zaunpfahl.

"Hättest du gesagt, was du vorhast, hätte ich dich begleitet", zwitscherte Bibi. Er konnte sich gerade noch beherrschen, nicht angewidert das Gesicht zu verziehen.

Es gab nur einen einzigen Menschen, mit dem er sich seine Dusche teilen wollte. Dumm nur, dass genau dieses Thema dazu geführt hatte, dass sie jetzt überhaupt nicht mehr mit ihm sprach.

Er hatte genug von der Bande in seiner Wohnung. Also klatschte er zweimal in die Hände und sagte dann: "Okay, genug für heute. Geht heim. Schönen Abend, Leute!"

Seine Freunde wussten, dass er es jetzt ernst meinte, und sammelten ihren Kram samt Frauen zusammen. Der kichernde Weiberhaufen hoffte wohl noch auf Bespaßung, aber Justin hatte so gewaltig die Nase voll von ihnen, dass er wenig höflich die Tür öffnete und ihnen bedeutete, nach draußen zu gehen.

Sie sahen sich ein wenig schockiert an, trollten sich dann aber doch endlich.

Gott sei Dank!

Die Stille danach war ein klein wenig drückend und er wünschte sich nichts sehnlicher, als einfach zu Candy unter die Decke zu schlüpfen. Einfach nur, um sie im Arm zu halten. Sie nah bei sich zu spüren.

Ihre weiche Haut zu fühlen und ihren Duft einzuatmen, während er seine Nase in ihrem weichen Haar vergrub.

Das einzige Mal, dass er Candy am Donnerstag zu Gesicht bekam, war, als sie von ihrer Schicht nach Hause kam. Sie würdigte ihn keines Blickes und sogar auf seine Begrüßung antwortete sie nicht.
Aber wenn sie sauer auf ihn war wegen der Aktion am Vorabend, wertete er das als gutes Zeichen. Für ihn bewies das lediglich, dass er ihr doch nicht so egal war, wie sie ihm weiß zu machen versuchte.

13 TRY

JUSTIN

Auch am Freitagmorgen war sie wieder vor ihm aus dem Haus. So konnte es nicht weiter gehen. Wie sollte er herausfinden, was vor sich ging, wenn sie ihm ständig auswich?

In der Uni und auf dem Weg zurück zur Wohnung traf er sie ebenfalls nicht.

Zuhause angekommen, setzte er sich auf das Sofa und wartete auf sie. Sie kam ein wenig später als gewöhnlich und ihre Wangen waren von der Kälte des Oktobertages leicht gerötet.

"Hey", grüßte er sie, als sich ihre Blicke trafen. Sie senkte ihren schnell und nickte ihm wortlos zu.

So nicht!

"Ich will mit dir reden, Candy", sagte er ruhig und stand langsam auf. Ihr Blick zuckte nach oben, dann aber blitzschnell zu ihrer Tür, als überlege sie, ob sie schneller laufen konnte als er.

Aussichtslos, Kleines.

Er ging betont lässig rechts um das Sofa herum, um ihr notfalls den Weg abschneiden zu können. Er hatte die Faxen dicke! Dieses Thema musste ein für alle Mal geklärt werden, bevor er noch verrückt wurde.

"Ich ... ich muss ...", stotterte sie und sah dabei überall hin, nur nicht in seine Augen.

"Du musst jetzt mit mir sprechen. Diesmal ist es keine Bitte, Candy. Du gehst nirgendwo hin, bevor wir nicht miteinander gesprochen haben!"

"Ich will nicht", murmelte sie und wich rückwärts aus.

"Du hast jetzt eine Woche lang deinen Willen bekommen, Candy. Schluss jetzt!", sagte er ernst.

Sie prallte mit dem Rücken an die Wand. Ihr Blick glich dem eines gehetzten Tieres. Aber er konnte nicht mehr. Konnte so nicht weiter machen. Sie raubte ihm nicht nur sein Herz, sondern auch seinen Verstand! Jede wache Sekunde kreisten seine Gedanken um die Frau seines Herzens.

Er wollte sie. Brauchte sie. Und das hier war seine einzige Chance. Er stützte seine Hände rechts und links von ihrem Kopf an der Wand ab.

"Du treibst mich in den Wahnsinn, Candy. Ich kann dich nicht loslassen. Ich kann dich nicht vergessen. Jeder einzelne meiner Gedanken dreht sich um dich. Du kannst mich nicht einfach so abfertigen."

"Ich hab dir von Anfang an gesagt, dass ich das hier nicht will. Dass ich es nicht kann", murmelte sie, ohne ihn anzusehen.

Sie starrte lieber weiter auf ihre Finger, die sie unablässig knetete. Ja, sie war eindeutig nervös. Justin hoffte nur, dass das ein gutes Zeichen war. Dass er auf dem richtigen Weg war.

Einen anderen Gedanken konnte er nicht zulassen. Das hier musste einfach funktionieren. Ein weiteres Mal würde sie sich nicht in so eine Situation drängen lassen. Sie begann niemals denselben Fehler zweimal.

"Du stellst Regeln auf, die ich nicht verstehe. Würdest

du mir einfach nur sagen warum, dann hätte ich auch kein Problem, sie einzuhalten. Aber vieles scheint mir so vollkommen willkürlich, Candy", sagte er mit Nachdruck und schob sich dabei noch einige Zentimeter näher an sie heran.

Sie war nun regelrecht eingesperrt zwischen ihm und der Wand, schien sich daran aber nicht zu stören.

"Aber genau das ist es doch. Ich bin niemanden eine Erklärung schuldig und ich muss auch keine Rechenschaft für irgendetwas ablegen", gab sie zurück und klang ein klein wenig zornig.

Genug!

Er packte ihr Kinn und drückte ihren Kopf zurück, sodass sie ihn ansehen musste.

"Ich kann nicht akzeptieren, was ich nicht verstehe, Candy. Was zum Teufel ist los mit dir? Warum weichst du jedem aus?"

Sie schlug seine Hand zur Seite und schlüpfte an ihm vorbei.

"Tu ich nicht. Das bildest du dir nur ein", fauchte sie, aber ihr Blick war immer noch gehetzt.

"Doch, genau das tust du!"

"Du hast mich mehr als einmal berührt, falls du es vergessen hast." Wieder kesselte er sie an einer Wand ein.

"Ja, aber nur ich, Candy. Oder etwa nicht?", fragte er leiser, aber nicht weniger bestimmt. Mit beiden Hände schlug sie auf seine Brust. Pure Verzweiflung lag in ihrem Blick.

"Ich hasse dich!", fauchte sie, doch Justin wusste es besser. Er nahm ihr Gesicht in beide Hände und küsste sie. Hart, leidenschaftlich, als könnte er ihr all seine Gefühle, seine Sehnsucht, sein Verlangen nach ihr aufzwingen.

Er küsste sie solange, bis sie aufhörte, auf seine Brust einzutrommeln. Küsste sie weiter, bis sie seinen Kuss erwiderte.

Er spürte ihre Tränen an seinen Händen. Schmeckte

das Salz auf ihren Lippen.

Zitternd und kraftlos lehnte sie an der Wand, als er seine Lippen von ihr löste. Ihre schönen Augen waren geschlossen und ihre langen Wimpern nass von den Tränen, die immer weiter über ihre Wangen liefen. Er liebte sie und würde keinen verdammten Tag mehr ohne sie sein!

"Ich liebe dich, Candy."

"Ich hasse dich", flüsterte sie zurück und schlug ihre Lider auf. Ihre Augen waren immer noch voller verzweifelter Tränen.

"Nein, das tust du nicht, Babe", flüsterte er und versuchte, die nicht enden wollenden Perlen von ihren Wangen zu wischen.

"Ich hasse es, dich zu lieben", hauchte sie schließlich. Wieder wurde ihr Körper von Schluchzern geschüttelt.

"Das kommt wohl hin", sagte er ruhig, auch wenn sich ihm gerade der Magen zusammenzog. Das hier würde bei Weitem nicht einfach werden.

Justin zog sie an sich, hielt sie fest. Wollte einfach nur derjenige sein, an den sie sich anlehnen konnte.

Schritt für Schritt schob er sie zum Sofa und zog sie dann mit sich hinab. Sie wehrte sich nicht, ließ einfach geschehen, was er tat.

Ihr Gesicht an seiner Brust vergraben, weinte sie noch eine ganze Weile.

Über eine Stunde später wurden ihre Atemzüge langsamer, gleichmäßiger und sie schlief endlich erschöpft ein. Er selbst würde noch lange keinen Schlaf finden, denn statt der erhofften Antworten, hatte er nur noch mehr Fragen bekommen.

Und doch würde er noch 1000 weitere unbeantwortete Fragen auf sich nehmen, nur um sie wieder in seinen Armen spüren zu können.

CANDY

Ihre Augen waren zugeklebt. Verquollen, verweint.

Innerhalb von Sekunden blitzten die Bilder vom Mittag vor ihren Augen auf. Dann spürte sie auch die vertraute Wärme von Justins Körper.

"Hey Schlafmütze", hörte sie als nächstes seine Stimme.

Fuck! Wie kam sie hier nur wieder raus? Diese Woche hatte ihr einfach viel zu viel abverlangt. Ganze zwei Mal hatte sie den Kampf gegen sich selbst noch verloren. Und das war allein Justins Schuld!

Er hatte es irgendwie geschafft, sich in ihr Herz zu schleichen. Das war ihr in der einsamen Woche nur allzu bewusst geworden.

Ihn mit einer anderen im Arm zu sehen, hatte ihr das Herz gebrochen. Sie war am Ende mit ihren Nerven und die Art, wie Justin sie emotional in die Ecke gedrängt hatte, war einfach zu viel für sie gewesen.

Ihre Verteidigung war in sich zusammen gefallen und die mühsam errichtete Eisschicht, die sie schon seit so vielen Jahren beschützte, hatte er einfach zum Platzen gebracht.

"Lass es einfach, Babe", flüsterte er und Candy bemerkte erst dann, dass sie ihre Hände an seine Brust gestemmt hatte, um ihn von sich zu schieben.

Wieder begannen ihre Augen zu brennen. Er hatte ihr so sehr gefehlt. Seine Berührungen taten so unglaublich gut. Sie sog die Empfindungen geradezu in sich auf.

Lange würde es nicht gut gehen. Dann würde er wieder mehr wissen wollen. Mehr von ihr erwarten. Dinge, die sie für immer vergraben hatte, müssten dafür ans Tageslicht gebracht werden.

Nein! Sie hatte zu hart für ihr neues Leben gekämpft. Aber würde sie es ertragen, ihn ein weiteres Mal zu verlieren?

Seine warmen, weichen Lippen auf ihren und seine

Hand auf ihrer Wange rissen sie aus ihrem Gedankenkarussell. Zärtlich, süß und mit dem Versprechen auf Liebe.

"Denk nicht so viel nach, Kleines. Wir werden das schon hin bekommen. Ich verspreche dir, dich nicht mehr zu etwas zu drängen, was du nicht willst. Und du erinnerst mich einfach an unsere Abmachung, wenn es dir zu viel wird, okay?", flüsterte er, seine Lippen nur wenige Zentimeter von ihren entfernt und seine Hand immer noch an ihrer Wange.

Mit Tränen in den Augen nickte sie. Es wäre zu schön, um wahr zu sein, wenn das hier funktionieren würde.

Ein Traum. Aber sie hatte bereits vor langer Zeit aufgehört zu träumen. Sie hatte es aufgegeben, auf ein Wunder zu hoffen oder darauf zu warten, dass jemand kam, der ihr half. Sich auf andere zu verlassen, bedeutet verloren zu sein. Damit hatte sie sich abgefunden. Und doch wünschte sie sich nichts sehnlicher, als an Justins Seite zu sein, zumindest noch ein wenig.

Also nickte sie und das sanfte Lächeln, das seine Lippen zierte, beschleunigte ihren Herzschlag umgehend.

"Wollen wir einen Film schauen?", fragte er weiter, woraufhin sie wieder nur nicken konnte.

"Gut, dann zieh dir doch was Bequemes an und ich hol in der Zeit etwas zu knabbern."

Guter Plan. Also rappelte sie sich auf und auch Justin brachte sich in eine aufrechte Position.

Er hielt sie an der Hand fest, sodass sie vor ihm zum Stehen kam. Dann beugte er sich nach vorn, küsste erst ihren Handrücken und dann ihren Bauch.

"Ich bin sehr froh, dich wieder zu haben, Candy", sagte er leise und sah sie dabei unendlich süß von unten an.

Wieder traten Tränen in ihre Augen. Sie legte eine Hand an seine Wange und flüsterte: "Ich auch."

Dann wandte sie sich ab und verzog sich ins Bad.

Sie brauchte ein paar Minuten für sich, um ihre Gedanken zu sortieren.

JUSTIN

Ihr nicht einfach ins Badezimmer zu folgen, war schwerer als gedacht. Er wollte sie ganz und es würde wohl noch eine ganze Weile dauern, bis er akzeptieren konnte, dass er das nicht würde haben können.

Aber die letzte Woche hatte ihn eines ganz deutlich gelehrt: lieber eine zensierte Candy als gar keine.

Als er mit Tee und Chips aus der Küche zurückkam, saß sie bereits auf dem Sofa. Sie trug wieder dieses riesige Hoody, das sie bis über ihre angewinkelten Knie gezogen hatte. Lediglich ihre rosa lackierten Zehennägel schauten aus dem Stoffberg hervor.

Justin mochte ihre Füße, auch wenn er bisher noch keine Gelegenheit hatte, sich eingehend mit ihnen zu beschäftigen. Aber sie waren klein und süß. Vor allem gehörten sie zu ihr und waren damit per se perfekt.

Ihre Haare hatte sie zu einem Knoten zusammen gebunden und die große Brille zierte ihre Nase. Eigentlich war er kein großer Fan von Brillen, aber bei Candy sah selbst dieses Ungetüm gut aus.

Sie legte ihre Wange auf ihren Knien ab, als er den Raum durchquerte. Die Mitbringsel platzierte er auf dem Wohnzimmertisch, ehe er sich neben ihr niederließ. Er lehnte sich zurück, startete den Film und legte seinen Arm hinter ihr auf der Rückenlehne.

Es dauerte nur kurze Zeit, dann zog sie ihre Beine unter dem Hoody hervor.

Anders als erwartet, schmiegte sie sich nicht in seine Arme, zog dafür aber eine Wolldecke über sich und legte dann ihren Kopf in seinem Schoß ab.

Justin lächelte. Er mochte es, wenn sie so da lag. Dann war sie immer so herrlich entspannt und er konnte sie ungeniert betrachten.

Er zog ihr das Haargummi heraus und streichelte dann ihre langen Locken. So weich ... genau so, wie er es in

Erinnerung hatte.

Irgendwann war der Film zu Ende und Candy war wieder eingeschlafen. Er schaltete den Fernseher aus und trug sie in sein Bett.
Nachdem er sie vorsichtig abgelegt hatte, schmiegte er sich von hinten an sie und schwor sich, komme was wolle, er würde seine Traumfrau nicht wieder hergeben.

14 *SECOND CHANCE*

JUSTIN

"Wo zum Teufel willst du hin?", murmelte er verschlafen und hielt Candy am Saum ihres Hoodys fest.

Er war noch nicht ganz wach, doch der einzige Gedanke, der momentan durch seinen Kopf geisterte, war, sie nur nicht gehen zu lassen.

"Ich muss los, ich hab Frühschicht, J", sagte sie und Justin sah ihr warmes Lächeln durch die schmalen Schlitze, die er beim Öffnen seiner Augen bereits zustande gebracht hatte.

Er schlang beide Arme um ihre Taille und zog sie mit einem Ruck zurück ins Bett. Ihr Quieken war Musik in seinen Ohren und das Lachen, das daraufhin folgte, noch viel mehr. Schnell rollte er sich auf sie und stützte sich mit beiden Händen neben ihrem Kopf ab.

"Dieses Lachen hat mir gefehlt", sagte er und lächelte auf sie hinab. Ihr Blick trübte sich ein wenig und sie wollte ihm schon wieder ausweichen. Sie glaubte ihm nicht. Glaubte nicht, dass es klappen konnte.

"Nein. Wir werden das schaffen. Vertrau mir. Ich werde dafür sorgen, dass du öfter so lächeln kannst. Ich verspreche es dir, Candy."

Dann beugte er sich zu ihr und strich mit seinen Lippen über ihre. Er würde ganz sicher nie genug von ihnen bekommen.

Nachdem er seine Lippen wieder von ihren gelöst hatte, sah sie ihn ernst an. Zu ernst.

Leicht biss er sie in die Unterlippe und ihre Mundwinkel zuckten. Dann in ihr Kinn. Ihre Augen lächelten bereits mit, auch wenn sie noch versuchte, es zu verheimlichen. Blitzschnell schob er sich nach unten und ihren Pullover nach oben. Dann platzierte er einen Biss auf ihrem Bauch. Sie quiekte und wand sich und lachte schließlich lauthals los, als seine Zähne sie in die Taille zwickten.

Auch Justin musste lachen. Ihr Lachen war einfach ansteckend.

"Ich muss los", sagte sie, immer noch von gelegentlichen Lachern geschüttelt.

"Geh du zuerst ins Bad, ich mach Frühstück", sagte er und ließ sich neben ihr aufs Bett fallen.

Sie nickte und wenn er sich nicht täuschte, lag etwas Dankbares in ihrem Blick. Ein Ausdruck, der diese kleine Entbehrung mehr als wieder gut machte.

Er hatte es sich in einer Ecke des Diners gemütlich gemacht und recherchierte die meiste Zeit konzentriert.

Immer wieder kamen Gruppen in seinem Alter, woraufhin seine Konzentration sich darauf verlagerte, ob einer von ihnen sich an sein Mädchen ran zu machen versuchte.

"Wenn du weiter so zornig schaust, bleiben dir die Falten", lachte Candy, als sie an ihm vorbei lief. Sie strich mit ihrem Daumen über seine Stirn.

Ja, sie hatte gut lachen.

Seine Laune besserte sich erst wieder, als sie auf dem

Rückweg bei ihm hielt und ihm einen Kuss gab.

Sie löste sich von ihm und als sie dann weiter ging, konnte er sich ein Siegerlächeln in Richtung der Männer nicht verkneifen.

Trotzdem war er froh, als ihre Schicht endlich zu Ende war und sie nach Hause fahren konnten.

Die meiste Zeit gingen sie mit einander um wie vor dem Big Bang, doch gab es immer wieder Situationen, in denen sie sich von einer Sekunde zur nächsten in sich zurück zog.

Sie lachten gerade noch über den Hund mit einem Schleifchen in dem gleichen furchtbaren Pink, wie Candy es bei der Arbeit tragen musste, als sie plötzlich still wurde und ihr Blick unruhig durch die Wohnung schweifte.

Da er nicht wusste, wie er darauf reagieren sollte, ignorierte er sie. Er streifte sich die Schuhe von den Füßen und ging in die Küche.

"Magst du auch eine Pizza, Babe?", rief er, den Kopf schon in der Kühltruhe.

"Ähm ... ja ... ich geh noch kurz duschen", rief sie zurück und Sekunden später klickte auch schon die Tür ins Schloss.

Ah ja. Daher weht also der Wind.

Na, wenn das alles war, konnte er sie beruhigen. Den gleichen Fehler würde er ganz bestimmt nicht zweimal machen!

Die Pizza war ein paar Minuten zu lang im Ofen, da Candy länger als erwartet im Bad benötigte. Sie war noch genießbar, gab aber genug Grund, den sowieso immer trockenen Rand abzuschneiden.

Nach ein paar Witzen über seine Kochkünste, aßen sie größtenteils schweigend.

Irgendwann begann sie wieder, bei jedem Bissen, den sie machte, schwer zu schnaufen.

"Gib her", sagte er deshalb und lächelte auf ihren

verdutzten Blick hin.

"Du kannst nicht mehr, also gib sie mir, bevor du sie wieder mit Gewalt isst und dir dann stundenlang der Bauch weh tut."

Ein Lächeln breitete sich auf ihrem Gesicht aus, ehe sie antwortete: "Ich weiß nicht, ob ich das verantworten kann. Am Schluss ruiniere ich dir noch deinen schönen Bauch."

"Ich leg ein extra Training ein, nur um deinem Gejammer zu entgehen", gab er lachend zurück, schnappte sich ihren Teller und aß das letzte Stück.

Dann verzogen sie sich aufs Sofa und kuschelten sich unter eine der Wolldecken.

Es war wunderschön und doch hing die Angst, etwas Falsches zu tun oder zu sagen und sie damit zu vertreiben, wie eine dunkle Wolke über ihnen.

"Ich möchte noch so vieles von dir wissen, Candy, aber aus Angst, etwas Falsches zu fragen, sage ich lieber nichts", flüsterte er irgendwann.

Sie antwortete lange Zeit nicht, dann fragte sie: "Ist es nicht egal, was war und viel wichtiger, was kommen wird?"

"Doch", sagte er zögernd.

Sie atmete tief durch, schien eine Entscheidung zu treffen und begann dann schließlich zu sprechen.

"Ich bin bei meiner Mum in New York aufgewachsen. Drei von meinen vier Freunden gibt es in meinem Leben nicht mehr. Mein bester Freund ist gleichzeitig mein Ex, der allerdings nur sporadisch an meinem Leben teilnimmt. Mehr gibt es aus meiner Vergangenheit nicht zu sagen", sprudelte es aus ihr hervor.

Das bezweifelte er stark, doch wie weit konnte er gehen?

"Was ist mit deinem Dad?", fragte er, während er behutsam ihren Rücken streichelte.

"Kenne ich nicht", antwortete sie knapp.

"Und deine Freunde?"

"Eine zog weg, einer spricht nicht mehr mit mir, seit zwischen Joey und mir Schluss ist, und eine starb an einer

Überdosis.", sagte sie völlig trocken, als wäre nichts dabei.

Fuck!

"Und deine Mum?", fragte er vorsichtig.

"Trinkt und ist bestimmt gerade mit Lebensgefährte Nummer 200 zusammen. War's das jetzt mit dem Verhör?", antwortete sie ziemlich scharf.

"Ja, klar. Soll ich dir von meiner Familie erzählen?", fragte er, um sie abzulenken.

Er hatte bei Weitem nicht alles erfahren, was er wissen wollte, aber er hatte ihr versprochen, sie damit in Ruhe zu lassen.

Sie nickte und schob dann ihre kleinen, kalten Hände unter sein T-Shirt. *Scheiß-kalt!* Sofort zog er den Bauch ein, um der Berührung zu entgehen.

"Noch hat die Pizza nicht angesetzt, du musst ihn nicht einziehen", lachte sie.

Ebenfalls lachend zog er sie an sich, in der Hoffnung, dass ihre Hände schnell warm wurden. Dann erzählte er ihr von seinem älteren Bruder Steve, von seiner Mum und seinem Dad. Wie sehr er sie alle liebte.

Auch von dem Haus, in dem sie aufgewachsen waren, berichtete er. Von dem Sommer, als Julien im Nebenhaus einzog und wie aus einer Wasserbombe die große Freundschaft wurde. Schnell verdrängte er wieder den Gedanken an seinen besten Freund. Diesem Thema würde er sich noch früh genug widmen müssen.

"Bilderbuchfamilie", sagte sie irgendwann leise.

"Mhm, sind sie. Ich meine, wir sind alle nicht perfekt. Wir alle haben Macken und gerade zwischen Steve und mir fliegen des Öfteren die Fetzen. Aber alles in allem glaube ich nicht, dass ich es hätte besser treffen können."

Sie sagte nichts, nickte nur wieder.

"Du kannst sie kennenlernen, wenn du willst", sagte er schließlich. Und ja, er wollte es. Er wollte, dass seine Familie sah, was für eine fabelhafte Frau er gefunden hatte.

"Nein." *Autsch!*

"Warum?"

CANDY

"Ich will nicht, J, bitte", flüsterte sie.

Sie wollte diese perfekte Welt nicht kennenlernen. Wollte nicht sehen, was sie ihr Leben lang verpasst hatte.

Auch bei Joey war sie froh gewesen, dass er bereits seine eigene Wohnung gehabt hatte. Ohne Familie. Sie hatte lediglich seinen besten Freund Moe kennenlernen und verlieren müssen.

Justin hatte ein wenig gekränkt geklungen, aber sie konnte es einfach nicht. Auch nicht ihm zuliebe. Sie musste ein wenig Distanz wahren.

Sie lagen den Rest des Wochenendes einfach nur gemeinsam da. Genossen die Gegenwart des anderen. Nicht mehr und nicht weniger war es für Candy. Eine Zweisamkeit zu genießen, die sie bisher nicht gekannt hatte.

Ja, auch Joey hatte sie manchmal im Arm gehalten und sie hatte es zugelassen. Mehr aber auch nicht. Sie kannte ihn und fand seine Berührungen auch nicht schlimm. Gefallen hatten sie ihr aber auch nie wirklich. Und in ihrem Hinterkopf war immer die Befürchtung gewesen, dass er irgendwann das Beziehungspflichtprogramm einfordern würde.

Justin war anders. Sie genoss seine Arme, seine Hände, das Haut an Haut Gefühl. Bei Justin gab es auch kein Pflichtprogramm, sondern leidenschaftliche Begierde auf beiden Seiten.

Die Wärme seines Körpers war ihr ebenso willkommen wie sein unvergleichlicher Duft und seine starken Arme.

Sie hatte keine Worte dafür, was mit ihr, mit ihnen beiden geschah, also beschloss sie, es zu genießen, solange sie es haben durfte.

Irgendwann zogen sie ins Schlafzimmer um. Einander zugewandt lagen sie auf dem Bett. Er küsste sie zärtlich und streichelte ihren Bauch und Rücken unter dem Pullover.

Zwischendurch wurden seine Küsse etwas drängender. Wenn er sie dann an sich zog, spürte sie seine Erektion an ihrer Hüfte. Er wollte sie und umgekehrt sie ihn nicht weniger.

Seine Lippen und Hände erregten sie mit jeder Berührung mehr. Sie schob ihre Hand in seine Short und griff nach seinem Schwanz. Zischend zog er die Luft ein.

"Candy ...", stöhnte er auf und schob ihren Hoody weiter nach oben.

Sein Daumen strich immer wieder über ihre bereits aufgerichteten Brustwarzen. Sie verstärkte ihren Griff um seine Erektion, woraufhin seine Hüften stöhnend nach vorn schossen.

Dreimal stieß er kräftig in ihre Hand, dann entzog er sich ihr und wollte ihr den Pullover ganz abstreifen.

"Nein", sagte sie und schob seine Hände beiseite.

Er zögerte. Wollte etwas sagen und verkniff es sich mit aller Macht.

Auch wenn es stockdunkel im Raum war, konnte sie das Hoody nicht ausziehen. Er würde die Schnitte fühlen und dann würde sie um ein Gespräch nicht mehr herum kommen.

Um ihn abzulenken, streichelte sie über seinen schön definierten Bauch und ließ ihre Finger am Bund seiner Shorts entlang tanzen.

Er stockte noch einen Moment, dann wanderten seine Hände wieder zu ihren Brüsten. Er streichelte sie erst leicht und drückte sie dann mit beiden Händen.

Es fühlte sich himmlisch an. Der feste Griff seiner rauen Hände auf der weichen Haut ihrer Brüste. Sie atmete keuchend aus und krallte sich in seiner Hüfte fest.

Seine starken Hände fuhren an ihren Seiten entlang, bis zu ihren Hüftknochen.

Er küsste ihren Bauch und schob seine Finger unter den Bund ihrer Shorts. Langsam zog er sie hinab und dann vollständig von ihren Beinen.

Er nahm einen ihrer Füße und küsste die weiche Haut an der Innenseite ihrer Fußsohle. Die Berührung seiner Lippen schoss ohne Umwege in ihre Klit. Seine Zunge wanderte über ihre Wade zur ihrer Kniekehle und erregte sie mit jedem Zentimeter, den er höher kam mehr.

Er knabberte an der Innenseite ihres Oberschenkels und Candy konnte sich nicht entscheiden, ob sie ihn an sich ziehen sollte, um mehr zu bekommen, oder ihn fort schieben, um dieser quälenden Erregung zu entgehen.

Auch wenn es stockfinster war, platzierte er seine Lippen zielgenau auf ihrer Klit.

Laut stöhnend krallte sie ihre Hände in das Laken. Zum ersten Mal verfluchte sie seine kurzen Stoppelhaare, die er sich wieder hatte schneiden lassen. Zu gern hätte sie sich daran festgehalten.

Langsam fuhr seine Zunge um ihre Klit und seine Finger, die ihre Spalte auf und abfuhren, statt endlich in sie einzudringen, trieben sie schier in den Wahnsinn.

In dem Moment, in dem sie sich über seine Foltermethoden beschweren wollte, drang er mit zwei Fingern gleichzeitig ein. Ihr Becken zuckte und Candy bog sich ihm keuchend entgegen. Er schloss die Lippen um ihre Klit und begann, an ihr zu saugen.

"J ...", keuchte sie, halb wahnsinnig vor Lust, und legte ihre Beine auf seine Schultern. Sie wollte mehr. Mehr von seinen Fingern, mehr von seinem Mund. Musste kommen, da sie die Erregung keine Sekunde mehr aushalten konnte.

Dann entzog er sich ihr. Sowohl seine Finger als auch sein Mund waren vom einen auf den anderen Moment verschwunden.

"Bitte ... ich muss ... ich will", jammerte sie, nicht fähig einen klaren Satz zu formulieren, so erregt war sie.

Er legte ihre Beine zurück auf seine Schultern.

Gott sei Dank!

Doch anders als erwartet, spürte sie nicht seinen Mund oder seine Finger an ihrer Mitte, sondern die Spitze seines Schwanzes. Dann stieß er zu. Schnell und hart, sodass sie laut aufschrie.

Der Dehnungsschmerz war zu viel und doch so unbeschreiblich gut. Für die letzten Zentimeter musste er sich ein wenig zurück ziehen. Noch einmal stieß er kräftig zu und füllte sie dann komplett aus.

Sie atmeten beide heftig, als sie in ihren Bewegungen verharrten.

"Candy", keuchte er. Es klang ein klein wenig wie eine Warnung.

Dann beugte er sich nach vorn. Beide stöhnten auf, als sich der Winkel veränderte und er noch einige Millimeter tiefer in sie rutschte.

Zusammen mit ihren Beinen auf seinen Schultern, wären die Empfindungen beinahe zu viel für sie geworden und doch wollte sie mehr.

Er stützte seine Arme neben ihren Schultern ab und hielt noch einmal keuchend inne. Dann hob er sein Becken an, nur um sich Sekunden später wieder kraftvoll in ihr zu versenken. Ihr Stöhnen vermischte sich und wurde im gleichen Rhythmus schneller wie die Stöße seiner Lenden.

Das Klatschen der Haut trieb sie beinahe in den Wahnsinn. Jeder einzelne seiner keuchenden Atemzüge erregte sie nur um so mehr.

Stoß um Stoß raste sie auf ihren Orgasmus zu. Unaufhaltsam, immer schneller, immer mehr. Ein Rhythmus, der sie in den Wahnsinn trieb.

"Justin", keuchte sie ein letzte Mal, dann brach die Welle über sie herein. Ihr Körper spannte sich, bog sich ihm entgegen und zuckte, bis sie schließlich erschöpft und schwer atmend erschlaffte.

Er lag genauso schlaff auf ihr und atmete heftig an ihrem Hals. Langsam ließ sie ihre Beine tiefer gleiten, um der Dehnung zu entgehen.

Irgendwann zog er sich aus ihr zurück.

"Du bringst mich um, Babe", sagte er abgehackt, da seine Atmung sich noch nicht beruhigt hatte. Sie selbst war so erschöpft und außer Atem, dass sie sich zu einer Antwort nicht fähig fühlte.

Schließlich rollte er sich zur Seite und zog sie an sich. Nur Sekunden später fiel sie in einen erschöpften und äußerst befriedigten Schlaf.

15 SHE'S MINE

JUSTIN

Den gesamten Sonntag verbrachten sie zusammen auf der Couch. Sie schwiegen oft und wenn sie sprachen, dann nur sehr oberflächlich.

Immer wieder schnitt er dabei ein Thema an, dass ihr unbehaglich zu sein schien. Das Lächeln, das sonst so oft ihre Lippen zierte, verschwand schlagartig und er konnte dabei zusehen, wie sie sich vor ihm verschloss.

Zur Primetime wechselte der Film des aktuellen Senders von einer Komödie zu einem Gemetzel, wie Steve es nannte. Justin mochte solche Filme, aber Candys Gesichtsausdruck sprach Bände.

"Du willst ihn nicht sehen?", fragte er mit dem Fünkchen Hoffnung, dass sie nicht darauf bestehen würde, den Sender zu wechseln.

"Absolut nicht!", sagte sie so endgültig, dass er resigniert seufzte.

"Magst du kein Blut sehen?", fragte er dann.

Sie zögerte.

Shit, wieder ein falsches Thema, dachte er, doch dann antwortete sie doch.

"Mag ich nicht, aber vor allem verabscheue ich Gewalt und solche gewaltverherrlichenden Filme damit erst recht."

Zwar hatte er wirklich Lust, diesen Film zu sehen, wenn es ihr aber so wichtig war, würde er umschalten.

Schlussendlich blieben sie wieder bei einer Komödie hängen, wobei ihm der Film reichlich egal war. Er konzentrierte sich lieber auf die Frau in seinen Armen.

Am Montag ging er sehr zufrieden, mit seinem Arm auf ihren Schultern, über das Unigelände.

"J, das ist widerlich!", sagte Candy nach einigen Minuten.

"Was?", fragte er irritiert, weil er nicht mitbekommen hatte, was sie meinte.

"Dieses Gockelgehabe, das du hier gerade zur Schau trägst."

Er küsste sie auf die Schläfe.

"Du bist süß, Babe. Sei lieber froh, dass ich dir kein Schild umhänge, auf dem *MEINS* steht, bis es jeder dieser Vollpfosten hier verstanden hat", gab er lächelnd zurück und zog sie weiter.

In ihrem Kurs angekommen, ließ er sich neben sie auf den Stuhl gleiten. Dass er nicht in diesen Kurs gehörte, ignorierte er genauso wie die Blicke ihrer Kommilitonen.

"Wie lang hast du vor, das hier durchzuziehen?", fragte sie, ohne ihn anzusehen und wühlte weiter in der riesigen Handtasche nach ihren Stiften.

Mein restliches Leben, dachte er, wollte sie aber nicht überfordern. Also sagte er: "Mal sehen, diese Woche, vielleicht nächste."

"Wie bitte?", fragte sie und sah nun doch auf.

Irgendwie süß, wie herrlich schockiert sie dreinschauen kann, dachte er grinsend.

Dann beugte er sich nach vorn und küsste die Unterlippe ihres leicht offen stehenden Mundes.

"J, du hast doch selber Kurse!"

"Du bist mir wichtiger", antwortete er schlicht.

"Aber hier geht es um deine Zukunft!", sagte sie und hatte immer noch diesen süßen Blick drauf. Er beugte sich erneut vor, küsste noch einmal zärtlich ihre Unterlippe und flüsterte dann: "Eben."

Eine Mischung aus Zuneigung und Verzweiflung lag in ihren Augen. Schließlich schloss sie ihre Lider und ließ ihre Stirn auf seine Schulter sinken.

"Das ist total verrückt, J", flüsterte sie.

"Das ist, was du aus mir machst."

Am Dienstagmittag konnte er endlich der ganzen Uni zeigen, dass er seine Candy zurück hatte.

Er sah ihr zwar an, dass sie sich am liebsten eine Decke über den Kopf gezogen hätte, so peinlich war ihr sein Theater, aber er wollte einfach sichergehen, dass die Information, dass Candy ihm gehörte, auch wirklich bis zum letzten Trottel durchsickerte.

Er küsste sie immer wieder und zog sie in seine Arme. Manch einer belächelte ihn, andere sahen eher neidisch aus.

Vor allem Cole machte den Eindruck, als hätte man ihm das Lieblingsspielzeug gestohlen.

Pech gehabt! Ganz allein MEINS!!

CANDY

Auch den Rest der Woche wich Justin nicht von ihrer Seite. Er saß in jedem ihrer Kurse neben ihr. Wenn nicht durch seine bloße Anwesenheit, so lenkte er sie durch seine Berührungen ab. Kleine Gesten, wie das sanfte Streicheln ihres Nackens, während sein Arm auf der Rückenlehne ihres Stuhls lag.

Erst waren ihr diese für sie sehr intimen Momente in der Öffentlichkeit zu viel. Mittlerweile genoss sie es. Sie mochte jede einzelne seiner kleinen Liebkosungen. Mochte die Aufmerksamkeit, die er ihr schenkte. Ein klitzekleiner Teil in ihr freute sich tierisch, dass seine Groupies ihr Verwöhnprogramm mitbekamen.

Am Montag hatten die bösen Blicke sie noch verunsichert.

Am Freitag konnte sie bereits mit den Schultern zucken. Was soll's. Sie hatte nie vorgehabt, eine von Justins Groupies als Freundin zu gewinnen. Die ganze Zeit Angst haben zu müssen, dass einem die eigene Freundin den Freund ausspannt, war definitiv nichts, was sie sich freiwillig antun würde.

Freund ... ganz konnte sie immer noch nicht nachvollziehen, wie sie in diese Beziehung geschlittert war. Eigentlich hatte sie geplant, sich so etwas nie wieder anzutun.

Aber mit Justin war das alles einfach anders. Besser. Perfekt.

Solange sie nicht weiter darüber nachdachte. Denn ihr war durchaus klar, dass das nicht für immer klappen konnte. Er steckte zurück. Sehr viel zurück, nur um nicht zu viel von ihr zu fordern.

Candy versucht zwar, ein wenig offener ihm gegenüber zu sein, was aber nicht einfach war, wenn man einen ganzen Lebensabschnitt gern einfach aus seinem Gedächtnis löschen wollte.

90% ihrer gemeinsamen Zeit klappte es ziemlich gut. Es war einfach mit ihm. Er war humorvoll und für jeden Quatsch zu haben. Keine Idee war zu verrückt für ihn und kein Satz zu sarkastisch.

Er verstand sie, obwohl er sie nicht kannte. Wahrscheinlich sogar besser, als Joey oder irgendjemand sonst es jemals getan hatte. Einfach nur, weil er sie sein lassen konnte, wie sie war.

"Wo bist du schon wieder?", riss seine Stimme sie aus ihren Gedanken. Sie lächelte zu ihm auf.

"Bei dir", sagte sie aufrichtig. Er lächelte, blieb stehen und zog sie an sich.

"Bleib da", flüsterte er, seine Lippen dicht vor ihren.

"Ich versuch's", flüsterte sie zurück, stellte sich auf die Zehenspitzen und überwand die letzten Zentimeter zu seinen Lippen.

Ein kurzer, unschuldiger Kuss und doch begann ihr gesamter Körper bereits wieder zu prickeln.

"Nehmt euch ein Zimmer!", rief Will lachend im Vorbeigehen und unterbrach sie.

"Schnauze!", gab Justin zurück und zog sie dann weiter Richtung Wohnung.

"Lass uns heute Abend essen gehen", sagte er und ließ sich aufs Sofa fallen.

"Warum? Wir haben noch genügend hier", antwortete sie und ließ zu, dass er sie auf sich zog.

Candy lag gern auf ihm. Ihr Ohr auf seiner Brust, seinem Herzschlag lauschend. Sie verstand zwar nicht, wie es für ihn bequem sein konnte, genoss es aber immer wieder, wenn er es tat.

Wie meistens schob er ihren Pullover nach oben und streichelte mit seinen Fingerspitzen sacht über ihren Rücken. Das Gefühl war himmlisch und sie konnte sich nie entscheiden, ob es sie entspannte oder erregte. Irgendwie beides zugleich.

"Du schuldest mir noch ein Date!"

"Du brauchst kein Date mit mir, wir sind bereits zusammen", gab sie zurück, da sie seine Logik einfach nicht verstand.

"Mein Gott, Candy, wo zum Teufel ist das Mädchen in dir? Du musst dich freuen, wenn ich dich verwöhnen will!", sagte er und sie hörte das Rumpeln seines Lachens in seinem Brustkorb.

Sie drehte ihren Kopf und legte ihr Kinn auf seinem Brustbein auf. Er hatte seinen Kopf auf der Armlehne abgestützt, sodass er sie, wie so oft, beobachten konnte.

Justin hatte dieses schelmische Grinsen im Gesicht, das er immer trug, wenn er vor hatte, sie zu ärgern.

Kann ich auch!

"Du hast ein Doppelkinn, wenn du so da liegst ... besser ich gebe dir nicht mehr die Reste meiner Pizza. Und das Essengehen sollten wir auch lieber ausfallen lassen."

Seine Augen weiteten sich ungläubig, dann rief er: "Also das ist ja wohl die Höhe!"

Seine Hände verschwanden von ihrem Rücken und Sekunden später schlug er ihr mit beiden Händen auf den Po. Sie quietschte und kreischte in seinem Griff, bis sie zusammen vom Sofa fielen.

Gott sei Dank landete er unter ihr, sodass ihr Sturz abgefedert wurde.

"Autsch!", rief er aus, grinste aber weiter und auch seine Hände verließen ihren Po nicht.

"Hast du dir weh getan? Armes Baby! Wo soll ich pusten?", fragte sie sarkastisch.

Männer sind unglaublich wehleidig!

Sein Grinsen wurde dreckig und er antwortete: "Blasen wäre gut. Ein bisschen tiefer bitte."

"Das will ich aber nicht hoffen", antwortete eine verärgert klingende Stimme hinter ihr.

JUSTIN

Fuck! Julien!

Sein Grinsen erstarb augenblicklich. Das war definitiv nicht die Art und Weise, in der er gern seine Beichte vor seinem besten Freund abgelegt hätte.

Candys Lächeln verwandelte sich in ein Stirnrunzeln … stimmt ja ... sie wusste ja nichts von seiner Abmachung mit Julien.

Doppelt fuck

Hoffentlich brachte ihm das nicht auch noch Probleme ein.

Wie er es schon öfter bemerkt hatte, wurde sie sehr still, sobald die Stimmung im Raum umschlug.

Auch jetzt, ihre ganze Körperhaltung änderte sich.

Sie wirkte kleiner, unscheinbarer, als versuchte sie, unsichtbar zu werden. Sie kletterte von ihm herunter und stellte sich hinter das Sofas, das weiter von Julien entfernt war.

"Hey Julien. Schon zurück? Hab dich noch nicht erwartet", sagte er, versuchte zu lächeln und rappelte sich vom Boden auf.

"Sehe ich. Bin ja sehr gespannt auf deine Ausrede und ich hoffe, dass es anders ist, als es aussieht", knurrte er und klang dabei noch wütender, als Justin es erwartet hätte.

Candy verlagerte ihr Gewicht leicht von einem auf den anderen Fuß und zuckte zusammen, als Julien seine Tasche auf den Boden warf und ein Stück in den Raum ging.

"Hey Candy, wie wär's, wenn du uns was zu essen besorgst und Julien und ich uns kurz aussprechen?", fragte er betont unbeschwert.

Das wäre vorerst die beste Lösung. Er könnte Julien alles erklären und Candy dann in Ruhe im Nachgang einweihen.

Sie sah ein wenig unsicher zwischen ihnen beiden hin und her, nickte aber schließlich. Hastig schnappte sie sich ihre Jacke und verließ die Wohnung.

Julien lehnte mit vor der Brust verschränkten Armen an der Wohnzimmerwand und beobachtete ihn mit zusammengezogenen Augenbrauen.

"Es ist nicht so wie es aussieht, Julien", begann er und verfluchte sich sogleich für diese Floskel.

Julien lachte hart auf.

"Ist es nicht? Hast du sie nicht gefickt?"

Den so gewohnten abschätzigen Wortlaut auf seine Traumfrau bezogen zu hören, ließ ihn zusammen zucken.

"Doch, aber ..."

"Es gibt kein aber, du Arschloch! Wir hatten eine verdammte Abmachung!", schrie Julien und stieß sich kräftig von der Wand ab. Er war geradezu außer sich, was überhaupt nicht zu ihm passte. Es war klar gewesen, dass er sauer sein würde, aber das?

"Hör mal, ich liebe sie, okay? Ich meine so richtig, Julien", sagte Justin ernst in der Hoffnung, dass sein bester Freund verstehen konnte, wie viel Candy ihm tatsächlich bedeutete.

"Du hast es mir versprochen, du Wichser! Konntest du denn nicht ein einziges Mal deine Wichsgriffel bei dir behalten?"

Okay ... wohl eher nicht. Gut, zweiter Versuch.

"Hast du mir nicht zugehört? Es geht hier nicht um Sex. Es ...", weiter kam er nicht, da Julien ihn schon wieder unterbrach.

"Ich wollte sie, okay? Und ich hab mir verdammt nochmal nicht zwei Wochen lang Mühe gegeben und sie in meiner Wohnung einquartiert, nur damit du Arsch sie vögeln kannst!", schrie er.

Okay, genug ist genug. Zeit, ihn ein wenig wach zu rütteln.

Justin packte seinen besten Freund und knallte ihn gegen die Wohnzimmerwand.

"Bekommst du eigentlich nichts von dem mit, was ich dir sage? Ich vögele sie nicht, Julien. Ich liebe sie!"

Grob stieß Julien ihn zurück.

"Vielleicht hätte ich das auch. Ich war auf dem besten Weg dahin, endlich mal eine Frau zu finden, die mich länger als eine Nacht interessiert. Aber meinen angeblich besten Freund interessiert das ja alles einen feuchten Scheiß. Du fickst alles, was bei drei nicht auf den Bäumen ist!"

Justin lachte hart auf.

"Ha! Als wärst du besser!"

"Ich habe noch keine einzige Frau gefickt, an der du auch nur annähernd Interesse gezeigt hast", brüllte Julien und seine Faust kam so schnell, das Justin nicht mehr ausweichen konnte.

Sie krachte mit voller Wucht auf seine Schläfe. Kurz wurde ihm schwarz vor Augen. Dann hörte er einen spitzen Schrei und gleich darauf spürte er den dumpfen Schmerz des Aufpralls auf den Boden.

Wirre Stimmen riefen wild durcheinander, während er einige Sekunden benommen da lag.

Dann rappelte er sich auf. Wieder ein spitzer Schrei.

Candy! Warum ist sie schon zurück?

"Alles in Ordnung, Babe", sagte er sanft. Sie sah ziemlich mitgenommen aus und ihre Augen zuckten hektisch zwischen Julien und ihm hin und her.

"In Ordnung?", fragte sie und ihre Stimme klang dabei ein klein wenig hysterisch.

"Ja, Babe. Alles kein Thema, okay? Wir haben das gleich geregelt", antwortete Justin so beruhigend wie möglich.

"Das ist so krank. Ihr schlagt euch bis aufs Blut und du sagst, alles kein Thema. Das ist krank, Justin!", sagte sie, während sie langsam rückwärts ging.

"Candy ...", sagte er und ging dabei auf sie zu.

Sie schüttelte ihr hübsches Köpfchen so heftig, dass ihre Locken über ihre Schultern flogen. Dann griff sie nach der Klinke der Wohnungstür und stürmte hinaus.

Justin befühlte seine mittlerweile heftig pochende Augenbraue. Tatsächlich. Blut. Scheiße. Kein Wunder, dass sie so außer sich war.

"Fuck!", murmelte er, lief ins Bad und wusch sich das Blut vom Gesicht, ehe er die Wunde im Spiegel untersuchte. Der Cut war recht klein, aber Kopfwunden bluten einfach unverhältnismäßig viel.

"Was ist los mit dir? Hast du nichts mehr zu sagen?", sagte Julien aggressiv, als er in den Türrahmen des Badezimmer trat.

"Doch Julien, habe ich", antwortete er ruhig, während er sich vorsichtig das Gesicht abtrocknete. Sein bester Freund verschränkte die Arme vor der Brust und hob eine Augenbraue.

Das Handtuch an seine Schläfe haltend, lehnte Justin sich an das Waschbecken. Seine Füße überkreuzte er an den Knöcheln und musterte seinen aufgebrachten Freund eingehend.

"Irgendwann wirst du eine Frau treffen, die genau das für dich ist, was Candy für mich ist. Sie ist besser als jeder einzelne Sonnenaufgang, den wir nach unseren gemeinsamen Partynächten vom Balkon aus gesehen haben. Sie ist besser als der Sternenhimmel, den wir damals zusammen in Grönland gesehen haben. Sie ist perfekt, verstehst du das nicht, Julien? Ich liebe sie. Sie ist mein Leben. Ohne sie bin ich nichts. Was zuvor schwarzweiß war, ist jetzt farbig. Sie ist es, die mein Leben lebenswert macht."

"Sie ist es, für die du gerade 25 Jahre Freundschaft riskierst!", blaffte Julien scharf.

Nein, er verstand es einfach nicht. Wie auch, wo er sein Glück, seine Candy, noch nicht gefunden hatte. Traurig schüttelte Justin den Kopf.

"Nein, Julien. Du bist es, der gerade unsere Freundschaft riskiert. Ich liebe sie. Wir gehören zusammen. Entweder du kannst das akzeptieren, oder wir werden in Zukunft getrennte Wegen gehen. Ich liebe dich, Julien, wie einen Bruder, aber Candy ist mein Leben."

Julien starrte ihn ungläubig mit großen Augen an. Justin schnappte sich eine große Sonnenbrille von der Ablage über dem Waschbecken und lief dann zur Tür.

"Denk mal drüber nach, Kumpel", sagte er, klopfte Julien im Vorbeigehen auf die Schulter und ging Richtung Wohnungstür.

"Das war's? Du lässt mich hier einfach so stehen?", rief Julien ihm nach und klang dabei fast ein wenig verzweifelt.

"Ich muss mein Mädchen suchen, Julien. Wenn sie will, kommen wir zurück", sagte er und hörte gerade noch Juliens: "WENN SIE WILL??", ehe er die Tür hinter sich ins Schloss zog.

Oh nein, Julien hatte nichts verstanden!

Vor dem Gebäude angekommen, zog er tief die kalte Oktoberluft in seine Lungen.

Fuck!

Wie hatte sein Leben in so wenigen Minuten eine so beschissene Wendung nehmen können?

Wohin könnte sie gegangen sein? Bestimmt nirgendwohin, wo viele Menschen sind. Sie war so durch den Wind gewesen, dass sie Ruhe brauchte, um das Chaos zu sortieren. Leider machte das die Auswahl nicht wesentlich kleiner.

Schon vor zwei Wochen hatte er sich fest vorgenommen, ihr endlich ein Handy zu besorgen. Jetzt verfluchte er sich, dass er es immer noch nicht getan hatte.

Scheiße!

So musste er vollkommen planlos vor dem Appartementkomplex stehen und überlegen, wo zum Teufel sie sein könnte.

Die Hände tief in den Taschen seiner Lederjacke vergraben, lief er die Straße entlang. Auf dem Campus war sie nirgends zu sehen. In einem nahe gelegenen Park, wo sie sich von Zeit zu Zeit gerne aufhielt, fand er sie auch nicht. Sogar in *Netti's Diner* versuchte er es. Wieder kein Glück.

Er war bereits über eine Stunde unterwegs und ging gerade am Hudson-River entlang, als er sie auf einer Bank sitzen sah.

Sie hatte die Beine angezogen und ihr Kinn darauf gebettet. Ihr Blick war stur aufs Wasser gerichtet. In ihren Augen lag eine Traurigkeit, die er selten im Blick eines Menschen gesehen hatte. Voller Trauer und Schmerz.

Er blieb einige Minuten so stehen. Betrachtete die schöne Frau, die in diesem Moment unglaublich gebrochen wirkte.

Der raue Wind zerrte an ihren Haaren und trieb eine einzelne Träne aus ihrem Augenwinkel.

Langsam ging er zu ihr und ließ sich neben ihr auf die Bank sinken.

"Hey", sagte er vorsichtig. Sie antwortete nicht, aber das hatte er auch nicht erwartet.

"Das mit Julien ist ein wenig aus dem Ruder gelaufen ...

es ist wirklich alles in Ordnung, Candy. Es ist nichts passiert, okay?"

"Allein, weil du behauptest, alles sei in Ordnung und nichts sei passiert, obwohl dir Blut über dein Gesicht gelaufen ist, ist schon krank genug, um nie wieder ein Wort mit einem von euch beiden zu wechseln", sagte sie leise.

Leise ... fuck!

"Candy, lass es mich dir erklären. Ich hab ihm was versprochen und nicht gehalten, da ist er ein bisschen ausgetickt. Klar, vielleicht ein bisschen übertrieben, aber es war gerade auch einfach eine echt blöde Situation. Unter anderen Umständen wäre es gar nicht so weit gekommen", sagte er flehentlich und wandte ihr seinen Oberkörper zu.

Die Sonnenbrille wollte er ungern nach oben schieben, da sie die Wunde ein wenig verdeckte, aber langsam wurde es düster und er durfte keine ihrer Gefühlsregungen verpassen. Sie sah ihn sowieso nicht an. Sah immer noch aufs Wasser.

Also nahm er sie ab und steckte sie in die Tasche seiner Jacke.

"Und was sollte bitte wichtig genug sein, um sich die Schädel einzuschlagen?", fauchte sie.

"Du." Nach diesem Geständnis flog ihr Kopf herum. Sie starrte ihn mit offenem Mund an.

So gern hätte er sie jetzt einfach in seine Arme gezogen, doch er war sich sicher, dass sie es in diesem Moment niemals zugelassen hätte.

"Sieh mal, Julien war ... oder ist ziemlich scharf auf dich und er hat mich gebeten, dich in Ruhe zu lassen. Ich hab's versucht, Candy, wirklich. Aber dann war da diese Party und dieser Kuss und dann gab es einfach kein Zurück mehr. Ich wollte dich. Von dem Moment an, in dem du in diesem furchtbaren rosa Ungetüm auf meinem Sofa gesessen hast. Jede verdammte Minute, die wir zusammen verbracht haben, bin ich dir mehr verfallen."

"Ich habe nicht erwartet, dass Julien mich auf Sex

reduziert", sagte sie und klang ein klein wenig gekränkt.

Klar, selektives Hören ... seine Liebeserklärung hatte sie einfach gekonnt überhört. Hatte sie in Julien doch mehr gesehen als einen Freund?

"Verdammte Scheiße, wie habe ich mich nur so in einem Menschen täuschen können. Von wegen perfekter Mitbewohner. Schwanzgesteuert und gewaltbereit. Vielen Dank auch", murmelte sie dann.

"Hey, Julien ist kein übler Kerl. Die Situation war einfach ein wenig ungünstig. Ich denke, uns so auf dem Boden zu finden, war vielleicht nicht der optimale Willkommensgruß", versuchte er seinen Freund in Schutz zu nehmen.

"Genau und deshalb ist es auch völlig in Ordnung. Wenn wir das nächste Mal Sex haben, rammt er dir ein Messer in den Rücken. Ist ja dann auch legitim. Wäre für ihn ja auch eine blöde Situation", antwortete sie sarkastisch.

"Übertreib nicht, Candy!", sagte er verzweifelt, weil diese Situation total verfahren war. Ihr Blick trübte sich, dann wandte sie sich wieder dem Wasser zu.

"Ich übertreibe bei Gott nicht, Justin. Ich habe Menschen an so etwas zugrunde gehen sehen. Ohne mich."

Er fühlte sich grauenvoll. In die Ecke gedrängt, als müsse er eine Entscheidung treffen. Obwohl sie schon lang gefallen war.

Wirklich wahr haben wollte er es nicht. Er wollte seinen besten Freund nicht verlieren, aber ein Leben ohne Candy kam definitiv nicht in Frage.

"Okay. Dann suchen wir uns jetzt erst einmal ein Hotel und gleich morgen dann eine neue Wohnung", sagte er schließlich und konnte die Trauer in seiner Stimme nicht verbergen.

"Du brauchst nicht mit mir zu gehen, J", sagte sie leise und ihre Stimme klang gepresst.

"Falsch, ich kann nirgends mehr ohne dich sein", gab

er mit Nachdruck zurück.

"Geh zurück zu deinem besten Freund, Justin", antwortete sie leise und legte ihre Wange, ihr trauriges Gesicht ihm zugewandt, auf ihren Knien ab.

"Ich *bin* bei ihm. Verstehst du mich nicht, oder willst du mich nicht verstehen, Candy? Du bist alles, was ich brauche. Mein bester Freund, meine Liebe, meine Zukunft, mein Leben. Wenn du gehst, werde ich untergehen", flüsterte er.

"Ich kann dir nicht geben, was du brauchst." Tränen standen in ihren Augen und wieder dieser Schmerz, den er schon zuvor gesehen hatte.

"Das tust du bereits", beteuerte er und legte seine Hand auf ihre Wange.

Mit seinem Daumen versuchte er, ihre Tränen aufzufangen. Vergeblich, denn es kamen immer mehr.

CANDY

Es war schlichtweg nicht möglich. Sie war einfach nicht fähig, zu gehen. Er war bereits viel zu weit in ihr Herz vorgedrungen.

Sie liebte ihn. Genug, um zu wissen, dass sie gehen sollte, bevor sie auch sein Leben zerstörte. Zu sehr, um es wirklich zu tun.

Aber zumindest das eine konnte sie für ihn tun. Bis die in ihren Augen unvermeidliche Trennung kam, konnte sie sich zusammenreißen und Julien ertragen. Sie wollte nicht der Grund sein, dass diese langjährige Freundschaft den Bach hinab ging. Und Justin am Ende allein da stand.

"Ich liebe dich", flüsterte er und streichelte weiter ihre Wange.

"Es wäre besser, wenn ich es nicht täte", gab sie zurück, ließ ihre Beine los und ließ sich von ihm in die Arme ziehen.

"Nein. Niemals", murmelte er dicht an ihrem Ohr und drückte sie so fest an sich, dass es weh tat.

Sie sagte nichts, denn sie spürte die gleiche Verzweiflung und drückte ihn ebenfalls mit aller Kraft an sich.

Es wurde bereits dunkel und ihre Hände waren schon ganz steif vor Kälte, also sagte sie: "Lass uns nach Hause gehen."

"Du musst das nicht tun, Kleines."

"Ich will es." Das *für dich* ließ sie aus, sah aber, dass er es auch so wusste.

"Okay, wo sind die Einkäufe?"

"Ich war nicht, ich stand im Laden, da fiel mir auf, dass ich gar keine Geldbörse mitgenommen hatte. Und dann ... naja..."

"Ah ja, macht Sinn, deshalb warst du so schnell zurück."

"Konnte ja nicht ahnen, was ihr vorhabt."

"Ich auch nicht und es wird auch nicht mehr vorkommen, versprochen, Babe", sagte er, als sie sich auf den Weg zur Wohnung machten.

Auch wenn Justin ihr immer und immer wieder versicherte, dass es nur Juliens erste Wut war, die ihn so aggressiv reagieren ließ, so war es ihr doch nicht wohl bei dem Gedanken, Julien gegenüber zu treten.

Justin hielt sie bei der Hand und ihre Finger waren in einander verschlungen, als er die Tür aufschloss.

"Zurück?", fragte Julien spitz vom Sofa aus.

"Lass es", knurrte Justin gleich darauf.

Oje ... das kann niemals gut gehen.

"Ich geh gleich ins Bett. Hab morgen Frühschicht in *Netti's Diner*", murmelte sie.

"Ich komm gleich nach", sagte Justin und drückte ihr einen Kuss auf die Stirn.

Schnell eilte sie ins Schlafzimmer und raffte ihre Klamotten zusammen. Dann machte sie sich auf ins Bad. Sie spürte Juliens Blick im Rücken und wusste genau, dass dieses Thema für ihn noch lange nicht abgeschlossen war.

"... sprich nicht so über sie. Es ist verdammt nochmal mein Ernst, Julien", hörte sie ihn drohen, als sie das Badezimmer verließ.

Die Spannung im Raum war beinahe greifbar. Schnell schlüpfte sie ins Schlafzimmer und hörte gerade noch Justins Seufzen, ehe sie die Tür hinter sich ins Schloss zog. Sie konnte ihn verstehen. Für ihn musste diese ganze Situation unerträglich sein.

Einige Minuten später stieg er zu ihr ins Bett und schmiegte sich von hinten an sie.

"Das wird schon", murmelte er und küsste dann ihren Nacken.

Glaube ich nicht ...

Justin schlief irgendwann ein, doch ihre Gedanken drehten sich einfach zu schnell, um Schlaf zu finden.

Auch Julien war noch lange auf, sie hörte, wie er sich in der Wohnung bewegte.

Als auch er sich irgendwann ins Bett begab, fiel Candy in einen unruhigen Schlaf.

16 *IS THERE ANY WAY?*

CADNY

"Bleib noch ein bisschen mit mir liegen", murmelte Justin wie so oft schlaftrunken und hielt sie einfach an seine Brust gedrückt. Tja, Aufstehen war nicht gerade seine Paradedisziplin.

"Ich kann nicht, J, Frühschicht, schon vergessen?", fragte sie sanft und drückte einen Kuss auf seine nackte Brust.

"Wann hörst du auf, da zu arbeiten. Ich will dich nicht so oft teilen", sagte er und gähnte herzhaft, ohne sie loszulassen.

"Wenn ich mit meinem richtigen Job beginne", sagte sie lächelnd. Er war total süß, wenn er noch so verschlafen war.

Süß ... dass ausgerechnet sie dieses Wort jemals gebrauchen würde, obwohl sie es so hasste, hätte sie auch nicht gedacht.

"Ich könnte für uns beide arbeiten, dann müsste ich dich nicht teilen", gab er zurück.

"Nein", sagte sie rigoros. Niemals würde sie sich von einem Mann aushalten lassen. Niemals würde sie sich in eine Abhängigkeit begeben, wie ihre Mum es immer wieder tat.

"Du bist so stur und nimmst dafür sogar diese alberne Schleife in kauf", sagte er grinsend und rollte sich auf sie. Er stützte seinen Oberkörper auf den Unterarmen ab und lächelte auf sie hinab.

"Oh Gott, erinnere mich nicht daran! Mir graut schon vor Netti's nächstem genialen Einfall!", sagte sie und schloss stöhnend die Augen

"Du wirst süß aussehen, egal was sie dir anzieht."

"Das ist das Letzte, was ich will", sagte sie ernst. Sein Lächeln trübte sich ein wenig, dann beugte er sich zu ihr und gab ihr einen sanften Kuss.

"Ich hüpf schnell unter die Dusche, dann mach ich uns Frühstück, während du dich duschst, okay?"

Sie nickte und er stand auf. Julien schlief wohl noch, zumindest ließ er sich nicht blicken, bis sie das Haus verließen.

Mrs. Campel hatte keine neuen Einfälle im Gepäck. Ob das gut oder schlecht war, war sie sich nicht ganz sicher. Denn so musste sie weiterhin diese affige Uniform mit der rosa Riesenschleife tragen.

Es war wenig los und sie war froh, dass Justin ihr Gesellschaft leistete. Andernfalls wäre der Tag wohl überhaupt nicht vergangen.

"Hey, was hältst du davon, wenn wir heute Abend ausgehen? Wir könnten Julien mitnehmen und versuchen, die Wogen ein wenig zu glätten?", schlug er gegen Mittag vor.

Candy war nicht davon überzeugt, dass das eine gute Idee war. Aggression und Alkohol vertrugen sich in der Regel nicht sonderlich gut.

Und doch nickte sie. Die beiden sollten sich versöhnen. Sie würde sich einfach ein wenig zurückhalten. Einen Drink, dann konnte sie sich auf die Tanzfläche zurückziehen.

"Irgendwo hin, wo ich tanzen kann?", fragte sie deshalb. So konnte sie sich über Stunden beschäftigten, während die beiden sich vertrugen.

"Klar wenn du willst. Julien kennt den Besitzer vom Chase Club, da kommen wir sogar in den VIP Bereich", sagte er und seine Augen blitzen dabei.

"Ach ja, dein Stammclub. Soll ich deine Groupies fragen, ob sie mit wollen?", fragte sie und lachte laut auf, als er angewidert das Gesicht verzog.

Dann rief die Arbeit und Candy bediente die Neuankömmlinge. Am Rande bekam sie mit, wie Justin mit seinem Freund telefonierte.

Erst klang er noch begeistert, dann trübte sich seine Laune ein wenig. Ja, auch für Julien war noch nicht alles gegessen.

Auf dem Weg nach Hause hielten sie in einem Telefonshop. Justin bestand darauf, dass sie ein Handy bekam. Candy sah nicht ein, Geld für etwas auszugeben, das sie nicht benötigte, wollte aber auch nicht, dass Justin es ihr schenkte.

Nach einer nervenaufreibenden 20-Minuten-Diskussion, mit der sie den gesamten Laden samt Personal unterhielten, einigten sie sich darauf, dass Justin es kaufte und ihr auf unbestimmte Zeit lieh. Nicht Candys präferierte Lösung, aber die beste, auf die sie sich einigen konnten.

Als sie dann am frühen Nachmittag zurück in die Wohnung kamen, war Julien nicht zuhause. Gut so. Ihr Magen hatte sich bei dem Gedanken an ein Aufeinandertreffen schon zusammen gezogen

Gegen acht begannen sie, sich fertig zu machen. Erst Justin, dann sie, weil sie doch deutlich länger im Bad benötigte.

"Bist du bald fertig? Ich muss hier rein", maulte Julien von der anderen Seite der Badezimmertür aus.

Candy zuckte zusammen. Sie hatte Julien nicht kommen hören. Schnell raffte sie Kajal und Wimperntusche, die ihr zu ihrem vollständigen Make-up noch fehlten, und verließ das Bad. Sie konnte sich genauso gut vor dem Spiegel im Flur fertig schminken.

Justin quittierte ihre Flucht mit einer hochgezogenen Augenbraue, aber Candy wollte einfach keinen Ärger provozieren.

Sie trug einen schwarzen Minirock, Stilettos und ein schwarz-weiß gemustertes Longsleeve, weil Weiß im Schwarzlicht einfach immer super aussah.

Als sie ihre Smokey Eyes fertig hatte, trat sie vor Justin, der sie mit anerkennendem Blick musterte. Sie wollte ihm gefallen und mochte es, dass er sie begehrte.

"Du siehst heiß aus, Babe", sagte er rau und streckte ihr die Hände entgegen. Sie ergriff sie und ließ sich rittlings auf seinen Schoß ziehen. Seine Hände griffen unverzüglich nach ihrem Po und pressten sie gegen seine beginnende Erektion.

"Hoffentlich kommen wir in den VIP Bereich, sonst kann ich dich keine Sekunde aus den Augen lassen", sagte er rau.

Dann schob er seine Hände unter ihren Rock. Als seine Finger ihren nackten Po berührten, stockten seine Bewegungen. Sie musterte ihn mit schief gelegtem Kopf. Zu gerne wüsste sie, was gerade in seinem Kopf vor sich ging.

Sein Blick war ungläubig und fast ein wenig ängstlich. Dabei war sie fest davon ausgegangen, dass ihr String ihm gefallen würde. Sein Körper sprach eine andere Sprache als sein Blick. Sie spürte an ihrer Mitte, dass seine Erektion noch weiter wuchs.

"Gott, wie kannst du mir das antun", raunte er und krallte sich in ihren Pobacken fest. Es tat ein wenig weh, doch der Schmerz zuckte sofort als Erregung durch ihre Klit. Sie liebte es, wenn er sich so an ihr festkrallte und sich an sie presste.

Dann streckte er seine Finger zu ihrer Mitte und entspannte sich ein klein wenig.

"Gott sei Dank", hauchte er und streichelte sie durch den String.

"Was?", fragte sie und presste ihre Klit gegen seine Erektion. Seine Finger trieben sie in den Wahnsinn.

"Ich hätte es nicht ertragen, zu wissen, dass du nichts unter diesem Rock trägst", flüsterte er und sein Griff wurde wieder drängender.

Nichts? Sie kam sich so schon ziemlich verrucht vor!

"Aber es wird auch so schon schwer genug", sagte er, beugte sich vor und küsste sie hart. Sie war kurz davor, das Ausgehen abzusagen und ihn sofort in ihr Bett zu zerren, als Juliens scharfe Stimme den Raum durchschnitt.

"Du erinnerst dich aber noch an die Regel bezüglich Sex auf diesem Sofa, Justin? Denk bitte an die widerlichen Flecken auf dem Letzten, bevor du dieses einsaust."

Bäh! Effektiver Stimmungskiller.

Langsam zog Justin seine Hände unter ihrem Rock hervor und sah sie vorsichtig von unten herauf an.

Er konnte wirklich süß schauen, wenn er Ärger erwartete.

Ein bisschen wie ein Welpe. ... schon wieder süß ... pass auf deinen Wortschatz auf, Candy!, ermahnte sie sich selbst.

Sie lächelte ihn beschwichtigend an. Wegen dem, was er in der Vergangenheit getrieben hatte, würde sie ihn bestimmt nicht verurteilen. Er entspannte sich sofort, half ihr erst beim Aufstehen und dann in ihre Jacke.

Unter Juliens kritischen Blicken hob er ihr gentlemanlike die Tür auf und legte ihr dann einen Arm um die Taille.

Sie gingen zu Fuß, da der Club nicht allzu weit entfernt war. Die Warteschlange kam ihr endlos vor, doch statt sich an diesem kalten Abend bei den Partygängern anzustellen, gingen sie schnurstracks vorbei.

"Hey Hightower!", grüßte Julien den farbigen Türsteher im Format einer ganzen Schrankwand. Ein zweiter Hüne stand an die Wand des Clubs gelehnt und unterhielt sich mit einem kleinen schwarzhaarigen Mädchen im Gothicstil, das bei weitem nicht alt genug für eine Club wie diesen aussah.

Dennoch lachte der Türsteher nur, ließ sich ein Küsschen auf die Wange geben und ließ sie hinein.

Die 100 Wartenden in der Schlange, die viel eher in den Club gehören würden, mussten sich weiter die Füße in den Bauch stehen.

Auch Justin begrüßte die Türsteher und stellte Candy knapp vor. Nach einer kurzen Musterung wurden sie anstandslos vorbeigelassen.

Der Eingangsbereich war in Schwarz und Rot gehalten. Die Musik war hier noch nicht allzu laut, aber der Bass vibrierte bereits im Boden. Sie gaben ihre Jacken an der Garderobe ab, dann dirigierte Justin sie mit seiner Hand an ihrem unteren Rücken durch die Tür, die in den Hauptteil führte.

Der Club war bereits auf den ersten Blick der Wahnsinn! Sie kamen in eine Art verspiegelten Vorraum, von dem aus man durch große Torbögen die drei Floors mit den unterschiedlichsten Musikrichtungen einsehen konnte.

Julien ging vorweg und Justin schob sie sofort hinter ihm her, durch den Eingang in den linken Floor. Hier war die Musik genau ihr Geschmack. HipHop, R'n'B, Black Soul. *Perfekt!* Die bunten Lichter zuckten über die tanzende Menge und erhellten immer wieder einzelne Gesichter.

Sie mussten sich links an der Tanzfläche vorbeidrücken und kamen dann zum VIP Bereich. Er lag etwas erhöht, sodass man den perfekten Überblick über die komplette Tanzfläche hatte.

Julien sprach kurz mit einem der Sicherheitsmänner, die die Stufen hinauf bewachten, und zeigte dann eine Karte aus seinem Portmonee vor.

Er deutete auf sie und sagte noch einmal etwas, dann trat der Mann beiseite und ließ sie hinauf steigen.

Candy war unheimlich aufgeregt. Noch nie war sie in einer VIP-Lounge gewesen. Im hinteren Teil standen viele bequem aussehende Sofas und niedrige Beistelltische für die Getränke. Diese wurden hier sogar von beinahe nackten Kellnerinnen serviert.

Gleich rechts gab es eine separate Bar. Die Treppe, über die sie hoch gekommen waren, führte auf eine kleine Tanzfläche, auf der mehr oder weniger bekleidete Frauen sehr aufreizend tanzten.

Auf den Sofas saßen lauter Männer, im Schnitt ungefähr Anfang dreißig. Sie sahen allesamt aus wie eine Kreuzung aus Model, Türsteher und Geschäftsmann.

Viele knapp gekleidete, junge, schöne Frauen schwirrten um sie herum. Alles in allem fand sie das Schauspiel ein wenig grotesk.

Julien steuerte zielsicher auf die Männer zu und Justin schob sie einfach weiter hinter ihm her. Sie begrüßten einander und einige der Männer nickten auch ihr grüßend zu. Obwohl Candy das Gefühl hatte, eher als Ware anstatt als menschliches Wesen betrachtet zu werden.

Aus der Nähe war dieses ganze Schauspiel nur noch seltsamer. Die Art, wie einige der Frauen auf einem Schoß platziert waren, erinnerte Candy an ihre Kindheit.

Wie Deko dasitzen, brav und süß sein, gefallen ... ekelhaft.

Sie konnte sich gerade noch beherrschen, sich nicht vor lauter Ekel zu schütteln. Als Justin sie genauso saudämlich auf seinen Schoß zog, hätte sie ihm beinahe eine geknallt. Er bemerkte seinen Fehler wohl gleich an ihrer Körperhaltung.

"Hey, ich wollte nur, dass sie wissen, dass du mir gehörst", sagte er, als würde das irgendwas besser machen!

Sie sah ihm fest in die Augen, damit er auch wirklich verstand, wie ernst es ihr war. Dann fauchte sie: "Ich gehöre dir nicht, Justin. Ich gehöre nur mir selbst. Und jetzt gehe ich, nur mit mir selbst tanzen."

Damit stand sie auf und ging zurück nach vorn auf die Tanzfläche, um zu tun, was sie sowieso für diesen Abend geplant hatte. Sie ärgerte sich über Justins Gehabe und sogar ein klein wenig über das der anderen Männer am Tisch.

JUSITN

Autsch!

Die zuerst befürchtete Ohrfeige wäre nicht schmerzhafter gewesen.

"Wow, das Kätzchen hat Krallen!", sagte Logan, einer der Kumpel von Juliens Bruder.

"Oh ja, hat sie", murmelte er.

"Warum tust du dir das dann an?", fragte Julien scharf.

Ja, er hatte durchaus mitbekommen, dass die Sache für Julien noch nicht vom Tisch war, aber irgendwie war er in der Hoffnung, dass Julien es noch einsehen würde.

"Hab's dir bereits erklärt, Julien. Ich liebe sie. Egal, ob sie faucht oder Krallen hat oder was auch immer."

"Gib's auf, kleiner Bruder, wer diese Krankheit einmal hat, wird sie nicht mehr los. Ist unheilbar, hab ich jetzt schon mehrfach gesehen", mischt sich nun auch Juliens Bruder Mat in die Unterhaltung mit ein.

"Mit wem tanzt sie da?", fragte Julien dann und sah neugierig zur Tanzfläche.

"Was zum Teufel macht Trish schon wieder hier?", knurrte Logan von der andere Seite.

"Trish?", fragte Julien und reckte neugierig den Kopf, um etwas zu erkennen.

Auch Justin versuchte zu erkennen, um wen es sich drehte. Eine junge Frau, maximal Anfang 20, mit kurzen, caramellfarbenen Korkenzieherlocken, tanzte mit Candy.

"Schlag sie dir gleich aus dem Kopf, Julien. Das ist Chris kleine Schwester und damit Tabu", war Logans einziger Kommentar.

Justin hatte bereits keine Augen mehr für Trish. Seine hatten sich bereits an Candys wiegenden Hüften festgesaugt.

Verdammte Scheiße, ihr Arsch sah einfach zum Anbeißen aus in diesem knappen Faltenröckchen. Seine Handflächen prickelten bei dem Gedanken daran, wie sich ihr Po angefühlt hatte. Er wollte mehr, brauchte mehr.

"Mund zu, du sabberst", sagte Julien, aber ohne den üblichen Witz in der Stimme.

"Gott, die hat dich ja total eingewickelt! Ist sie so der Hammer im Bett?", fuhr er fort.

"Julien lass es, wirklich. Ich liebe sie, Ende der Diskussion!", knurrte Justin und starrte seinem besten Freund in die Augen, bis dieser zögerlich nickte.

Sie saßen eine ganze Zeitlang schweigend nebeneinander. Das hatten sie auch früher schon getan, aber heute war das Schweigen unangenehm. Drückend, als würde ein schweres Gewicht auf ihrer Freundschaft liegen.

Als Julien sich wieder anderen Gesprächen zuwandte, konzentrierte Justin sich vollkommen auf Candy. Wie von selbst stellten sich seine Augen und sogar seine Gedanken auf Tunnelblick.

Alles, was zählte, war diese herrliche Frau, die sich so perfekt zum Rhythmus der Musik bewegte. Ihre schmalen Hüften schwangen dynamisch von links nach rechts und zogen seinen Blick zurück auf ihren süßen, kleinen Po. Die Falten des Rockes peitschen bei jedem Hüftschwung und schmiegten sich an ihre herrlichen Rundungen.

Erinnerungen daran, wie er sie vor dem Fenster genommen hatte, blitzen in seinem Gedächtnis auf. Er sah sie genau vor sich, den Bademantel über die Hüften nach oben geschoben.

Heilige Scheiße!

Er griff sich in den Schritt, um sein bestes Stück so zu platzieren, dass es keinen dauerhaften Schaden erleiden musste.

"Gott, das ist total krank, Alter!", brummte Julien neben ihm und betrachtete ihn mit einer hochgezogenen Augenbraue.

"Nein, das ist der Hammer! Glaub mir!", antwortete

Justin, während er schon aufstand. Er konnte einfach nicht länger hier sitzen bleiben. Er musste zu ihr. Sie bei sich haben, sie fühlen.

Er steuerte direkt auf sie zu, stellte sich hinter sie und zog sie mit einem Ruck an seine Brust. Er schlang seine Arme um ihre Taille und senkte seinen Mund an ihr Ohr.

"Scheiße, Kleines, du bist so verdammt heiß!", raunte er ihr zu und spürte, wie sie leicht erschauderte. Er presste seinen steinharten Schwanz an ihren Po, ließ sie spüren, wie scharf sie ihn machte.

Ihre Hüften nahmen den Takt der Musik wieder auf und rieben mit jedem Schwung über seinen schon schmerzhaft steifen Schaft.

Er ließ eine Hand nach oben wandern, bis sie knapp unter ihrer Brust zum Liegen kam. Immer wieder streiften seine Finger dabei die Unterseiten ihrer Brüste.

Seine zweite Hand ließ er tiefer wandern, bis sie knapp über ihrem Venushügel lag. Genau da presste er sie an sich und genoss das Keuchen, das ihr entfuhr.

"Du bist schon nass für mich, Babe, stimmt's?", raunte er ihr zu und leckte dann über ihr Ohrläppchen.

Er spürte, wie ihre Atmung sich beschleunigte. Genoss es zu wissen, dass er es war, der sie so anturnte.

"Ich würde dich jetzt so gern ficken", sagte er abgehackt und schob seine Hand noch tiefer.

Er musste fühlen, wie bereit sie für ihn war, auch wenn das ihn selbst wahrscheinlich noch verrückter machen würde. Eine Hand schob er auf ihren Oberschenkel und von dort aus unter ihren kurzen Rock. Allein von dem Gedanken an ihre heiße Nässe zuckte sein Schwanz bereits in seiner Hose.

Kurz bevor er sein Ziel erreichte, stoppte sie ihn mit ihrer Hand an seinem Unterarm.

Fuck! Nein, bitte nicht!, jammerte er innerlich und atmete einmal kräftig durch.

"Nach Hause. Jetzt!", sagte sie und machte sich von ihm los. Innerlich dankte er Gott für diese Frau, er hätte es auf keinen Fall noch mehrere Stunden hier ausgehalten, bis sie mit dem Tanzen fertig gewesen wäre, wie er es schon mehr als einmal bei anderen Frauen erlebt hatte.

Er winkte nur knapp in die Runde und schob sie dann eilends vor sich her durch den Club. Die Finger ineinander verschlungen, eilten sie zurück nach Hause. Sie schienen es beide gleich eilig zu haben, endlich zurück in ihre eigenen vier Wände zu kommen.

Vor der Tür angekommen, schmiegte Candy sich von hinten an ihn, während er versuchte, sie aufzuschließen. Sein Wohnungsschlüssel wäre ihm beinahe aus den Händen gefallen, so sehr lenkten Candys kleine Hände an seiner Gürtelschnalle ihn ab.

Gerade als das Schloss klackte, trafen ihre Finger auf seinen Schwanz und Justin stöhnte laut auf. Mit einem Ruck zog er sie mit hinein und presste sie neben der Tür an die Wand.

Er küsste sie stürmisch. Leidenschaftlich. Konnte einfach nicht genug von ihr bekommen. Ihre Fingernägel in seinem Nacken zu spüren, machte ihn verrückt. Er wollte sie. Brauchte sie. Jetzt!

Sie schien den gleichen Gedanken zu haben, denn als er seine Hände unter ihrem Rock in ihre nackten Arschbacken krallte, schlang sie sofort ihre Beine um seine Hüften. Sie stöhnte laut auf, als seine Finger sich fest in ihr weiches Fleisch gruben. Er streckte seine Finger zu ihrer Mitte.

"Fuck, nass. Klatschnass", keuchte er völlig von Sinnen. Er küsste sie noch heftiger und positionierte seinen Schwanz neben ihrem String, an ihrer Öffnung.

Schnell stieß er zu und warf dabei stöhnend den Kopf in den Nacken.

Verdammte Scheiße!

Sie fühlte sich einfach zu gut an.

Tiefer!, war sein einziger Gedanke, ehe er sich noch einmal zurück zog, um kurz darauf hart zu zustoßen.

Sie schrie auf und ließ ihren Kopf an seinen Hals fallen.

Er spürte ihr Zittern und ihre keuchenden Atemzüge.

"Du bist der absolute Hammer, Baby!", keuchte er und trieb sich dann einige Male schnell und hart in sie. Immer wieder ließ er dabei seine Finger zu ihrer Spalte wandern. Es fühlte sich einfach zu heiß an, wie er in sie glitt.

"J ...", jammerte sie.

"Ja ... ja", stöhnte er, nicht fähig, sich weiter zu artikulieren. Alles was er wollte, war einfach nur immer mehr von ihr.

"Nein, warte", raunte sie abgehackt. Sie hörte sich eindeutig nicht so an, als würde sie es ernst meinen, also hämmerte er immer weiter in sie. Genoss ihre Hitze. Ihre Enge. Ihre Nässe ...

"J ... Kondom ...", jammerte sie in seine Gedankengänge.

"Fuck!", murmelte er, konnte sich aber nicht mehr stoppen.

"Ich zieh ihn raus, Baby. Komm für mich", stöhnte er und steigerte das Tempo seiner Stöße. Wenige Minuten später kam sie. Stöhnend bog sie sich ihm entgegen. Ihre schönen Brüste zeichneten sich deutlich unter dem Shirt ab. Sie sah atemberaubend aus!

Immer weiter schob er sich in sie, trieb seinen eigenen Höhepunkt immer weiter voran.

Plötzlich ließ sie ihre Beine sinken.

Nein, nein, nein, flehte er innerlich. *Tu mir das nicht an, Süße!*

Doch dann ließ sie sich vor ihm auf die Knie sinken. Ihm stockte der Atem bei dem Gedanken, dass sie ihn jetzt tatsächlich mit ihrem hübschen Mund verwöhnen wollte.

Keuchend stützte er seine Unterarme an der Wand ab und sah zu ihr hinab.

Den Blickkontakt haltend, leckte sie einmal über die gesamte Länge, ehe ihre vollen Lippen seine Spitze umschlossen.

Laut stöhnend schloss er seine Augen. Anblick und

Empfindung zusammen waren eindeutig zu viel für ihn. Dann spürte er ihre Lippen an seinem Schaft auf und ab gleiten.

"Fuck, Baby", murmelte er und griff mit einer Hand in ihr Haar. Ihre Zunge umspielte ihn und immer wieder saugte sie fest an seiner Spitze.

Wie von selbst begannen seine Hüften sich zu bewegen. Wurden dabei immer schneller. Wollten ihn immer tiefer in ihren heißen Mund treiben.

Es war zu viel. Ihr Mund, ihre Zunge, ihre Hände und ihr Anblick, wie sie vor ihm kniete, um ihm zu geben, wonach er sich so sehr sehnte.

Das alles war einfach zu viel.

"Lass los, Babe, ich kann nicht mehr, ich komme", keuchte er und versuchte, sich ihr zu entziehen. Ihre Hände griffen nach seinem Hintern und sie hielt ihn fest, schob ihn sogar noch tiefer in sich.

"Scheiße!", knurrte er, verstärkte den Griff in ihren Haaren und schob sich so weit wie möglich in sie. Dann brach die Welle seines Orgasmus so heftig über ihm zusammen, dass ihm beinahe die Knie weg geknickt wären. Seine Haut kribbelte an seinem gesamten Körper und die Schübe seines Ergusses durchfuhren ihn ein ums andere Mal. Sie ließ nicht von ihm ab und gab ihm mehr, als er je erwartet hätte.

Nur langsam konnte er seinen Griff aus ihren Haaren lösen. Dann sank er vor ihr auf die Knie. Sie sah etwas mitgenommen aus und doch sogar noch schöner als jemals zuvor. Ihre Augen wirkten ein klein wenig glasig. Ihre Lippen standen ein Stückchen offen und glänzten feucht.

"Danke", hauchte er, umfasste ihre Wangen und küsste sie innig.

Sie zögerte einen kleinen Moment, ließ dann aber los und küsste ihn genauso zärtlich.

"Ich liebe dich", raunte er, nachdem er sich wenige Zentimeter von ihren Lippen gelöst hatte. Wieder zögerte sie kurz. Ihre Lippen sahen weich und voll aus. Dann leckte sie einmal kurz darüber und flüsterte schließlich: "Ich liebe dich."

Es klang vorsichtig. Ein wenig ängstlich und zurückhaltend. Und doch war es so viel mehr, als er je zu hoffen gewagt hätte. Er zog sie wieder an sich und küsste sie sanft, ehe sie sich gemeinsam vom Boden aufrappelten und ins Bett gingen.

Als er dann endlich, nur in Shorts gekleidet, hinter ihr ins Bett schlüpfte, küsste er ihren Nacken.

Vielleicht würde doch noch alles gut werden. Vielleicht würde sie ihn doch an ihrer Seite akzeptieren können. Vielleicht hatten sie doch eine Chance. Vielleicht, vielleicht, vielleicht...

Sie atmete tief und gleichmäßig. Bereits nach wenigen Minuten in seinen Armen, war sie eingeschlafen.

"Ich liebe dich so sehr, Baby. Du bist das Beste, was mir je passiert ist", murmelte er an ihrer Haut und fiel schließlich selbst in einen tiefen, traumlosen Schlaf.

CANDY

An Schlaf war eigentlich nicht zu denken, doch um einem Gespräch zu entgehen, stellte sie sich schlafend.

Diesen riesigen Traummann im Rücken zu haben, hörte sich leichter an, als es war. Aber er war es, den sie wollte, und niemand hatte behauptet, dass es leicht sein musste.

Julien … ja, auch dieses Thema würde nicht leichter werden. Candy hatte seine Blicke den ganzen Abend über gespürt und auch die angespannte Atmosphäre zwischen den beiden Freunden war ihr nicht entgangen.

Sie hatte einfach versucht, sich abzulenken.

Trish war ihr dabei sehr gelegen gekommen. Sie war gerade mal 18 Jahre und konnte nur in den Club, weil er ihrem Bruder gehörte. Sie war quirlig, lebensfroh und eine verdammt gute Tänzerin.

Die Wohnungstür fiel lautstark ins Schloss. Justins

muskulöser Arm spannte sich sofort an und er zog sie sogar im Schlaf noch fester an sich.

Es war einfach ein schönes Gefühl beschützt und behütet zu werden. Zu wissen, dass Justin für sie da sein wollte.

Julien polterte im Bad und dann fiel endlich auch seine Schlafzimmertür ins Schloss. Diese ganze verdammte Situation war so verfahren!

In ihrem Nacken brummte Justin irgendetwas und legte dann eines seiner langen Beine über sie. Damit hatte er sie vollkommen gefangen genommen. Aber so fühlte es sich nicht an. Nicht gefangen genommen, sondern eingehüllt.

Ein kleines Lächeln breitete sich auf ihrem Gesicht aus. Sie schloss die Augen und schmiegte sich noch fester an seine Brust. Mit diesem herrlich warmen Gefühl schlief sie schließlich ein.

JUSTIN

Es gab auf der ganzen Welt kein besseres Gefühl, als mit Candy im Arm aufzuwachen!

Unter seinen kräftigen Gliedern wirkte sie klein und zerbrechlich. Ihre Haare lagen wirr auf dem Kissen und ihre schönen Gesichtszüge waren vollkommen entspannt. Sie sah aus wie ein Engel ... sein Engel.

Das dunkelblaue Hoody unterstrich ihren Teint und das schöne Blond ihrer Locken.

Er vergrub seine Nase in ihren Haaren und atmete ihren Duft tief ein.

"Was machst du da?", murmelte sie verschlafen und zog ihren Kopf zwischen die Schultern.

"An dir riechen. Guten Morgen, Kleines", flüsterte er. Jedes lautere Wort könnte diese unheimlich schöne Atmosphäre zerstören.

"Warum?", fragte sie und drehte sich in seinen Armen. Sie schmiegte ihr Gesicht an seine Brust und seufzte wohlig.

In ihrem Kopf mochte es vielleicht noch nicht angekommen sein, aber unterbewusst handelte sie genau so verknallt, wie er es war. Er schloss sie fester in die Arme, küsste sie auf ihren Scheitel und sagte: "Weil ich nicht genug von dir bekomme."

Er spürte ihr Lächeln an seiner nackten Haut.

"Zieh die Decke höher", murmelte sie dann und drückte ihm einen kleinen Kuss auf die Brust.

"Warum?"

"Lass uns die Welt noch ein wenig aussperren und genießen", flüsterte sie.

Hervorragende Idee!

Er zog die Decke über ihre Köpfe und seufzte wohlig.

Nach über einer Stunde begann Candys Magen zu knurren.

"Frühstück?"

"Nein, wenn wir ihn ignorieren, hört er bestimmt wieder auf!"

"Glaube ich nicht. Und du sollst mir schließlich nicht vom Fleisch fallen!", lachte er und zog die Decke zurück. Schwungvoll sprang er aus dem Bett und warf sich die quiekende Candy über die Schulter.

"Waaahhh, hör auf, hör auf, lass mich runter!", rief sie und schlug auf seinen Po ein. Ihre nackten Beine wackelten wild neben seinem Kopf. Leicht biss er sie in den nackten Oberschenkel, der so verführerisch seine Wange streifte.

Candys Quieken verstärkte sich dadurch nur noch. Lachend setzte er sie auf der Arbeitsplatte ab.

"Du bist verrückt!", rief sie lachend aus und schlug ihm leicht auf die Schulter.

"Geht's eigentlich noch lauter? Ich hab einen Kater und deine Stimme ist kaum zu ertragen", maulte Julien von der Tür aus. Die Stimmung schlug schlagartig um.

Fuck!

"Nimm eine Tablette oder ein Konterbier, anstatt

Ärger anzustiften!", blaffte er deshalb sofort zurück. Er wollte seine Zeit mit Candy genießen und nicht Juliens Launen ausbügeln.

"Ruhig, Brauner! Ich sag schon nichts über deine Prinzessin Lillyfee", gab Julien scharf zurück und stapfte zum Kühlschrank. Er schnappte sich ein Wasser und verließ die Küche.

Seufzend schüttelte Justin den Kopf. Dann spürte er Candys Hände an seinen Wangen, die seinen Blick zu ihrem zwangen. Sie legte ihren Kopf schräg, dann breitete sich ein Lächeln auf ihrem Gesicht aus.

"Du wolltest Prinzessin Candy was zu essen machen", sagte sie und nahm der Situation damit sämtliche Schärfe.

Dankbar lächelnd schob er sich zwischen ihre Beine. Er legte seine Hände auf ihre nackten Oberschenkel und küsste sie zärtlich auf die Unterlippe.

"Hab ich dir schon gesagt, dass du perfekt bist?", fragte er flüsternd. Ihr Lächeln wurde traurig.

"Ich bin alles andere als das, J", gab sie zurück, schlang ihre Arme um seinen Hals und zog ihn an sich.

Doch, das war sie, aber sie würde noch eine ganze Weile benötigen, bis sie ihm endlich glauben würde.

Als sie sich wieder von einander lösten, bereiteten sie schweigend das Frühstück zu. Es war eine angenehme Stille, einvernehmlich, ohne dass jemand etwas anderes erwartet hätte.

Sie aßen und zogen sich dann, ohne sich abstimmen zu müssen, ins Schlafzimmer zurück. Auf eine erneute Konfrontation konnten sie beide getrost verzichten.

Als sie gegen Abend noch einmal das Zimmer verließen, um auf die Jagd nach etwas Essbaren zu gehen, konnten sie Julien nirgendwo entdecken.

Am Montagmorgen wartete Julien bereits fertig angezogen im Wohnzimmer, als er mit Candy das Schlafzimmer verließ.

Julien hatte immer auf ihn gewartet und schien diese Tradition auch weiterhin zu pflegen. Ob das nach den vergangenen Tagen so optimal war, bezweifelte Justin, wollte Julien aber auch nicht abweisen. Seine Kiefer mahlten, als Candy nochmal kurz im Bad verschwand, aber er enthielt sich Gott sei Dank eines Kommentars.

Den Weg zur Uni in eisigem Schweigen zurückzulegen, war nichts, was Justin gern wiederholen wollte.

Candy schien sich genauso unwohl zu fühlen, denn sie versuchte immer wieder, sich aus seiner Umarmung zu befreien. Das konnte sie gleich vergessen. Er würde sie nirgendwo hingehen lassen. Sie hatte sich in sein Herz geschlichen und er würde sie ganz bestimmt nicht mehr verlieren wollen!

Julien wurde von allen Seiten stürmisch begrüßt. Mit seiner Rückkehr war das Dreamteam wieder zusammen ... nur dass es momentan ziemlich krachte zwischen ihnen.

Die angespannte Stimmung schien den meisten auch recht schnell aufzufallen und ihre Blicke sprachen Bände. Justin war mehr als froh, Candy in ihrem Unterricht absetzen zu können, da er bemerkte, wie schwer diese Situation für sie war.

Seinen Weg zu Candys Hörsaal, statt wie gewohnt zur Mensa, quittierte Julien mit einer hochgezogenen Augenbraue und einem abfälligen Schnauben.

Candy ließ sich auf ihren Platz gleiten und begann sofort, in ihrer Tasche zu wühlen. Aber so ganz ohne alles wollte er nicht gehen. Also legte er ihr einen Finger unters Kinn und zwang sie so, ihren Kopf in den Nacken zu legen. Genüsslich küsste er ihre schönen Lippen.

"So leicht kommst du mir nicht davon", sagte er lächelnd, als er seine Lippen von ihren gelöst hatte.

"Ich wollte nur dem Messer in deinem Rücken vorbeugen", gab sie zurück.

"Auch dieser Preis wäre nicht zu hoch, wenn ich dafür dich bekomme", flüsterte er und küsste sie erneut.

Er hörte das ein oder andere Seufzen der Mädchen, die

ihrer Unterhaltung gefolgt waren. Gern würde er bei ihr bleiben. Er konnte nur hoffen, dass diese Weiber Candy nicht allzu sehr quälen würden. Aber heute musste er sich ein wenig um Julien kümmern, um diese Situation zu entschärfen.

Als er sich von Candy verabschiedet hatte und zu ihm ging, sah Julien ihn angewidert an. *Shit!*

"Ist ihre Pussy eine Goldgrube oder was ist los mit dir?", feuerte Julien auch sogleich los, als sie den Flur betraten.

"Nur weil Candy nicht in der Nähe ist, heißt das noch lange nicht, dass du so über sie reden darfst, Julien. Ich meine es ernst!"

"Was zum Teufel ist los mit dir? Wie kann eine einzige Frau dich so an den Eiern haben?"

"Halt endlich deine verdammte Fresse! Ich liebe sie, mehr gibt es dazu nicht zu sagen!"

"Du solltest mal wieder eine andere vögeln, dann würde dein Verstand vielleicht auch wieder funktionieren!", sagte Julien abfällig, als sie ihren Raum erreichten.

Kopfschüttelnd ließ er sich auf seinen Platz fallen. Julien wurde sofort von ein paar Frauen aus ihrem Kurs umschwärmt und die ein oder andere spekulierte wohl darauf, dass er mit Wiedervereinigung des Dreamteams auch wieder im Spiel sei.

Falsch gedacht! Nachdem er auch die Vierte unsanft abgewiesen hatte, war der Rest endlich auch zu dem Entschluss gekommen, dass er es wirklich ernst meinte.

Juliens Blick wechselte von zornig zu abschätzig und irgendwann ignorierte er ihn komplett.

Fuck! Er wollte seinen besten Freund nicht verlieren, aber Candy gehen zu lassen, stand definitiv nicht zur Wahl!

CANDY

Julien begleitete sie, dem Himmel sei gedankt, nicht zurück in die Wohnung. Jede Minute mit ihm spannte Candys Nerven bis zum Zerreißen. Sie war sogar froh, zur Arbeit und ihrer dämlichen Uniform gehen zu können, weil ihr das ein paar Stunden außerhalb der Wohnung bescherte.

Der Dienstag entwickelte sich nicht besser, was sich langsam auch immer mehr auf ihre Beziehung zu Justin auswirkte. Er saß zwischen den Stühlen und versuchte, es jedem Recht zu machen. Obwohl Candy das nicht einmal von ihm erwartete.

Er distanzierte sich ein Stück weit von ihr und schien dann, wenn sie unter sich waren, alles auf einmal nachholen zu wollen. Das wiederum wurde ihr schnell zu bunt, weil er sie nahezu erdrückte.

Die Situation spitze sich immer weiter zu und ihre Stimmung übertrug sich Donnerstagmittag sogar auf den Rest ihres Tisches.

Schlussendlich eskalierte das Ganze in einer kleinen Schlägerei zwischen Cole und Brad, woraufhin sie sich eilends aus dem Staub machte.

Als sie von der Arbeit nach Hause kam, war von Julien weit und breit nichts zu sehen. Erleichtert atmete sie aus, sprang kurz unter die Dusche und schlief, physisch und psychisch vollkommen erschöpft, ein, noch bevor Justin zu ihr ins Bett gekrabbelt kam.

Dass er überhaupt gekommen war, bekam sie erst mit, als sie gegen Mitternacht aufwachte. Ihr Mund fühlte sich vollkommen ausgetrocknet an, sodass sie wohl oder übel aus dem Bett kriechen musste.

Barfuß in Justins Shorts und ihrem hellgrauen Hoody tapste sie in die Küche.

Gähnend band sie sich die Haare zu einem unordentlichen Knoten, wobei sie ihre Brille beinahe verloren hätte.

Sie hatte den Kopf gerade in den Kühlschrank gesteckt, um nach einem Wasser zu suchen, als sie Juliens Stimme hörte.

"Er hat recht. Du brauchst dich noch nicht mal herauszuputzen, um umwerfend auszusehen", sagte er leicht lallend.

Shit! Die kleine Plastikflasche mit dem Mineralwasser bereits in der Hand, richtete sie sich langsam auf.

"Warum bist du noch nicht im Bett, Julien?", fragte sie angespannt.

"Ich war noch aus. Wenn du aber vor hast, mir Gesellschaft zu leisten, begebe ich mich umgehend dort hin", sagte er und wirkte dabei irgendwie grausam.

"Bestimmt nicht, Julien!", sagte sie ernst.

Ihr Pulsschlag hatte sich bereits beschleunigt und als er jetzt langsam, wie ein Raubtier, auf sie zu kam, pumpte ihr Herz mit Maximalleistung.

"Ja, du stehst auf Justin, nicht wahr?", lallte er weiter. Sie wich rückwärts aus, bis sie in der Ecke der L-förmigen Küche angelangt war.

Ihre Hände umklammerten die Wasserflasche, als wäre diese ihr Rettungsring in dieser grauenhaften Situation.

"Was ist das nur zwischen euch beiden? Sag es mir, Süße."

Er stützte seine Hände links und rechts von ihr auf der Arbeitsplatte ab und beugte sich dabei unangenehm nah zu ihr. Sie roch den Gestank von Bier und Zigaretten in seinem Atem.

Seine Nähe, seine Worte und diese Gerüche ließen ihr die Galle hochkommen. Mühsam schluckte sie gegen den Brechreiz an. Dann packte er ihr Kinn und bog ihren Kopf so zurück, dass sie seinem Blick begegnen musste.

"Was ist los? Was zum Teufel machst du mit ihm, dass er sich so von mir und vom Rest der Welt abwendet?"

"Nimm sofort deine Hände von ihr, Julien, oder ich bring dich um!", knurrt Justin von der Küchentür aus.

Juliens Augen weiteten sich einen Augenblick lang.

Dann grinste er dreckig und drückte die Finger um ihren Kiefer fast schmerzhaft. Er ließ sie los und trat mit erhobenen Händen einen Schritt zurück, ehe er sich zu Justin umwandte.

"Wie jetzt, willst du den Ritter in schimmernder Rüstung spielen?", fragte er verächtlich und schob seine Daumen in die Schlaufen seiner Jeans

"Du bist sturzbetrunken, Julien!", zischte Justin und bebte dabei vor Wut.

Langsam schob sie sich hinter Julien vorbei und rannte, als sie aus seiner Reichweite war, direkt ins Badezimmer. Sie verschloss die Tür hinter sich und brach dann zitternd auf dem Fliesenboden zusammen.

Mit rasendem Herzen schlang sie ihre Arme um ihre angezogenen Knie und versuchte so, sich irgendwie zusammen zu halten.

Ihre Atmung ging schnell, abgehackt und unregelmäßig. Wieder fühlte sie das vertraute Gefühl, das sich wie ein tonnenschweres Gewicht auf ihrer Brust nieder ließ.

Du weißt, wie es besser wird, flüsterte ihr eine leise Stimme zu.

Du weißt, wie du es aufhalten kannst, sprach sie schon lauter weiter.

Mach schon, es wird dir besser gehen!

Komm schon, Candy. Tu's einfach.

Es tut doch sonst niemandem weh.

Gar nicht schlimm, hilf dir selbst.

Tu es.

TU ES!

Und wieder verlor sie den Kampf gegen sich selbst.

JUSTIN

"Wie konnte ich so jemanden wie dich nur je meinen Freund nennen!", brüllte Justin und stieß Julien grob vor die Brust.

"Bist du verrückt geworden? Wie kannst du mich nur wegen dieser Bitch so angehen!"

Zu viel ist zu viel!

Er holte aus und seine Faust krachte gleich darauf auf Juliens Mund. Seine Lippe platzte sofort auf und Blut floss über sein Kinn.

Er taumelte einige Schritte zurück und starrte ihn mit weit aufgerissen Augen an. Nur mühsam hielt Justin seinen Zorn im Zaum. Seine Arme zitterten vor Anspannung. Und die Knöchel seiner Fäuste traten weiß hervor. Warum konnte dieser verdammte Wichser nicht einfach seine Fresse halten?

"Das Maß ist voll, Julien! Ich will verdammt nochmal kein Wort mehr von dir hören! Ich bin hier raus! Ich will nichts mehr mit dir zu tun haben, Arschloch!", brüllte er schließlich und drehte sich mit immer noch geballten Fäusten um.

Er fühlte sich zum Zerreißen gespannt. Hätte am liebsten die ganze verdammte Wohnung zerstört. Dabei hätte er als erstes diesen Wichser, den er einmal als seinen besten Freund bezeichnet hatte, in Grund und Boden gestampft.

Auf irgendetwas einschlagen, nur um diese Spannung los zu werden.

Aber er wollte Candy nicht noch weiter belasten, nachdem Julien ihr schon so zugesetzt hatte.

"Was soll das heißen, du willst nichts mehr mit mir zu tun haben?", rief Julien hinter ihm und packte ihn kurz darauf an der Schulter.

Er wirbelte herum und schlug Juliens Hand beiseite. Dann stieß er ihn heftig gegen die Wohnzimmerwand neben der Küchentür.

Wie von selbst landete sein Unterarm auf Juliens Hals und nagelte ihn so an der Wand fest.

"Dass ich auf unsere Freundschaft scheiße, weil du die Liebe meines Lebens nicht in Ruhe lassen kannst!", fauchte er und drückte seinen Arm noch fester gegen Juliens Hals.

Dessen Augen waren weit aufgerissen und seine Atemzüge kämpften hart gegen den Druck auf seiner Luftröhre.

100 verschiedene Emotionen liefen blitzschnell durch Juliens Augen. Was schließlich blieb, war Resignation und Verlust. Das war es auch, was Justin schließlich zurück in die Realität brachte.

Erst dann bemerkte er Juliens Hände, deren Nägel sich bereits bis aufs Blut in seinen Unterarm gebohrt hatten. Langsam lockerte er seinen Griff und stolperte schließlich mehrere Schritte rückwärts, bis er mit dem Rücken an die gegenüberliegende Wand stieß.

Julien massierte sich vorsichtig den Hals und die Blicke der beiden Männer waren fest ineinander verhakt.

"Dem, den man liebt, fügt man keinen Schaden zu", murmelte Justin und wiederholte damit Worte, die Candy noch vor wenigen Tagen zu ihm gesagt hatte.

Sie hatte recht. Was zwischen seinem Freund und ihm in den letzten Tagen passiert war, war von vorn bis hinten falsch.

Langsam ließ er sich mit seinem Rücken an der Wand entlang nach unten gleiten.

Er hatte die Knie angewinkelt und die Unterarme darauf abgelegt. Seine Hände baumelten lose herunter und sein Blick suchte Juliens.

Dieser hatte ihm gegenüber genau dieselbe Haltung eingenommen.

"Du meinst es tatsächlich ernst", sagte Julien irgendwann leise. Daraufhin lachte Justin hart auf.

"Von was spreche ich eigentlich seit Tagen", fauchte er. Julien hob beschwichtigend seine Hände.

"Ich dachte trotzdem nicht, dass du unsere Freundschaft einfach so weg wirfst."

"Du bist es! Es spricht nichts dagegen, deine Freundschaft und Candy gleichzeitig zu haben. Im Gegenteil, Candy will ... oder wollte immer, dass wir beide uns wieder verstehen. Der einzige, der alles tut, um das zu verhindern, bist du!"

"Ich ... ich wollte ... ach, das ist Scheiße, Mann! Sie wird uns alles kaputt machen!"

"Nein! Sie macht alles besser! Sie macht mich vollständig!"

"Ich versteh es nicht. Okay. Aber hör mal, ich will verdammt nochmal unsere Freundschaft nicht verlieren! Ich werde versuchen, mit ihr klar zu kommen."

"Das ist nicht mehr deine Entscheidung, Julien. Du hattest mehr als eine Chance. Bete, dass Candy dir noch eine gewähren wird", gab Justin leise zurück.

Er war ausgepowert. Game over. Emotional schachmatt und es gab keine Leben mehr zum Weiterspielen.

Er ließ den Kopf hängen und fuhr sich mit beiden Händen durch das wieder raspelkurze Haar.

Auch Julien war verstummt und rührte sich nicht mehr.

Ob er Minuten oder Stunden so da saß, während seine Gedanken alle eventuell möglichen Zukunftsszenarien durchrechneten, wusste er nicht, aber es dämmerte bereits, als das Schloss der Badezimmertür klickte.

Candys nackte Füße tauchten in seinem Sichtfeld auf und stockten dann. Er hob seinen Blick und fand den ihren.

Sie sah grauenvoll aus. Mitgenommen, verweint, verzweifelt, erschöpft.

1000 Fragen rannten durch seinen Kopf, doch er sah, dass sie keine würde beantworten können. Sie brauchte einfach nur eine Schulter zum Anlehnen und genau das wollte er für sie sein. Besser gesagt, er wollte sein, was auch immer sie brauchte.

Langsam stand er auf und zog sie dann fest in seine Arme. Eine Hand an ihrem Hinterkopf, die andere um ihre Taille, presste er sie an sich.

Sie zitterte und er bemerkte genau, dass sie ein Schluchzen unterdrückte. So klein, so stark, so taff und doch so zerbrechlich.

Ihre Arme schlangen sich um seinen Hals und sie bettete ihr Gesicht an seiner Halsbeuge. Ohne ein Wort hob er sie an, woraufhin sie sofort ihre Beine um seine Mitte schlang.

Julien sagte nichts, sah nur zu und wenn Justin sich nicht täuschte, konnte er ein klein wenig Erkenntnis in seinem Blick entdecken.

Dann begab er sich mit dem Wertvollsten in seinem Leben in den Armen, zurück in sein Bett.

17 TRY TO ...

CANDY

Sie war ihm mehr als nur dankbar dafür, dass er sie einfach nur in den Arm genommen hatte. Keine Fragen, einfach nur da sein.

Es hatte sich so verdammt gut und warm angefühlt, dass sie am liebsten geweint hätte. Mit aller Macht hatte sie dagegen angekämpft. Sie wollte kein heulendes Elend sein. Sie wollte stark sein und hasste sich dafür, wenn sie zusammenbrach.

Aber wenn es schon sein musste, dann für sich allein. Niemand sollte dieses Elend mit ansehen müssen und schon gar nicht Justin.

Er war perfekt und in jeder Minute, die sie zusammen verbrachten, bewies er ihr wieder, dass er der Eine unter Hunderttausenden sein konnte, der für sie bestimmt war.

Der Eine, der sie nicht vollkommen vereinnahmen wollte, sondern sie sein lassen konnte, wie sie war.

Nicht süß, lieb und nett. Nein, bissig, zurückgezogen und zerbrochen.

Er sah nicht nur die Fassade und trotzdem hatte er sich nicht von ihr abgewendet.

Er forderte nicht, er gab. Immerzu. Alles. Sogar seine Freundschaft zu Julien würde er ihr zuliebe aufgeben.

Er war es, was sie wollte. Die Kunst würde sein, ihm so viel wie möglich zurückzugeben, ohne sich aufzugeben, und vor allem, ohne ihn mit in die dunkle Seite ihrer Selbst zu ziehen.

Wenn ihr das gelingen konnte, würden sie zusammen bleiben können.

Vorsichtig, um ihn nicht zu wecken, drehte sie sich in seinen Armen. Der Arm um ihre Taille spannte sich kurz an und er zog sie wieder an sich.

Wenn er schlief, war er beinahe genauso umwerfend schön, wie wenn er lächelte. Candy liebte sein Lächeln. Spitzbübisch, leicht und unbeschwert.

Federleicht strich sie mit einem Finger über seine Augenbraue. Dunkel und schön geschwungen.

Ihr Finger wanderte zu seinen Wangen, auf denen sich die weichen Stoppeln seines Bartes gebildet hatten. Es sah sexy aus. Männlich ... irgendwie reifer.

Dann fuhr sie die Kontur seiner schönen, weichen Lippen nach, bis seine Lider zu flattern begannen.

Er winkelte den Arm an, auf dem ihr Kopf gebettet lag, und zog sie so an seinen Hals. Die Muskeln seines großen Bizeps zuckten dabei unter ihrer Wange.

"Warum schläfst du nicht, Babe?", murmelte er.

"Bin fertig", gab sie lächelnd zurück und küsste seinen Hals.

"Ich nicht", gab er zurück und schlang ein Bein um sie. Dann zog er die Decke über ihre Köpfe.

"Realität aussperren?", fragte sie lächelnd. "Mhm ... ich will heute nichts hören und sehen. Einfach nur deine Gegenwart genießen, okay?"

"Liebend gern", gab sie leise zurück, weil sie es sich genauso sehr wünschte.

"Ich gebe Mrs. Campel Bescheid, dass du krank bist."

"Aber ich ..."

"Doch. Du bist heute leider den ganzen Tag ans Bett gefesselt. Notfalls auch wortwörtlich. "

"Das würdest du nicht tun!"

"Probier's aus", sagte er lachend und sie glaubte ihm tatsächlich.

Er zog die Decke zurück und tastete auf dem Nachttisch nach seinem Handy.

"Mrs. Campel? ... Justin hier. Ich muss Candy leider krank melden. Sie hat sich irgendeinen Magen-Darm-Virus eingefangen und kann heute leider nicht zum Arbeiten kommen. ... Ja ... Genau ... stimmt ... ja, ja, Sie haben vollkommen recht ... Natürlich! Vielen Dank, Mrs. Campel. ... Ja, werde ich ausrichten. Bye."

Sein Grinsen war eine ganze Ecke zu selbstgefällig für ihren Geschmack. Er legte das Handy beiseite und zog die Decke zurück über ihre Köpfe.

"Möchtest du mir nicht etwas mitteilen?", fragte sie nach einigen Minuten vorsichtig, da sie sich nicht sicher war, ob sie die Antwort wirklich hören wollte.

"Ach ja, gute Besserung, soll ich dir ausrichten!"

Seine Stimme klang noch selbstgefälliger, als seine Miene es war.

"Und?"

"Dass das ja sooooo furchtbar ist und hoch ansteckend! Dass du das unbedingt auskurieren musst!"

"Justin?", fragte Candy in böser Vorahnung.

"Ja, sie ändert die Schichtpläne, wenn möglich sollst du Samstag wieder kommen."

Candy entspannte sich. Sie wollte Justin beinahe den Kopf umdrehen, weil sie bei einem Magen-Darm-Infekt schon befürchtet hatte, dass Mrs. Campel ihr gleich den Samstag noch mit streicht.

Kopfschmerzen hätten zum Blaumachen doch weitaus gereicht!

Justins Brust zuckte, als er versuchte, ein Lachen zu unterdrücken. Nicht gut ... gar nicht gut!

"Spuck's schon aus, worüber freust du dich so tierisch?", fragte sie mit einer Mischung aus Angst und böser Vorahnung.

"Nächsten Samstag", brach es schließlich aus ihm heraus.

"Das ist hoffentlich nicht dein Ernst!", zischte sie.

"Das wird eine herrliche Woche!", lachte er weiter.

"Justin! Ich brauch das Geld!", fauchte sie.

"Ich gebe es dir", sagte er immer noch lachend.

"Ich will keine Almosen von dir. Ich will dafür arbeiten!"

"Sieh es als Schadensersatz, weil ich dir das eingebrockt hab", sagte er mit weicher Stimme.

"Du klopfst dir innerlich immer noch auf die Schulter! Ich sehe die Hand fast noch, wie sie sich unter deiner Haut auf und ab bewegt!", sagte sie vorwurfsvoll.

"Wie kannst du es mir übel nehmen, dass ich mich freue, dich endlich mal für mich zu haben?", fragte er und streichelte ihre Wange.

Seufzend erwiderte sie: "Gar nicht."

"Sehr schön", sagte er. Dann beugte er sich zu ihr und strich mit seinen Lippen über ihre. Zart und andächtig, als wäre sie wirklich kostbar für ihn.

Candy streckte sich und vertiefte den Kuss. Wie so oft, wollte sie mehr von ihm. Er machte süchtiger, als jede Droge es jemals könnte.

Das Klopfen an der Tür riss sie brutal zurück in die Realität.

"Justin ... Kumpel ... wir sollten langsam los ... Uni und so", drang Juliens Stimme gedämpft durch die Tür.

Justins Blick war vollkommen auf sie konzentriert, als suche er nach einer Reaktion auf Juliens Auftreten.

Aber wie sollte sie schon reagieren? Ja, er war ihr noch deutlich unheimlicher geworden, aber an der Situation hatte sich nichts geändert. Sie wollte nicht, dass Justin ihn für sie aufgab.

Also versuchte sie es mit einem Lächeln ... das wohl

nicht allzu gut klappte, da Justin nicht wie gewohnt zurück lächelte, sondern lediglich die Brauen zusammen zog.

"Wir sind krank. Viel Spaß!", rief er dann und zog Candy tiefer in seine Arme.

Erleichtert schmiegte sie sich an ihn.

JUSTIN

Sie blieben bis spät in den Vormittag hinein liegen. Eng an einander gekuschelt, genossen sie die Nähe des anderen. Aber auch wenn Candys Magen noch nicht knurrte, so wollte er doch nicht, dass sie ihm vom Fleisch fiel.

"Mittagessen?", fragte er schließlich widerwillig.

"Mhm. Ich bin total hungrig!", sagte sie begeistert und hob sofort ihren Kopf von seiner Brust.

"Warum hast du nichts gesagt? Wir hätten auch schon vorher gehen können!"

"Essen vs. Justin, du hast gewonnen", gab sie unbeschwert lächelnd zurück.

Es war eines dieser Lächeln, das ihm sein Herz wärmte. Eines, das er gern so viel öfter in diesem hübschen Gesicht sehen würde.

"Was ist los?", fragte sie mitten in seine Gedanken hinein.

"Wie? Was soll los sein?", gab er verwirrt zurück.

"Du lächelst irgendwie ... entrückt oder verträumt ... keine Ahnung", sagte sie, samt Kopf-schief-Muster-Ding, das mit den verstrubbelten Haaren extrem niedlich aussah.

"Hab an dich gedacht", sagte er dann und beugte sich zu ihr, um einen kleinen Kuss zu erhaschen, ehe er schwungvoll aufstand.

Wenn er noch länger vor sich hin träumte, würde seine Traumfrau verhungern und das konnte er bei Gott nicht zulassen.

Lachend tapste sie ihm hinterher.

"Auf was hast du Lust?"

"Was schnell geht!", sagte sie lächelnd und sprang zum

Sitzen auf die Arbeitsplatte. Sie spielte mit dem Saum ihres Hoodys und ihre nackten Beine baumelten herum.

Er konnte nicht anders, ging zu ihr und küsste sie. Schneller als ihm lieb war, löste sie sich wieder von seinen Lippen.

Auf seinen fragenden Blick hin sagte sie: "Das Wasser läuft über."

"Shit!", fluchte er, lief schnell zurück zur Spüle und drehte unter Candys Lachen das Wasser ab. Sie riss ihn regelmäßig so sehr in ihren Bann, dass er die Welt um sie herum völlig vergaß.

"Bist heut nicht ganz bei der Sache, wie?", lachte sie weiter, während er sich um die Soße für die Spaghetti kümmerte.

"Du und deine nackten Beine, ihr lenkt mich ab, du kleine Hexe!", gab er zurück und schlug mit einem Spültuch nach ihren Oberschenkeln.

Quietschend sprang sie von der Platte und flüchtete vor ihm. Ruckartig bremste sie und verstummte abrupt.

"Was ... ?", begann er, doch dann folgte er ihrem Blick und sah Julien im Türrahmen stehen.

In dessen Miene stand pure Verwunderung geschrieben. Sicher, es sah bestimmt seltsam aus, wie er nur in Boxershorts gekleidet Candy, in Shorts und Hoody, durch die Küche jagte. Aber hey, ein bisschen albern konnte auch er manchmal sein. Manchmal wollte er einfach nur die Seele baumeln lassen.

Die Emotion, die dann folgte, passte noch weniger ins Bild. Schmerz huschte über Juliens Gesicht, ehe er den Blick in Richtung Boden senkte.

"Hey ... ähm ... ich wollte nicht stören", stammelte er dann. Gerne hätte Justin ihm gesagt, dass er nicht störte, aber es wäre nicht die Wahrheit gewesen. Julien störte Candy. Massiv.

"Tust du nicht", sagte sie dann zu seiner Verwunderung.

Ihre Körpersprache sagte zwar etwas anderes, aber sie

schien gewillt, Julien nicht völlig aus ihrem Leben zu streichen.

Wäre er es nicht schon längst, hätte er sich spätestens jetzt in Candy verlieben müssen. Dass sie das nur für ihn tat, stand völlig außer Frage.

Juliens Kopf schoss nach oben und er suchte Candys Blick.

"Danke", sagte er und es wirkte aufrichtig.

Candy nickte und wandte sich dann an Justin.

"Ich zieh mich an, dann können wir zusammen essen, okay?", sagte sie und zog ihre Hände zurück in die Ärmel des übergroßen Hoodys.

Justin lächelte dankbar. Als sie zur Küche hinaus schlüpfte, wandte er sich wieder der Soße zu.

"Dir ist schon klar, was für ein scheiß Glück du hast und was für ein riesen Geschenk Candy dir da gerade anbietet", sagte er, ohne von seiner Soße aufzusehen.

"Ja ... ich ... es tut mir leid, Mann", murmelte Julien.

"Falscher Empfänger, du Schwachkopf. Hast du immer noch nicht verstanden, um wen es hier eigentlich geht?", fragte er ein Stück schärfer.

"Doch, aber dir bin ich es auch schuldig", sagte er ernst. *Okay. Mal sehen ...*

"Hol mal ein paar Teller, Essen ist fertig!"

Candy kam zurück. Bequem gekleidet und ohne Brille. Die Kontaktlinsen hatte sie eingesetzt und die Haare zu einem Pferdeschwanz zusammen gebunden. Sie aßen schweigend, bis Julien sich zurücklehnte und seinen Blick auf Candy heftete.

"Es tut mir leid, Candy. Das von gestern. Mein Verhalten die ganze letzte Woche über. Ich ... sorry", schloss er schließlich seine wenig ausgefeilte Entschuldigung, aber Candy nickte.

Julien bot sich an, abzuräumen, sodass Candy und Justin sich unter eine Wolldecke aufs Sofa zurück ziehen konnten.

Sie einigten sich auf eine Staffel Two and a Half Men auf DVD und streckten sich dann aneinander gekuschelt auf dem Sofa aus.

Julien kam irgendwann aus der Küche und setzte sich wortlos in den Sessel. So hätte es von Anfang an sein können. Sie hätten zu dritt und irgendwann vielleicht sogar zu viert Spaß haben können.

Ganz ohne dieses winzige bisschen Anspannung, das sich in Candys Körpersprache äußerte, sobald Julien den Raum betrat.

Gegen Abend ging Julien noch aus und sie beschlossen, früh zu Bett zu gehen.

"Ist das wirklich in Ordnung für dich?", fragte Justin, die Nase in ihren weichen Locken vergraben.

"Was?", fragte sie und sah ihn über ihre schmale Schulter hinweg an.

"Julien ..."

"Er ist dein Freund, J. Ich möchte nicht, dass eure Freundschaft wegen mir in die Brüche geht."

"Ich möchte, dass es dir dabei gut geht. Dass du gern hier bist. Gern bei mir bist und ich keine Angst haben muss, dass du mich verlässt."

Ihr Lächeln wurde weich. "Ich bin gern bei dir", sagte sie leise.

"Ich liebe dich, Candy."

Ihr Lächeln verrutschte ein wenig, doch ehe sie noch etwas dazu sagen konnte, küsste er sie. Lang und intensiv. Er versuchte, all seine Gefühle in diesen einen Kuss zu legen. Der Kuss wurde drängender, ehe er es verhindern konnte. Ihre weichen Lippen machten süchtig nach mehr.

Wenige Berührungen ihrer kleinen, warmen Hände genügten bereits, wie immer, um ihn zu erregen.

Aus einem unschuldigen Kuss, der nur seine Gefühle widerspiegeln sollte, wurde wieder unermessliches Verlangen. Eine Begierde, die tiefer brannte als alles, was er bislang kannte. Seine Hände gingen ebenfalls auf Wanderschaft, streichelten sie sanft.

Er rollte sie auf den Rücken, ohne seine Lippen von ihren zu lösen. Schob sich auf sie und drängte eines seiner Beine zwischen ihre. Keine Sekunde konnte er mehr ohne sie aushalten.

"Ich brauche dich", raunte er und presste seine Erektion gegen ihre Mitte.

Candy stöhnte unterdrückt auf und auch ihre Lider waren bereits halb geschlossen. Auf einen Arm gestützt, beugte er sich zu ihr und küsste sie erneut. Seine andere Hand streichelte sie weiter, konnte nicht stillhalten und wollte jeden Zentimeter ihres Körpers fühlen.

Er liebte diese Lippen, von denen er nicht genug bekommen konnte. Leicht knabberte er an ihrer vollen Unterlippe und strich dann mit seiner Zunge darüber. Sie schmeckte köstlich und er brauchte mehr von ihr. Ihren Pullover schob er nach oben und legte ihre wohlgeformten Brüste frei.

Die rosigen Spitzen waren bereits hart und flehten ihn an, sie endlich in seinen Mund zu ziehen. Genau das tat er auch. Er senkte seinen Kopf und umschloss eine der Knospen mit seinen Lippen.

Sie stöhnte auf und bog ihm ihren Oberkörper auffordernd entgegen.

Er küsste sich über ihren Bauch zu ihrem Hüftknochen und zog ihr dann die Shorts aus. Wie schon beim letzten Mal, wurde ihr Körper kurz steif, als er seine Nase an ihrer Mitte vergrub und tief ihren Duft inhalierte.

"Du riechst so gut, Baby", brummte er und fuhr dann mit seiner Zunge über ihre Spalte.

"Und du schmeckst noch so viel besser", raunte er und sie wurde weicher in seinem Griff.

Dass sie sich viel schneller wieder entspannte, freute ihn, da es ihm zeigte, wie weit sie schon miteinander gekommen waren.

Es machte ihm Hoffnung für die Zukunft. Hoffnung darauf, dass sie noch mehr schaffen konnten. Zuversichtlicher, dass sie sich ihm öffnen würde.

Er kostete sie und umspielte ihre Perle so lange, bis seine kräftigen Hände ihrer Hüften kaum mehr Herr wurden. Dann glitt er ihren Körper entlang nach oben, ehe er sich aufrichtete, um das Kondom überzustreifen.

Wie sich ihr schöner, beinahe nackter Körper vor ihm wand, machte ihn schier wahnsinnig, auch wenn er im fahlen Mondlicht nicht allzu viel erkennen konnte.

Sie streckte ihre Arme nach ihm aus und Justin ließ sich nicht zweimal bitten. Er legte sich auf sie und stützte sein Gewicht ein wenig auf einem Arm ab. Dann drang er langsam in sie ein.

Es war schwer für ihn, sich zurückzuhalten und sie nicht einfach zu nehmen, doch er wollte ihren Anblick noch ein wenig genießen, wollte sehen, wie sie sich ihm so vollkommen hingab. Ihn begehrte.

Ihre Finger krallten sich in seine massiven Schultern und es dauerte nur wenige Momente, bis sie ihre Beine um seine Hüften schlang. Sie presste ihn an sich und hob ihm dabei ihr Becken weit entgegen, sodass er noch tiefer in sie glitt.

Stöhnend ließ er seine Stirn auf ihre Schulter sinken und schob seine freie Hand unter ihren Rücken, um ihr Becken für seine Stöße zu halten.

Dann fing er an, sich gleichmäßig in ihr zu bewegen. Sie fühlte sich so verdammt gut an, dass er Mühe hatte, sich zu konzentrieren und sich nicht einfach nur zu nehmen, was er brauchte, ohne auf sie Rücksicht zu nehmen.

Wie von selbst steigerten sich Geschwindigkeit, Tiefe und Härte seiner Stöße. Es war, als hätte er keine Kontrolle mehr über seine Lenden.

Er wollte mehr. Braucht so viel mehr. Er drehte seinen Kopf, sodass seine keuchenden Atemzüge genau auf ihr Ohr trafen.

"Candy ...", keuchte er und als sie nur mit einem tiefen Stöhnen antwortete, nahm er sie noch heftiger. Arme und Beine hatte sie fest um ihn gewickelt.

Stoß für Stoß glitt ihre verschwitzte Haut übereinander.

Auch Candy drehte ihren Kopf so, dass sie direkt in sein Ohr atmete. Ihr Keuchen und Stöhnen brachten ihn endgültig um den Verstand.

Außer sich vor Begierde und Erregung, stieß er in sie, bis sie schließlich beide zugleich kamen. Der Orgasmus überwältigte ihn. Sämtliche Kraft schien aus seinen Gliedern zu schwinden und er brach schwer atmend auf ihr zusammen.

So schnell es ihm möglich war, rollte er sich zur Seite und zog sie mit sich.

"Du machst mich fertig, Baby", brummte er.

"Dito", kicherte Candy außer Atem und legte den Arm über seinen Bauch.

"Ich muss nochmal kurz ins Bad", sagte er, nachdem sich seine Atmung ein wenig beruhigt hatte.

"Mhm", kam von der beinahe schlafenden Traumfrau zurück.

Lächelnd richtete er sich auf. Als er zurück kam schlief sie bereits.

Ihr Pullover war bis über ihre Hüften nach oben gerutscht. Sie lag auf dem Bauch, sodass er ihren herrlichen Po ungeniert betrachten konnte.

Nur dieses graue, riesige Ungetüm trübte das Gesamtbild.

Er beugte sich hinab und küsste ihren Rücken, knapp oberhalb ihres Pos. Dann legte er sich zu ihr und schlief ebenfalls innerhalb weniger Minuten ein.

CANDY

Julien kochte mittags … wenn man das Belegen von fertigem Pizzateig als Kochen bezeichnen konnte. Sogar die Soße war beim Teig dabei gewesen.

Es schmeckte trotzdem sehr gut und sie bemerkte, wie viel Mühe er sich gab, die Stimmung locker und unbeschwert zu halten.

"Alex ist so verdammt cool, Justin. Du musst ihn kennenlernen!"

"Wen?"

"Den Freund von Mat, bei dem ich während des Praktikums in Deutschland gewohnt habe!"

"Ja, ziemlich nett von ihm! Wie war die Wohnung?"

"Wohnung? Das war ein riesiges Haus! Ein Palast, mit allem drum und dran! Sauna, Wirlpool, Pool im Garten, sechs Schlafzimmer mit jeweils einem Bad! Einfach der Hammer!"

"Wow, was hat der denn für einen Job? Den brauch ich auch", sagte Candy lachend, weil sich das wirklich nach einer Menge Kohle anhörte!

"Er ist selbstständig. Architekt. Und super großzügig! Ich durfte sogar mit seinem Auto fahren. Ein echter Porsche, Justin!", erzählte Julien begeistert weiter und wirkte dabei wie ein kleiner Junge, der einen Bagger lenken durfte.

"Hammer! Und das in dem Land ohne Geschwindigkeitslimit!", gab Justin nicht weniger begeistert zurück.

"Von wegen! Ich hab einen Strafzettel kassiert!", sagte Julien entrüstet.

"Wegen acht Stundenkilometern, die ich zu schnell gefahren bin! Das musst du dir mal reinziehen! Ich meine, hey, bei dem Auto hätte ich dafür einen Orden verdient anstelle eines Strafzettels!", sagte er empört und Justin pflichtete ihm mit nicht minder entrüsteter Miene bei.

Das Lachen brach aus Candy heraus, ehe sie sich stoppen konnte, was ihr von den beiden Möchtegernrennfahrern nur verständnislose Blicke einbrachte.

Schnell wandten sie sich wieder einander zu und schienen alles nachzuholen, was sie in den letzten Wochen verpasst hatten. Sie erzählten von ihren Praktikumsstellen, von ihren Wohngelegenheiten und den Menschen, die sie kennengelernt hatten.

Bei diesem Thema hätte es wohl noch tiefer gehen sollen, aber beide schienen ihretwegen das Thema Frauen auszugrenzen.

Also entschied sie sich, den beiden ein wenig Zeit zu zweit zu gönnen und verabschiedete sich, um ein Bad zu nehmen.

Justin musterte sie kritisch, schien jedoch zufrieden mit dem zu sein, was er sah. Er zog sie zu einem kleinen Kuss zu sich herunter und widmete sich dann wieder Juliens Ausführungen.

Zeit, mal wieder ein wenig für sich selbst zu sorgen, dachte sie und ließ Wasser in die Wanne laufen.

JUSTIN

Er sah ihr nach, wie sie den Raum verließ. Sie war so viel mehr, als er je verdient hatte.

"Du bist wirklich total in sie verknallt", sagte Julien und klang dabei das erste Mal nicht so, als wäre es etwas Verwerfliches.

"Ich bin nicht in sie verknallt, Julien. Ich liebe sie. So richtig. Für immer, weißt du, nicht die 'Bis-eine-Bessere-kommt' Variante, sondern das volle Programm."

"Was meinst du damit?"

"Ich werde sie heiraten, mein Bester", gab er breit grinsend zurück.

"Du bist gerade mal Mitte 20 und noch nicht mal mit dem Studium fertig. Wie kannst du da ans Heiraten denken?"

"So eine Frau läuft einem nicht zweimal über den Weg, Julien. Ich habe es aber auch erst gemerkt, als ich Candy getroffen hab. Und bis es bei dir soweit ist, kannst du mir einfach glauben oder mich als verrückt abstempeln!"

"Ich wähle das Zweite", sagte er lachend und lehnte sich auf seinem Stuhl zurück.

Auch Justin setzte sich bequemer hin und genoss das Gespräch mit seinem besten Freund. Er hatte ihn vermisst.

Während seiner Zeit in Spanien genauso wie in den letzten Tagen. Da vielleicht sogar noch ein wenig mehr, da er so nah war und doch für ihn unerreichbar.

Sie lachten viel und erzählten sich jede Einzelheit, die der andere verpasst hatte. Er hörte das Klicken der Badezimmertür, als Candy beinahe zwei Stunden später aus dem Bad kam.

Sofort wanderte seine Aufmerksamkeit zu ihr. Sie trug dunkelblaue Leggins und ein Hoody in der gleichen Farbe. Mit einem Buch in der Hand ließ sie sich aufs Sofa sinken.

Wie ferngesteuert erhob Justin sich und ging ins Wohnzimmer.

"Tja, das ist dann wohl mein Stichwort", sagte Julien lachend und folgte ihm.

"Was meinst du?"

"Ähm ... ich denke, ich hau dann besser mal ab. Euch zweien beim Kuscheln zuzusehen, wird nicht unbedingt eine meiner Lieblingsbeschäftigungen werden."

Auf seine fragend erhobene Augenbraue hin fuhr Julien fort: "Deine Konzentration ist dann ein wenig beschränkt ... beziehungsweise liegt sie dann so ziemlich ausschließlich auf Candy, was jegliche Konversation etwas schwierig gestaltet."

Justin rieb sich mit einer Hand über den Nacken. Tja, bestreiten brauchte er das nicht. Candy erfüllte sein gesamtes Denken.

"Alles okay, Justin, ich geh jetzt noch kurz Shoppen und heute Abend in den Chase. Wollt ihr mit?"

"Candy ist krankgemeldet, ich glaube nicht, dass sie ausgehen wird", sagte Justin, bereits am Sofa angekommen, und zog die lesende, protestierende Candy in seine Arme.

"Hey, ich verrutsche in der Zeile, wenn du mich so durchschüttelst!", meckerte sie, doch er ignorierte sie einfach. 'Mann' musste eben Prioritäten setzen. Und das Buch war für ihn nun mal nicht halb so wichtig.

"Passt, dann bis später!", sagte Julien und verschwand

zur Tür hinaus.

Auch wenn sie sich noch so sehr anstrengte, sich normal zu geben, ihr Körper verriet sie. Kaum klickte die Tür ins Schloss, entspannte sich ihr Körper ein kleines Stückchen mehr.

"Das wird wieder besser", sagte er und küsste ihren Scheitel.

"Was meinst du?"

"Dein Verhältnis zu Julien. Ihr habt euch doch vorher so gut verstanden. Das sind alles nur saublöde Missverständnisse."

"Mhm ... wenn es so bleibt, reicht mir das schon."

"Mir nicht. Ich will, dass du in seiner Gegenwart völlig entspannt sein kannst."

"Ich versuch es, okay?", sagte sie und klang ein klein wenig genervt, also ließ er das Thema fallen.

"Willst du weiter lesen?"

"Ja, gern."

"Was ist das?"

"Shades of Grey."

"Candy!", rief er gespielt empört.

"Nenn es Bildungslektüre", gab sie lächelnd zurück.

"Wenn das so ist, gebe ich dir gern Privatunterricht", sagte er schelmisch grinsend und ließ seine Hand von ihrer Schulter zu ihrer Brust wandern.

"Du bist unersättlich!", sagte sie lachend und wand sich aus seinem Griff.

"Ich? Wer von uns liest Shades of Grey?", gab er gespielt pikiert zurück.

Sie legte das Buch beiseite und setzte sich rittlings auf seinen Schoß. Ihre schmalen Hände fuhren seine Brust auf und ab, ehe sie in seinem Nacken liegen blieben.

"Also schön, was willst du machen, wenn du mit aller Macht versuchst, mich von meinem Buch abzulenken?", fragte sie mit schräg gelegtem Kopf.

"Bin ich so leicht zu durchschauen?"

"Jap!"

Seufzend legte er seine Arme um sie. "Na gut. Egal was, solange du dich voll und ganz auf mich konzentrierst", sagte er dann und zog sie noch fester an sich.

Kichernd vergrub Candy ihren Kopf an seinem Hals. Unter ihrem Hoody begann er, ihren nackten Rücken zu streicheln und genoss einfach ihre Nähe und ihre Entspannung.

Irgendwann war sie eingeschlafen.

Julien kam von seiner Shoppingtour zurück und sie unterhielten sich kurz über einen gemeinsamen Freund, den er getroffen hatte. Dann zog er sich in sein Zimmer zurück.

Es musste schon später am Abend sein, da Julien sich bereits Richtung Chase Club aufmachte. Wo war nur der Nachmittag geblieben? Wirklich verwundert war Justin aber nicht. Seine Zeit mit Candy verging immer wie im Flug.

Als er mit ihr im Arm aufstand, regte sie sich dann doch.

"Schlaf weiter, Kleines", murmelte er in ihren Haaren. Zu seiner Freude entspannte sie sich tatsächlich. Er legte sich mit ihr zusammen ins Bett, zog ihr dieses Ungetüm von Brille ab und fiel schnell selbst in einen tiefen Schlaf.

18 SOMEONE

CANDY

Nachdem sie am Tag zuvor bereits am späten Nachmittag eingeschlafen war, erwachte sie am Sonntag sehr früh.

Es dämmerte bereits und Julien war vor wenigen Minuten nach Hause gekommen. Justin schlief hinter ihr und hatte sie, wie so oft, fest umklammert.

Candy war jeden Tag aufs Neue erstaunt, wie gut sich seine Berührungen anfühlten. Lange Zeit blieb sie einfach so liegen. Genoss die Wärme seines Körpers. Die Schwere seines Armes um ihrer Taille. Sein gleichmäßiges Atem in ihrem Nacken.

Es gab Zeiten, da war all dies eine absolute Horrorvorstellung. Nur mit Justin war alles anders. Dann spürte sie seine weichen, warmen Lippen auf ihrem Nacken.

Lächelnd sagte sie: "Ich bin schon wach."

"Ich weiß", brummte er und knabberte dann an ihrem Hals.

"Guten Morgen", sagte sie und blickte sich über ihre Schulter nach ihm um.

"Morgen, Babe", gab er zurück, ohne seine Augen zu öffnen.

"Was machen wir heute?", fragte sie enthusiastisch, da sie ja schon seit einigen Stunden wach war und es kaum erwarten konnte, in den Tag zu starten.

Justin wohl weniger, denn statt einer Antwort zog er lediglich die Decke über ihre Köpfe und schmiegte sich noch enger an sie.

Auch gut, dachte sie und schloss noch einmal die Augen. Eine Weile konnte sie auch einfach noch genießen. Das Leben rauschte im Allgemeinen zu schnell an einem vorbei und man nahm sich viel zu oft zu wenig Zeit für die wirklich wichtigen Dinge. Also warum nicht?

Irgendwann hörten sie das Geklapper von Geschirr aus der Küche.

"Kaffee?", fragte sie den Riesen in ihrem Rücken.

"Mhm", brummte er und streckte sich ausgiebig. Das Spiel seiner Muskeln faszinierte sie dabei so sehr, dass sie nicht in der Lage war, ihren Blick abzuwenden. Er war schlichtweg perfekt. Er schwang seine Beine aus dem Bett und stand schwungvoll auf.

"Doch kein Frühstück?", fragte er, als sie ihm nicht sofort folgte.

"Doch, doch, ich genieß nur noch ein wenig die Aussicht", gab sie lächelnd zurück und streckte ihre Hand nach seinem Bein aus.

Er hatte schöne Beine. Nicht allzu stark bemuskelt, sodass seine Oberschenkel nicht zu diesen baumstammähnlichen Dingern mutiert waren.

Sie waren genauso braun wie der Rest seines himmlischen Körpers.

Ob er wohl ins Solarium ging? Zumindest nicht in der letzten Zeit. Vielleicht war es noch die Bräune aus Spanien.

"Candy?", riss er sie zurück in die Realität.

"Mhm?"

"Wenn du noch länger meinen Oberschenkel streichelst, fällt das Frühstück aus, oder besser gesagt das Mittagessen und ich vernasche lieber dich", sagte er lächelnd. Ihr Blick wanderte zu der Ausbuchtung in seinen Shorts, wo sich seine beginnende Erektion deutlich abzeichnete. Schnell zog sie ihre Hand zurück und krabbelte aus dem Bett.

So langsam war sie wirklich am Verhungern. Sie schnappte sich ihre Brille und band sich die Haare neu, während Justin vor sich hin lachend den Raum verließ.

"Es gibt hier klare Regeln zum Thema Morgenlatte, Julien!", hörte Candy Justin schimpfen, als sie sich auf den Weg zur Küche begab.

"Wer im Glashaus sitzt ...", antwortete Julien entspannt.

"Candy ist schuld, das ist was anderes", gab Justin zurück, gerade als sie die Küche betrat.

Ähm ... ja ... wow.

Zwei bis auf ihre Boxershorts unbekleidete Prachtexemplare der männlichen Gattung waren schon fast ein wenig viel des Guten an einem unschuldigen Sonntagmittag.

"Morgen, Candy", sagte Julien lächelnd. Sie schwankte zwischen ausgiebiger Betrachtung der beiden und dem Reflex, sich selbst die Augen zuzuhalten.

Als sie sich selbst bei ihren Gedankengängen ertappte, spürte sie, wie sie errötete..

"Guten Morgen, Julien", sagte sie leise und tapste zum Kühlschrank.

"Das braucht dir doch nicht peinlich sein, Schätzchen", sagte Julien und genoss ihr Unbehagen sichtlich.

"Das ist völlig normal", sagte er noch grinsend und lehnte sich mit vor der Brust verschränkten Armen an die Arbeitsplatte.

Gott, Justins halbnackter Anblick war immer schon zu viel für sie. Das Ganze im Doppelpack war ein No-Go!

Ohne ein weiteres Wort steckte sie ihren Kopf in den

Kühlschrank und suchte geschäftig nach nichts Bestimmten in der Hoffnung, dass Julien einfach zurück in sein Bett krabbeln würde und sie nur noch einen von ihnen ertragen musste.

"Wie lang genau willst du dich im Kühlschrank verstecken, Babe?", fragte Justin hörbar amüsiert.

"Bis ihr beiden euch angezogen habt!", fauchte sie, ohne wieder aufzutauchen. Lachend verließen die beiden die Küchen.

Oh Mann! Streitend waren die beiden kaum zu ertragen, aber wenn sie sich gegen einen verschworen hatten, war man definitiv am Arsch!

Ihr Verhältnis wurde von Stunde zu Stunde, die sie gemeinsam verbrachten lockerer. Sehr schnell erinnerte sie sich wieder daran, wie einfach es war, sich mit Julien zu verstehen. Er war einfach genau auf ihrer Wellenlänge und so wunderbar unkompliziert.

Wenn sie diese paar Tage, in denen zwischen ihnen die Fetzen geflogen waren, abzog, war er wieder der perfekte Mitbewohner.

Zusehen, wie wohl Justin sich in Juliens Gegenwart fühlte, ließ sie jedes Mal wieder lächeln. Sie waren ein Herz und eine Seele und Candy wurde erst nach und nach klar, wie sehr Julien ihm gefehlt haben musste.

Sie liebte es zu zusehen, wenn die beiden zusammen etwas planten. Solange, bis einer von beiden wieder sie als Opfer ihrer Angriffe auswählte.

Die Stimmung in der WG war so gelöst, dass sie sich von Tag zu Tag besser und wohler fühlte. Die beiden rissen sie irgendwie mit und Candy bemerkte, wie oft sie lächelte. Wie gut es ihr ging und vor allem, wie gut die beiden und ihre positive Einstellung ihr taten.

Ihre Seele heilte ... besser als ihr Körper. Einige der Schnitte hatten sich entzündet.

Einmal hatte Julien sie am Arm gepackt und Candy war vor Schmerz heftig zusammen gezuckt.

Augenblicklich war er mit erhobenen Händen zurückgewichen und sie hatte gesehen, wie sehr ihre Reaktion ihn belastet hatte.

Aber ihn darüber aufklären, dass es der Schmerz gewesen war der sie zurück zucken ließ und nicht etwa die Angst vor ihm, konnte sie nicht.

Von da an war sie noch mehr darauf bedacht gewesen, die Zähne zusammenzubeißen. Wäre ihr dieser Fehler bei Justin unterlaufen, wäre sie nicht so leicht aus der Sache herausgekommen.

Zur Wiedergutmachung hatte sie versucht, Julien gegenüber noch weicher und freundlicher zu sein. Er entspannte sich sehr schnell wieder, doch im gleichen Zug wurde Justin angespannter und besitzergreifender. Man hätte beinahe meinen können, er sei eifersüchtig!

Es hatte einen ganzen Tag gedauert, bis sich ihr Verhältnis wieder auf Ausgangsposition eingependelt hatte. Alles nur wegen der verflixten Entzündung.

An der Uni wurden sie nur noch im Dreierpack gesehen, was die Gerüchteküche natürlich ordentlich einheizte. Es war ihr sehr unangenehm, aber sie wollte Julien bei Gott nicht schon wieder vor den Kopf stoßen.

Freitag früh hatten sich die Gemüter und Gerüchte aber schon wieder so weit beruhigt, dass sie beinahe ihre Frühstückspause in der Mensa hinter sich bringen konnten, ohne angestarrt zu werden.

Am Samstag wurde sie dann von beiden zur Arbeit begleitet. Als sie sich erdreistet hatte zu fragen, warum, hatte nicht mehr viel gefehlt und sie wäre von JJ, wie sie die beiden nur noch nannte, für verrückt erklärt worden.

Die beiden hatten unglaublich viel Spaß zusammen und alberten den ganzen Nachmittag herum. Candy war todmüde nach ihrer Schicht. Nach dem Duschen bettete sie ihren Kopf auf Justins Schoß und rollte sich auf dem Sofa zusammen.

Die beiden Freunde widmeten sich übergangslos wieder ihrer Playstation und dem dort stattfindenden Kampf auf Leben und Tod.

Alles in allem ein Leben, das näher an Candys Definition von perfekt herankam, als sie sich jemals hätte träumen lassen.

Am Spareribs Sunday, wie Julien ihn nannte, gingen sie gemeinsam ins *Meets*. Ein kleiner Pub, von dem sie schon viel Gutes gehört hatte. Einmal im Monat gab es dort Sonntagmittag Sparripps All-you-can-eat.

Als Essen konnte und wollte sie das, was die beiden dort betrieben, nicht mehr bezeichnen. Es war eine einzige Fressorgie. Eigentlich hätte die Bedienung sie nicht freundlich grüßen, sondern eher kreischend davon laufen sollen. Auge in Auge mit dem Ruin konnte niemand ein solches Maß an Höflichkeit erwarten!

Bereits nach der zweiten Portion war für Candy Schicht im Schacht. Die JJ's aßen noch über eine Stunde weiter und die Eimer für die Knochen auf ihrem Tisch waren bald übervoll.

Dann endlich lehnten die beiden sich zurück. Die sonst straffen und durchtrainierten Bäuche der beiden hatten sich in kleine Kugeln verwandelt. Nicht nur das, die beiden streichelten auch noch liebevoll lächelnd darüber, als hätten sie eine große Leistung erbracht.

"Neuer Rekord, Julien", sagte Justin schwer atmend und tätschelte seinen Bauch.

"Jup. Gott, ich brauch ein Schläfchen."

"Yeah! Klassischer Fall von Fresskoma!", gab Justin lachend zurück. Candy konnte nur schockiert den Kopf schütteln, während die Jungs bezahlten.

Dann gingen sie zusammen in Zeitlupe nach Hause. Abwechselnd stöhnte einer von beiden, dass er zu viel gegessen habe und sie langsamer gehen mussten.

Herr lass Hirn regnen! Wie konnte man nur soooo viel essen und sich danach über Bauchschmerzen wundern?

Im Treppenhaus ihrer Wohnung angekommen stockte ihr plötzlich der Atem. Mit dem Mann, der vor ihrer Wohnungstür wartete, hatte sie bei Gott nicht gerechnet.

"Hi Süße!" *Joey.*

Die eben noch überfressenen, schlaffen Männer an ihrer Seite spannten sich synchron an.

"Ähm ... Joey ...", stotterte sie.

Julien schob sich vor sie und Justin legte ihr einen Arm um die Taille, mit dem er sie an sich zog. Joeys scharfer Blick scannte jede noch so kleine Bewegung und verharrte schließlich auf Justins Arm.

Sie versuchte, sich aus seinem Griff zu drehen, um die entstandene Spannung ein wenig zu entschärfen.

Vergebens.

"Hey Joey", piepste sie und versuchte, an den beiden Männern vorbei zu kommen.

"Joey? Der Joey?", fragte Justin und machte dabei keine Anstalten, sie loszulassen. Im Gegenteil, er hielt sie eher noch fester an sich gepresst.

"Ähm ... ja", stammelte sie, zeitgleich mit Joeys geknurrtem: "Lass sie endlich los!"

"Pass auf, was du sagst", blaffte Julien zurück und baute sich noch größer auf.

"Ich halte sie fest, solang ich will!", rief Justin.

"Wer bist du überhaupt!", knurrte Joey.

"Geht dich 'nen Scheiß an!"

Dann schrieen sie alle durcheinander. Candy verstand bereits kein Wort mehr, merkte dafür aber deutlich, dass die Situation zu eskalieren drohte. Innerhalb weniger Augenblicke hatten sich die Gemüter aus dem Nichts heraus deutlich erhitzt.

Julien war noch weiter auf Joey zu gegangen und Justin hatte sie hinter sich gezogen.

Scheiße, Scheiße, Scheiße!

"Stop!", schrie sie in der Hoffnung, dass ihr jemand zuhören würde. Und tatsächlich verstummten alle drei und sahen sie fragend an.

Puh, okay, denk nach. Schnell!

"Ähm erstens, hört sofort damit auf! Alle drei! Zweitens, lass mich los, Justin! Drittens, in die Wohnung. Hopp, hopp, bevor einer der Nachbarn noch die Bullen ruft!"

Die JJ's wechselten einen Blick, dann löste Justin seinen Griff um ihre Mitte, blieb ihr aber dicht auf den Fersen, als sie sich zur Wohnungstür begab.

Er schirmte sie mit seinem Körper regelrecht ab, als wäre Joey eine Gefahr für sie.

Niemals!

Um möglichst viel Abstand zwischen sich und die Kampfhähne zu bringen, ging sie auf direktem Weg ans andere Ende des Wohnzimmers und hinter die Couch. Zwischen drei testosterongesteuerten Männern zu stehen und mit allergrößter Wahrscheinlichkeit unter die Räder zu kommen, war wirklich das Letzte, das sie wollte.

Justin folgte ihr. Sie stützte sich mit den Händen auf die Couch ab und er schmiegte sich von hinten an sie. Sofort schlang er seine Arme um ihre Mitte und verschränkte seine Finger auf ihrem Bauch. Genau so, wie er es Tag für Tag tat.

Es fühlte sich gut an, als könnte ihr nichts auf der Welt passieren, solang Justin bei ihr war.

Dann hörte sie Joeys Stimme im Flur, der von Julien ausgebremst wurde.

Scheiße! So schnell wie möglich, machte sie sich wieder von Justin los. Auf einen weiteren Streit mit Joey konnte sie getrost verzichten. Die Stimmung war eindeutig schon geladen genug!

Als sie ihren Blick hob, bereute sie ihre Entscheidung allerdings bereits wieder. Justin starrte sie derart verletzt an, dass sich ihr der Magen zusammenzog. Sie war hin und her gerissen. Fühlte sich gehetzt, als würde jeder Schritt, egal in welche Richtung, unweigerlich zu irgendeiner Katastrophe führen.

Ihre Gedanken rasten und ihr Puls beschleunigte sich

immer weiter im verzweifelten Bemühen, eine Lösung für dieses Dilemma zu finden.

Dann wandte Justin sich ab, durchquerte mit energischen Schritten den Raum und lehnte sich mit verschränkten Armen an die Wand.

Okay, eins nach dem anderen. Du schaffst das!

"Was tust du hier?", wandte sie sich schließlich an Joey, mit dem dieses ganze Theater angefangen hatte.

"Ich wollte mit dir reden", gab dieser ungerührt zurück, während er mit gerunzelter Stirn die Wohnung musterte.

"Warum?", fragte sie entgeistert. Woraufhin Joey tatsächlich die Frechheit besaß zu sagen: "Weil du meine Freundin bist."

Justin Körper spannte sich ruckartig an und sein Blick flog von ihr zu Joey und zurück. Sein Kiefer war angespannt und sie sah die Muskeln an seiner Wange zucken.

Fuck!

"Nein, bin ich nicht! Wir haben uns vor über einem halben Jahr getrennt!", korrigierte sie ihn schnell und schluckte gegen den Würgereiz an, der sich langsam bildete. Wenn sie Joey nicht schnell los wurde, würde das hier in eine Richtung laufen, in der zum Schluss nichts mehr zu retten war.

"Nein, das war nur eine Pause, um dir zu zeigen, dass du mich brauchst!", beharrte Joey.

Justin hatte sich von der Wand abgestoßen und fixierte Joey mit aggressivem Blick. Wenn sie nicht schnell etwas unternahm, würden die beiden einander die Köpfe einschlagen.

"Joey, das ist doch hoffentlich nicht dein Ernst. Du hast dich ewig nicht gemeldet! Wie kannst du da erwarten, dass wir noch zusammen sind?"

"Du hättest zu mir kommen müssen!", rief Joey aus.

"Dass sie es nicht getan hat, sollte dir doch was sagen!", ging Justin nun scharf dazwischen.

Joeys wütender Blick flog augenblicklich zu ihm.

Nein, nein, nein! Genau das will ich nicht! Irgendwie muss Joey doch zu Verstand zu bringen sein!

"Ich bin jetzt seit fast drei Monaten hier und dir fällt jetzt erst auf, dass ich weg bin. Was bitte hat das mit einer Beziehung zu tun?", fragte sie und erhielt so endlich wieder seine Aufmerksamkeit.

"Nein, das wusste ich bereits nach einem Monat, aber deine Mum konnte mir nicht sagen, wo du bist! Es hat ein bisschen gedauert, dich zu finden! Aber dann habe ich die Bewerbungsunterlagen für das Stipendium auf meinem Laptop gefunden."

"Warum weiß deine Mum nicht, wo du bist?", mischte Julien sich nun auch noch ein.

Fuck! Das hier musste sofort enden. Niemand sollte so tief in ihrer Vergangenheit stochern.

Ihr Atem ging schnell, sie fühlte sich in die Enge getrieben. Ihr Blick zuckte von einem zum nächsten.

Okay, okay, ein Problem nach dem anderen lösen.

"Fahr nach Hause, Joey. Lass uns morgen in Ruhe allein über alles reden."

Im Augenwinkel sah sie, wie Justin bei ihren Worten zusammenzuckte. Ein weiterer Knoten bildete sich in ihrem Magen. Verdammte Scheiße, wie zum Teufel sollte sie das wieder geradebiegen.

"Ich bin mit dem Camaro hier, wollte bei dir pennen", sagte Joey und fixierte sie.

Es war genau der Blick, mit dem er immer zu ergründen versuchte, was in ihr vorging. Ein Blick, unter dem sie sich stets nackt und schutzlos gefühlt hatte und es auch immer noch tat. Der Blick, der meistens damit endete, dass er sämtliche gerade verheilenden innerlichen Wunden wieder aufriss, nur weil er meinte, es sei besser für sie.

Sie versuchte, seinem Blick auszuweichen und verlagerte das Gewicht von einem Bein aufs andere.

"Hier ist kein Platz", fuhr Julien dazwischen.

"Ich penn in Candys Bett", antwortete Joey gehässig,

woraufhin Justin hart auflachte und sagte: "Da ist schon besetzt!"

Im gleichen Moment berichtigte Julien: "Eigentlich ist es nicht Candys, sondern Justins Bett."

Joeys Blick wanderte von einem zum andern, ehe er auf ihr haften blieb.

"Wovon reden die Jüngchen?"

Die Spannung im Raum stieg schlagartig an. Mit einem Satz war Julien bei Joey und versetzte ihm einen Haken auf sein Kinn. Sein Kopf flog nach rechts und er taumelte einige Schritte zurück.

Justin war schon bei den beiden angekommen, bereit, seinem Freund unter die Arme zu greifen.

Sie wollte nicht, dass einer der drei verletzt wurde, und schob sich schnell dazwischen in der Hoffnung, nicht aus Versehen erwischt zu werden.

"Hört auf!", rief sie laut und schob sie auseinander.

"Lass das, Joey, sie sind gerade mal sieben Jahre jünger als du! Und ich selbst bin sogar noch einmal drei Jahre jünger."

"Das ist was ganz anderes! Du bist schließlich meine Freundin!", rief Joey, packte sie am Arm, um sie zu sich zu reißen.

Glühendheißer Schmerz durchzuckte sie. Justins gesamter Körper spannte sich an. Seine Arme zitterten bereits vor Anspannung und seine Knöchel traten weiß hervor.

Mit aller Kraft riss sie sich von Joey los und taumelte einige Schritte zurück. Sie prallte mit ihrem Rücken gegen Justins Brust. Er stützte sie und bewahrte sie so vor einem Sturz.

In Erwartung eines erneuten Aufkochens der Emotionen, versteifte sie sich. Im gleichen Maße, wie Justin sich entspannt hatte, als sie auf ihn traf, spannte sein Körper sich nun wieder an. Und der Griff eines Armes um ihre Taille wurde fester.

Auf Joeys Gesicht breitete sich ein sehr selbstgefälliges

Lächeln aus. Er war eindeutig der Meinung, dass sie sich von Justin nicht gern berühren ließ.

Vielleicht ... ja, vielleicht ist das wirklich der richtige Weg.

Sie entspannte sich und lehnte sich gegen Justin. Er stockte, ließ dann aber auch nach und nach los. Zögerlich, als würde er ihrer Reaktion nicht vertrauen, schob er seine Hände um ihre Taille. Sie entspannte sich noch mehr, ließ sich in seine Arme sinken, genoss die vertraute, wohltuende Umarmung.

Justin verlagerte ihr Gewicht so, dass er nun mit seinem Hintern an der Kommode lehnte und sie zwischen seinen leicht gespreizten Beinen stand.

Ja, diese Entscheidung war mehr als richtig gewesen. Joeys Lächeln fiel mehr und mehr in sich zusammen.

Justin war nun, da sie so nah bei einander waren, vollkommen entspannt und auch Julien hatte sich wieder ein wenig zurückgezogen.

Und sie selbst? Sie selbst fühlte sich wohler, als in einem einzigen anderen Moment der letzten halben Stunde. Ihn bei sich zu wissen, seine Wärme zu spüren. Sie fühlte sich einfach geborgen und im Stande dazu, es mit der ganzen Welt aufzunehmen.

"Justin und ich sind zusammen, Joey", sagte sie schließlich leise und entschlossen.

"Nein! Wie zusammen könntet ihr schon sein? Du hast doch selbst gesagt, du bist erst drei Monate hier!", rief Joey aufgebracht und erwachte aus seiner Starre.

"Es ist, wie es ist", sagte sie und konnte sich selbst nicht erklären, wie Justin in den wenigen Wochen geschafft hatte, was Joey über Jahre hinweg nicht gelungen war.

"Was kann er schon von dir wissen? Wie nah könnt ihr euch schon sein. Wahrscheinlich habt ihr noch nicht einmal Sex!"

Candy zuckte zusammen. Sie begaben sich schon wieder auf gefährliches Terrain.

Sie wollte vor Julien und Justin bestimmt nicht ihre

Abneigung gegen Berührungen ausbreiten und analysieren.

"Sag es mir! Wie viel habt ihr geteilt? Was kann er schon von dir wissen? Hast du es ihm erzählt?", schrie Joey dann und griff nach ihrem Arm.

Vor Schmerz zuckte sie zusammen und riss sich aus Joeys Griff, damit aber auch aus Justins Umarmung los. Das war nichts, was er jemals zu Gesicht bekommen sollte.

"Was ist los?", rief Joey sofort alarmiert, da er sie einfach zu gut kannte. Zu viele Jahre hatte er ihren Kampf mit angesehen.

Panisch schüttelte sie ihren Kopf. *Scheiße, Scheiße, Scheiße! So nicht, verdammt!*

"Zeig mir deine Arme!", forderte Joey, weil er sofort wusste, was das Problem war.

Aber nein, niemals! Justin hatte nichts in ihrer Vergangenheit verloren. Nie wieder wollte sie einen Menschen dort haben, der sie immer und immer wieder in die dunklen Tiefen zog.

"Los jetzt!", blaffte Joey, während sie rückwärts durch den Raum ging.

Plötzlich änderte sich seine Haltung und Körpersprache. Er wirkte weicher und erinnerte sie an Zeiten, in denen er ihr so unendlich viel Trost gespendet hatte. Er streckte ihr eine Hand entgegen, wie er es schon so oft getan hatte. Bot ihr die Hilfe an, die sie damals so nötig hatte.

Schritt für Schritt kam er auf sie zu und sagte dann mit sanfter Stimme: "Zeig sie mir, Süße!"

Wie in einem Film verfolgte Candy, wie er immer näher kam. Vor ihr blieb er stehen und nahm ihre Hand in seine. Dann hob er ihren Arm an.

"Was ist passiert, Kleines?", murmelte er weiter und schob dann den Ärmel ihres Pullovers nach oben. Sein Gesicht verzog sich. Angeekelt, gequält, genau konnte sie es nicht bestimmen.

"Oh Gott, die sind ja total entzündet!", rief er aus und riss sie damit aus ihrer Starre.

Ihr Blick flog nach oben, suchte Justin und fand ihn. Sein Blick war auf ihren Arm gerichtet. Sein vor Ekel verzerrtes Gesicht traf sie wie ein Tritt in den Bauch.

Sie riss sich los und konnte dabei ihren Blick nicht von ihm lösen. In seinen Augen lag unendlich viel Enttäuschung. Wut, Trauer, Schmerz und schlussendlich: Verzweiflung.

Ins Badezimmer stolperte sie mehr, als dass sie lief, und verriegelte die Tür hinter sich. Ihre zittrigen Knie gaben nach und die ersten leisen Schluchzer entrangen sich ihrer Kehle.

Das war's. Damit hatte sie ihn endgültig vergrault. Sie hatte es in seinen Augen gesehen.

Der Moment, in dem klar wurde, dass das mehr war, als er hinnehmen konnte.

Dieses Mal hatte sie die Grenze des Erträglichen überschritten. Seine Augen hatten ihn verraten. Er konnte nicht mehr. Wollte nicht mehr. Er würde sie verlassen. Oder noch schlimmer, aus Mitleid noch ein Weilchen mit ihr verbringen.

Die Vorstellung, wieder allein zu sein, ohne jemanden, der sie auffing, war unerträglich. Zitternd kauerte sie sich auf dem Fliesenboden zusammen und weinte all ihren Schmerz hemmungslos hinaus.

JUSTIN

"Was zum Teufel hast du mit ihr gemacht, du Arschloch!", schrie Joey wie von Sinnen, nachdem die Tür hinter Candy ins Schloss gefallen war.

Justin nahm die Worte wie durch Watte wahr. Noch immer starrte er auf die Tür, durch die sein Mädchen verschwunden war.

Natürlich war ihm klar gewesen, dass sie einiges vor ihm zurückhielt, aber das?

Wie konnte sie jeden Tag mit einem Lächeln aufstehen, wo etwas in ihrem Inneren so zerbrochen war.

Allein der Gedanke daran, wie sie allein und verzweifelt da saß und sich bis aufs Blut in die Arme schnitt, schnürte ihm die Kehle zu.

Julien nagelte Joey gerade neben ihm an die Wand, doch Justin fühlte sich nicht in der Lage, sich auch nur einen Millimeter zu rühren oder einem der beiden seine Aufmerksamkeit zu schenken. Sämtliche Gedanken kreisten um Candy.

Seine Knie wurden schwach, zitterten leicht. Langsam ließ er sich an der Kommode entlang zu Boden gleiten.

So viele Gefühle tobten in ihm und verdrängten dabei jeden vernünftigen Gedanken. Er war verwirrt, zerrissen und überfordert. Was konnte eine starke, taffe Frau wie Candy zu so etwas veranlassen?

Ein riesiger Knoten Enttäuschung ballte sich in ihm zusammen. Enttäuschung darüber, dass sie ihm so wenig Vertrauen schenkte.

Stück für Stück setzte sich das Puzzle um ihre nicht nachvollziehbaren Handlungen und Reaktionen zusammen. Sie wollte nicht, dass er sah, was sie tat. Daher auch der immer anwesende Pullover. Nur das Warum blieb offen.

Da war auch unglaublich viel Wut in ihm. Aber nicht auf Candy. Wut auf sich selbst. Wut darüber, dass er nicht erkannt hatte, wie schlecht es ihr wirklich ging. Dass er ihr nicht helfen konnte.

Neben ihm zersplitterte etwas auf dem Boden, doch Justin war zu sehr mit seinen Gedanken beschäftigt, um in irgendeiner Form zu reagieren.

Er hatte Angst. Angst, dass sie sich nun endgültig von ihm abwenden könnte, dass sie ihn verlassen würde, jetzt, wo so viel von ihren Geheimnissen, die sie mit aller Macht zu bewahren versuchte, offenbart wurden. Diese Angst schnürte ihm beinahe die Kehle zu. Er wollte nicht mehr ohne sie sein. Ein Leben ohne Candy war keins, das er haben wollte.

Aber sie hatten einen Punkt erreicht, an dem nicht

weiter alles totgeschwiegen werden konnte. Nun, da er wusste, was sie da drin tat, konnte er die Augen nicht mehr davor verschließen.

Vollkommen erschöpft stütze er die Ellenbogen auf seinen Knien ab, ließ den Kopf hängen und fuhr sich dann über das kurze Haar.

Wieder krachte etwas, doch er konnte seinen Kopf nicht heben. Jeder seiner Gedanken drehte sich um Candy. Sie durfte ihn nicht verlassen!

Ein Leben ohne Candy kam für ihn nicht mehr in Frage! Er würde einfach hier sitzen bleiben und darauf warten, dass sie herauskam. Dann würde er sie, notfalls auch mit Gewalt, hier behalten. Ohne sie war sein Leben wertlos.

Grob wurde er zur Seite gestoßen. Er landete auf dem Rücken und Joeys Faust traf ihn direkt auf sein Auge.

"Was zum Teufel hast du mit ihr gemacht!", brüllte er und Justin konnte den nächsten Schlag gerade noch abwehren.

"Nichts, okay! Ich habe überhaupt nichts mit ihr gemacht!"

"Doch! Sie hatte es bereits im Griff. Was hast du ihr angetan? Warum hast du sie nicht aufgehalten?", brüllte Joey und versuchte, sich aus Juliens Griff zu winden, der ihm zur Hilfe geeilt war.

"Ich wusste doch noch nicht einmal etwas davon!"

Da wurde Joey ruhiger und lachte dann hart auf.

"Was für eine beschissene Art Beziehung soll das dann bitte sein? Hast du sie niemals angesehen oder berührt?"

Wieder klickte ein Puzzleteilchen an die richtige Stelle. All die Male, in denen sie sich so penetrant gegen etwas gewehrt hatte. Wie sie jedes Mal, wenn sie sich in die Ecke gedrängt gefühlt hatte, damit begonnen hatte, um sich zu treten. Und alles nur, weil es da nie jemanden gab, der ihre Grenzen respektiert hatte.

Candy hatte es ihm erzählt. Immer wieder.

Kleine Häppchen aus ihrer Beziehung mit Joey und wie

schlimm vieles für sie gewesen war.

"Du fragst mich, was ich ihr angetan habe? Im Gegensatz zu dir habe ich genug Respekt vor ihr, um ein Nein zu akzeptieren!", brüllte er nun ebenfalls und ging auf Joey los.

"Sie weiß nicht, was gut für sie ist!"

"Du auch nicht! Sie ist alt genug, um selbst zu entscheiden, was sie möchte!"

"Nein, das kann sie nicht! Sieh sie dir doch an! Sieh dir an, wozu das geführt hat!", schrie Joey.

Ihre Körper zitterten vor Wut, als sie sich mitten im Wohnzimmer gegenüber standen. Die Hände zu Fäusten geballt. Joey warf den Kopf in den Nacken und lachte auf.

"Alt genug! Du bist doch selbst kaum aus den Windeln heraus! Wie genau stellst du dir das vor?"

"Ich lasse sie sein, wie sie ist, und versuche nichts aus ihr zu machen", sagte Justin ruhiger und ließ dabei die Hände sinken.

Allzu gut konnte er sich vorstellen, wie Joey ihr seinen Willen aufzwang. Immer und immer wieder, bis sie zu dem wurde, was sie heute war.

Nein, falsch. Was sie bei anderen war.

Justin hatte es mehr als einmal gesehen. Sie fühlte sich unwohl, hasste die Berührungen. Sie versteifte sich und ihr Blick schwankte zwischen Panik und absoluter, allumfassender Leere.

Aber wieder fehlte ihm das Warum. Warum hatte sie es so lang mit einem Mann ausgehalten, von dem sie doch noch nicht einmal berührt werden wollte? Wie war sie überhaupt mit jemandem zusammen gekommen, der über zehn Jahre älter war als sie?

"Ich versuche lediglich, sie vor sich selbst zu beschützen!", schrie Joey.

"Wer sagt, dass du das musst?", fragte Julien in die entstandene Stille hinein.

"Ich weiß es, denn ich habe schon einmal versagt", sagte er resignierend und ließ sich aufs Sofa fallen.

"Was ist passiert?"

"Ich werde nicht Candys Leben vor dir ausbreiten. Wenn sie es dir sagen wollte, hätte sie es getan", gab er schnippisch zurück.

Justin setzte sich in den Sessel, der in Blickrichtung zum Badezimmer stand. Auf keinen Fall wollte er verpassen, wenn Candy das Bad verließ. Dann schweifte sein Blick durch den Raum.

Von dem Kampf zwischen Julien und Joey war alles ziemlich verwüstet. Überall lagen Scherben einer zerbrochenen Lampe. Heruntergefallene Bücher und Bilder. Die Zeitschriften vom Wohnzimmertisch lagen ebenso verstreut wie das Granulat der kleinen Palme, die zu Boden gestürzt war.

Erst jetzt sah er sich seinen Freund genauer an. Julien hatte ein paar kleinere Schürfwunden und einige Stellen, die rot und geschwollen wirkten. Sein T-Shirt war dreckig und zerrissen. Einige Blutflecken waren darauf ebenfalls zu sehen.

"Du solltest dein Kinn kühlen", sagte er, nachdem er mit der Musterung fertig war. Julien verzog seinen Mund zu einem einseitigen Grinsen, ehe er schmerzerfüllt zusammenzuckte.

"Du solltest lieber dein Auge kühlen, als bei mir klug zu scheißen! Du wirst morgen nichts mehr sehen können!" Dann stand er auf und lief zur Küche. Er brachte jedem ein Kühlpad mit, sogar Joey warf er eins auf den Bauch. Dieser schien genauso verwundert wie Justin.

"Was machen wir jetzt?", fragte Julien und drückte sich das Icepad auf sein geschwollenes Kinn.

"Ich warte auf Candy."

"Und mit ihm?", fragte er weiter und deutete auf Joey.

"Ich ebenfalls! Sie wird mich brauchen, wenn sie da raus kommt!", gab dieser zurück.

Nie im Leben!

Candy würde nicht freiwillig in seine Arme laufen ... oder? Die Ungewissheit nagte an ihm. Minute um Minute wurde er unruhiger. Unsicherer.

Irgendwann stand er auf und begann, auf und ab zu gehen. Wie ein Tiger im Käfig. Sie konnte ihn jetzt nicht einfach verlassen. Sie durfte nicht. Aber er hatte es gesehen. Es stand in ihren Augen. Sie hatte abgeschlossen. Einfach so. Finished. Finito. Ende.

"Ahhh", schrie er und schlug mit seiner Faust gegen die Wand. Die Energie musste raus. Dieses Gefühl, zu platzen, die völlige Ausweglosigkeit. Keine Richtung, die Erleichterung versprach.

Auf der ganzen Welt wollte er nur an einem einzigen Ort sein. Da drin, in diesem kleinen kalten Bad, mit seinem Mädchen in den Armen. Sie einfach so lange halten, bis es ihr wieder besser ging. Er wollte sie, brauchte sie so unglaublich dringend.

Langsam ging er zurück zum Sessel und ließ sich hinein gleiten. Julien beobachtete ihn genau und auch Joey ließ ihn nicht aus den Augen.

Er stützte die Ellenbogen auf seinen Knien ab und legte seinen Kopf in die Hände. Tränen brannten in seinen Augen und er fühlte sich so entsetzlich hilflos. Machtlos.

Die Unsicherheit zerfraß ihn. Zu wissen, dass er sie nicht würde aufhalten können, wenn sie zurück zu Joey wollte, drehte ihm den Magen um. Krampfhaft schluckte er gegen den Würgreiz an.

Wie sollte er sie nur davon überzeugen, bei ihm zu bleiben?

FUCK!

Draußen war es bereits stockfinster, als er das Klicken der Badezimmertür hörte. Mit gesenktem Kopf trat Candy hinaus. Beinahe augenblicklich sprang Joey auf seine Füße und lief zu ihr.

Sie stolperte rückwärts, bis sie mit dem Rücken an der Wand stand. Er ging mit erhobenen Händen auf sie zu und murmelte irgendetwas, was Justin nicht verstand. Es war ihm egal.

In diesem Moment zählte einzig und allein Candy. Ihr Blick flog umher, als würde sie nach einem Ausweg suchen. Sie wirkte klein und verloren, so bedrängt von diesem großen Mann. Sie wich ihm aus mit ihrem Körper und ihrem Blick.

Ihre Augen irrten auf der Suche nach etwas durch den Raum. Dann kreuzten sich ihre Blicke. Verhakten sich ineinander. Trauer lag in ihren Augen. So viel Angst, Verunsicherung und Sehnsucht.

Fast so, als wünschte sie sich, zu ihm kommen zu können. Konnte es sein? Konnte es tatsächlich sein, dass sie gar nicht von ihm weg, sondern zu ihm hin wollte?

In diesem Moment griff Joey nach ihrer Schulter. Sie zuckte heftig zusammen und ihr Blickkontakt riss ab. Wieder wich sie einige Schritte zur Seite aus und suchte gleich darauf Justins Blick.

Er lehnte sich im Sessel zurück, legte seine Unterarme auf die Armstützen und drehte die Handflächen zur Decke. Ein Angebot. Simpel. Minimalistisch und doch alles, wozu er sich aufraffen konnte.

Eine Zurückweisung konnte er in diesem Moment nicht ertragen. Und so konnte er sich zumindest einreden, dass sie es nicht verstanden hatte.

In ihren Augen blitzte Hoffnung auf, sie machte einen kleinen Schritt auf ihn zu. Dabei schien sie ebenso unsicher zu sein wie er selbst.

Noch ein Schritt, während Joey fortwährend auf sie einsprach und immer wieder versuchte, nach ihr zu greifen. Hoffnungslos, denn Candy wich ihm ein ums andere Mal aus und auch seine Worte schienen nicht zu ihr durchzudringen.

"J ...", hauchte sie und klang dabei unendlich verzweifelt.

'Komm', formte er mit seinen Lippen, traute sich nicht, das Wort laut auszusprechen. Hatte Angst zu atmen. Wollte nichts riskieren, was diese hauchdünne Verbindung zwischen ihnen unterbrechen könnte.

Sie kam zu ihm. Leise bewegten sich ihre nackten Füße die wenigen Meter, die sie trennten. Sie schlich direkt auf ihn zu. Ließ sich vorsichtig auf seinen Schoß sinken und rollte sich zusammen. Zog ihre Beine an ihre Brust und wandte sich ihm zu.

Dann schlang sie ihre Arme um seinen Hals und schmiegte ihre Wange an seine Haut.

Gott sei Dank!

Justin umschlang sie, zog sie an sich und hielt sie fest, als würde jemand kommen und sie ihm wegnehmen. Er war so unendlich dankbar dafür, dass sie zu ihm gekommen war, dass sie bei ihm sein wollte. Es gab keine Worte für das Gefühlschaos, das in seinem Inneren tobte. Zwei Gefühle überwogen alle anderen. Erleichterung und allen voran: Liebe.

"Es tut mir alles so furchtbar leid", hauchte sie und ihr kleiner Körper begann schon wieder zu zittern.

"Nein, mir tut es leid, Babe. Aber nicht jetzt, nicht heute. Wir haben morgen alle Zeit der Welt. Lass uns erst einmal ein wenig zur Ruhe kommen. Wir sind beide erschöpft, meinst du nicht?", flüsterte er. Er spürte ihr leichtes Nicken an seinem Hals und atmete erleichtert auf.

Es würde gut gehen. Es würde klappen. Sie wollte bei ihm bleiben und alles andere konnten sie schaffen. Er schloss seine Augen und atmete tief ihren Duft ein. Er küsste sie auf den Scheitel und legte dann seine Wange darauf ab.

Das Gefühl, sie nach diesen endlosen Stunden der Ungewissheit endlich wieder in den Armen zu halten, war einfach unbeschreiblich.

Als er seine Augen wieder öffnete, sah er direkt in Joeys ungläubige Augen.

"Es gab einmal eine Zeit, da lag Lisa mir genauso in den Armen", sagte Joey leise und sah wehmütig auf Candy hinab.

Diese verspannte sich beinahe augenblicklich. Aber jetzt war nicht die Zeit für die Vergangenheit und

Geständnisse, jetzt war die Zeit, einander einfach nur Trost zu spenden. Also stand er mit Candy im Arm auf und trug sie unter Joeys kritischem Blick ins Schlafzimmer.

CANDY

Nie in ihrem Leben hatte sie jemanden kennenlernen dürfen, der so sensibel und feinfühlig war wie Justin. Er reagiert auf jede noch so kleine Veränderung und er traf immer die richtige Entscheidung.

Am liebsten würde sie ihn einfach nie wieder loslassen. Nie wieder ohne ihn sein. Aber wie konnte sie das von ihm erwarten? Wie sollte sie ihm das antun können?

Erneut begannen ihre Augen zu brennen und der Druck auf ihrer Brust wurde stärker.

"Schsch", brummte er, als sie zu zittern begann.

"Wir kriegen das hin, verstehst du?"

"Ich wüsste nicht, wie", gab sie leise zurück.

"Du bist alles, was ich mir jemals erträumt hab. Du bist bei mir. Das genügt. Du musst einfach an deine Träume, unsere Träume glauben, Babe."

"Ich habe vor einer ganzen Weile aufgehört zu träumen. Aber wenn ich es könnte, würde es nur um dich gehen."

Die Wahrheit ausgesprochen zu hören, tat jedes Mal aufs Neue weh. Sie war innerlich zerrissen zwischen dem Wunsch, ihn nie wieder gehen zu lassen und ihm nie begegnet zu sein.

Er war der Ursprung von allen Gutem in ihrem Leben und gleichzeitig sah sie die unglaubliche Welle des Schmerzes bereits auf sich zurollen, wenn er erkannte, dass von ihrer äußerlichen Schönheit nicht viel auf ihr Inneres abgefärbt hatte..

"Ich liebe dich", murmelte er und ihr schnürte sich erneut die Kehle zu.

"Wie kannst du das? Du weißt nichts über mich!", gab sie zurück und versuchte, sich nicht von der Verzweiflung hinreißen zu lassen.

"Ich kenne dein Herz, das reicht. Alles andere werden wir morgen nachholen", sagte er und küsste sie auf die Stirn.

Ja, nur dass ihr Herz unter all den Narben verborgen lag und langsam aber sicher genauso schwarz werden würde wie ihre Seele.

Er war wundervoll und sie konnte, nein, sie durfte nicht so egoistisch sein und ihn mit sich nach unten ziehen. Sie musste gehen. Durfte nicht bleiben, durfte diesen wundervollen Menschen nicht vergiften.

Diese Erkenntnis riss sie restlos entzwei. Schluchzend lag sie in den Armen, die sie in dieser Nacht zum letzten Mal spüren würde. Er versuchte, sie zu beruhigen, doch all die Worte und Gesten machten ihr nur immer klarer, wie groß der Verlust sein würde.

Wie hatte sie nur jemals zulassen können, dass sich erneut eine Person in ihr Herz schlich? War Lisa ihr denn nicht Lehre genug gewesen?

Irgendwann musste sie eingeschlafen sein. Nicht allzu lang, denn es war noch stockdunkel, als sie wieder erwachte. Justin hielt sie immer noch in seinen Armen, doch auch er schlief tief und fest.

Sie war immer noch vollkommen erschöpft. Ihr Kopf fühlte sich vom vielen Weinen an wie in Watte gepackt. Ihre Augen waren wie zugeklebt, von den Tränen und der Nacht mit den Kontaktlinsen.

So schön sich Justins Arme auch anfühlen mochten, sie musste gehen. Jetzt. Wenn er wach war und mit ihr sprach, sie berührte, würde sie nie im Leben die Kraft finden.

Ganz langsam löste sie ihre Finger, die sich in sein T-Shirt verkrallt hatten. Selbst im Schlaf zogen sich seine Augenbrauen unwillig zusammen, als sie von ihm abrückte.

Vorsichtig rollte sie sich aus dem Bett. Sie war froh,

dass sie noch angezogen war, so musste sie nicht allzu viel Lärm veranstalten. Sie schnappte sich ihre Handtasche samt ihrer Papiere und schlüpfte unbemerkt aus dem Zimmer.

Im Bad nahm sie nur das Notwendigste mit. Kontaktlinsen Equipment, ihre Brille, Sachen zum Waschen, eine Bürste und ein Deo.

Als sie sah, dass Joey auf dem Sofa schlief, zuckte sie zunächst zurück. Sie wollte ihn auf keinen Fall wecken!

Ihr nächster Blick fiel auf den Wohnzimmertisch. Und tatsächlich, die Schlüssel des Camaro und sein Geldbeutel lagen dort. Sie würde ihm alles zurückgeben und war sich sicher, dass Joey ihr nicht böse sein würde, wenn sie sich etwas von ihm lieh.

Auf Zehenspitzen lief sie an ihm vorüber und nahm beides leise vom Tisch. Sie erstarrte mitten in der Bewegung, als er sich brummend zur Seite drehte. Er schien aber nicht aufzuwachen.

Ganz langsam stieß sie den angehaltenen Atmen aus. Ihr Herz raste und pumpte das Adrenalin durch ihre Adern. Es dauerte einige Sekunden, ehe sie sich wieder traute, sich zu bewegen.

Erleichtert schlich sie zur Tür. Nahm sich ihren dicksten Mantel und Winterboots unter den Arm und öffnete die Tür. Die Sachen bereits in der Wohnung anzuziehen, kam nicht in Frage. Zu laut, zu zeitaufwändig.

Sie zog die Tür nicht ins Schloss, um nicht zu riskieren, dass Joey aufwachte.

Dann lief sie hinaus in die Nacht. Erster Schritt: von hier verschwinden. Dann konnte sie weitere Pläne schmieden.

19 WHERE ARE YOU?

JUSTIN

Sein Wecker riss ihn erbarmungslos aus seinen Träumen. Er drehte sich zur Seite und schlug mit seiner Hand auf den Snoozeknopf, um ihn zum Schweigen zu bringen.

Noch fünf Minuten, dachte er und wollte sich nochmal an Candy kuscheln. Er streckte seine Hand aus und tastete nach ihr. Nichts. Nicht einmal das Laken war noch warm.

Blinzelnd öffnete er die Augen. Das grelle Sonnenlicht schmerzte. Als nächstes fiel ihm das Pochen und Brennen an seiner Wange auf. Mit seiner Hand betastete er vorsichtig die Schwellung, während die Erinnerungen an den Vorabend langsam zurückkehrten.

Scheiße!

Sein Schädel dröhnte, als er sich zum Sitzen aufrichtete. *Noch angezogen* ... ach ja, er hatte sich einfach nur mit Candy zusammen hingelegt.

Die Tür stand einen schmalen Spalt offen. Als er sie schließlich ganz öffnete, verzog er das Gesicht.

Das Chaos hatte leider noch niemand beseitigt.

"Candy?", rief er, während er vom Wohnzimmer Richtung Küche ging. Keine Antwort.

"Candy?", fragte er, als er den Kopf in die Küche streckte. Auch hier nichts.

Langsam bekam er ein ungutes Gefühl in der Magengegend. Rasch drehte er um und lief zum Bad. Die Tür stand offen.

Scheiße!

"Candy?", rief er noch einmal in der irrsinnigen Hoffnung, sie irgendwo übersehen zu haben.

"Was schreist du denn so?", brummte eine Stimme hinter ihm.

Joey. Was zum Teufel macht der noch hier?

"Hast du Candy gesehen?", fragte er dennoch, da Joey der Einzige war, der ihm im Moment Auskunft geben konnte.

"Nicht, seit du sie in deine Höhle geschleppt hast", brummte dieser und kratzte sich im Nacken.

Kein Wunder, dass ich den Schlag heute noch spüren kann, bei dem gewaltigen Bizeps. Gott, das ist ja ein halbes Frauenbein!, dachte Justin, während er schockiert auf den muskulösen Arm des Riesen starrte.

Am Vortag war er so mit Candy beschäftigt gewesen, dass ihm überhaupt nicht aufgefallen war, was für ein Koloss Joey eigentlich war.

Candy ...

"Sie ist weg", sagte er, als wollte er die Worte in seinem Mund ausprobieren.

"Wie weg?"

"Einfach weg. Julien ...", murmelte er und unterbrach sich dann. Aber warum hätte sie zu ihm gehen sollen? Egal, vielleicht wusste er irgendetwas.

Entschlossen schritt er auf Juliens Zimmertür zu und riss sie auf.

"Julien!", rief er, knipste das Licht an und ging auf seinen gequält stöhnenden Freund zu.

In zwei Schritten war er beim Bett, packte ihn an den Schultern und schüttelte ihn.

"Wach auf, Julien! Weißt du, wo Candy ist? Hast du sie gesehen? Hat sie was gesagt? Hast du ...?"

"Hey, hey, jetzt mal in Ruhe, Großer! Ich hab doch geschlafen, hast du das nicht mitbekommen?"

"Doch, aber es ist wichtig! Hast du sie..."

"Alles klar, es ist wichtig, aber wie gesagt, ich hab geschlafen. Wie soll ich sie gesehen oder mit ihr gesprochen haben. Und was meinst du überhaupt? Sie ist weg? Wohin?"

"Das frage ich dich doch gerade!", sagte Justin verzweifelt. Wo zum Teufel war sie nur hin?

"Ich hab ihr immer gesagt, sie braucht ein Handy", brummte Joey von der Tür aus.

Handy!

"Ich hab ihr eins gekauft", rief Justin bereits auf dem Weg zur Tür. Er schlüpfte an Joey vorbei und lief zurück in sein Zimmer. In Windeseile wählte er ihre Nummer.

"The person you are calling is not available at present ...", dröhnte ihm die Ansage ins Ohr.

Shit.

"Ausgeschaltet", informierte er die Männer in seinem Türrahmen und starrte dabei weiter ungläubig auf sein Handy.

Sie war weg. Einfach so. Über Nacht verschwunden, wie ein Geist, der überhaupt nie da gewesen war. Die einzige Frau, die je sein Herz für sich gewonnen hatte, wollte es nicht.

Der Schmerz in seinem Inneren überwältigte ihn. Er zitterte vor Wut und Trauer. Wie zum Teufel konnte sie ihm das nur antun. Wie konnte sie ihm sagen, dass sie ihn liebte und ihn dann einfach ohne ein Wort verlassen?

"VERDAMMTE SCHEIßE!!", brüllte er und schmetterte sein Handy mit aller Kraft gegen die Wand. Es zerbarst in tausend Teile, genauso wie sein Herz.

"Hey ... jetzt beruhig dich mal, Justin! Wo sollte sie

schon hin? Vielleicht ist sie nur ein wenig raus, mal frische Luft schnappen oder so", versuchte Julien ihn zu beruhigen.

"Ähm ... ich will euch nicht enttäuschen, Jungs, aber ich glaube kaum", sagte Joey.

Schnellspanner!

Als wüsste Justin nicht ganz genau, dass Candy nicht mal nur so zum Luftschnappen vor die Tür ging.

"Sie hat den Camaro und meine Brieftasche mit", fügte der Schnellspanner hinzu.

Fuck! So konnte sie sonst wo hin, ehe er auch nur die Chance hatte, sie wieder zu finden. Wieder begannen seine zu Fäusten geballten Hände zu zittern.

"Das ist gut. Das ist verdammt gut. Das ist spitze!", rief Julien und war bereits aufgesprungen.

"Bist du bescheuert? Das ist der absolute Super-Gau! Sie ist mittlerweile über alle Berge und ich werde sie nie wiedersehen!", rief Justin aufgebracht.

"Nein! Denk doch mal! Mat kennt bestimmt jemanden bei der Polizei!"

Ja ... vielleicht ... vielleicht konnte es wirklich funktionieren. Vielleicht konnten sie sie über den Camaro finden!

Julien lief bereits zurück in sein Schlafzimmer, während er und der ungebetene Gast sich aufs Sofa setzten.

"Was ist überhaupt passiert, dass sie so klammheimlich abgetaucht ist?", fragte Joey nach einigen Minuten.

"Du bist aufgetaucht und hast sie in die Ecke gedrängt!", knurrte er.

Wäre dieser Idiot nicht gekommen, könnten sie an diesem Morgen genauso glücklich wie die vergangenen Tage zur Uni schlendern.

"Nein, ich meine heute Nacht. Gestern hat sie sich noch in deine Arme geschmiegt und heute flieht sie", sagte Joey, ohne auf seine Provokation einzugehen.

"Nichts! Ich habe sie getröstet, mehr nicht!"

"Ihr habt nicht geredet?"

"Über was denn? Sie war völlig verzweifelt, außer sich, da kann ich doch nicht noch weiter in sie dringen!", rief Justin aufgebracht.

Wie konnte er nur denken, dass es besser gewesen wäre, noch mehr Druck auf sie auszuüben?

"Sie wird nicht von sich aus zu dir kommen. Sie wird nicht kommen und sagen: Hey, sieh mal, das ist meine verkackte Vergangenheit. Sie versucht zu verdrängen und zu vergessen. Das ist verdammt schlecht und du siehst, was daraus wird. Ich gebe dir ein paar Informationen. Sozusagen die Zusammenfassung. Aber ich bin bestimmt nicht für die Details zuständig. Ich mach das auch nicht für dich! Ich will, dass sie glücklich ist ... auch wenn das heißt, dass sie dich will", sagte Joey und schien sich selbst ein wenig unwohl zu fühlen.

Justin nickte. Er hatte recht, aber es musste doch möglich sein, ein gesundes Mittel zu finden! Einen Weg, der für sie beide in Ordnung wäre.

"Sie ist bei ihrer Mum in New York aufgewachsen. Das weißt du, oder?"

Justin nickte erneut, soviel hatte Candy ihm bereits verraten.

"Niemand weiß, wer ihr Dad ist. Er war ein Seitensprung, während ihre Mum noch verheiratet war. Danach hatte sie immer wechselnde Partner, eine ganze Palette voll. Lisa ... Lisa, ihre große Schwester war immer der Rebell. Hat sich gegen die Männer gewehrt und sich vor Candy gestellt, wenn es hart auf hart kam. Candy nicht. Sie war schon immer stiller, duldsamer und hat gemacht, was ihre Mutter ihr gesagt hatte. Sie hatte die Rolle des kleinen, süßen Mädchens mit den blonden Locken perfektioniert. Saß immer brav auf den Schößen, auf die man sie gesetzt hatte, und ließ alles ohne ein Wort über sich ergehen."

Justin konnte sie vor sich sehen. Ein kleines süßes Mädchen mit erschreckend totem Blick. Aber Lisa?

"Ist Lisa nicht ihre Freundin gewesen? Die, die an der

Überdosis starb?", fragte er schließlich verwirrt und sah verwundert, wie Joey zusammen zuckte.

Er räusperte sich einmal, zweimal, ehe er fortfuhr. "Ähm ... ja, Lisa war ihre große Schwester und beste Freundin zugleich. Sie standen sich sehr nahe. Der letzte Freund ihrer Mutter war ziemlich heftig für die beiden. Er war jähzornig und gewalttätig. Ich habe Lisa ein ums andere Mal gebeten, zu mir zu ziehen, aber sie wollte nicht ... wegen Candy. Wollte sie nicht zurücklassen..."

Er brach ab, rieb sich mit beiden Händen übers Gesicht, lehnte sich dann zurück und legte den Kopf in den Nacken, ehe er weiter sprach: "Noch ein halbes Jahr ... noch ein verdammtes halbes Jahr, dann wäre Candy 16 geworden und ich hätte sie beide da raus holen können. Aber je mehr sie sich gegen ihn wehrten, desto schlimmer wurde es. Sie haben angefangen ... mit den Drogen, meine ich ... Lisa ist ziemlich schnell ziemlich tief in dieses Vergessen abgetaucht. Irgendwann zu tief ..."

"Überdosis", murmelte Justin und Joey nickte nur.

"Und dann?"

"Nahm ich Candy mit zu mir, ehe sie ebenso zerbricht."

"Das war gut, nur was du von ihr erwartet hast nicht", sagte Justin und ein weiteres Teilchen fand seinen Platz. Joey war mit Lisa zusammen und wollte Candy zu ihrem Ersatz machen ... Chancenlos!

Wut wallte in ihm auf! Warum konnte er dieses gebrochene Mädchen nicht einfach in Ruhe lassen?

"Sie haben den Camaro!", rief Julien, der sich im Gehen einen Pullover überstreifte. Sofort waren alle anderen Gedanken vergessen.

"Wo?", rief er bereits auf dem Weg zur Wohnungstür.

"Er steht an einer der Aussichtsplattformen am Hudson!"

Schnell schlüpfte er in seine Sneakers. Zu Dritt sprangen sie in Justins Chevy und fuhren deutlich über Tempolimit zur genannten Parkbucht.

Der Camaro stand auf der Straße oberhalb der Bucht.

"Ist er das?", wandte er sich an Joey und deutete auf den schwarzen Wagen. Er nickte und Justin lief die Stufen zur Parkbucht hinab.

Candy saß hinter dem Steuer. Ihr Blick war nach vorn gerichtet. Sie hatte die Kapuze ihres Mantels weit ins Gesicht gezogen und die Hände in den Ärmeln vergraben. Erleichterung überkam ihn in einer so gewaltigen Welle, dass seine Beine schwach wurden. Sie war noch da. Er hatte sie gefunden. Er hatte noch eine Chance bekommen, sie zu behalten. An sich zu binden.

Die Beifahrertür war nicht abgeschlossen, also öffnete er sie und ließ sich auf den Platz neben ihr gleiten.

Kurz zuckte sie zusammen, schien ihn dann aber zu erkennen, denn ein kleines Lächeln spielte um ihre Mundwinkel.

"Guten Morgen, Babe", sagte er sanft. Mit Vorwürfen wollte er sie lieber nicht konfrontieren. Sie sah so unglaublich erschöpft aus. Ausgelaugt. Blass. Sie hatte Augenringe und getrocknete Tränenspuren auf ihren Wangen.

"Hey ... was machst du hier?", hauchte sie, sah aber mit ihren glasigen, leeren Augen weiter geradeaus.

"Mein Bett war so leer und unglaublich kalt", sagte er leise und strich ihr die Kapuze vom Kopf, damit er mit ihren Locken spielen konnte.

Er musste sie berühren, um zu wissen, dass sie da war. Gleichzeitig wollte er sie zu nichts zwingen, was sie nicht wollte.

"Nein, ich meine hier unten? Wie hast du mich gefunden?", fragte sie und lehnte ihren Kopf ein wenig zurück, sodass seine Finger nicht nur ihre Haare, sondern auch ihre Kopfhaut berührten.

Konnte es sein? Brauchte sie ihn, so wie er sie brauchte? So sehr, dass es weh tat?

"Die Polizei hat den Camaro gefunden."

"Joey hat mich angezeigt?", fragte sie entgeistert und

sah ihn nun doch mit großen Augen an.

Wunderschöne Augen. Unendliche blaue Weiten, tief und ausdrucksstark. Augen, in denen immer jede einzelne Gefühlsregung stand. Augen, die immer dann am schrecklichsten waren, wenn sie tot wurden. Leer. Blicklos.

"Nein. Inoffiziell. Wo wolltest du hin, Candy?"

"Ich weiß es nicht. Einfach nur weit weg", flüsterte sie und die blauen Seen füllten sich mit Wasser.

"Und warum bist du dann noch hier?", fragte er und streichelte sanft mit seinem Daumen über ihre Wange.

"Ich konnte nicht gehen", sagte sie heiser und die erste Träne lief über ihre Wange.

"Warum?" Er musste es wissen. Musste es von ihr hören.

"Weil ich dich liebe", schluchzte sie.

"Dann bleib! Ich liebe dich, Candy. Ich will nicht mehr ohne dich sein", sagte er eindringlich und legte seine zweite Hand an ihre Wange.

Er brauchte mehr von ihr, mehr Körperkontakt.

"Ich hasse es, dich zu lieben", flüsterte sie.

"Warum? Warum kannst du nicht nachgeben und es einfach zulassen?"

"Ich muss gehen, weil ich dich liebe. Ich kann nicht gehen, weil ich dich liebe. Weil ich dich liebe, habe ich das größte Glück und den größten Schmerz erlebt. Ich liebe dich so sehr, dass es mich an die Grenzen des Erträglichen treibt. Aber vor allem liebe ich dich so sehr, dass ich dich nicht auch noch mit in die Schwärze meiner Seele ziehen will." Ihre letzten Worte erstickten in einem Schluchzer und ihr kleiner Körper bebte.

Zu hören, dass sie ihn genauso verzweifelt liebte, wie er sie, erleichterte ihn so sehr, dass er das Gefühl hatte, alles schaffen zu können, solange sie nur bei ihm war.

"Es ist meine Entscheidung, wie weit ich bereit bin zu gehen, Babe", sagte er deshalb schlicht und streichelte weiter über ihre nassen Wangen.

Sie fühlte sich in diesem Moment so unglaublich

zerbrechlich an.

"Nein. Ich kann dir das nicht antun und ich würde es nicht überleben, wenn du mich dann verlässt, wenn ich noch tiefer festsitze als jetzt schon. Ich kann mich nicht einmal heute einfach in dieses verdammte Auto setzen und weg fahren", schluchzte sie.

Die Verzweiflung in ihrer Stimme schnürte ihm die Kehle zu. Wie konnte sie nur annehmen, dass er sie jemals wieder verlassen würde?

"Ich werde dich nicht verlassen!", sagte er eindringlich.

"Du weißt nicht, wovon du redest!"

"Doch! Joey hat es mir erzählt! Er hat mir von New York erzählt, deiner Mum ... und ... und Lisa"

Candy starrte ihn schockiert an.

"Nein...", stammelte sie.

"Doch, ich weiß es!", sagte er eindringlich und versuchte, sie mit seinem Blick zu fixieren. Sie sah, dass er die Wahrheit wusste. Dass er nicht pokerte, sondern die Karten gesehen hatte.

Mehr Tränen stiegen aus ihren Augen und sie begann heftig am ganzen Körper zu zittern.

"Joey weiß nicht alles, J", flüsterte sie gequält und ihre Stimme brach.

"Ich habe sie umgebracht", fügte sie dann hinzu. Ihr Blick wirkte entrückt, als würde sie in ihren Gedanken zurück in die Vergangenheit sehen.

"Was redest du da? Sie hatte eine Überdosis, das hast du selbst gesagt."

"Ja, aber sie blieb nur, um mich zu beschützen. Wäre ich nicht gewesen, wäre sie schon ein Jahr zuvor zu Joey gezogen. Sie wären heute glücklich, hätten eine kleine Familie mit Haus und Garten und 2,5 Kindern. Es ist immer meine Schuld, weißt du? Wäre ich nicht gewesen, wäre meine Mum noch glücklich mit Lisas Dad zusammen. Alle wären glücklich."

Der Ausdruck in ihren Augen sagte ihm deutlich, wie ernst sie es meinte. Dass sie das, was sie sagte, wirklich glaubte. Das konnte er nicht zulassen!

"Nein, Candy! Gott, nein! Es ist nicht dein Fehler, dass deine Mum nicht treu sein konnte! Und es ist ganz bestimmt nicht deine Schuld, dass Lisa ihren Drogenkonsum nicht im Griff hatte!"

"Doch", flüsterte sie. "Ich habe es versucht, weißt du? Ich habe mein Leben lang versucht, jemand zu sein, der andere glücklich machen konnte. Jemand zu sein, den jeder mochte, aber irgendjemand blieb immer auf der Strecke. Wenn ich süß war, wie Mum mich wollte, war Lisa die böse. 'Warum kannst du nicht so süß sein wie Candy?' hatte sie geschrieen. Ich hab sie gehört. Ich wollte stark sein. Für Lisa. Und wieder hat sie den Ärger dafür kassiert, weil ich eben nicht mehr süß und lieb genug war."

"Du bist perfekt, wie du bist, Candy. Du musst dich für niemanden ändern!"

Doch sie schüttelte nur traurig den Kopf.

"Ich hab sie ihm weggenommen", flüsterte sie und ihre Tränen liefen wieder schneller.

"Wem? Was?"

Ihren Gedankengängen konnte er nicht immer folgen, so schnell wechselte sie das Thema.

"Joey … ich hab ihm Lisa geraubt. Mein Gott, er war so unglaublich gebrochen. Ich hab ihm damit das Herz gebrochen. Ich hab ihn kaputt gemacht, weil ich ihm Lisa genommen habe."

"Nein … Candy", sagte er eindringlich.

"Ich hab sie ihm gestohlen und er rettete mich dafür sogar noch aus dieser Hölle. Ich war ihm so dankbar und so vieles schuldig!", flüsterte sie wie im Wahn, als müsste jetzt, wo die Schleusen erst einmal geöffnet waren, alles auf einmal ans Licht.

Ihre Finger hatten sich im Saum ihres Mantels verkrallt.

"Ich wollte ihm geben, was ich ihm genommen hatte. Ich wollte Lisa für ihn sein. Ich hab's versucht. Wirklich!", flüsterte sie eindringlich und ihre Lippen bebten.

Ihren Schmerz zu sehen, war beinahe unerträglich. Er

wollte, dass sie aufhörte. Dass sie glücklich war.

Und doch konnte er nichts sagen, konnte sie nicht unterbrechen. Wollte ihr keinen Rahmen geben, in den sie sich zwängen konnte.

"Ich hab's nicht geschafft, weißt du? Ich war nie genug, weil ich einfach nicht Lisa war. Ich weiß, ich bin undankbar, aber ich war so froh, als er mich endlich verlassen hat. Das war meine verdammte Chance! Dank Joey hab ich es geschafft, dieses Leben hinter mir zu lassen, zu lernen und dieses Stipendium zu bekommen. Und ich konnte ihm nicht mal genug geben, um wieder glücklich zu werden."

"Es ist verdammt nochmal nicht deine Schuld, Candy! Solange er sich an die Vergangenheit klammert, wird er niemals glücklich werden können!"

Sie schluchzte jetzt haltloser, sah so furchtbar verloren aus. Er konnte nicht mehr. Er wollte sie trösten, sie stützen, ihr Halt geben, aber Worte genügten nicht mehr.

Er griff nach ihr, zog sie auf seinen Schoß.

Sie wehrte sich nicht. Im Gegenteil. Sie schlang ihre Arme um ihn, klammerte sich an ihm fest, als wäre er das einzige, das sie noch aufrecht hielt. Sie weinte in seinen Armen. Schluchzte und zitterte. Ihre Atmung war heftig und immer wieder verkrampfte sich ihr gesamter Körper.

Ihr Schmerz und ihre Qual trieben ihn an den Rand des Wahnsinns. Wie konnte sie so leben und trotzdem noch lächeln? Woher nahm sie die Kraft, für die ganze Welt etwas zu sein oder zumindest zu spielen, was sie überhaupt nicht war?

Er konnte nichts tun. Nichts tun, als ihr Halt zu geben. Sicherheit und Geborgenheit, ohne ihr im Gegenzug eine Rolle zuzuweisen, die sie zu erfüllen hatte.

Zug um Zug streichelte er ihren Rücken unter dem dicken Mantel und es dauerte über eine halbe Stunde, bis ihre Atemzüge ruhiger wurden und ihr Schluchzen verebbte.

Er schob sie ein kleines Stückchen von sich und wischte ihr die letzten Tränen von den Wangen. Selbst so aufgelöst, war sie einfach wunderschön. Er beugte sich nach vorn, küsste sanft ihre Unterlippe. Er schmeckte das Salz ihrer Tränen.

"Wir haben uns versprochen, das zusammen zu schaffen, erinnerst du dich?", flüsterte er, als könnte ein lautes Wort sie verscheuchen.

"Ich will dich nicht so zerstören, wie ich es mit allen anderen in meiner Vergangenheit getan habe."

"Du hast nichts falsch gemacht und ich werde alles daran setzten, dir das zu beweisen! Aber versprich mir, dass du mich nie wieder verlässt!"

"Ich würde gehen, ich sollte gehen..."

Schnell erstickte er jedes weitere Wort mit seiner Hand.

"Nein!", sagte er scharf und sah ihr eindringlich in die Augen. Ohne ihren Blick aus seinem zu lösen, zog sie seine Hand von ihren Lippen.

"Aber ich kann nicht gehen. Ich liebe dich, Justin. Mehr als mein Leben! Du bist mein Herz. Der Antrieb meines Lebens. Meine Liebe, mein ein und alles. Ich bin da, wo du bist. Jetzt und für immer", flüsterte sie mit tränennassen Augen.

Die Erleichterung, die er bei ihrem Geständnis empfand, konnte er nicht in Worte fassen. Er verstand sie genau, denn er empfand das Gleiche und mehr für sie. Er würde alles tun und alles daran setzen, dass es ihr besser gehen würde.

Wirklich besser, nicht einfach nur eine neue Maske, eine neue Fassade, die sie hochzog, um ihn oder jemand anderen in ihrem Leben glücklich zu machen.

Seine Hand zwischen ihren Schulterblättern, zog er sie an sich, küsste sie und legte dabei all seine Gefühle in den Kuss.

Sie küsste ihn genauso intensiv. Krallte ihre kleinen Hände in seine Lederjacke und presste ihren Körper an ihn.

Atemlos lösten sie sich von einander.

"Wir bekommen das hin. Versprochen!", flüsterte er und suchte nach einem Zweifel in ihrem Blick.

"Ja, weil du, du bist", gab sie überzeugt zurück.

"Nein, weil wir, wir sind!", korrigierte er sie und genoss es, als ihre schönen Lippen sich zu einem Lächeln verzogen.

"Ja. Weil wir wir sind."

20 *THE TIME AFTER ...*

CANDY

Die zahlreichen Aussprachen mit Joey waren schmerzhaft, für beide Seiten. Aber unglaublich wichtig ... ebenfalls für beide Seiten.

Zu erkennen, wie schlecht sie in den vergangenen sechs Jahren für einander waren, war grauenvoll für sie beide gewesen.

Grauenvoll, aber unumgänglich, um endlich mit der Vergangenheit abschließen zu können.

Alte Wunden, von denen sie bereits gedacht hatte, dass sie vollständig verheilt waren, wurden Stück für Stück erneut aufgerissen.

Viele ihrer Gespräche endeten damit, dass beide außer sich waren. Vor Wut, vor Trauer, vor Verzweiflung. Der Schmerz war oftmals unerträglich.

Die Palette der Emotionen war riesig und Candy war unglaublich dankbar dafür, dass sie Justin hatte, der sie mit seinen Umarmungen ein ums andere Mal wieder beruhigen konnte.

Joey blieb noch eine ganze zeitlang bei ihnen und übernachtete auf ihrer Couch. Im ersten Moment waren weder Justin noch Julien von dieser Idee begeistert gewesen. Nach und nach sahen beide aber ein, dass sie die Gespräche mit Joey brauchte, um endlich zu einem Abschluss zu kommen.

Einige Wochen später bezog Joey zusammen mit Moe eine Wohnung in Boston. Gemeinsam eröffneten sie ein Tattoostudio ganz in der Nähe.

Justin erwies sich als genauso perfekt, wie sie ihn bereits kennengelernt hatte.

Er drängte sie zu nichts. Versuchte, sie in keine Form zu pressen oder sie zu ändern. Sie musste nichts für ihn darstellen und niemand sein ... außer sie selbst.

Immer wieder riss er Grenzen und Barrieren ein, die Candy sich selbst auferlegt hatte. Zeigte ihr, wie viel mehr sie haben konnte. Er zeigte ihr, dass es noch so viel mehr gab, wofür es sich zu leben lohnte.

Zudem zeigte er ihr, dass sie alles schaffen konnte, wenn sie es wollte und trieb sie dabei immer wieder zu neuen Leistungen an, von denen sie niemals geglaubt hätte, sie erreichen zu können.

Ohne ihn würde sie es auch nicht schaffen. Doch weil sie ihn so sehr liebte, machte ihr nicht einmal diese Abhängigkeit Angst.

Nur eines gab es, bei dem er kein Pardon kannte.

Er hatte darauf bestanden, dass sie mindestens einmal wöchentlich einen Therapeuten aufsuchte, um ihre Vergangenheit aufzuarbeiten.

Zunächst hatte sie sich strikt geweigert. Justin ließ aber nicht locker und sie hatten deswegen die ein oder andere heftige Auseinandersetzung.

Er ging sogar so weit, dass er sie zusammen mit Joey und Julien bearbeitete. Drei gegen einen war ziemlich unfair und sie gab sich ziemlich schnell geschlagen.

Nun gut, sie würde hingehen, das hieß ja noch lange

nicht, dass sie die gute Frau auch in die hintersten Winkel ihrer Seele blicken lassen musste.

Ganze zwei Wochen hatte es gedauert, dann freute sie sich sogar auf die Termine. Susan war sehr einfühlsam und Candy konnte bei ihr nicht nur ihre Vergangenheit aufarbeiten, sondern auch ihre Probleme in der Gegenwart.

Susan half ihr auch, wieder ein sehr gutes Verhältnis zu Joey und Julien herzustellen. Heute mochte sie die beiden noch lieber, als jemals zuvor.

21 EPILOG

CANDY

Justin und sie waren nun seit einem halben Jahr zusammen. Der zweite Punkt, bei dem er kein Erbarmen kannte, war ihre gemeinsame Zukunftsplanung.

Mindestens einmal täglich bat er sie, seine Frau zu werden. Immer wieder hatte sie ihn abgewiesen und es brach ihr jedes Mal aufs Neue das Herz. Aber sie waren zu jung. Es lagen noch zu viele Probleme vor ihnen!

"Warum, J?", hatte sie ihn schließlich gefragt, weil sie ihnen beiden diese Tortur abnehmen wollte.

"Weil ich dich liebe", hatte er schlicht zurückgegeben.

"Das kannst du auch ohne Ring an meinem Finger!"

Er sah sich ein wenig verloren um, als würde er eine Lösung, einen Ausweg suchen. Schließlich seufzte er und zuckte mit den Schultern.

"Ich ... ich weiß nicht ... ich brauche einen Beweis ... etwas Greifbares", hatte er schließlich gesagt und dabei so unglaublich verletzlich ausgesehen.

"Wir haben noch nicht einmal unser Studium abgeschlossen!"

"Egal, wir sind anders!", hatte er heftig erwidert.

Ja, er hatte recht. Sie waren anders. Sie passten in keine Form.

"Weil wir, wir sind", flüsterte sie schließlich und erinnerte sich an diesen so schmerzhaften und doch unendlich schönen Tag zurück.

Ein unsicheres Lächeln spielte auf seinen Lippen, als er nickte.

"Dann ja, verdammt!", sagte sie glücklich lächelnd. Befreit von den Grenzen, die sie sich wieder einmal selbst auferlegt hatte. Grenzen, die Justin für sie einreißen konnte.

Er küsste sie stürmisch und als er sich schließlich von ihr löste, sah er ihr tief in die Augen und flüsterte: "Ich liebe dich!"

--ENDE--

Fire&Ice

Band 1

Ryan Black

Allie Kinsley

Cover Foto: bigstockphoto.com, NejroN Photo

ISBN: 1494435977
ISBN-13: 978-1494435974

1 TALIN

SKY

"Endlich zurück!", rief Maya ihrer besten Freundin Sky zu.

Ja, dachte Sky, *endlich zurück in Talin!*

Das jährlich zweiwöchige Mittelalterfestival besuchten die zwei Freundinnen mit ihrer Gruppe seit acht Jahren. Immer das gleiche Team, nur Sky war die letzten zwei Jahre nicht mit von der Partie gewesen. Sie freute sich, endlich wieder mit ihren Freunden unterwegs sein zu können, die letzten zwei Jahre waren die Hölle für sie. *Daran möchte ich jetzt nicht denken!* Sie nahm sich fest vor, diesen Teil ihrer Vergangenheit fest zu verschließen und die Zukunft zu genießen.

Gregor, der selbsternannte Anführer ihrer Gruppe, rief: "Meine Damen und Herren, nehmen wir es in Angriff! Wir fangen mit dem großen Zelt an, alle bitte hierher." Wie die Jahre zuvor arbeiteten alle Hand in Hand, und ihre Unterkunft für die nächsten 14 Tage stand in drei Stunden. Das Lager bestand aus einem großen, schwarzen Schlafzelt mit Platz für bis zu 20 Personen und ihrem Vorzelt, einer schwarzen Jurte mit gut 15 Metern Durchmesser. Als alles fertig aufgebaut war, machten sich Maya, Alexa, Zoey und

Nina an die Dekoration des Lagers. Jack, Tom und Taylor besorgten Holz und Stroh vom Ausgabeplatz und Gregor kümmerte sich bereits um ihr Lagerfeuer.

Sky setzte sich ein wenig abseits auf eine kleine Decke und sog einfach nur die Atmosphäre des Lagerlebens in Talin in sich auf. Nach einigen Minuten setzte sich Fabio, ihr bester Freund aus Sandkastenzeiten, zu ihr und fragte: "Geht's dir gut?"

"Klar!", antworte Sky. Okay, es klang nicht ganz so überzeugend, wie sie es wollte, aber sie war einfach zu weit mit ihren Gedanken abgedriftet.

"Sky ..."

"Nein, ehrlich Fabio. Mir geht es gut, besser als gut! Ich war nur für einen Moment in Gedanken, aber ich möchte jetzt nur noch vorwärts schauen!", unterbrach Sky ihren besten Freund in seiner Ansprache.

"Okay, Kleines, aber bitte melde dich bei mir, wenn ich dir helfen kann! Und nicht erst wieder, wenn es schon fast zu spät ist!", war seine Antwort.

Den Seitenhieb auf ihre Fähigkeit, um Hilfe zu bitten, konnte sie ihm auch nicht verübeln. Sie lehnte sich an ihn, und gemeinsam genossen sie es, dem Treiben auf dem Zeltplatz zuzusehen. Sie liebte es, sich in seine Arme zu kuscheln, viel zu lange musste sie auf seine Gesellschaft verzichten.

RYAN

"Ryan, Ryan, wir sind hier."

Ryan sah Alex, seinen besten Freund aus seiner Kindheit in Deutschland, von weitem winken. Er parkte seinen schwarzen Porsche Cayenne am Straßenrand des großen Walls, der das Lager in zwei Hälften trennte, und lief die restlichen 200 Meter zu dem Platz, in dem er die nächsten zwei Wochen verbringen würde.

Sein gesamter Jahresurlaub! Seit er vor 11 Jahren im Alter von 18 die Firma seines Vaters übernommen hatte, gönnte er sich kaum noch einen freien Tag. Er hatte seinem Vater kurz vor dessen Tod versprochen, alles in seiner Macht stehende zu tun, um das Unternehmen zu erhalten. Er tat es gern. Er liebte die Verantwortung und er liebte es, niemandem unterstellt zu sein. Auch die Annehmlichkeiten, die es mit sich brachte, einer der erfolgreichsten Jungunternehmer Bostons zu sein. Geld und Frauen waren Dinge, für die es sich durchaus zu schuften lohnte.

Trotzdem war er wieder einmal froh darüber, für zwei Wochen alles hinter sich lassen zu können. Zwei Wochen einfach nur einer unter 5000 anderen Mittelalterverrückten zu sein. Keiner, der ihn als den Unternehmer erkannte. Keine falschen Freunde, die nur auf dem Trittbrett seines Erfolges mitfahren wollten. Keine geldgeilen Weiber, die alles tun würden, um ihn an sich zu binden, um sich dann von ihm aushalten zu lassen. Er konnte hier einfach einmal nur er selbst sein. Einfach einmal nur Ryan und nicht Ryan Black, der top Jungunternehmer und begehrtester Junggeselle Bostons sein.

Er erreichte Alex und seine Gruppe und fiel ihnen in die Arme. Einige Schulterklopfer, Umarmungen und ausgetauschte Floskeln später versuchte Ryan, sich einen Überblick zu schaffen. Fazit: völliges Chaos!

"Mensch Alex, seit wann seid ihr hier?", fragte Ryan.

"Hmm … ca. drei Stunden, die Jungs und ich wollten aber erst mal auf unser Wiedersehen anstoßen", grinste Alex ihm entgegen und Chris drückte Ryan sogleich ein kühles Bier in die Hand.

Für die meisten ihrer Gruppe war die Zeit in Talin die einzige Möglichkeit, mal auszuspannen. Daher hielt niemand viel davon, sich von irgendetwas stressen zu lassen. Da es aber bereits auf den Abend zuging, wurde es Zeit, sich dem Lageraufbau zu stellen.

"Es hilft alles nichts, Jungs, wir müssen mit dem Aufbau beginnen."

Allgemeines Gemurmel und Murren stieg auf, doch alle

tranken schnell ihr Bier aus und machten sich ans Werk. Ryan sah sich auf dem Lagerplatz um und betrachtete die Lager der anderen Gruppen. Tolle Zelte mit wunderbarer Dekoration. Große und kleine Gruppen, die alle schon größtenteils mit dem Aufbau ihrer Lager fertig waren. Am linken Rand des Lagerlatzes entdeckte er eine Gruppe, die bereits zu Abend aß. Die blonde junge Frau in ihrer Mitte fiel ihm sogleich ins Auge.

Die werde ich später noch kennenlernen, dachte Ryan und machte sich mit den anderen an den Aufbau.

SKY

Sky sah den schwarzen Porsche auf den Lagerplatz fahren. *Was für ein Angeber,* dachte sie, als der Wagen direkt am Straßenrand hielt. Als der Fahrer ausstieg, verschlug es ihr schier die Sprache. Groß, breit, dunkel, schön und unglaublich sexy. Er bewegte sich mit der Eleganz eines Panthers und strahlte dabei ein starkes Selbstbewusstsein aus. Er stand oben auf dem Wall und überblickte den Zeltplatz mit der Arroganz und Dominanz eines Alphamännchens. Gefährlich, flüsterte ihr Unterbewusstsein.

Sie konnte keine Einzelheiten seiner Züge erkennen und als Gregor zum Essen rief, war sie froh darüber, denn sie hatte schon fast nach einer Ausrede gesucht, um in seine Nähe zu kommen, damit sie ihn näher betrachten konnte.

Gemeinsames Abendessen mit all ihren Freunden wusste sie erst seit kurzem richtig zu schätzen. Solche Annehmlichkeiten waren ihr in den letzen zwei Jahren verwehrt geblieben. Sie aßen Gegrilltes, Folienkartoffeln und Brot. Nach dem Essen saßen sie noch lange um ihr Lagerfeuer, tranken und lachten gemeinsam. Fabio setzte sich hinter sie und zog sie erneut in seine Arme. Sie saß zwischen seinen gespreizten Beinen und lehnte mit dem Rücken an seiner breiten Brust. Er war Vieles für sie. Ein

Freund, ein Gefährte, ein Bruder und ihr Ritter in strahlender, weißer Rüstung. Er half ihr immer wieder, nicht nur physisch, sondern vor allem auch emotional und dafür liebte sie ihn unermesslich.

Sie genoss die Zeit in seinen Armen und unter seiner Fürsorge, denn diese würde bald wieder vorbei sein. Sie war fest entschlossen, ins Ausland zu gehen. Ein neues Leben auf eigenen Beinen anzufangen. Sie hatte den anderen bereits von ihrem Plan erzählt. Dass sich ihr Vorhaben in den letzten Wochen jedoch konkretisiert hatte, wusste bislang nur Maya. Sie würde es all ihren Freunden am Ende dieser zwei Wochen sagen müssen, aber die Zeit in Talin wollte sie ihnen und sich selbst nicht verderben. So genoss sie einfach den Abend in den Armen ihres großen – wenn auch nicht leiblichen – Bruders und inmitten ihrer Freunde und sie würde die nächsten zwei Wochen nur im Hier und Jetzt leben.

<u>RYAN</u>

Zweieinhalb Stunden später war auch Ryans Gruppe mit dem Aufbau ihres Lagers fertig. Tyler, von allen nur Ty genannt, hängte gerade noch das Banner mit ihrem Gruppennamen über den Eingang.

"Fire&Ice", murmelte Ryan ihren Gruppennamen, den sie sich vor zehn Jahren aufgrund einer Feuershow in Russland gegeben hatten. Es war ihr erster offizieller Auftritt gewesen und die Kombination aus dem russischen Winter und der Feuerspuckershow hatte bei der ganzen Truppe bleibenden Eindruck hinterlassen. Chris hatte damals Fire&Ice gemurmelt und Alex meinte, dass das der perfekte Name für ihre Gruppe sei. Alle waren begeistert und niemand hatte ihn bis heute angezweifelt.

"Jedes Jahr aufs Neue der Hammer, oder?", fragte Alex und riss Ryan damit aus seinem Trip in die Vergangenheit.

"Ja", war Ryans Antwort, noch ganz gefangen in seinen Erinnerungen.

"Wie sieht's aus, Großer, sollen wir mal schauen gehen, was dieses Jahr so zur Jagd zur Verfügung steht?", grinste Alex ihn schelmisch an. ‚Großer', dachte Ryan und lächelte in sich hinein, weil Alex mit seinen 1,86 m nur drei Zentimeter kleiner war und er somit eigentlich nicht wirklich als größer durch ging.

"Nein, sorry Alex, ich hab meine Beute schon vor dem Aufbau ausgemacht", grinste Ryan zurück.

Alex riss die Augen auf, sagte aber nichts über die fixe Art seines Freundes. Er kannte ihn ja bereits seit über 25 Jahren und Ryan war schon immer sehr entschlussfreudig gewesen.

"Gut, dann zieh ich mit Chris, Ty und den anderen los, wir sehen uns später am Feuer", sagte Alex und ging zu ihren Freunden.

Als Ryan sich abermals nach der süßen Blonden umsah, sah er gerade noch, wie sie in Richtung Waschwagen abbog. Allein.

Meine Chance, dachte er und lief ihr schnell hinterher. Als er um die Ecke bog, sah er sie an einem ihm unbekannten Lager Platz nehmen.

Schlechte Bedingungen, dachte er, blieb aber stehen in der Hoffnung, dass sie bald wieder aufbrach. Sie lachte leise mit den Fremden. Sie hatte ein bezauberndes Lachen. Unaufdringlich, sanft, faszinierend. Alles an ihr faszinierte ihn. Sie hatte blonde, fast taillenlange Haare, eine schlanke Figur, einen schönen runden Hintern und volle Brüste. So von Nahem konnte er all das noch viel besser erkennen als bei dem kurzen Blick, den er vor dem Zeltaufbau auf sie werfen konnte. Ja, er begehrte sie, er hatte sein Ziel für dieses Jahr entdeckt.

Als hätte sie sein Mustern gespürt, schaute sie auf und fand seinen Blick über das Lagerfeuer hinweg. Ryan musste sich beinahe setzen. Ihr Gesicht war makellos, herzförmig, wunderschöne, große und ausdrucksstarke Augen in dem strahlensten Blau, das er jemals gesehen hatte. Blau, wie die klarsten Aquamarine. Eingerahmt von dichten, langen, schwarzen Wimpern. Die Form der Augen war leicht katzenhaft. Zum krönenden Abschluss zwei perfekte Augenbrauen, die ihrer Augenpartie ein gewisses Maß an Arroganz andichteten. Zwei Drittel nach oben, das letzte Drittel nach unten, schmal und fast so dunkel wie ihre Wimpern. Sie hatte eine süße kleine Nase, dessen Ende sich leicht nach oben bog. Hohe Wangenknochen und volle rosafarbene Lippen rundeten das Gesamtbild ab. Eben dieser perfekte Mund verzog sich zu einem schüchternen Lächeln, ehe sie den Blick senkte.

"Ryan, Ryan!" Die helle Stimme riss ihn aus seiner Starre und schon im nächsten Moment hing eine dünne Brünette um seinem Hals. Er kannte sie, ihm wollte nur nicht einfallen, woher …

"Oh Ryan, ich habe mir so gewünscht, dich dieses Jahr wiederzusehen", sagte sie und da fiel es ihm wie Schuppen von den Augen. An seinem Hals hing die Beute des Vorjahres und hoffte auf eine Wiederholung.

"Okay, hey, hi", antwortete Ryan und entfernte sacht ihre Arme von seinem Hals. Er sah sich um, konnte die kleine, blonde Göttin aber nirgends mehr finden.

Shit, dachte er, *dieses dünne Vorjahresflittchen hat mir meine Beute vertrieben.* Er war sauer, aber immerhin wusste er, wo er sie suchen musste. Die Brünette fing wieder an, an ihm herum zu tatschen. Er packte ihre Hände und schob sie ein Stück von sich.

"Hey, hör mal, schön, dich wieder gesehen zu haben", dabei betonte Ryan die Vergangenheitsform ganz besonders, "aber ich muss jetzt echt los."

Sie lächelte und versuchte, sich bei ihm einzuhaken. Ryan entzog ihr schnell seinen Arm und fügte etwas schärfer hinzu: "Ohne dich!" Das saß und er sah, wie ihre kleinen, braunen Augen sich langsam mit Wasser füllten. Bevor sie ihm eine Szene machen konnte, drehte er sich um und lief zurück zu seinem Lagerplatz.

SKY

Als Sky Mr. X, wie sie den Fahrer des schwarzen Cayenne nannte, über das Lagerfeuer ihres langjährigen Freundes Andy erspähte, konnte sie ihren Blick nicht von ihm wenden. Er war wunderschön, das hatte sie schon von Weitem erkannt, aber hier, direkt vor ihr, wurde sie von seiner Schönheit beinahe hypnotisiert.

Kinnlanges, rabenschwarzes Haar, das seidenweich aussah, sodass Sky sich sogleich vorstellte, wie es wäre, mit den Fingern hindurch zu fahren. Dunkle, fast schwarz wirkende Augen mit dichten, dunklen Wimpern, auf die viele Frauen neidisch wären. Eine lange, gerade Nase, schmale Lippen und einen hinreißenden Dreitagebart. Seine funkelnden Augen fixierten sie über das Feuer hinweg und sie erwiderte das Lächeln, das sich über seine Lippen ausbreitete, sofort. Hastig senkte sie den Blick, sie wollte keine neuen Bekanntschaften mit Männern schließen. Und schon gar nicht mit welchen, die so gefährlich anziehend waren wie dieses Exemplar.

Sie hörte eine schrille Stimme nach einem Ryan rufen und als sie aufsah, hing eine wunderschöne, aber fast dürre Brünette an Mr. X' Hals. Als diese wieder zu sprechen begann, wusste sie endlich den Namen des schönen Mannes auf der anderen Seite des Lagerfeuers. Ryan. Der Name war schön wie der Mann selbst. Er schien sich nicht wohl in den Armen der Frau zu fühlen, aber so, wie sie Männer im Allgemeinen kannte, hatte er sich das sicher selbst eingebrockt.

Sie nahm Andi kurz in den Arm, um sich von ihm zu verabschieden, winkte den anderen flüchtig zu und ging zurück in ihr eigenes Lager.

Sie und ihre Freunde hatten es sich zum Ritual gemacht, am Abend des Aufbaus bei einem Glas Wein am Lagerfeuer zu sitzen und gemeinsam zu singen. Wie jedes Jahr packten Taylor und Tom ihre Gitarren aus. Sie sangen alle neue und alte Lieder, doch die Trägerstimmen hatten eindeutig Maya, Fabio und sie. Sie saßen nicht mehr lange zusammen. Alle hatten einen langen Tag und eine anstrengende und weite Anreise, sodass sie weit vor Mitternacht gemeinsam ins Schlafzelt gingen.

Wie früher lag sie zwischen Maya und Fabio. Und genau wie früher zog Fabio sie einfach an sich, bettete Skys Kopf auf seiner Brust und schlief nach wenigen Minuten ein. Auch Sky konnte sich des warmen, vertrauten Gefühls nicht erwehren und schlief schneller ein als an jedem anderen Tag seit zwei Jahren.

RYAN

Ryan versuchte, so schnell wie möglich zu seinem Lager zu kommen, was sich als deutlich schwieriger erwies, als er dachte. Er traf haufenweise Freunde und alte Bekannte auf seinem Weg zurück. Und ebenso Frauen, mit denen er in den vergangen Jahren mehr oder weniger kurze Affären oder One-Night-Stands gehabt hatte. Er lachte und trank mit ihnen allen und obwohl er immer so schnell wie möglich weiter hetzte, benötigte er doch über drei Stunden für seinen Rückweg, sodass es schon nach Mitternacht war, als er an ihrem Lager vorbeikam. Es war bereits alles dunkel und er verfluchte die Brünette vom Vorjahr für ihre Anhänglichkeit. Nur wegen ihr war ihm die Blondine durch die Lappen gegangen, da war er sich sicher.

Nun ja, vielleicht ganz gut so, dachte er, so konnte er sich zumindest voll ausschlafen und morgen früh gestärkt auf die Jagd gehen. Er freute sich bereits. Ihre schüchterne Art hatte ihn endgültig davon überzeugt, dass sie die Richtige für diesen Urlaub war. Mit ihrem Bild vor Augen, legte er sich in sein leeres Zwei-Mann-Zelt. Shane, sein bester Freund aus Amerika, würde erst morgen anreisen.

Morgen, dachte Ryan, *ja, morgen kann die Jagd beginnen.*

2 DAS MARKTFEST

SKY

Sky erwachte am nächsten Morgen von den leisen Hintergrundgeräuschen des Lagerlebens. Ihr war heiß und sie fühlte sich wie erdrückt. Irgendetwas Schweres lag ihr über Bauch und Beine. Zögernd öffnete sie ein Auge und blinzelte gegen die Helligkeit an. Sie versuchte, ihre Beine zu befreien,, erntete dafür aber nur ein verärgertes Knurren. Sie drehte ihren Kopf, um den Ursprung des Geräuschs zu orten, und sah direkt in die verschlafen blinzelnden Augen von Fabio.

"Guten Morgen", grummelte er und versuchte, sein Gesicht wieder in ihren Haaren zu vergraben, so wie sie es früher schon als Kinder getan hatten. Sky aber hatte sich verändert und fühlte sich momentan nur erdrückt.

"Geh runter von mir, du bist zu schwer und hast mindestens 40 Grad Fieber", knurrte Sky ihren besten Freund an.

"Na, du hast ja mal wieder prächtige Laune, Morgenmuffel!", antwortete dieser und rollte sich auf die andere Seite.

Hinter ihr erklang Gekicher. Der Rest der Truppe war

wohl ebenso wach geworden und amüsierte sich prächtig über die morgendliche Vorstellung.

"Ja, ja, lacht ihr nur, ihr wurdet ja nicht unter einem 200 kg Bären begraben!", sagte Sky, die sich nun ein Lächeln auch nicht mehr verkneifen konnte.

Langsam krochen alle aus ihren Schlafsäcken, wuschen sich und richteten sich für ihren ersten Tag im Mittelalter her. Tom hatte bereits das Lagerfeuer entfacht, als Sky aus dem Zelt trat. Sie frühstückten alle gemeinsam an dem länglichen Holztisch und besprachen, wie sie den Rest des Tages verbringen mochten, als ihr Nacken zu kribbeln begann. Sie wandte sich um und sah direkt in die dunklen Augen von Ryan. Er stand ca. 20 Meter entfernt von ihr auf dem Wall, auf dem der Weg zu den Toiletten- und Waschwagen entlang führte.

Er sah sehr gut aus in der grauen Jogginghose und dem gleichfarbigen, ärmellosen T-Shirt. Er sah sie unverwandt an, fixierte sie nahezu und Sky wurde von Sekunde zu Sekunde unruhiger. Sie kannte diesen Blick, den Blick eines Raubtiers, das seine Beute ausgemacht hat. Sie begann, unruhig auf ihrem Stuhl hin und her zu rutschen. Fabio, der schon immer ein gutes Gespür für ihre Gefühlslagen hatte, sah sie fragend an, legte aber dann ohne ein weiteres Wort seinen Arm auf die Stuhllehne. Sky vergrub beinahe augenblicklich ihr Gesicht in seiner Schulter. Suchte Schutz vor den Blicken des Fremden, die sie zu sehr an jene aus ihrer Vergangenheit erinnerten.

Erst als sie hörte, dass Ryan weggerufen wurde und sie seinen Blick nicht mehr auf sich spüren konnte, richtete sie sich auf und frühstückte weiter. Sie ignorierte die fragenden Blicke der anderen, so gut es ging, wusste aber, dass Fabio ihr später keine Ruhe mehr lassen würde, bis sie mit der Wahrheit rausrückte. Sie seufzte und versuchte, ihn mit einem Lächeln zu beruhigen.

RYAN

Ryan entdeckte das schöne Mädchen mit den blonden langen Haaren auf dem Weg zu seiner Morgenroutine. Er konnte sie nur anstarren, sie sah wunderbar aus. Sie trug ein dunkelblaues Leinenkleid mit Trompetenärmeln und einer feinen Schnürung am Rücken. Ihr Haar war zu einem dicken Zopf geflochten und die herausgeschlüpften Strähnen glänzten in der warmen Morgensonne.

Als hätte sie seinen Blick gespürt, wandte sie sich um und sah ihm direkt ins Gesicht. Ihre himmelblauen Augen leuchteten und er hätte den Blick nicht mal von ihr nehmen können, wenn er gewollt hätte. Er bemerkte, dass sie immer nervöser wurde, verstand aber nicht weshalb.

Der Mann zu ihrer Rechten legte ihr den Arm auf die Rückenlehne, als würde er sie für sich beanspruchen, und zu Ryans Ärger kuschelte sie sich sofort an seine Schulter. Er wäre am liebsten sofort zu ihr gestürmt und hätte sie aus seinen Armen gerissen und fortgetragen. Ryan schüttelte den Kopf über seine Gedanken. *Wo kam das denn her?*, dachte er.

Hinter sich hörte er Alex rufen: "Ryan, Alter, komm schon, Mann, wir wollen doch rechtzeitig zum Frühstück zurück sein."

"Was ist los mit dir, Mann?", fragte Alex und Ryan antworte nur: "Ich muss sie haben!"

Das entlockte Alex nur ein Grinsen. "Oh, oh, vielleicht sollte ich die Kleine warnen, dass der Tiger angebissen hat", griente Alex.

Ryan schnaubte verärgert. "Bloß nicht, ich glaub, es läuft sowieso schon auf eine verdammt anstrengende Jagd hinaus. Als erstes muss ich herausfinden, wie sie zu dem Typ steht, an den sie sich gerade so geklammert hat."

Alex schüttelte den Kopf und ging voran in Richtung der sanitären Anlagen.

SKY

Zusammen mit ihren Freunden saß Sky am Lagerfeuer. Fabio hatte sich wieder hinter ihr platziert, sodass sie ihren Rücken an seiner Brust anlehnen konnte.

"Was war das vorhin, Sky?", fragte er sie leise und direkt in ihr Ohr.

"Nichts. Alles okay. Ich hatte nur das Gefühl, angestarrt zu werden", murmelte sie und verschwieg bewusst, wer sie da angestarrt hatte.

"Kein Thema, aber sag es doch das nächste Mal gleich, dann kann ich mich darum kümmern."

"Das will ich nicht. Du sollst dich nicht darum kümmern. Ich bin einfach nur froh, wenn ich mich bei dir verstecken kann."

"Immer, Süße. Immer. Das weißt du auch, oder?"

"Ja, danke."

Der Tag verging träge und so gern Sky Fabio mochte, versuchte sie, ihn doch ein wenig auf Abstand zu halten. Er suchte ihre Nähe, spürte vermutlich ihre Unsicherheit, denn er kannte sie einfach in- und auswendig. Zumindest die alte Sky. Denn er bemerkte nicht, dass sie das Drängen seinerseits noch unbehaglicher fühlen ließ.

Daher nutze sie die Gelegenheit, als Fabio zur Toilette ging, um Maya zu bitten, mit ihr auf den Markt zu gehen. Gregor, der ihr Gespräch mitbekommen hatte, nickte, um ihnen zu verstehen zu geben, dass nichts weiter auf der Agenda der Gruppe stand und sie Zeit hatten, sich den Markt anzusehen. Maya stimmte zu und die beiden gingen schnell dorthin, wo die Händler ihre Waren zum Verkauf anboten. Der Markt war herrlich. Viele verschiedene Stände, an denen alles angeboten wurde, was das Mittelalterherz höher schlagen ließ. von Speisen und Getränken über Kleidung, Taschen, Schmuck, Ton- und Holzartikel jeder Art.

Maya und Sky hatten sich einen Becher Honigmet von

ihrem Lieblingshändler besorgt und standen dann an einem Stand mit Silberschmuck.

"Oh, sind die nicht wunderschön?", fragte Maya und hielt ihr zwei silberne Ohrringe mit kleinen roten Steinchen entgegen. Sky nickte, war aber völlig versunken in den Anblick einer atemberaubenden Halskette. Feine silberne Glieder, ein tropfenförmiger dunkelblauer Stein hing als Anhänger herunter und würde wunderbar zu ihrem neuen Kleid passen.

So kam es, dass sie Ryan erst bemerkte, als er direkt neben sie trat.

"Sie würde dir wunderbar stehen und deine Augen betonen, wie es dein Kleid tut." Ryan lächelte sie an, während Sky allein aufgrund seiner Nähe in eine Starre verfiel.

"Mein Name ist Ryan ... darf ich deinen erfahren?"

Sie starrte ihn weiter an, bis Maya sie anstieß und ihr zuraunte: "Mund zu, du sabberst gleich!"

Sie schüttelte innerlich den Kopf über sich selbst. Was hatte dieser Mann nur an sich, dass sie sich benahm wie ein Teenie?

"Sky", murmelte sie leise und senkte den Blick auf den gepflasterten Weg des Marktes.

"Sky? Was für ein außergewöhnlicher Name. Sehr schön, wirklich. Wie die Frau, die ihn trägt", sagte Ryan mit einer Stimme so dunkel und rau, dass er nahezu erregt klang. Sie mochte die Art, wie er sprach, und diese Tatsache ängstigte sie noch mehr.

"Skyler Evé Alister, dass ich dich mal wieder hier treffe!"

Sky hasste die Stimme und trotzdem war sie ihr im Moment mehr als willkommen. Dass Susanne ihren Namen wie immer nicht richtig aussprach, störte sie wenig. Richtig gewesen wäre Skyla Iv Alist'r. Aber Susanne würde das wohl nie richtig hin bekommen.

"Hallo Maya, jetzt kommt doch rüber, setzt euch zu uns. Wer ist der neue Mann an deiner Seite?", fragte

Susanne und hatte ihren Blick schon auf Ryan fixiert.

Aha, daher weht der Wind also. Nun ja, sie konnte es Susanne durchaus nicht verübeln. Sie war eine große, schlanke und äußerst attraktive Brünette und würde perfekt zu Ryan passen. Sollte es so sein. So würde sie ihn bestimmt schnell wieder los, was eigentlich auch voll zu ihrer Entscheidung zu einer männerfreien Zukunft passte. Trotzdem empfand sie einen leisen Stich der Eifersucht, als Ryan Susanne musterte und ihr dann ein Raubtierlächeln schenkte.

Sky seufzte innerlich auf. *Ich will ihn ja gar nicht!,* dachte sie und sagte auf dem Weg zu dem Tisch: "Susanne, das ist Ryan. Ryan - Susanne" und gleich darauf: "Maya, komm, lass uns noch nach einer Tasche schauen."

Sky packte ihre Freundin am Ärmel und zog sie schnell Richtung Gassenausgang.

RYAN

Was soll das denn jetzt, dachte Ryan, als Sky ihre Freundin den Markt hinunter führte.

"Sky, kommst du heute Abend auf das Marktfest?", rief Ryan ihr hinterher.

Sky sagte nichts. Entweder, sie hatte ihn nicht gehört oder sie stellte sich taub. Maya, wenn er den Namen richtig mitbekommen hatte, schaute kurz über die Schulter, nickte und zwinkerte ihm einmal zu.

Wer hätte das gedacht, grinste er in sich hinein, *da bekomme ich sogar noch Hilfe von der Gegenseite.* Nun grinste er nicht nur innerlich, sondern ließ das Grinsen über sein Gesicht huschen.

"Hallo Ryan, ich komme heute Abend auch, wollen wir dann etwas zusammen trinken gehen?", gurrte Susanne ihm ins Ohr.

Zu jeder anderen Zeit hätte er sie als leichte Beute für zwischendurch mitgenommen. Aber dieses Jahr hatte er sein Ziel schon gesetzt und er hatte das Gefühl, dass

Susanne und Sky nicht die besten Freunde waren. Er hielt noch höflich ein paar Minuten Small-Talk mit Susanne, vielleicht würde einer seiner Freunde sie später haben wollen. Sie war ja durchaus ein sehr hübsches Exemplar der weiblichen Gattung. Er verabschiedete sich und ging zurück zu dem Schmuckhändler.

Diese Kette ist das optimale Abschiedsgeschenk nach unseren zwei Wochen, dachte er, denn er war fest davon überzeugt, dass es wie immer sein würde. Er bekam, was er wollte, dicke Tränen am Ende und ein auf Nimmerwiedersehen, da er zurück in sein wahres Leben ging. Er kaufte die Kette, ließ sich eine schöne Geschenkverpackung dazu geben und machte sich erneut auf die Suche nach Sky, fand sie dieses Mal aber leider nicht mehr wieder.

Zurück in seinem Lager, bemerkte er den großen Trubel sofort. Wo so ein Chaos herrschte, konnte sein bester Freund Shane nicht weit sein. Da saß er auch schon inmitten seiner nicht ausgepackten Sachen, eine Flasche Bier in der einen Hand und auf seinem Schoß eine kleine, süße Rothaarige. Wusste der Teufel, wo er die in der kurzen Zeit aufgegabelt hatte. Die Gruppe hatte sich um ihn versammelt und er gab Geschichten aus ihrem Nachtleben in Amerika von sich. Ryan grinste. Shane entdeckte ihn und sprang auf, dabei wäre die Kleine beinahe zu Boden gestürzt, sie konnte sich aber gerade noch so an Alex abfangen. Shane rannte auf Ryan zu und sie umarmten sich und klopften sich freundschaftlich die Schultern.

"Hey Men, schön dich zu sehen!"

"Hey Shane, wie war die Reise?" Shane musste noch einen Tag länger in Amerika bleiben, da gestern Abend noch ein wichtiger Geschäftstermin anstand, aber darüber wollte Ryan jetzt nicht nachdenken. Es waren schließlich seine einzigen freien Tage im Jahr.

"Gut, gut, thanks", antwortete Shane und strahlte über

beide Ohren, als die kleine Rote sich wieder an ihn schmiegte.

"Ich werde jetzt mal alles aufräumen, Lissy hilft mir", sagte Shane mit einem verschmitzten Grinsen, das Ryan sofort sagte, dass er für die nächsten Stunden nicht im Zelt erwünscht wäre. Er wollte sie für sich, zumindest vorerst, später würde er sie teilen. Aber Ryan hatte sowieso kein Interesse und setzte sich erst mal zu seiner Gruppe ans Lagerfeuer.

"Ich heiße Lucy", hörte Ryan das Mädchen noch zicken, aber Shane schob sie nur mit einem gemurmelten "Sure, äh, sicher, Lucy", vor sich her ins Zelt.

Ryan genoss die Gespräche um ihn herum und malte sich währenddessen den Abend mit Sky aus. Dieses Mädchen war genau sein Ding! Klein, schlank, mit tollen Kurven an den richtigen Stellen, ein wunderschönes Gesicht und ihre schüchterne Art machten ihn derart an, dass er merkte, wie allein bei dem Gedanken daran, sie zu verführen, seine Hose eng wurde.

Ja, heute Abend, dachte er, seufzte dann und schüttelte die Gedanken ab, bevor die ganze Gruppe sehen konnte, wie erregt er war.

SKY

"Maya, ich will da nicht hin!", bettelte Sky. Ihre ganze Gruppe war schon dabei, sich für die Auftaktparty der Mittelalterwochen zurechtzumachen. Zoey ließ sich gerade die Haare von Maya flechten und grinste Sky frech an.

"Nur weil ER da ist. Mensch Sky, da werden noch tausende andere Personen sein. Es ist doch nicht einmal sicher, dass du ihm überhaupt begegnen wirst! Mach dich locker, wir sind alle da und selbst, wenn wir ihm begegnen sollten, ich würde mich freuen. Nach allem, was Maya über ihn erzählt hat, muss er ja echt lecker sein." Zoey grinste während ihres Vortrags über beide Ohren. Sky wusste, dass Zoey nichts anbrennen ließ. Und Zoey bekam immer, was sie wollte. Sie war eine wunderschöne, große Blondine in Kleidergröße 34. Sie war die Tochter reicher Eltern, verdiente mittlerweile aber selbst gutes Geld auf dem Laufsteg. Sie war nie um Worte verlegen und eben solche musste nun auch Sky über sich ergehen lassen.

"Zieh dich um, hopp hopp, nimm das Schwarze mit dem Mieder, das lässt deine Haare und Augen schön leuchten. Dann komm wieder und ich schminke dich für heute Abend. Maya macht dir bestimmt auch die Haare", sagte Zoey und sah um Zustimmung heischend über die Schulter zu Maya.

Diese nickte nur und befestigte die letzten Spangen in Zoeys Haar.

"Na gut", murmelte Sky und gab sich geschlagen. Sie zog sich zurück in das Schlafzelt, um sich wie geheißen umzuziehen.

Zehn Minuten später stand sie vor Zoey die sie schminkte, während Maya ihr das Mieder band und die Haare geschickt hoch steckte. Eine weitere Viertelstunde später war auch Sky fertig für die Party. Sie bekam von den Frauen ein zustimmendes Nicken und die Männer ihrer Gruppe warfen ihr anerkennende Blicke zu. Fabio pfiff kurz durch die Zähne.

"Wow, Sky, du siehst zum Anbeißen aus!", sagte er. Sky lächelte flüchtig und wand sich ein bisschen unter den Blicken der Truppe. Fabio nahm sie bei der Hand. Sie war ihm dankbar. So fühlte sie sich gleich ein bisschen sicherer und beschützt, wenn sie unter all die Menschen ging. Geschlossen gingen sie zum Festplatz, welcher in der Nähe des Marktplatzes lag.

RYAN

"Hey Shane, wo ist dein Mädchen von heute Mittag?", fragte Ryan.

Shane antwortete: "Hab ich zurückgebracht. Hat nicht gehalten, was die Verpackung versprochen hat. Wow, was ist das denn Feines. Oh Honey, ich brauche dich!"

Ryan folgte Shanes Blick und ihm wären fast die Augen aus dem Kopf getreten. Nur etwa zehn Meter vor ihm lief Sky, gekleidet in ein atemberaubendes schwarzes Brokatkleid. Das Mieder war fest geschnürt und zeigte dadurch ihre perfekte Sanduhrfigur. Die Haare waren hochgesteckt, entblößten ihren langen, wohlgeformten Hals und die schönen nackten Schultern. Er musste hart schlucken und auch seine Libido meldete sich schon wieder als bereit.

"Nein!", knurrte er Shane an. Dieser sah ihn verwirrt an. "Die ist schon vom Markt, die gesamten zwei Wochen, und ich werde auch nicht mit dir teilen, dass das gleich klar ist!" Ryans Tonfall hatte sich nur wenig vom Knurren entfernt, woraufhin Shane nur die Augenbrauen hoch zog.

"Okay, okay, hab ich verstanden. Mann, die hat's dir aber mächtig angetan, was Bro?"

Ryan schüttelte über sich selbst den Kopf und nickte nur. Er wusste nicht, warum er sich so extrem benahm, aber er wollte sie einfach. Sie machte ihn an, viel mehr als die meisten Frauen in den vergangen Jahren. Außerdem war er verärgert. Ging sie doch Hand in Hand mit dem Typen, bei dem sie sich schon heute früh versteckt hatte. Und dieser strahlte auch noch so etwas wie Besitzerstolz aus. Dieser Angelegenheit würde er noch heute auf den Zahn fühlen, vielleicht konnte er einen seiner Freunde auf ein Mädchen der Gruppe ansetztden. Nicht Sky natürlich, aber es standen ja genügend andere attraktive Damen zur Wahl. *Ja, das ist ein hervorragender Plan,* dachte Ryan und wandte die ganze Zeit seinen Blick nicht von Skys Rückansicht ab.

SKY

Es war eine berauschende Atmosphäre. Es war mittlerweile dunkel geworden und auf dem gesamten Marktplatz leuchteten Fackeln. Die Flammen tanzten im lauen Sommerwind. Überall waren Menschen, sie lachten, tranken, aßen und tanzten. Sky war wie jedes Mal, wenn sie die Party zum Auftakt des Festivals besuchte, völlig überwältigt von den Eindrücken. Fabio, der dieses Phänomen bereits kannte, hatte Skys Linke in seine linke Hand gelegt, um sie mit der Rechten am unteren Rücken sanft weiter vorwärts schieben zu können. Sky war froh darüber, sie hätte den Anschluss zu ihrer Gruppe verloren, wenn Fabio sie nicht weiter gedrängt hätte.

An einem der vielen runden Tische, die am Rande des Platzes standen, nahmen die Setarips, wie Skys Gruppe sich nannte, Platz. Sie bestellten sich alle zusammen etwas zu Essen und zu Trinken und sahen dem bunten Treiben zu.

"Na Sky, hast du Mr. Right schon entdeckt?", stichelte Zoey in die noch nicht verheilte Wunde.

"Wer ist Mr. Right?", wollte Fabio wissen und legte nicht ganz so unauffällig, wie er dachte, seinen Arm auf Skys Rückenlehne. Sky verdrehte die Augen, sowohl über Zoey als auch über Fabio.

"Niemand. Maya, kommst du mit mir zur Toilette?"

Sky wollte weg von den beiden, die es nicht lassen würden, in dem Thema zu stochern, bis sie wimmernd am Boden lag. Maya verstand sofort, ohne ein Wort stand sie auf und ging mit Sky über den Platz in Richtung der Toiletten.

"Du weißt, dass sie es nicht so meinen", versuchte Maya die Wogen zu glätten.

"Ja, Zoey hat nun mal das Feingefühl eines wilden Bullen und Fabio führt sich in letzter Zeit auf wie ein Platzhirsch", schnaubte Sky verächtlich.

Sie sah zu Maya, die wie hypnotisiert nach vorne stierte. Stirnrunzelnd überlegte sie, was Maya wohl hatte. Als sie den Kopf wenden wollte, um zu sehen, was Maya so aus der Bahn warf, prallte Sky gegen eine Wand. Starke Arme fingen sie ab, als sie zurücktaumelte und beinahe ins Straucheln geraten wäre. Sie schüttelte ihre Benommenheit ab und hob den Blick, um zu sehen, wogegen sie gerannt war. Eine breite Brust. Eine sehr breite, sehr nackte, braun gebrannte, unbehaarte Brust. Schön definierte Muskeln, die in einen 1A Six-Pack übergingen. Unterhalb des Bauchnabels führte eine schmale Linie schwarzer Haare in die bunte, lockere, knielange Hose.

"Es freut mich wirklich, dass dir gefällt, was du siehst, Sky, und ich stehe jederzeit gerne für eine eingehende Musterung zur Verfügung. Leider muss ich aber in zwei Minuten auf der Bühne sein, sodass wir unser Vorhaben auf später verschieben müssen."

Die Worte rissen sie aus ihrer Trance. Röte stieg in ihr Gesicht. Sie wandte ihren Blick schnell wieder zu Boden und sah zwei perfekt geformte Unterschenkel und zwei schöne Füße. Sogar seine Zehen waren ansehnlich, obwohl Sky Zehen im Allgemeinen als hässlich empfand.

Als sie sich bewusst wurde, dass sie ihn schon wieder musterte, wurde sie noch ein bisschen roter und wandte den Blick Maya zu. Diese starrte mit offenem Mund über ihre Schulter und fragte: "Wer zum Teufel ist dieser göttergleiche Adonis an Ryans Seite?"

An Ryans Seite?, dachte Sky. Ihr war nicht aufgefallen, dass Ryan nicht alleine gewesen war. Sie wandte sich um, um Ryans Begleiter zu sehen. Von hinten glichen sich die beiden wie eineiige Zwillinge.

Oh, waren wohl wirklich zu zweit gewesen ...

Skys Blick heftete sich auf Ryans Rückansicht und sie war von diesem Anblick fasziniert. Er hatte einen breiten Rücken und eine schmale Taille. Über seinem Hosenbund sah man zwei Grübchen links und rechts der Wirbelsäule. Sein Po war zum Niederknien. Sky konnte ihn in dem Moment, als Ryan die Bühne betrat, hervorragend unter der Gauklerhose erkennen.

Prompt ertappte Ryan sie dabei, wie sie ungeniert seine Rückseite musterte, und zwinkerte ihr kurz zu. Beschämt errötete Sky erneut und senkte ihren Blick schnell wieder. Maya zog sie an den linken Rand des Platzes, um die Show besser sehen zu können, und erwartete wohl keine Antwort auf ihre Frage von Sky, die eindeutig in den Anblick von Mr. Right versunken war.

RYAN

"Brauchst du eine kalte Dusche, ne schnelle Nummer oder hast du auch so noch genügend Blut für dein Gehirn zur Verfügung, um unsere Show durchzuziehen?", feixte Shane, der aber selber seine Hose zurecht rückte, um genügend Platz für seine beginnende Erektion zu schaffen.

Ryan hob nur eine Augenbraue, blickte demonstrativ auf Shanes ausgebeulte Hose und zurück in seine Augen. Dieser grinste nur und sagte: "Hast du das Wahnsinns-Mädel neben der zukünftigen Mrs. Black gar nicht gesehen? Mann, die hat mich quasi mit Blicken ausgezogen!"

Ryan schüttelte den Kopf und versuchte, sich zu erinnern, wer da neben dem Objekt seiner Begierde gestanden hat. *Hmm, ach ja,* dachte er und sagte: "Maya."

"Ich dachte, sie heißt Sky", sagte Shane und runzelte verwirrt die Stirn.

"Nein, ja, ach, sie heißt Sky und Maya war die Frau neben ihr. Und ja, wir können die Show starten, ich bin bereit."

"Sehe ich", grinste Shane, wandte sich dann aber ab und gab dem Rest von Fire&Ice das Zeichen zum Start.

Der Auftritt lief reibungslos. Alle Einlagen liefen wie geschmiert und sie hatten keinen der Tricks verlernt. Shane und Ryan hielten sich körperlich extrem fit und sie trainierten auch regelmäßig zusammen die Übungen für die Auftritte. In der Gruppe war es aber doch immer etwas anderes. Es war auch erst das dritte Jahr, dass sie ihre Shows auch auf der großen Bühne zeigten und nicht nur für die Besucher ihres Lagers.

Sie klopften sich gegenseitig auf die Schulter und beglückwünschten sich zu dem Auftritt. Die Jungs einigten sich darauf, in der für sie reservierten Sitzecke Platz zu nehmen und den gelungenen Auftritt gebührend zu feiern.

Ryan hingegen wollte lieber nach Sky suchen und wie es aussah, würde Shane ihn begleiten, ob Ryan wollte oder nicht. Shane hatte dieses Glitzern in den Augen und Ryan war alles andere als froh darüber, dass er ausgerechnet Maya als die Seine für heute erwählt hatte. Sollte Shane Maya bereits nach einer oder zwei Nächten abservieren, wäre Sky wohl nicht mehr sonderlich gut auf ihn zu sprechen. Er könnte den Hund erwürgen!

Auch Ryan war niemand, der an die große Liebe oder auch nur die Liebe überhaupt glaubte, aber er wählte seine Frauen wenigstens dem Zeitraum entsprechend aus. Shane machte sich nicht die Mühe, er nahm, was ihm vor die Füße lief und ihm gefiel, ohne Rücksicht auf Verluste.

Ryan schüttelte den Kopf, er mochte noch so lange nachdenken, Shane würde sich ebenso wenig von einem gesetzten Ziel abbringen lassen wie er und sein Ziel war ganz sicher Sky. Die schüchterne, herrlich errötende Sky, die ganz offensichtlich ihm gegenüber auch nicht abgeneigt war.

Er sah sich um und sah, dass sie dabei war, den Platz zu überqueren, um zurück zu ihren Freunden zu gelangen. Er musste sich beeilen, wollte sie erreichen, bevor sie sich wieder an ihren Beschützer klammern konnte. Nicht, dass ihm dieser Typ das Wasser reichen könnte, aber er hatte so ein Gefühl, dass es besser wäre, sich nicht mit ihm anzulegen, denn das würde ihm bei seinen Plänen eher im Wege stehen.

Ryan quetschte sich durch die Menge. Es war nicht leicht. Viele Bewunderer und Gratulanten hielten ihn auf, um mit ihm ins Gespräch zu kommen. Er servierte sie alle so schnell und höflich wie möglich ab und hoffte, dass Shane sich etwas länger von dem ein oder anderen weiblichen Fan ablenken ließ.

Dann ließ er seine Blicke wieder über die Menge schweifen. Da, sie war nur noch knapp 20 Meter von ihrer

Gruppe entfernt. Er beeilte sich und war nach einer weiteren Minute bei ihr. Er griff nach ihrer Schulter und ihn durchfuhr ein Stromstoß, als hätte er an den Zaun einer Koppel gefasst. Auch sie zuckte zusammen und wirbelte mit Schreck geweiteten Augen zu ihm herum. Ihre Reaktion verwirrte ihn und deshalb sprach er mit leiser beruhigender Stimme: "Hey Sky, sorry, ich wollte dich nicht erschrecken."

Sie wich zwei Schritte zurück, schien sich dann aber wieder zu entspannen. Sie sah ihm in die Augen, nickte kurz und wollte sich schon wieder abwenden. Aber so schnell wollte er dieses hinreißende Geschöpf nicht gehen lassen.

"Würdest du etwas mit mir trinken gehen? Mit mir auf den gelungen Auftritt anstoßen? Es hat dir doch gefallen?", stellte er schnell seine Fragen, bevor sie sich aus seiner Reichweite schleichen konnte. Sie sah ihn wieder an und er versank in ihren Augen. Sie lächelte ein wenig und Ryan konnte sein siegesgewisses Lächeln nicht mehr unterdrücken.

Treffer, dachte er, *oder auch nicht,* als er sah, wie ihr Lächeln abrupt verschwand.

"Nein, danke", sagte sie leise und wollte sich schon abwenden. Ryan runzelte verwirrt die Stirn. Was war denn nun schon wieder los? Er griff erneut nach ihrer Schulter, aber Sky drehte sich aus seinem Griff, wich einige Schritte zurück und funkelte ihn aus ihren schönen Augen mit einer Mischung aus Angst und Trotz an.

"Lass das!", fauchte sie. Ryan hob beschwichtigend die Hände und versuchte, sie mit seiner Körperhaltung und seinen ruhigen Worten zu beschwichtigen.

"Es tut mir leid, Sky. Wirklich, alles, was ich wollte, war, mit dir etwas zu trinken und ein bisschen mit dir zu sprechen. Alles okay! Wenn du nicht möchtest, dass ich dich anfasse, ist das okay. Wirklich, ich wollte dich nicht erschrecken, Sky!"

Sky legte den Kopf schief und musterte ihn lange und

intensiv. Er bemühte sich, so unschuldig, wie es einem Mann von seiner Statur möglich war, auszusehen und seine Verwirrung nicht durchblicken zu lassen. Was war nur los mit diesem Mädchen? Sie hatte durchaus Interesse an ihm, soviel traute er sich aus ihrem Blick zu deuten. Aber sobald er seinen Charme auf sie wirken ließ, machte sie dicht. Er verstand sie noch nicht, nahm sich aber fest vor, eine Lösung für das Rätsel Sky Evé Alister zu finden.

SKY

So sehr er es auch versuchte, Sky kaufte ihm seinen Verlorener-Welpe-Blick nicht ab. Aber die Verwirrtheit, die er ausstrahlte, schien echt zu sein. Auch wenn sein Ego mehr als groß genug zu sein schien, wie das Raubtierlächeln nach seiner Einladung ihr sagte, tat er ihr nun doch ein bisschen leid. Sie wollte nicht, dass er ihre Ablehnung persönlich nahm, denn das war sie nicht. Sie betraf Männer im Allgemeinen und Männer, die mehr als Freundschaft im Sinn hatten, im Besonderen.

Sie überlegte, ob sie nicht einfach für ein Getränk mit ihm gehen sollte, nur um ihm zu erklären, dass sie kein Interesse hätte - obwohl das schlicht gelogen wäre, denn Interesse an ihm hatte sie sehr wohl, wollte es aber nicht haben - als zwei Hände sie packten und über eine Schulter warfen. Sie begann schon, sich zu wehren, als sie die dazugehörige Stimme hörte: "Sky-Schätzchen, wir suchen dich schon überall! Ich soll dich umgehend an unseren Tisch befördern!"

Jonas, ihr langjähriger und homosexueller Freund aus ihrem Heimatdorf. Sie liebte ihn und seit er sich geoutet hatte noch viel mehr, weil sie sich nie Sorgen darum machen musste, dass er einmal etwas falsch verstand. Jonas wollte sich gerade zum Gehen wenden, als Sky im selben Moment los kicherte, in dem Ryans Gesicht sich von ungläubig zu wütend änderte und er knurrte: "Lass sie sofort los oder ich breche dir jeden Finger einzeln!"

Sky verstummte abrupt. Sie und Jonas sahen verwirrt Ryan an, dessen Miene nun auch wieder von wütend zu verwirrt wechselte. Die Situation war so verkorkst, dass Sky einfach wieder kichern musste. Jonas wandte sich einfach ab und steuerte den Tisch der Setarips an. Als Sky den Kopf höher hob und sich an Jonas Rücken abstützte, um noch einmal nach Ryan zu sehen, ächzte Jonas leicht auf. Sie fand Ryans nachdenklichen Blick und rief ihm zu: "Sorry Ryan, ich hab Besuch bekommen!" Sky deute auf den Neandertaler unter sich und schenkte Ryan ein befreites Lächeln.

Er lächelte unwillkürlich zurück. Es war das schönste und ehrlichste Lächeln, mit dem er sie je bedacht hatte, und sie wusste, dass sie diesem Lächeln nichts ausschlagen könnte.

RYAN

In Ryans Kopf drehte es sich. Zum Einen wusste er nicht, was in ihn gefahren war, warum er so aggressiv auf diesen Typen reagiert hatte. Ja, er hatte sie angefasst, und ja, Ryan selber durfte das anscheinend nicht, aber das war Skys Entscheidung und nicht seine.

Sie hatte gekichert. Ryan hätte nie gedacht, dass Sky eine Frau war, die kicherte. Sie wirkte immer ein bisschen kühl, schüchtern und ruhig. Das Gekicher von jeder anderen Frau ging ihm gewaltig auf die Nerven, aber Skys war himmlisch. Echt, nicht so aufgesetzt wie bei den Meisten. Der Fremde trug sie mit großen Schritten davon und sie sprach mit voller, kräftiger Stimme zu ihm, als wäre der Mann unter ihr ein persönlicher Verstärker. Und dann auch noch dieses Lächeln, ein Lächeln, wegen dem mancher Krieg ausbrechen konnte.

Wow, wo kamen den diese Gedanken her? Er musste sich dringend auf die Suche nach Shane machen, bevor all diese philosophischen Ideen sich noch einnisteten. Er wollte das Mädchen schließlich nur für zwei Wochen. *Also*

Shane suchen, Kopf gerade rücken und neuer Versuch bei Sky, legte er sich seinen Plan zurecht und begab sich auf den Weg zu seiner Gruppe.

SKY

Jonas ließ Sky auf einen Stuhl herab, beugte sich über sie, drückte ihr einen Kuss auf die Stirn und ließ sich dann neben sie fallen. Sie lächelte ihn an und sah sich dann am Tisch um. Die Gruppe war nicht vollzählig.

Alexa bemerkte ihren Blick und erklärte: "Maya hat dich unterwegs verloren und kam ziemlich panisch zum Tisch zurück. Die anderen sind sofort los, um dich zu suchen. Mann Sky, kannst du ihnen nicht mal sagen, dass du kein Baby mehr bist?" Alexa klang ein bisschen schnippisch und zog gleich ihr Handy heraus, um alle Sucher über ihre Rückkehr zu informieren. Sky konnte verstehen, dass es Alexa nervte, wenn ihretwegen die Stimmung so gedrückt wurde.

"Mach ich, sorry! Hey Jonas, seit wann bist du denn hier und wie lang bleibst du?", wandte sie sich an ihren Entführer. Dieser grinste breit.

"Bin kurz vor Mayas großem Auftritt angekommen. Ich bleib erst mal drei Tage, dann hab ich ein Shooting in Mailand. Je nachdem wie lange wir brauchen, komm ich noch einmal ein paar Tage."

Die anderen trudelten nach und nach am Tisch ein, warfen ihr einen prüfenden Blick zu und entspannten sich dann sichtlich. Fabio und Maya trafen als letztes am Tisch ein. Sie wirkten angespannt und Maya platzte gleich heraus: "Sky, wo warst du? Du warst auf einmal weg! Ich hab mir Sorgen gemacht!!"

"Wir!", korrigierte Fabio in mürrischem Tonfall und mustere Sky noch immer prüfend.

"Ich hab unterwegs jemanden getroffen und mich kurz unterhalten. Ich wollte mich gerade verabschieden, als ich Jonas traf", antwortete Sky und ignorierte die ärgerliche

Miene von Fabio. Maya grinste verschmitzt und stieß Zoey an.

"Oh, Ryan, na klar. Hatte er Adonis auch dabei?", wollte sie gleich wissen. Sky schüttelte den Kopf, nicht nur auf Mayas Frage, sondern auch auf die Gesichter der anderen hin.

"Warum hast du ihn denn nicht mitgebracht? Ich meine, wenn du ihn nicht möchtest, ich such ja immerhin noch Mr. Right für die kommenden Nächte. Ich würde gern ein Plätzchen finden, wohin ich diesem Schnarch-Schlaf-Bunker entkommen kann", kicherte Zoey und strich sich die Haare glatt.

Diese Vorstellung gefiel Sky gar nicht, aber was hätte sie sagen sollen? Sie konnte ja nicht etwas für sich beanspruchen, das sie dann eigentlich gar nicht haben wollte. Ärgerlich über das Durcheinander in ihrem Kopf, schüttelte sie die Gedanken an Ryan ab und folgte den entstehenden Gesprächen, sodass sich die allgemeine Aufmerksamkeit wieder von ihr abwandte. Die neugierigen Blicke von Maya, Zoey, Fabio und Jonas ignorierte sie, so gut sie konnte, und hoffte, ihren Fragen noch eine Weile ausweichen zu können. Sie hatte ja selbst noch keine Antworten auf die Fragen, die unweigerlich kommen würden.

RYAN

"Herzdame gefunden?", grinste Shane ihm entgegen.

"Ja, aber sie wurde verschleppt.", brummte Ryan zurück. Shane hob eine Augenbraue und Ryan erläuterte weiter: "Sie bekam Besuch von irgend so einem blonden Schönling, der sie suchte und dann zurück zu ihrem Tisch brachte."

"Du weißt, wo sie sitzen? Maya?" Shane wirkte schon fast aufgeregt und in Ryans Kopf formte sich prompt eine Idee. Er würde Shane zu dem Tisch schicken, ein bisschen später zufällig daran vorbei schlendern, Shane entdecken und sich zu ihnen gesellen. Perfekt! So konnte er sogar herausfinden, wie es um die Männer in der Runde stand.

"Ja, weiß ich, Alter! Schräg gegenüber, in diese Richtung und dann vor dem großen Apfelbaum rechts, vierter oder fünfter Tisch, kann mich nicht genau erinnern."

Shanes Augen funkelten und er machte sich sogleich auf den Weg. Ryan selbst setzte sich erst einmal und trank eine Runde mit seinen Kollegen. Wenn sein Plan aufgehen sollte, musste er Shane ein bisschen Vorsprung lassen.

SKY

"Ich geh nochmal eine Runde, will jemand mit?", fragte Maya. Als alle die Köpfe schüttelten, zuckte sie nur mit den Schultern und schlenderte in Richtung Bar davon.

Die Unterhaltung drehte sich wieder mal um die Planung der kommenden Tage. Was zu tun sein würde und was sie unternehmen wollten. Ihr Programm war stets voll, da jeder von ihnen so viel wie möglich von ihren zwei Wochen haben wollte. Es gab verschiedene Aufführungen, die sie sehen wollten, kleinere Ausflüge und Wanderungen mit der gesamten Gruppe und natürlich Pflichttermine für die Teilnehmer des Festivals. Sky freute sich auf die Zeit, die sie zusammen mit ihren Freunden verbringen würde. Sie hatte die meisten von ihnen in den letzten zwei Jahren wenig gesehen und würde sie auch in Zukunft nicht allzu oft persönlich treffen, wenn sie sich erst auf ihren Weg in ihr neues Leben im Ausland aufmachte. Natürlich freute sie sich riesig auf den Neuanfang, war sich aber durchaus bewusst, dass sie ihre Freunde vermissen würde.

"Hallo, Sky, richtig? Ich bin Shane, Ryans Freund aus Amerika."

Der "von-Hinten-Zwilling" von Ryan grinste Sky frech an und ließ sich auf den von Maya freigemachten Stuhl zwischen Jonas und Zoey fallen. Die beiden waren sich auch von vorne ähnlich. Shane wirkte ein wenig kantiger.

Rauer. War aber durchaus ein genauso schöner Mann wie Ryan. Sky verstand, dass Maya so angetan von ihm war, fand jedoch, dass Ryan besser aussah. Die Gespräche waren verstummt und alle schauten zwischen Sky und Shane hin und her. Letzteren schienen die Blicke nicht zu stören. Er musterte die Runde reihum. *Tja, so, wie er aussieht, kann er sich so ein Riesen-Ego auch leisten,* dachte Sky. Sie verstand, warum die Frauen am Tisch (und Jonas) ihn unverhohlen lüstern musterten und die Männer der Runde ihn aus Neid und Konkurrenzdenken lieber gleich wieder los werden mochten. Er saß hier genauso, wie er auf der Bühne aufgetreten war. Bis auf die lockere, bunte Hose nackt. Er war mindestens so trainiert wie Ryan, doch Shane hatte ein paar deutliche Narben an Armen und Oberkörper, sodass er eigentlich gefährlicher wirken müsste als Ryan. Shanes Grinsen jedoch war so ehrlich und offen, dass man seinem Wesen keine dunkle Seite zutrauen mochte.

Nach einer Minute angespannten Schweigens fand Sky ihre Stimme glücklicherweise wieder.

"Hi Shane, wie geht's? Was treibt dich zu uns?", versuchte sie die Situation zu entschärfen. Shane zuckte die Schultern.

"Ich sah dich und dachte, ich komm mal vorbei und sag dir und Maya hallo, aber ich sehe, sie ist gar nicht da? Aber dafür andere nette Gesellschaft." Er grinste verschmitzt erst Zoey zu seiner Rechten an und dann Jonas zu seiner Linken. Was Jonas genauso zu verwirren schien wie Sky. Jonas hatte sich schnell wieder gefangen, lächelte breit zurück und streckte Shane die Hand entgegen.

"Hi, ich bin Jonas. Ich bin für zwei Tage zu Besuch hier und eventuell nächste Woche noch einmal." Shane gab ihm die Hand und wandte sich dann wieder an Zoey.

"Und du, Honey?"

"Zoey. Ich bin die ganze Zeit da, wie steht's mit dir, Schätzchen?" Zoey grinste wie die Katze vor der Milch.

Sky wusste weshalb. Für Zoey war die Gesellschaft für die nächsten zwei Wochen so gut wie sicher und sie war gedanklich wohl schon mit ihrer eigenen Aktivitätenplanung beschäftigt.

"Ebenso", antwortete Shane und legte die Arme auf die Rücklehnen der beiden. So wie Sky, verstanden nun auch Jonas und Zoey. Sie musterten sich kurz, dann zuckte Jonas mit den Achseln und grinste Zoey und Shane an. Auch für Zoey schien diese Dreier-Kombi in Ordnung zu sein, denn sie fragte im nächsten Moment, ob Jonas und Shane mit ihr auf den Berg gehen würden, um die Mitternachtsfeuershow anzusehen.

Die Gespräche aller drehten sich eine Zeitlang um das nächtliche Spektakel und Fabio machte sich daran, die nächste Runde für den Tisch zu besorgen. Shane drückte ihm kurzerhand ein paar Scheine in die Hand, um allen für die Gastfreundschaft die Getränke zu spendieren.

Sky sah gedankenverloren in die Menge, als eine Stimme sie aus ihren Tagträumen riss.

"Shane, da bist du, ich hab dich schon überall gesucht."

Im nächsten Moment wurde der Stuhl neben Sky hervorgezogen und Ryan ließ sich darauf fallen. Sky war nicht wirklich überrascht über Ryans Auftauchen. Und die Art und Weise, wie Shane erst mit einer Augenbraue zuckte und dann träge zu lächeln begann, sagte ihr, dass Shane zwar nichts von seinem Glück gewusst hatte, Ryan ihn aber nichts desto trotz für seine Idee eingespannt hatte.

"Hi Sky, so sieht man sich wieder", grüßte er und nickte Jonas flüchtig zu.

Der gab frech zurück: "Hätte ich vorher von deinem Freund Shane gewusst, hätte ich Sky zu dir an den Tisch getragen, anstatt hierhin zurück."

Alle lachten und auch Ryans Lächeln erreichte seine Augen,. Sky hatte nicht das Gefühl gehabt, als könnten Jonas und er Freunde werden, doch das Geknurre und die bösen Worte vor wenigen Stunden schienen vergessen.

Nicht wichtig, dachte Sky, sie wollte Ryan sowieso nicht näher kennen lernen.

RYAN

Sein Plan hätte nicht besser laufen können! Er hatte gesehen, wie der Typ, der neben Sky saß, sich in Richtung Bar aufmachte. Die Gelegenheit, einen Platz neben Sky zu ergattern, konnte er sich nicht entgehen lassen, davon abgesehen war ohnehin kein anderer Platz mehr am Tisch frei gewesen. Dass Skys Besuch Jonas wegen Shanes bisexuellen Neigung nicht zu den Konkurrent zählte, gefiel ihm noch viel besser. Jonas hatte eindeutig nur Augen für Shane und betrachtete das blonde Mädchen auf Shanes anderer Seite wohl eher als notweniges Übel. Was da zwischen den Dreien ablief, hatte er sogar von weitem erkennen können und fragte sich nun, wann Shane das Zelt wohl für sich beanspruchen würde. Vielleicht konnte er sich bis dahin schon eine Schlafstätte mit Sky teilen.

"So, nun können wir ja doch noch was zusammen trinken", grinste Ryan Sky an.

Sky lächelte leicht zurück, aber man sah ihr die Unsicherheit an. Ryan fragte sich, warum sie so unsicher war. Sie war der Traum eines jeden Mannes, eine Sexbombe, wenn sie lächelte geradezu atemberaubend schön. Zugleich wirkte sie irgendwie zerbrechlich und unschuldig, sodass sich bei jedem Mann der Beschützerinstinkt regen musste. Eine nicht zu toppende Kombination und er würde sie für die nächsten zwei Wochen besitzen. Hinter ihm erklang ein Räuspern und ein großes Tablett mit Drinks landete nicht allzu sacht auf dem Tisch.

"Du sitzt auf meinem Platz", knurrte Fabio. Ryan ließ sich nicht anmerken, wie sehr die Wut in ihm aufstieg. Der Typ hatte sowieso schon schlechte Karten, weil er dauernd an seiner Frau hing und dieses Geknurre von der Seite konnte Ryan sein Leben lang noch nicht gut ertragen.

Er atmete tief durch, zuckte die Schultern und sagte: "Es stand kein Name drauf."

Ryan wollte sein Gespräch mit Sky wieder aufnehmen. Sollte der Trottel sich doch einen anderen Platz suchen. Leider sah Ryan ihn im Augenwinkel nur böse lächeln, bevor er sagte: "Sky-Süße, steh bitte auf."

Ryan dachte, er würde sie jetzt zurück zum Lager schleppen, aber was dann kam, brachte seine Wut beinahe zum Überlaufen. Sky stand wie selbstverständlich auf, der Typ setzte sich auf ihren Stuhl und platzierte Sky quer auf seinem Schoß. Diese lächelte ihn kurz an, legte ihren linken Arm um seine Schultern und beugte sich dann nach vorne, um drei Drinks vom Tablett zu nehmen.

Ryan kochte, ließ sich aber nichts anmerken. Sie reichte dem Typen einen Drink und streckte dann Ryan einen entgegen. Als er ihn nehmen wollte, sah sie ihm fest und hart in die Augen. Ihre eigenen wurden zu Eis und es lag eine eindeutige Warnung dahinter. Lass ihn in Ruhe! Du verlierst!, schienen sie zu sagen und Ryan wusste, dass sie die Bestie in seinem Inneren gesehen hatte. Er zog verwundert die Brauen zusammen. Er hatte ein gutes Pokerface und selbst seine engsten Freunde konnten seine wahre Gefühlslage nicht immer erkennen. Dass Sky ihn nach den wenigen Momenten, die sie zusammen verbrachten, bereits so gut zu deuten wusste, verwirrte ihn sehr.

Er nahm ihr den Drink ab und nickte kaum merklich. Er wollte sie schließlich nicht verärgern, sondern für sich gewinnen. Sie stießen alle zusammen an und Sky schien sich wieder etwas beruhigt zu haben. Der Mann unter ihr begann, ihre Hüfte zu streicheln und seine Nase in ihren Haaren zu vergraben. Sky lehnte sich ein wenig zurück und zog eine Augenbraue in die Höhe. Sofort verwandelte sich das selbstgefällige Grinsen des Typen in einen Welpen-Blick und Ryan konnte sich kaum noch beherrschen. Diese Show, die er abzog, ging so eindeutig daneben, dass ihm nur noch zum Lachen war. Ryan konnte zwar immer noch nicht zuordnen, was da zwischen den beiden war, aber sie waren definitiv kein Paar im eigentlichen Sinne. Ryan freute sich und hätte wirklich gern aus voller Seele gelacht.

Als er sich wieder ein Stück zurückdrehte, um das Spektakel weiter zu verfolgen, starrte Sky ihn wieder mit ihrem Eisblick nieder. Oh, nun hätte er wirklich selber gern die Welpen-Nummer abgezogen, aber er wusste ja bereits, dass sie bei ihr nicht zog. Daher lächelte er nur schief und zuckte mit den Schultern. Erstaunlicherweise erwiderte sie sein Lächeln. Aus jüngster Erfahrung wusste er, dass er sich nicht zu früh freuen durfte. Also lächelte er zwar weiter, blieb aber wachsam, ob sich ihre Stimmung schnell wieder ins Gegenteilige wandeln sollte. Doch alles blieb bestens.

Ryan entspannte sich langsam wieder und lauschte der Konversation am Tisch. Sie erzählten Anekdoten aus den vergangen Jahren und neckten sich dabei gegenseitig. Nach einer weiteren halben Stunde und einem weiteren Drink, war es an Ryan, eine Runde auszugeben. Er ging zur Bar und sah aus dem Augenwinkel, wie Sky fast unverzüglich auf seinen Stuhl wechselte. Ryan lächelte in sich hinein. *Nein,* dachte er, *definitiv kein Paar.*

Er bestellte die Drinks, trug das Tablett zurück zum Tisch und hörte gerade noch die letzten Sätze des gezischten Gesprächs von Sky und ihrem Freund.

"... bleib einfach sitzen", knurrte dieser und Sky antwortete leise: "Das kann ich doch nicht machen." Sie bemerkte, dass Ryan näher kam, und lächelte. In dem Moment, als der Mann noch ein hartes 'DOCH' hinterher schob, fiel ihr Lächeln in sich zusammen. Sie wandte sich ihm zu und dieses Mal bekam der Typ den Eisblick zu spüren.

Ryan tat, als hätte er von alldem nichts mitbekommen. Er stellte das Tablett ab und rief ein fröhliches: "Die Drinks sind da!", in die Runde. Dann sah er von Sky zu ihrem Freund und wieder zurück, zuckte gespielt gleichgültig mit dem Schultern, bückte sich und hob Sky auf seine Arme. Sie quiekte, deutlich mädchenhaft, während Ryan sich auf den Stuhl fallen ließ und sie auf seinem Schoß platzierte. Sie kicherte, oh ja, ihm gefiel dieses Kichern eindeutig.

"Ryan, was soll das?", wollte sie wissen, klang dabei aber nicht halb so ernst, wie sie es wohl gern gewollt hätte.

Ryan lächelte, schaute ihr in die Augen und sagte: "Ich hab mir nur meinen Platz zurück erobert." Er war sich sicher, dass ihr die Zweideutigkeit seiner Worte nicht verborgen blieb. Sie sah ihm in die Augen, suchte nach etwas, worauf Ryan den Finger nicht legen konnte. Aber sie war wohl für den Moment zufrieden mit dem, was sie sah. Wie sollte es auch anders sein, wo er doch extra auf sein Shirt verzichtet hatte .

"Erzähl mir etwas über dich, Sky", forderte Ryan sie nach einigen Minuten auf.

"Ähm ... Okay, also ich bin 26, komme aus Deutschland, gehe aber demnächst beruflich ins Ausland. Die Setarips besuchen dieses Festival seit acht Jahren und ich bin ein Teil von ihnen. Hm, am besten stelle ich sie dir kurz vor: rechts von dir, mein bester Freund Fabio ..." Ryan freute sich über diese Klarstellung der Fronten. Besagter Fabio anscheinend eher weniger, so wie er sein Gesicht verzog. "... daneben Jonas, ihn hast du ja schon kennengelernt. Shane, was soll ich sagen, du kennst ihn ja wohl besser als ich." Sie grinste Ryan an und deutete schon auf die Blondine neben Shane. "Zoey, dann Alexa, Jack, Taylor, Tom, Nina und unser Captain Gregor, fertig."

"Wo ist Maya?", wollte Ryan wissen.

"Bin gerade zurück und hab die Vorstellungsrunde leider verpasst." Maya zog eine Augenbraue hoch, als sie Jonas, Shane und Zoey sah, die deutlich enger zusammen gerückt waren als noch vor wenigen Minuten.

"Setz dich auf meinen Schoß, Honey, hier ist noch Platz für dich", konterte Shane nahezu augenblicklich ihrem Blick. Sie schnaubte spöttisch und wandte sich mit einem ‚Nein, Danke!‘ an Sky.

Doch auch dort war kein Platz mehr frei und Ryan versuchte, alles ein wenig aufzulockern: "Es waren nicht genügend Plätze und Fabio wurde sie wohl zu schwer", grinste Ryan. Sky schnaubte entrüstet, erkannte aber dann Ryans Grinsen und schüttelte daraufhin lächelnd den Kopf. Zeitgleich fuhr Fabio auf: "Das stimmt nicht, Süße, glaub das nicht!" Erst dann sah er Sky und Ryans Grinsen und verzog ärgerlich sein Gesicht.

"Wie dem auch sei, ich möchte gern ins Lager, kommst du, Sky?", sagte Maya und Sky rutschte unverzüglich von Ryans Schoß. Er hätte sie gern festgehalten oder wäre ihr nachgelaufen, aber Ersteres hätte sie mit ziemlicher Sicherheit nicht sonderlich gut aufgefasst und Letzteres konnte er erst tun, wenn die verdammte Beule in seiner Hose wieder verschwunden war.

Die beiden winkten lächelnd in die Runde und verabschiedeten sich mit einem kurzen "Gute Nacht!" von allen.

Fabio fixierte Ryan, stand auf und sagte im Weggehen: "Lass sie verdammt nochmal in Ruhe!"

SKY

Sky war sehr froh darüber, dass Maya sie aus dieser angespannten Situation gerettet hatte. Sie kam sich vor wie ein Spielball auf dem Testosteronspielfeld von Ryan und Fabio. Was war nur los mit den beiden? Sie kannte Ryan gerade mal einen Tag. Er hatte kein Recht, eine solche Show vor ihren Freunden abzuziehen. Und Fabio war ihr schon seit einigen Tagen ein Rätsel. Die Spannung zwischen den beiden Männern stieg nahezu sekündlich an.

Außerdem musste sie wohl oder übel zugeben, dass es sie erregt hatte, so nah bei Ryan bzw. auf Ryan zu sitzen. Sie hatte die Wärme seines Körpers gespürt und seinen warmen Atem an ihrem Kopf. Sie hatte versucht, es sich nicht anmerken zu lassen, musste aber gegen die Versuchung ankämpfen, sich einfach in seine starken

Arme zu schmiegen und seinen herrlich männlichen Duft einzuatmen.

Wegen all dieser Faktoren war sie geflüchtet. Weg von den Männern, dem Testosteron und den Versuchungen. Heim zu Maya und ihrem, nun ja, eben fast normalen Leben. Ohne Männer!

Sie liefen schon geraume Zeit nebeneinander her, als Maya plötzlich zu schimpfen begann: "Von wegen göttergleicher Adonis, pah, des Teufels Sohn oder vielleicht sogar der Teufel selbst, nur in neuer Verpackung, wer weiß das schon so genau ..."

"Sorry, Maya, aber ich kann dir echt nicht folgen. Von wem sprichst du?"

"Na, natürlich von dem bösen Zwilling deines Ryan!"

"Ah, Shane! Ja, ich stimme dir bei dem Teufels Sohn zu, muss aber deine Aussage bezüglich 'meines Ryan' dementieren! Er ist nicht mein und soll es auch nicht werden. Das weißt du, Maya, also komm gar nicht erst auf dumme Ideen! Männerfrei, weißt du noch?"

"Ja, ja, du sollt ihn ja auch nicht heiraten. Nur einfach mal wieder zwei Wochen Spaß haben! Und wie sollte es besser gehen als mit einem Typen, der nicht von hier ist und den du nie wieder sehen wirst?"

"Ich weiß, was du meinst, Maya, aber ich bin einfach noch nicht so weit!"

"Lass es dir doch einfach mal durch den Kopf gehen! Und währenddessen kannst du dir meine Schimpftiraden über des Teufels Sohn anhören."

"Ja, ist gut. Ich denk nach und du lass hören. Was hast du eigentlich für einen Narren an Shane gefressen?"

"Er wäre mein Traummann, Sky, wirklich, er ist einfach perfekt, wenn er nicht 30 Minuten, nachdem er mich quasi mit seinen Blicken ausgezogen hat, zwischen Jonas und Zoey, den beiden notgeilen Perversen, sitzt und einen schönen Dreier plant."

Sky kicherte kurz auf.

"Ja, du hast ja auch gut Lachen. Traummann II hängt

an deinen Lippen, als würdest du die Lottozahlen der nächsten Woche verkünden und ich such mir wieder mal den bösen Zwilling aus. Shit! Er hätte wirklich Potenzial gehabt. Ich meine natürlich rein äußerlich. Ich werde als alte Jungfer sterben. Sky, was soll ich nur tun?"

Nun konnte Sky endgültig nicht an sich halten und lachte laut schallend los. Nach einem finsteren Blick riss sie sich zusammen.

"Erstens: Du bist schon seit du 16 bist keine Jungfrau mehr, denk an Mark. Zweitens: Wie heißt es immer so schön: Andere Mütter haben auch schöne Söhne. Aber vielleicht solltest du dich lieber mal an die äußerlich etwas weniger gut Bestückten halten und dafür jemanden mit Charakter suchen. Oder mach es wie ich, einfach gar keine Männer mehr! Ich glaube fest, Bob Marley wollte eigentlich No Men, No Cry singen!" Und schon wieder konnte Sky sich nicht mehr beherrschen und brach erneut in lautes Gelächter aus.

"Du bist heute echt fies, Sky. Wenn ich es nicht schon wüsste, würde ich spätestens jetzt auf chronisch untervögelt tippen", gab Maya mit finsterer Miene zurück. Sky wurde nun auch wieder ernst und funkelte ihre Freundin böse an. Sie wollte gerade zu einer gefauchten Antwort ausholen, da hörte sie Fabio rufen. Ein wenig genervt, weil er sie so gar nicht mehr aus den Augen ließ, rollte sie die Augen und drehte sich zu ihm um. Maya kicherte über Skys Reaktion und verschwand schnell Richtung Lager.

"Hi Süße, ich komm mit zurück!", rief Fabio und näherte sich im Laufschritt. Sie fand es schade, dass man unter Mädchen einfach anders spricht. Auch wenn Fabio für sie wie ein großer Bruder war, wusste sie doch, dass alle anderen Mädchen sich automatisch zurückhielten.

"Hattest du keine Lust mehr, vorne zu bleiben?", fragte Sky scheinheilig. "Maya und ich reden gerade ein bisschen."

Fabio jedoch merkte nicht, was Sky ihm damit sagen

wollte. Er legte ihr einen Arm um die Schulter und zog sie, als er sie eingeholt hatte, im Gehen an sich.

"Ach ne, die Typen sind nicht so mein Fall, ich bin lieber bei dir." Fabio grinste vergnügt und zog Sky mit sich in Richtung Lager. Maya saß schon vor dem Lagerfeuerplatz und versuchte, ein Feuer zu entfachen.

"Fabio, kannst du ein Feuer machen? Ich bekomme es nicht an", jammerte Maya, die sowieso schon tief in ihrem Selbstmitleid versunken war. Fabio nickte, löste sich von Sky und machte sich an die ihm gestellte Aufgabe.

Maya und Sky begaben sich zusammen nach hinten, um Getränke zu holen. Sie sahen sich in die Augen und wussten, dass sie es beide gleich blöd fanden, bei ihrem Gespräch unterbrochen worden zu sein.

Als sie wieder nach vorne kamen, hatte Fabio bereits das Feuer entfacht und sie setzten sich auf die Strohballen, die als Sitzgelegenheit um die Feuerstelle standen.

RYAN

Als Ryan bemerkte, wohin Fabio ging, verging seine Erregung sehr schnell und schlug in Wut um. *Von wegen bester Freund,* dachte er, *der will deutlich mehr als Skys bester Freund sein.* Shane knabberte mittlerweile schon an Zoeys Hals und hatte seine Hand ziemlich weit oben auf Jonas Oberschenkel. Auf seine Unterstützung konnte er heute wohl nicht mehr hoffen.

Ryan unterhielt sich noch ein wenig mit dem Rest der Gruppe über Belanglosigkeiten und verstand sich mit allen recht gut.

Er verabschiedete sich kurz und ging zurück zu seiner eigenen Gruppe. Die Stimmung war gelöst, es floss reichlich Alkohol und fast jeder seiner Freunde hatte ein Mädchen auf dem Schoß. Er hatte sich kaum richtig gesetzt, schon ging es ihm nicht anders. Die Frauen waren wie Geier, wenn es um Fire&Ice ging. Jede wollte ein Stück von dem Kuchen abhaben, aber Ryan war nicht in

Stimmung für Spielchen. Er hielt nach Alex Ausschau, musste aber feststellen, dass dieser bereits die Zunge einer Brünetten im Hals hatte. Er war dann wohl auch keine Begleitung.

Ryan stand auf und sagte zu niemandem bestimmten: "Ich geh zurück ins Lager."

Jubelschreie wurden laut und alle wollten die Party in das Lager verlegen. Ryan wusste, wie das enden würde und stöhnte innerlich auf. Zu viel Alkohol, der mit fortschreitender Nacht nicht mehr aus Gläsern, sondern von Frauenkörpern getrunken wurde. Eigentlich war er immer gern dabei, aber es sollte Skys Körper sein, von dem er seinen Havanna trank. Die Meute machte sich auf, einige der Jungs warfen sich ihre Bräute für heute Nacht einfach über die Schulter und unter lautem Gegröle zog der Zug los.

Sie kamen auf ihrem Weg zurück auch an dem Lager der Setarips vorbei. Ryan hatte extra darauf geachtet, dass keines der Mädchen an ihm hing. Er hatte das Gefühl, dass das seinem Plan nicht zuträglich wäre. Er entdeckte die drei am Feuer. Sky blickte zu ihm auf, Ryan winkte ihr kurz und sie erwiderte die Geste kaum merklich, sodass auch ihr Freund Fabio nichts davon mitbekam. Er hielt ihren Blick mit seinem fest, lächelte und nickte in Richtung seines Lagers. Es war ziemlich viel und er wusste eigentlich auch schon, dass sie absagen würde. Als das leichte Kopfschütteln dann kam, war er überrascht, dass es ihm doch einen Stich versetzte. Er lächelte noch einmal sein charmantestes Lächeln und nickte ihr zu, bevor er sich dem Tross anschloss.

Ryan blieb nicht mehr lange mit den anderen am Feuer, sondern machte sich bald auf in sein Zelt.

Er hatte keine Lust auf die ausufernde Party, die gleich losbrechen würde.

Er war enttäuscht, bei seinem Vorhaben, Sky zu erobern, noch nicht weitergekommen zu sein. Vor allem aber war er müde.

Der Jetlag lag ihm noch in den Knochen. Er ging in sein Zelt und legte sich schlafen mit dem Vorsatz, am nächsten Tag mehr Erfolg mit Sky zu haben.

3 BEGEGUNGEN

RYAN

Ryan erwachte mit den ersten Sonnenstrahlen. Er wusste nicht, was ihn so früh geweckt hatte. Dann hörte er ein schmerzerfülltes Stöhnen, drehte sich mühsam und noch ganz steif vom Schlafen auf die andere Seite und sah Shane, der verdreht mit dem Gesicht am Boden kauerte.

"Guten Morgen Shane, na, gut geschlafen?"

"Du Sukker, ich fall, ich don't sleep!" fluchte Shane, dessen Sprache aufgrund von Schlafmangel und Alkohol zu einem wilden durcheinander von Deutsch und Englisch wurde. Ryan freute sich über die ungewollte Slapstick Einlage.

"Leg dich noch ein bisschen hin, Großer, wenn du jetzt erst zurück gestolpert bist, kannst du ein wenig Schlaf gebrauchen vor der Show heute Nachmittag", sagte Ryan, stand auf und stieg über seinen Freund nach draußen.

All ihre Nachbarn waren bereits dabei, sich und ihr Lager für den Tag vorzubereiten. Nur bei Fire&Ice regte sich keine Menschenseele. Sie lagen alle noch mit ihren Eroberungen vom Vortag in den Federn oder schliefen ihren Rausch aus. Normalerweise würde es Ryan genauso gehen, aber nun blieb ihm viel freie Zeit und genug Energie, um seinen Morgen anders als gewohnt zu gestalten. Er überlegte, was er mit seiner Zeit anfangen sollte, und entschied sich, sein Fitnessprogramm, das eigentlich für zwei Wochen aussetzten sollte, heute noch einmal aufzunehmen.

Er trug graue, weite, knielange Shorts und schlüpfte in seine Turnschuhe. Dann begann er zu laufen. Er nahm sich die große Runde über den Lagerplatz vor, so konnte er dem Treiben der anderen Gruppen in den frühen Morgenstunden zusehen. Er zog immer wieder Schleifen über alle Seitengassen und war so bereits über eine Stunde im flotten Joggingtempo unterwegs, als er sein Lager fast wieder erreicht hatte.

Er schwitze und wollte seine Duschutensilien holen. Da erblickte er Sky, die am Feuerplatz der Setarips saß. Sie war alleine und bereits für den Tag gekleidet. Er verfluchte sich dafür, dass er bei der seltenen Gelegenheit, sie allein zu treffen, völlig verschwitzt vom Laufen war. Er überlegte kurz, dachte dann aber, dass ein verschwitztes Gespräch mit Sky allein immer noch besser war als keines. Er lief zwischen den Lagerplätzen hindurch und blieb gut zwei Meter vor ihr stehen.

"Guten Morgen, Sky", sagte Ryan gut gelaunt und sah, wie sie erschrocken zusammenfuhr. Sie hob den Blick und erkannte ihn. Ein Lächeln breitete sich auf ihrem Gesicht aus. Zaghaft und schüchtern, dennoch das Schönste, was er je gesehen hatte.

"Guten Morgen", gab sie schüchtern zurück. Sie registrierte, dass er nur in Shorts und Schuhen vor ihr stand. Ihr Blick wanderte über seinen Six-Pack hin zu der breiten, unbehaarten, verschwitzten Brust. Stieg höher zu seinem unrasierten Gesicht, blieb kurz an den schwarzen Strähnen seiner im Gesicht klebenden Haare hängen und kam schließlich bei seinen Augen an. Seine funkelten vergnügt, da war er sich sicher, denn es gefiel ihm sehr, wie begehrlich sie ihn betrachtete. Er sah die Lust in ihren

Augen und als sie erkannte, dass sie bei der Inspektion seines Körpers ertappt worden war, senkte sie schnell den Blick und errötete. Ryan musste tief durchatmen, denn er war sich sicher, dass sein Ton rau vor Verlangen war.

Er räusperte sich und fragte: "Hast du gut geschlafen?"

"Ja, aber zu kurz. Zoey und Jonas sind erst heute früh zurück gekommen und Jonas ist bei dem Versuch, sich zwischen Fabio und mich zu quetschen, auf mich gefallen", erklärte sie leise, hob aber vorsichtig wieder den Blick und schenkte ihm ein kleines Lächeln. Ryan musste unwillkürlich zurück lächeln, obwohl es in seinem Inneren brodelte. Er wollte neben Sky schlafen und nicht dieser Möchtegern-Bester-Freund.

Halt, stopp, falsch, korrigierte er sich selbst, *nicht neben ihr, mit ihr!*

Aber dieser Fabio und seine ständige Anwesenheit machten es nicht leichter.

"Und du?", fragte sie in diesem Moment.

"Shane", antwortete er und zuckte lässig die Schultern. "Da habe ich mich entschieden, die Zeit zu nutzen und Laufen zu gehen", er deutete auf sein Outfit, obwohl ihr dieses ja bereits aufgefallen war. Sie lächelte wieder und Ryan fühlte sich gleich besser.

Er wollte sie gerade auf ihre Abendplanung ansprechen, als die Klappe zum Schlafzelt aufging und Maya hinaus trat. Diese war verwundert ihn zu sehen, betrachtete ihn eingehend, runzelte eher unwillig die Stirn und sagte: "Ah, der gute Zwilling will schön Wetter machen. Ist auch nötig, weil wir wegen dem bösen Zwilling kein Auge mehr zumachen können. Zoey stöhnt im Schlaf seinen Namen und Jonas schnarcht, wie jemand eben schnarcht, nachdem er stundenlang Sex hatte. Ich geh jetzt Duschen."

Ryan runzelte die Stirn und blickte Sky fragend an. Sie erklärte: "Du und Shane seht euch sehr ähnlich. Maya fand Shane ziemlich toll, als sie aber zurück zum Tisch kam, war der schon ziemlich mit Jonas und Zoey beschäftigt.

Sie hat sich über ihn geärgert, meinte, er sei Satans Sohn und dein böser Zwilling und so weiter. Mach dir nichts draus, sie ist ein äußerster Morgenmuffel."

"Oh, ja klar, kein Thema. Hör mal, Sky, wie sieht es bei dir heute Abend aus? Du bist mir noch ein Getränk schuldig", strahlte Ryan sie an.

Sie dachte kurz nach. "Okay, ich muss sowieso noch etwas mit dir besprechen", antwortete sie kryptisch und machte sich daran, ihre Sachen für ihre Morgenroutine zusammen zu suchen. Ryan überlegte, ob er sich über diese Antwort freuen sollte oder ob dieses Gespräch nicht ganz in die Richtung gehen würde, die ihm gefiel.

Da er es bis heute Abend sowieso nicht herausbekommen würde, zuckte er die Schultern und sagte: "Ich freu mich schon, Sky. Wir treffen uns nach der Show in der Nähe der Bühne, dann sehe ich dich auch gleich. Ich geh jetzt mal besser Duschen und etwas Anziehen. Ciao", antwortete Ryan und lief zu seinem Zelt. Hörte aber im Weggehen noch ihr gemurmeltes Bye und freute sich auf den Abend.

SKY

Sky rannte förmlich zu den Duschen, sie wollte dringend mit Maya sprechen.

"Wie zum Teufel kann ein Mensch nach dem Joggen so völlig verschwitzt und trotzdem so verdammt gut aussehen?", rief Sky ihr schon entgegen. Maya lächelte. Sie war bereits geduscht und hatte, wie es aussah, auch eine Tasse Kaffee in der Hand.

"Oh ja, wäre ich nicht so sauer gewesen, hätte ich wahrscheinlich zu sabbern angefangen", kicherte Maya.

"Ja lach du nur! Er steht vor mir und spricht mit mir. Alles, was ich davon mitbekomme, ist ein leises Hintergrundrauschen, weil ich nichts anderes tun konnte, als diesen Körper anzustarren. Und ehe ich mich versah, habe ich ihm für heute Abend zugesagt, etwas mit ihm trinken zu gehen. Ich hab zwar noch versucht, das Ganze abzuwiegeln, indem ich ihm sagte, dass ich etwas mit ihm zu besprechen hätte, aber das glaubt mir doch eh kein Mensch!" Sky war nahezu hysterisch und Maya konnte sich ein Lachen kaum noch verkneifen.

"Lach nicht!", fauchte Sky.

"Was soll ich sagen? Ich hätte ihm auch gern den Schweiß von den Muskeln geschleckt, aber im Gegensatz zu dir hab ich keine Chance, das zu tun. Er hat nur Augen für dich! Pack die Gelegenheit am Schopf und schnapp ihn dir. Und wenn nur für eine Nacht! Mann Sky, wach auf! Wann kommt so eine Gelegenheit denn schon wieder? Er ist heiß, heißer als heiß, der Rest der Welt leckt sich die Finger nach ihm und du musst einfach nur zupacken, es genießen und ihn nie wieder sehen! Wie soll er dich denn finden? Du bist doch eh bald über alle Berge. Sei nicht dumm! Nimm ihn dir!"

"Bist du fertig mit deinem Monolog?"

"Ja, warum?"

"Weil ich eigentlich sagen wollte, dass ich mit ihm heute Abend darüber reden werde. Ich möchte von Anfang an klare Fronten. Oh je, ich glaub gar nicht, dass das gerade aus meinem Mund kam!" Sky schlug sich eine Hand vor den Mund, dann sahen sich beide in die Augen und prusteten vor Lachen los.

"Lass uns noch ein wenig auf den Markt gehen, ich bräuchte ein neues Kleid", sagte Maya, nachdem sie sich wieder einigermaßen beruhigt hatten.

"Okay, lass mich noch kurz Hände waschen und dann können wir nach vorne schauen. Wenn ich etwas Hübsches finde, wäre ich auch nicht abgeneigt, etwas zu kaufen."

Kurze Zeit später schlenderten sie von Stand zu Stand und sahen sich die angebotenen Waren an. Sky kaufte eine Flasche Honigmet und zwei kleine Tonbecher. Maya hatte sich eine neue Tasche gekauft. Ungefähr bei der Hälfte des Marktes angelangt, waren beide hungrig geworden. Sie kauften sich jeder eine Hanftasche und einen Kaffee beim Hanftaschenbäcker und setzten sich auf eine der Bänke vor dem Laden.

Sky sah, dass Maya mit einem Mal sehr traurig aussah. "Was ist los, Maya?"

"Es ist so schön mit dir hier."

"Aber warum bist du dann auf einmal so traurig?"

"Du gehst in wenigen Wochen nach Amerika, ich bleibe hier und wir werden uns nicht mehr sehen."

"Hey Süße, wir können telefonieren, uns E-Mails schreiben oder skypen. Und wenn ich erstmal ein bisschen was auf die Seite gelegt habe, kann ich euch im Urlaub auch wieder besuchen kommen. Oder du kommst zu mir. Bist doch jetzt auch unter die Großverdiener gegangen. Mal Urlaub in Amerika wäre da doch auch drin oder? Und wer weiß schon, ob es für immer ist. Vielleicht komme ich in ein oder zwei Jahren ja auch schon zurück."

"Ich hoffe wirklich, dass das alles so klappt, wie du es dir wünschst. Du hast dir den Neuanfang redlich verdient!"

"Danke Maya. Mach dir bitte keinen Kopf und genieß mit mir meine vorerst letzten Tage in der Heimat."

"Ja, komm, lass uns nach einem Kleid sehen."

Sky nickte, machte sich aber immer noch ein wenig Sorgen um ihre beste Freundin. Sie gingen weiter den Markt entlang, als Maya sie unvermittelt in einen Stand zog.

"Das ist perfekt für dich!", rief Maya und zeigte auf ein traumhaftes Kleid. Und es war wirklich ein Traum aus Brokat und Seide. Die langen Trompetenärmel waren aus weinroter Seide, abgesetzt mit schwarzen Ziernähten und einem schwarzen Saum. Der Rock und die sehr schmal geschnittene Schulterpartie waren mit dem gleichen Stoff gearbeitet worden. Das Oberteil bestand aus einer schwarzen Brokatkorsage, welche am Rücken aufwendig geschnürt wurde. Der Ausschnitt des Kleides war tief, fast schon zu tief für Skys Geschmack, aber ihr schöner voller

Busen würde darin hervorragend zur Geltung kommen.

Es war so schön, dass Sky einfach nur da stand und es bewunderte, bis der Verkäufer sie ansprach: "Guten Morgen die Damen, ja ich sehe schon, Sie haben einen herausragenden Geschmack. Es scheint wie für Sie gemacht, Mylady. Es ist von mir selbst handgefertigt. Erst vor vier Wochen kam es über mich und ich konnte kaum so schnell nähen, wie das Kleid sich in meinem Kopf formte. Es müsste Ihnen wirklich wie angegossen passen. Ich habe es auf genau so ein Verhältnis von schmaler Taille und vollen Brüsten geschnitten. Bitte tun Sie mir den Gefallen und probieren Sie es einmal an! Ich habe noch niemanden darin gesehen, dem es so perfekt stehen würde."

Während er sprach, zog er schon das Kleid von der Puppe. Maya strahlte von einem zum anderen Ohr und nahm Sky einfach ihre Tasche ab.

"Maya, ich kann das nicht, schau doch, es ist handgefertigt. Das ist bei meinen Umzugsplänen einfach nicht im Budget drin!"

"Du musst es doch gar nicht kaufen. Einfach mal anprobieren und wohlfühlen wie eine Prinzessin", antwortete Maya und lächelte ihr zu.

"Hören Sie, ich glaube nicht, dass ich mir dieses Kleid kaufen kann. Es ist bestimmt sehr teuer."

"Nein, nein, junge Frau, bitte probieren Sie es mir zuliebe. Ich erwarte nicht, dass Sie es kaufen", beschwichtigte der Verkäufer. Er hatte das Kleid bereits abgenommen und trug es über dem Arm zu einer kleinen, provisorischen Kabine.

Sky folgte ihm zögerlich, konnte dem Kleid aber doch nicht widerstehen und probierte es an. Sie hatte es sich gerade übergestreift, als der Verkäufer schon rief: "Kommen Sie, ich schließe es für Sie."

Und schon ging der Vorhang der Kabine auf. Er drehte sie kurzerhand mit dem Rücken zu sich, zog Rücken- und Schulterpartie gerade und begann die Korsage zu schnüren. Als sie fertig war, bemerkte sie, dass Maya sie mit offenem Mund anstarrte.

"Wow", war alles, was Maya heraus brachte. Der Händler sah sie nachdenklich an und sagte dann: "Umwerfend! Ich mache Ihnen ein unschlagbares Angebot, von dem wir beide etwas haben." Sky legte den Kopf leicht schief, nickte und hörte gespannt zu.

"Dieses Kleid gehört einfach zu Ihnen. Sie sehen atemberaubend aus und wären für mich das beste Aushängeschild, das ich haben könnte. Ich habe leider bislang noch niemanden gefunden, dem dieses Kleid, welches ich als eines meiner Meisterstücke bezeichne, so vollkommen passte. Und dabei wollte ich es doch unbedingt auf der Modenschau heute am frühen Abend vorstellen. Der Deal wäre also: Sie laufen die 15 Minuten Modenschau in diesem Kleid für mich und ich überlasse es Ihnen für 200 € statt den geplanten 600 €. Was sagen Sie?" Sky überlegte kurz, sah kurz zu Maya, die eifrig nickte, und drehte sich dann zum Spiegel. Oh ja, sie musste dieses Kleid haben.

"Abgemacht", sagte sie und streckte dem Verkäufer die Hand entgegen. "Wann soll ich da sein?"

Sie klärten noch alle weiteren Formalitäten, Sky zog sich wieder um und die zwei Freundinnen verließen strahlend den Stand. Plötzlich wurde sie am Oberarm gepackt und hart herumgewirbelt. Sie prallte gegen eine harte Brust, zuckte zurück und versuchte panisch, sich frei zu machen.

"Wo zum Teufel wart ihr?", fragte Fabio ziemlich laut, doch Sky hörte ihn kaum. Das Blut rauschte so laut in ihren Ohren, dass sie die Stimmen um sich herum nicht mehr zuordnen konnte. Sie musste hier weg! Schnellstens. Die Stimme und der Griff erinnerten sie zu sehr an ihre letzte Beziehung.

"Lass sie verdammt nochmal los, du Spinner. Du siehst doch, dass du sie erschreckt hast!", rief Maya und schlug ihm gegen die Brust. Sky atmete heftig, versuchte sich zu beruhigen und zerrte immer noch an ihrem Arm, um ihn frei zu bekommen. Sie bekam kaum noch etwas mit. Ihr Blick wurde verschwommen und raste über den Platz auf der Suche nach einem Fluchtweg. Sie sah Ryan, der sie aber noch nicht entdeckt hatte und ein paar Meter weiter - Jonas. Dieser hatte sie gesehen, fixierte Fabio und kam zielstrebig zu ihnen rüber. Sky bekam von dem, was Fabio sagte nichts mit. Sie hörte nur noch das Rauschen ihres Blutes in den Ohren und dann Jonas scharfe Stimme: "Lass sie sofort los!"

Plötzlich löste sich die Hand um ihren Oberarm, Sky taumelte nach vorne und eilte in Jonas ausgebreitete Arme. Sie zitterte am ganzen Körper und stieß ihren Atem in kurzen, heftigen Stößen aus. Er hob sie behutsam auf beide Arme, murmelte beruhigende Worte und trug sie zurück zum Lagerplatz. Das Letzte, was Sky sah, bevor ihr schwarz vor Augen wurde, war Ryans verwirrter und zorniger Blick.

Sky kämpfte sich langsam an die Oberfläche des dunklen Strudels, in dem sie sich befand. Das Rauschen in ihren Ohren wandelte sich langsam in ein bekanntes Lied und Sky erkannte, dass Maya ihr Tears in Heaven vorsang. Maya hatte eine wundervolle Stimme, die Sky schon immer beruhigt hatte, und dieses Lied war eins ihrer Liebsten. Maya sang es immer für Sky, wenn es ihr schlecht ging oder sie Panik bekam. Sky würde das vermissen, wenn sie erst einmal in Amerika war.

Als nächstes fühlte sie, wie die Wärme die Kälte in ihr ablöste. Sie spürte starke, warme Arme um sich, spannte sich unwillkürlich wieder an und atmete heftiger. Doch dann drang Jonas warme, weiche Stimme zu ihr durch: "Hey, hey Kleines, ganz ruhig, ich bin's nur, Jonas, alles ok, entspann dich und hör einfach nur Maya zu. Ruhig atmen, alles wird gut."

Seine Stimme und die Gewissheit, dass Jonas nichts weiter von ihr wollte, als sie zu beruhigen, ließ sie wieder ruhiger atmen. Sie kuschelte sich tief in seine Arme, lauschte seinem Gemurmel und Mayas traumhafter Stimme.

"Wieder besser?", fragte Jonas nach einiger Zeit. Sky sah ihm in die Augen und nickte. Sie saßen am Lagerplatz, jemand hatte schon das Feuer für das Mittagessen angeheizt. Überall um sie herum geschäftiges Treiben. Ihren Zusammenbruch hatten also nicht allzu viele mitbekommen. Sky war erleichtert.

Alles war in Bewegung, nur sie saß still auf Jonas Schoß und Maya neben ihnen, die weitere wunderschöne Lieder sang, die Balsam für ihre Seele waren. Skys Blick glitt wie automatisch zum Wall. Dort oben stand Ryan und beobachtete die Szene mit zusammengezogenen Augenbrauen. *Gut, das Thema Ryan und eine Affäre hat sich dann wohl von selbst erledigt. Wer möchte schon etwas mit einem hysterischen Huhn wie mir anfangen?*, dachte Sky und war mit dem Verlauf nicht ganz zufrieden, auch wenn sie das niemals zugegeben hätte.

Sie ließ ihren Blick weiter schweifen und sah Fabio mit zerknirschter Miene und hängenden Schultern ihr gegenüber sitzen. Er sah so verloren aus, dass Sky ihm sein Verhalten gar nicht mehr übel nehmen konnte. Sie drehte sich ein kleines Stück von Jonas Schulter weg. Fabio registrierte die Bewegung und hob den Blick zu ihr. Er hatte tränenglänzende Augen und schaute so hoffnungslos drein, dass Sky gar nicht anders konnte, als vorsichtig ihre Arme nach ihm auszustrecken. Er reagierte sofort, rannte zu ihr und warf sich vor ihr und Jonas auf die Knie und in ihre Arme. Sky drückte ihn fest und Fabio zog sie an sich. Runter von Jonas Schoß, rauf auf seinen. Er murmelte währenddessen pausenlos, wie leid es ihm tat, dass er sie nicht erschrecken wollte, er sich doch nur Sorgen gemacht hatte, da sie und Maya den ganzen Vormittag wie vom Erdboden verschluckt gewesen waren. Er flüsterte ihr zu, wie lieb er sie hatte, und dass er sie auf keinen Fall verlieren wollte. Er redete bestimmt fünf Minuten ununterbrochen auf sie ein und schaukelte sie beide dabei immer vor und zurück.

Sky nahm den Kopf von seiner Brust, musterte ihn eingehend und sagte ganz leise: "Nie wieder!"

Fabio verstand sofort, das konnte Sky auf seinem Gesicht sehen. "Ich versprech's!", antwortete er. "Ich will dich nicht kontrollieren oder was auch immer. Ich schwöre es dir, Sky, das war ein Ausrutscher, wirklich, wir kennen uns doch schon so lange!"

Sky sah, wie elend ihm zu Mute war, nickte daher nur kurz, gab ihm einen leichten Kuss auf die Wange und schmiegte sich wieder in seine Arme. Als sie noch einmal zum Wall schaute, war Ryan verschwunden. Sky hatte nichts anderes erwartet, aber die fehlende Möglichkeit, die nächsten paar Tage mit einem Mann ungezwungen Spaß zu haben, versetzte ihr doch einen unerwarteten Stich.

RYAN

Ryan hatte die ganze Szene aus der Entfernung mitbekommen, er hatte gesehen, wie glücklich Sky ausgesehen hatte, als sie aus dem Stand des Kleiderhändlers trat, und er hatte gesehen wie sie zusammen gezuckt war, als Fabio sie gepackt hatte.

Nach dem Gebrüll ihres sogenannten besten Freundes, der es seines Erachtens eigentlich besser wissen sollte, stand Sky kurz vor einer Panikattacke. Ryan hatte es gleich erkannt und wollte gerade auf Fabio losstürmen, als er den wutentbrannten Jonas zu ihr rennen sah. Sky sackte in seinen Armen zusammen und wurde sehr schnell bewusstlos. Ryan haderte noch mit sich, ob er lieber Fabio eine Abreibung für sein Verhalten geben oder Sky folgen sollte, als er sah, dass Fabio bereits von den anderen Setarips in die Mangel genommen wurde.

Er folgte Maya, Jonas und Sky, blieb aber oben auf dem Wall stehen. Er wollte sich nicht einmischen. Wäre es keine so unangenehme Situation gewesen, hätte ihm der Anblick, der sich ihm bot, gefallen. Die Szenerie wirkte so harmonisch und friedvoll, dass er seinen Blick nicht mehr abwenden konnte. Er hörte Mayas bezaubernde Stimme und sah, wie Jonas Sky auf seinem Schoß wiegte. Er küsste sie von Zeit zu Zeit auf die Stirn und schien beruhigende Worte zu murmeln.

Einige Zeit später kam der Rest der Gruppe nach und nach zurück in das Lager. Sie gingen ihren gewohnten Aufgaben nach, als sei nichts passiert, als würde Sky nicht bewusstlos in den Armen von Jonas liegen. Auch Fabio schlich wie ein geprügelter Hund zurück ins Lager, setzte sich mit hängenden Schultern ans Feuer. Alle ignorierten ihn und er fühlte sich sichtlich unwohl in seiner Haut.

Sky regte sich langsam, sah sich um und er war sich sicher, dass sie ihn auch erspäht hatte. Sie wandte sich dann aber gleich an Fabio. Ryan war sich nicht sicher, was da gerade vor sich ging, aber plötzlich streckte Sky ihre Arme aus und Fabio warf sich auf den Knien hinein. Dieser Moment war so intim, dass Ryan sich beschämt abwandte. Das ging ihn auch alles nichts an. Er wollte doch nur Sex mit ihr.

Er hoffte darauf, dass sie heute Abend trotzdem anwesend seien würde, und machte sich auf in sein eigenes Lager.

SKY

Fabio schlich den ganzen Nachmittag um Sky herum und versuchte, ihr alles recht zu machen.

"Hör auf damit", sagte Sky, nachdem Fabio zum zehnten Mal wissen wollte, ob sie alles hatte, was sie brauchte. "Alles ist gut Fabio, ich bin dir nicht mehr böse."

"Wir sollten jetzt sowieso langsam los, Sky", ging Maya zwischen die sich anbahnende Diskussion.

"Du hast Recht, es ist ja schon halb 4. Lass uns nach vorn gehen", antwortete Sky, hakte sich bei Maya unter und ignorierte Fabios flehenden Blick.

"Was habt ihr denn vor, Mädels?", fragte Gregor. "Nur,

dass ich es den anderen sagen kann, wenn wieder jemand panisch ins Lager gerannt kommt und behauptet, du seiest verschwunden", zwinkerte Gregor ihr schelmisch zu. Sky freute sich, dass er alles ein wenig ins Lustige zog, so beruhigte er die ganze Gruppe und gab ihr das Gefühl, nicht allein für die gedrückte Stimmung in der Gruppe verantwortlich zu sein.

Sie lächelte zurück und sagte: "Maya und ich gehen auf den Markt, ich laufe heute bei einer Modenschau mit." Alle machten ungläubige und verdutzte Gesichter.

"Du bei einer Modenschau?", fragte Taylor, korrigierte sich aber sogleich: "Also, nicht dass du dir das nicht leisten könnest, du weißt ja selber, dass du bildschön bist, aber du willst doch sonst sogar auf Gruppenfotos lieber hinten stehen." Er hatte Recht. Sky hasste es, im Mittelpunkt zu stehen, aber für dieses Kleid hätte sie wirklich so ziemlich alles getan.

"Ich weiß, ich weiß, aber wenn du dieses Kleid siehst, wirst du mich voll und ganz verstehen. Es ist wie für mich gemacht und ich könnte es mir niemals regulär leisten. Ich bekomme es im Gegenzug für die Modenschau echt günstig! Jetzt guckt doch nicht alle so betröppelt. Maya, komm, wir gehen und euch andere sehe ich ja bestimmt später auf dem Markt", sagte Sky und ging mit Maya zum Markt.

"Ryan wird dich auch gleich in deinem neuen Kleid sehen,", grinste Maya vor sich hin.

Sky seufzte. "Nach der Aktion heute hat sich das eh erledigt. Bitte lass uns nicht darüber sprechen. Wir sind sowieso schon da." Mayas Lächeln schwankte ein wenig, sie fing sich aber gleich wieder und betrat fröhlich lächelnd den Stand des Händlers.

"Ich kann das nicht, oh Gott, Maya, mir ist übel, ich kann das einfach nicht!", quietschte Sky hysterisch.

"Natürlich kannst du das! Blende einfach alle anderen aus und denk nur an den Lohn für diese 15 Minuten im

Kreis gehen! Du siehst wunderschön aus! Das Kleid ist Wahnsinn, die Maske und diese tolle Frisur machen alles einfach perfekt. Du schaffst das, hörst du!" Sky nickte unsicher auf Mayas Trost. Sie wollte dieses Kleid und sie konnte den Händler jetzt nicht hängen lassen. Dann wurde sie auch schon aufgerufen. Sky atmete noch einmal tief durch und betrat die Bühne. *Einfach nur 15 Minuten lächeln und ausblenden!*

RYAN

Ryan und seine Freunde warteten auf ihren Auftritt, als Shane ihn anstieß und sagte: "Wow, she's amazing, schau Ryan, da ist Sky auf der Bühne, sie ist der Hammer!" Er wandte seinen Blick zur Bühne und sah seine Auserwählte. Shane hatte Recht, sie sah atemberaubend aus. Das Mieder war eng geschnürt und betonte so ihre Brüste und ihre Taille. Die Farben standen ihr ausgezeichnet. Die Haare kunstvoll hochgesteckt, sah man ihren langen Hals.

Ryan stellte sich vor, wie er hinter sie trat, sich an diesem wundervollen Hals entlang zu ihrer Schulter hinunter knabberte, während er das Mieder langsam löste. Nur so weit, dass er seine Hände vorn hinein schieben konnte, um endlich diese großen, prallen Brüste zu berühren. Allein der Gedanke daran machte ihn hart und er versuchte, seine gewaltige Erektion so in seiner Hose zu platzieren, dass er keinen dauerhaften Schaden davontrug. Gut nur, dass die Gauklerhosen immer schön locker saßen. Für eine Frau wie Sky aber nicht locker genug, wie er mit schmerzverzehrtem Gesicht feststellen musste.

Shane starrte mit großen Augen zu Sky hinauf. "Nimm sofort deine gierigen Augen von ihr, Shane, denk nicht mal daran!", knurrte Ryan.

Shane sah ihn mit einem verdutzten Gesichtsausdruck an und begann seinerseits, seine Hose zu richten. "Schon okay, Bro, hab ja nur geguckt. Mann, bei so einem Anblick kannst du mir wohl nicht verübeln, dass meine Fantasie ein bisschen mit mir durchgeht", wehrte er sich gegen das Geknurre seines Freundes.

"Das wird schon schwer genug, auch ohne dass du sie noch mit deiner forschen Art schockierst!", antworte Ryan.

"Warum? So empfindlich, die Kleine? Das ist doch sonst nicht so dein Typ."

"Oh, sie ist genau mein Typ, ich glaub, sie weiß es nur noch nicht", gab Ryan zurück. Ein verständnisvolles Lächeln breitete sich auf Shanes Gesicht auf.

"Und du willst es ihr wohl beibringen. Straffer Plan für zwei Wochen Zeit."

"Ja, aber ist ja nicht so wichtig, wir fliegen in zwei Wochen zurück nach Hause und da gibt es dann wieder mehr als genug Frauen, die alles für uns tun würden. Es ist nur einfach mal schön, das alles ohne Promi-Status zu erleben. Irgendwie echter, findest du nicht?"

"Definitiv. Also okay, ich halt mich von ihr fern, bin mit ihren zwei Freunden sowieso mehr als beschäftigt."

"Dann willst du das also länger durchziehen?"

"Jonas ist nur noch heute da und kommt dann voraussichtlich am Ende der Woche wieder. Ob Zoey ohne ihn immer noch so spaßig ist, wird sich rausstellen. Die zwei haben fast so was wie einen Konkurrenzkampf um mein bestes Stück, kannst du dir das vorstellen?"

"Na dann, Glückwunsch, Alter."

"Danke, komm, lass uns die anderen suchen. Wir sind bald dran."

Ryan warf noch einen letzten Blick auf den Laufsteg und folgte dann seinem besten Freund. Die Show ging reibungslos über die Bühne und Ryan fühlte sich super, er hatte gesehen, dass Sky ihn beobachtet hatte. Nach der Show stürmte er von der Bühne und eilte durch die Menge auf den Platz zu, an dem er Sky hatte stehen sehen. Und tatsächlich, dort stand sie noch, als hätte sie auf ihn gewartet. Er verlangsamte seine Schritte, fuhr sich durchs Haar und versuchte, so gelassen wie möglich zu wirken.

"Hi Sky, hast du auf mich gewartet?" Den gewünschten

Effekt hatte er erzielt, sie wurde beinahe augenblicklich rot und senkte ihren Blick, was sie in seinen Augen nur noch begehrenswerter machte. *So süß, so unschuldig,* dachte er und fixierte sie ungeniert mit seinen Blicken. Sie fasste sich sehr schnell wieder, atmete einmal tief durch und hob ihren Blick.

"Ja, das habe ich!", sagte sie mit bemüht fester Stimme.

Ryan lächelte sie träge an und antwortete: "Schön, wollen wir etwas trinken gehen?"

Sky nickte und sie begaben sich zur Bar. Da sie in der Menge nur sehr langsam voran kamen, legte Ryan seine Hand auf ihren unteren Rücken und schob sie vorwärts. Die Berührung durchzuckte ihn wie ein Stromschlag. Vor der Bar wurde das Gedränge enger, sodass Ryan immer mehr gegen sie gepresst wurde. Er hatte schon wieder eine Erektion und so langsam wurde er es leid zu warten. Er wollte Sky und was er wollte, bekam er für gewöhnlich.

Er ließ zu, dass er noch enger an sie gedrückt wurde, sodass seine Lenden nun ihr Hinterteil berührten. Sie zuckte zusammen, also musste sie es bemerkt haben. Sie drehte sich in der Menge halb zu ihm um, um ihm in die Augen zu sehen, dadurch gab sie aber noch mehr Druck auf seinen Unterleib und Ryan konnte ein leises Aufstöhnen nicht mehr unterdrückten. Als Sky das hörte, blitze ein belustigtes Funkeln in ihren Augen auf.

"Hmm ... der Tiger zeigt Schwäche", neckte sie ihn und Ryan konnte kaum glauben, dass es ein und dasselbe Mädchen sein sollte, das sonst schon wegen eines Blickes errötete. Er verbarg seine Überraschung gut, schenkte ihr nur ein durchtriebenes Lächeln und fragte: "Woher weißt du, dass es nicht genau so geplant war?"

Sky lächelte weiter, schüttelte über seine unverfrorene Antwort den Kopf und wandte sich wieder um. Ryan bemühte sich jetzt gar nicht mehr, auf Abstand zu bleiben, und lief mit seiner Brust und Hüfte direkt an Skys Rücken und Po. Sie erschauerte kurz, als sie seine nackte Brust an ihren nackten Schultern spürte, und Ryan genoss das

Gefühl ihres festen Hinterns an seinen Lenden.

Bis sie endlich bei der Bar ankamen, war er fast so weit, sich wie ein 15-jähriger Junge in seiner Hose zu ergießen. *Das gibt's doch gar nicht,* dachte er, *was zu Hölle macht mich so wahnsinnig scharf auf diese Frau?*

Ende der Leseprobe. Lesen Sie weiter in Fire&Ice 1 – Ryan Black

Rechtliches, oder was keiner lesen will und trotzdem drin stehen muss ...

Impressum: Herausgeberin Allie Kinsley, allie.kinsley@web.de. Ladungsfähige Adresse für Deutschland: Jennifer Beck, Rotkreuzstr. 8, 87488 Betzigau.

4507376R00188

Printed in Germany
by Amazon Distribution
GmbH, Leipzig